Als Sacharow, Mitarbeiter eines Sicherheitsdienstes, die junge Frau mitten in der Nacht vor einem Moskauer Mietshaus absetzt, verspricht er zu warten, bis sie ihm das Fahrgeld herunterbringt. Doch als die Minuten verstreichen, entschließt er sich, ihr nachzugehen, und findet die junge Frau tot vor ihrem Küchenherd, gestorben an den Folgen eines Elektroschocks. Anastasija Kamenskaja, die das Ermittlungsteam mit ihren analytischen Fähigkeiten unterstützt, findet schnell heraus, dass es sich keineswegs um einen Unfall gehandelt haben kann, sondern vielmehr um einen geschickt getarnten Auftragsmord. Irina Filatowa hatte an einem Buch über Korruption im Staatsapparat geschrieben. Das Manuskript ist verschwunden. Wer hatte ihre Enthüllungen zu fürchten?

Den Mörder und seinen Auftraggeber zu überführen gestaltet sich schwierig und langwierig. Um die notwendigen Beweise zu sammeln, schlüpft Anastasija über Wochen hinweg immer wieder in die Rolle der aufreizenden und kapriziösen Journalistin und Erpresserin Larissa Lebedewa. Schließlich muss sie eine lange Nacht in einer fremden Wohnung allein mit einem Profikiller verbringen …

*Alexandra Marinina* (Pseudonym für Marina Alexejeva) wurde 1957 in Lvov, in der Nähe des heutigen St. Petersburg geboren. Die promovierte Juristin arbeitete über zwanzig Jahre lang im Moskauer Juristischen Institut des Innenministeriums, zuletzt im Rang eines Oberstleutnants der Miliz. Im Frühjahr 1998 hat sie sich aus dem Beruf zurückgezogen, um sich ganz dem Schreiben widmen zu können.

Ihre Romane sind auf Deutsch lieferbar im Fischer Taschenbuch Verlag: ›Auf fremdem Terrain‹ (Bd. 14313), ›Der Rest war Schweigen‹ (Bd. 14311), ›Mit verdeckten Karten‹ (Bd. 14312), ›Tod und ein bisschen Liebe‹ (Bd. 14314), ›Die Stunde des Henkers‹ (Bd. 14315); in Vorbereitung: ›Mit tödlichen Folgen‹ (Bd. 15415 – Oktober 2003), ›Im Antlitz des Todes‹ (Bd. 15416– November 2003)

Alexandra Marinina

# Widrige Umstände

Roman

Aus dem Russischen
von Ganna-Maria Braungardt

Fischer Taschenbuch Verlag

Deutsche Erstausgabe
Veröffentlicht im Fischer Taschenbuch Verlag,
einem Unternehmen der S. Fischer Verlag GmbH,
Frankfurt am Main, April 2003

Die russische Originalausgabe erschien unter dem Titel
›Stetschenie obstojatelstv‹
im Verlag ZAO Izdatelstvo EKSMO, Moskau

Satz: Pinkuin Satz und Datentechnik, Berlin
Druck und Bindung: Clausen & Bosse, Leck
Printed in Germany
ISBN 3-596-15414-6

# Widrige Umstände

# Erstes Kapitel

Es waren drei Mörder: ein Auftraggeber, ein Organisator und ein Vollstrecker.

Am besten ging es in dieser Nacht dem Auftraggeber. Er hatte eine Entscheidung getroffen und die nötigen Anweisungen erteilt, nun wartete er darauf, dass ihm die Resultate gemeldet wurden. Den Entschluss selbst hatte er natürlich nicht leichten Herzens gefällt, sondern erst nach langem Überlegen und Abwägen, nach zahlreichen Versuchen, die Sache anders zu lösen, mit sanfteren Mitteln – mit Geld, durch Überreden, durch Drohungen. Der Auftraggeber hatte es nicht darauf angelegt, zum Mörder zu werden, aber seinen Status riskieren wollte er noch weniger. Seine jetzige Stellung verdankte der Auftraggeber einer kontinuierlichen Komsomol- und Parteikarriere, nun, mit zweiundvierzig, war er der perfekte Chef, das heißt, er musste Ideen entwickeln, mit denen er sich vor seinen Vorgesetzten hervortun konnte, und den richtigen Mann auswählen, der die Umsetzung der Ideen organisierte und den man im Fall des Falles verantwortlich machen konnte, wenn etwas schief ging. Wie alle Chefs dieser Art machte der Auftraggeber nichts selbst. Wenn er seine Anweisungen erteilt hatte, atmete er erleichtert auf, ohne die geringste Sorge um einen möglichen Misserfolg, denn er war felsenfest überzeugt: Was er befahl, wurde erledigt. Gehorsam beruht auf Angst. Und den Vollstreckern Angst einzuflößen, darauf verstand er sich. Auch diesmal hatte er, nachdem die Entscheidung getroffen war, alle Sorgen dem Organisator überlassen, und schlief zum ersten Mal seit einem halben Jahr wieder ruhig.

Der Organisator konnte nicht mehr schlafen. Seit jenem Tag vor zwei Wochen, als der Auftraggeber sich plötzlich gemeldet und ein Treffen verlangt hatte. Der Organisator war inzwischen höher aufgerückt als sein alter Bekannter und dachte missmutig, dieser wolle ihn bestimmt um etwas bitten und dabei ihre früheren Beziehungen als sanftes Druckmittel einsetzen. Aber es war weit schlimmer. Dem Auftraggeber drohte ein Skandal, in dessen Strudel, sollte die Sache gründlich aufgerührt werden, auch der Organisator geraten könnte – das hing ganz davon ab, wie tief man graben würde. Sollte sein Name auftauchen, und sei es nur andeutungsweise, würden die Schakale aus Kowaljows Gruppe ihn mit Vergnügen und zur Freude der Zeitungsleute zerfleischen. Die Vergangenheit des Organisators war, offen gesagt, ziemlich anrüchig. Bisher war es nur noch niemandem eingefallen, sie näher zu beleuchten. Doch wenn nun jemand damit anfinge, bedeutete das sein Ende.

Der Organisator hatte einen Vollstrecker ausgesucht, ihm alle Informationen übermittelt, die er vom Auftraggeber bekommen hatte, und ihm eine Frist bis Montag gesetzt. Heute war Freitag, nein, inzwischen schon Samstag. Bisher hatte er noch nicht angerufen. Der Organisator schlief die vierte Nacht nicht, erzählte seiner Frau etwas von einem angeblich dringenden Referat für den Apparat des Präsidenten, saß in der Küche und wartete voller Angst. Worauf? Auf die Mitteilung, dass die Gefahr beseitigt und der Skandal verhindert worden sei? Oder dass es nicht geklappt habe und er einen anderen Ausweg suchen müsse? Doch egal, wie die Nachricht ausfiel, für ihn bedeutete sie ohnehin lediglich einen Aufschub: Entweder, seine politischen Gegner würden ihn stürzen, oder er landete wegen Beihilfe zum Mord im Gefängnis. Je nachdem, wer schneller war. Der Vollstrecker war natürlich ein zuverlässiger Bursche, mit verlässlichen Empfehlungen. Nur von ihm hing nun ab, ob der Auftraggeber und der Organisator respektable Amtspersonen blieben oder zu gewöhnlichen Verbrechern wurden. Alles lag in seiner Hand. Alles.

Der Vollstrecker schlief ebenfalls nicht, aber nicht vor Aufregung oder Unruhe. Er tat seine Arbeit. Er wartete auf das Opfer.

Der Vollstrecker wusste, dass die Person, die er beseitigen sollte, auf einer Dienstreise war und erst am Montag wieder zur Arbeit gehen würde. Sie würde also, hatte er überlegt, am Donnerstag zurückkommen und am Freitag blaumachen oder erst am Freitag oder Samstag wieder da sein. Für alle Fälle hatte der Vollstrecker bereits am Donnerstag seinen Posten in der Wohnung des Opfers bezogen. Er war sich sicher, dass niemand sonst dort auftauchen würde. Nun saß er schon sechsunddreißig Stunden hier, in Chirurgenhandschuhen und die Turnschuhe mit Plastiktüten umwickelt. Der Vollstrecker war ein echter Jäger, und das zermürbende Warten machte ihn nicht nervös. Er konnte stundenlang reglos dasitzen, wie erstarrt, ohne die leiseste Bewegung. Hin und wieder stand er auf, machte ein paar Lockerungsübungen, trank Tee, aß von seinen mitgebrachten Broten oder ein Stück Schokolade, ging ins Bad, wusch sich und setzte sich wieder in den Sessel. Ab und zu zog er die Handschuhe aus und hielt die Hände in die Luft, damit die Haut atmen konnte. Den Vollstrecker amüsierte der Gedanke, dass sich genau im Haus gegenüber die Moskauer Milizschule befand. Dieser Umstand hatte ihn veranlasst, seinen Mordplan etwas zu korrigieren, und ihn ein wenig erheitert. Der Vollstrecker war ein ernster, ja harter Mann mit ziemlich düsterem Humor.

Es kümmerte ihn nicht, dass vom Erfolg seiner Operation irgendjemandes Wohlergehen, ja sogar Leben abhing. Er wollte lediglich seine Arbeit ordentlich erledigen, denn davon hing sein Ruf ab und damit künftige Aufträge und Einkünfte. Mit den Leuten, die in der Presse als »mafiose

Gruppierungen« bezeichnet wurden, ließ er sich nie ein, er hielt sie für beschränkt und uninteressant. Er arbeitete für Leute von Format, denen daran lag, dass das Wort »Mord« niemandem auch nur in den Sinn kam. Der Vollstrecker war ein Spezialist für Unglücke und plötzliche Todesfälle. Bislang hatte er noch nie versagt, obwohl die Bedingungen seit letztem Jahr erheblich schwieriger geworden waren. Vor einem Jahr war sein Pate gestorben, der Mann, der ihn ausgebildet, ihn das ABC gelehrt hatte: Ausdauer, Präzision und Vorsicht. Er war nicht nur sein Lehrer gewesen, sondern auch sein erster Auftraggeber, hatte ihn in der Praxis geprüft und ihm mit seinen Empfehlungen den Weg geebnet. In puncto Sicherheit und Spurenverwischen war er ein Meister gewesen. Sein Tod, das war dem Vollstrecker klar, war ein gründlich geplanter Mord gewesen. Sein geschultes Auge hatte auf Anhieb die Arbeit eines Profis erkannt. Ja, die große Politik mochte eben keinen Schmutz. Solange der Pate noch lebte, hatte der Vollstrecker nur mit Leuten aus dessen Umkreis zu tun gehabt, vielfach geprüft und hundertprozentig verlässlich. Nun aber musste er seine Vorsicht verdoppeln, denn niemand vermittelte ihn mehr an Auftraggeber. Auch diesmal wusste er nicht, von wem der Auftrag kam. Eines Tages lag in seinem Briefkasten eine Postkarte mit einer Einladung nach Moskau zu einem fünfzigsten Geburtstag, der am sechsten Juni um Punkt neunzehn Uhr im Restaurant des Hotels Belgrad gefeiert werden sollte. Er setzte sich in den Zug, fuhr nach Moskau und ging am genannten Tag um elf Uhr abends ins Hotel (zu der in der Einladung angegebenen Zeit musste man vier Stunden addieren). Weiter lief alles nach dem seit Jahren bewährten Schema. Bereits zehn Minuten später bekam er den Auftrag erläutert, die nötigen Informationen langsam und deutlich diktiert und einen Vorschuss ausgezahlt. Das war alles. Keine überflüssigen Gespräche. In diesem Geschäft galten seit Urzeiten eigene Regeln, da gab es kein

Gerede über Garantien, und niemand versuchte, den anderen übers Ohr zu hauen. Ein ausgeklügeltes Kontrollsystem erlaubte niemandem Extratouren, und der Vollstrecker wusste: Es gab Leute, die sich darum kümmern würden, dass er den Lohn für seine Arbeit pünktlich und vollständig bekam, und die darauf achten würden, dass er keinen Mist baute.

Den Vollstrecker plagten keine bösen Vorahnungen. Er machte sich keine Illusionen über seine Einmaligkeit und Unfehlbarkeit, er wusste genau, dass er eines Tages entweder einen verhängnisvollen Fehler machen oder besonders ungünstigen Umständen zum Opfer fallen würde, doch das nahm er philosophisch. Er war kein Sadist, er empfand keine Freude an seiner Arbeit. Er beherrschte sie einfach gut und hatte ein Umfeld gefunden, in dem es immer eine Nachfrage dafür gab.

Das Gedränge am Flugschalter hatte sich gelegt, und Sacharow berührte den Arm seines Begleiters.

»Kommen Sie, Arkadi Leontjewitsch. Die Abfertigung für Ihren Flug wird gleich geschlossen.«

Der schmächtige Arkadi Leontjewitsch rückte nervös seine Brille zurecht und ging zum Tresen.

»Na dann, danke, Dima.« Er lächelte angespannt, als die junge Angestellte ihm sein Ticket aushändigte. »Sie waren ein angenehmer Begleiter. Übermitteln Sie Ihrem Chef meinen Dank. Ich nehme an, Trinkgeld ist bei Ihnen nicht üblich?«

»Auf keinen Fall«, bestätigte Sacharow. »Zahlungen nur über die Firma.«

»Schade.« Arkadi Leontjewitsch seufzte enttäuscht. »Ich hätte mich gern bei Ihnen persönlich bedankt. Sie haben mir sehr gefallen. Aber verboten ist verboten.«

»Für uns ist es der schönste Dank, wenn Sie sich wieder an unsere Firma wenden.«

Nach dieser Standardfloskel schob Dima seinen Klienten sanft zum Ausgang. Nun geh doch endlich, dachte er erschöpft. Es ist zwei Uhr nachts, ich will ins Bett, und du nervst mich hier mit deiner Dankbarkeit.

»Guten Flug, Arkadi Leontjewitsch! Wenn Sie wieder nach Moskau kommen – wir stehen Ihnen zu Diensten.«

»Ja, ja, auf jeden Fall, Dima, auf jeden Fall. Ich werde mich nur an Ihre Agentur wenden. Nochmals vielen Dank!«

Als Dima Sacharow Arkadi Leontjewitsch verabschiedet hatte, atmete er erleichtert auf. Für die Sicherheit eines ängstlichen Millionärs zu sorgen war kein leichter Job.

Dima verließ das Flughafengebäude und rannte zu seinem Auto. In den knapp zwei Stunden, die er mit dem Klienten auf dem Flughafen rumgesessen hatte, war der Regen nicht schwächer, sondern eher heftiger geworden. Sacharow ließ den Motor an und wollte schon losfahren, als er eine Frau bemerkte, die langsam aus Richtung der Ankunftshalle kam. Sie hatte keinen Schirm, trug eine große Sporttasche und erschien Dima furchtbar unglücklich. Die Busse in die Stadt fuhren nicht mehr, und Dima dachte mitleidig, die Frau müsse nun entweder bis zum Morgen in ihrer völlig durchnässten Kleidung im Flughafen auf ihrer Tasche sitzen, wobei sie sich todsicher erkälten würde, oder ein Taxi nehmen, das bestimmt doppelt so viel kostete, wie sie im Monat verdiente.

Sacharow gab der Frau Lichtzeichen und fuhr auf sie zu.

»Wollen Sie in die Stadt?«, fragte er, nachdem er ein Seitenfenster heruntergelassen hatte.

»Südwesten, Wolginstraße. Nehmen Sie mich mit?« Dima hörte aus ihrer Stimme weder Freude noch Erleichterung heraus, nur resignierte Schicksalsergebenheit.

»Steigen Sie ein.« Dima ließ die Scheibe rasch wieder hoch und öffnete ihr die Tür.

Bevor er losfuhr, fragte er:

»Sie wissen, wie viel das kostet?«

»Ich ahne es«, sagte sie und platzierte die Tasche auf ihrem Schoß.

»Tausend«, erklärte Sacharow und sah sie abwartend an. Bei sich hatte er beschlossen, die Frau auf jeden Fall in die Stadt zu fahren, selbst wenn sie kein Geld hatte, denn er musste sowieso über den Südwesten fahren. Doch die Gleichgültigkeit der Passagierin, die ein solches Glück gehabt hatte, mitten in der Nacht für ein Drittel des üblichen Preises vom Flughafen nach Hause zu kommen, kränkte ihn.

»Ja, ja, selbstverständlich«, sagte die Frau zerstreut. »Normalerweise ist es doch teurer, oder irre ich mich?«

»Sie irren sich nicht.« Dima lächelte. »Taxis und Private nehmen für diese Strecke nachts mindestens dreitausend.«

»Und Sie?«

»Ich bin kein Schwarztaxi. Ich habe einen Freund zum Flughafen gebracht und wollte nach Hause. Dann sah ich Sie, völlig durchnässt, unglücklich und mit einer schweren Tasche in der Hand, und mir kamen vor Mitleid fast die Tränen. Für dreitausend wären Sie doch nicht mitgefahren, stimmt's?«

»Stimmt«, bestätigte sie trocken. Dennoch war Dima sich sicher, dass sie überhaupt kein Geld hatte, nicht einmal tausend Rubel.

Im Licht der Straßenlampen versuchte er unauffällig seine Begleiterin genauer zu betrachten. Sie war um die dreißig, vielleicht etwas älter, sah müde aus, hatte kurzes schwarzes Haar, war stark geschminkt, nicht teuer gekleidet und trug billigen Modeschmuck. Als sie in einer Kurve in seine Richtung geschleudert wurde, roch Dima ein erlesenes Parfüm: Zinnabar – mit Parfüms kannte er sich aus. Komisch, dachte Dima erstaunt, ihr Parfüm kostet so viel wie ihre ganze Kleidung zusammen.

Die Frau zog den Reißverschluss ihrer Sporttasche auf,

nahm ein kleines Handtuch heraus und trocknete sich das Haar ab.

»Warum haben Sie bei dem Regen keinen Schirm dabei?«, fragte Dima teilnahmsvoll.

»Ich nehme auf Dienstreisen nicht gern Überflüssiges mit«, antwortete sie knapp. Dann besann sie sich offenbar und wurde etwas höflicher. »Man weiß nie, wo man landet, darum muss die Tasche so leicht wie möglich sein. Finden Sie nicht auch?«

»Sie reisen viel?«, erkundigte sich Sacharow.

»Kommt darauf an.« Die Frau zuckte die Achseln. »Manchmal sitzt man das ganze Jahr in Moskau, wird von keinem behelligt, und dann jagt plötzlich eine Dienstreise die andere, man kommt kaum dazu, die Tasche auszupacken.«

»Was machen Sie denn beruflich?« Dima hatte nichts gegen eine belanglose Plauderei, damit die Fahrt nicht so langweilig war.

»Nichts Besonderes. Angeblich Wissenschaft.«

»Wieso angeblich?«, fragte Dima verwundert.

»Diejenigen, die es betreiben, halten es für Wissenschaft. Alle anderen aber finden, wir verschlingen ohne jeden Nutzen Staatsgelder und produzieren keine Wissenschaft, sondern leeres Geschwätz.«

»Aber man schickt Sie immerhin auf Dienstreisen, also sieht man in Ihrer Arbeit doch irgendeinen Nutzen. Oder etwa nicht?«

»Nein. Man braucht uns nicht als wissenschaftliche Mitarbeiter, sondern als billige Arbeitskräfte. Zum Beispiel bei Kontrollinspektionen, wenn zusätzliche Leute benötigt werden. So traurig das ist, unser Wissen wird nicht geschätzt.«

»Warum das?«

»Weil es drei Bereiche gibt, in denen sich jeder für einen Fachmann hält: Politik, Kindererziehung und die Bekämpfung der Kriminalität. Jeder meint, da sei alles völlig klar, man brauche nur seinen gesunden Menschenverstand. Und keine Wissenschaft. Haben Sie mal gesehen, wie abfällig gelacht wird, wenn jemand sagt: ›Doktor der Pädagogik‹?«

»Sie sind also Doktor der Pädagogik?« Dima konnte ein Lächeln nicht unterdrücken.

»Nein, ich bin Juristin. Aber meine Situation ist keinen Deut besser. Wissen Sie, für was die Beamten im Ministerium uns halten, wenn wir ihnen unsere Dokumente vorlegen? Für schreibwütige Bittsteller. Nach dem Motto: Schon wieder bringt ihr uns irgendwelchen Quatsch, dauernd schreibt ihr was, man kann sich kaum retten vor euch Wissenschaftlern, wir müssen die Kriminalität senken, und ihr stehlt uns Vielbeschäftigten wertvolle Zeit, zwingt uns, euren ganzen Blödsinn zu lesen. Und dann, zwei, drei Wochen später, schlägst du die Zeitung auf und liest ein Interview mit Mitarbeitern des Ministeriums, und darin werden schwarz auf weiß deine Worte aus diesem Dokument zitiert, nur dass du als Autor nicht genannt wirst. Und das Honorar kriegst natürlich auch nicht du.«

»Sind die Honorare denn hoch?«

»Ach wo, lächerlich. Aber darum geht es gar nicht! Es ist einfach widerlich, wenn man behandelt wird wie der letzte Dreck, wie ein Nichts, dem man Gedanken klauen kann ohne ein Dankeschön, von den Vorwürfen ganz zu schweigen. Und wissen Sie, was das Komischste ist? Die meisten dieser Verwaltungsmenschen hätten sehr gern einen akademischen Titel. Eine Doktorarbeit selber schreiben können sie natürlich nicht. Sie suchen sich einen renommierten Professor als Betreuer, und für ein paar Kisten Kognak, Südfrüchte und einen Urlaub am Meer schreibt der ihnen die Arbeit. Und wenn sie dann ihren Titel haben, fallen sie noch wütender über die Wissenschaft her und sagen: ›Ich bin selber Doktor, ich weiß genauso gut Bescheid wie Sie!‹ Ist das nicht witzig?«

Dima schwieg. Er hätte sich nun ebenso öffnen und seiner zufälligen Begleiterin erzählen können, dass er über zehn Jahre bei der Miliz gearbeitet hatte und dass die Männer der Praxis über deren Wissenschaft tatsächlich so dachten, wie sie erzählte. Er hätte die Kurzsichtigkeit der Vorgesetzten und die Ungerechtigkeit beklagen können. Ihr erzählen, dass er die Polizei verlassen hatte und zu einer Privatfirma gegangen war, die sich mit etwas befasste, was äußerst verschwommen als »Geschäftssicherheit« bezeichnet wurde. Dann wäre ihr Gespräch vielleicht professioneller und persönlicher geworden, sie hätten bestimmt ein Dutzend gemeinsame Bekannte aufgetan, sich gegenseitig vielleicht sympathisch gefunden, und ihre Bekanntschaft wäre ganz anders weitergegangen. Das alles hätte geschehen können. Aber es geschah nicht. Dima Sacharow schwieg.

Der Wagen stand an einer hell beleuchteten Kreuzung vor einer Ampel.

»Ich weiß, woran Sie gerade denken«, sagte die Frau plötzlich. »Sie überlegen, ob ich Geld habe oder nicht.«

»Ich bin zu dem Schluss gekommen, dass Sie keins haben«, bekannte Sacharow offen, verblüfft von ihrer Voraussicht.

»Fast richtig. Ich habe keines bei mir, aber zu Hause. Machen Sie sich also keine Sorgen.« Sie lächelte. »Ich weiß: Ich sehe nicht gerade nach Verschwendungssucht aus.«

Ein paar Minuten später erreichten sie das Gebäude der Milizschule in der Wolginstraße.

»Jetzt links«, sagte die Frau, »und an der Hausecke noch einmal links. Hier, vor dem Torbogen.«

Vor dem Haus lag ein breiter Rasenstreifen, und Dima dachte, bis sie den Hauseingang erreicht hätte, wäre sie wieder klitschnass. Er empfand Mitleid mit dieser Frau, die ständig Dienstreisen machen musste, von niemandem abgeholt wurde und offenbar daran gewöhnt war, sich nur auf sich selbst zu verlassen.

»Ich fahre in den Torbogen, dann haben Sie es nicht so weit bis zur Haustür«, schlug Sacharow vor.

»Danke«, sagte die Frau erfreut und öffnete ihre Handtasche. »Ich lasse Ihnen meinen Ausweis als Pfand da, ja? Oder wollen Sie mit hochkommen?«

»O nein.« Dima lachte spöttisch. »Heutzutage darf man sein Auto keine Sekunde aus den Augen lassen, sonst wird sofort alles abmontiert. Und extra abschließen, Spiegel und Scheibenwischer ab- und dann wieder anbauen, das dauert viel zu lange. Geben Sie mir den Ausweis.«

»Ich beeile mich«, versprach die Frau und stieg aus.

Dima wendete, parkte so, dass er anschließend bequem wegfahren konnte, stellte den Motor ab und schaltete auf Standlicht. Er saß im warmen Auto, rauchte und ging in Ruhe seine Pläne für den nächsten Tag durch. Um zehn musste er auf seiner Arbeitsstelle sein, um zwölf Uhr dreißig Vera von der Schule abholen und zur Großmutter auf die Datscha bringen und um fünf wieder zurück sein, denn um siebzehn Uhr siebzehn traf auf dem Belorussischen Bahnhof mit dem Zug Berlin–Moskau der nächste verrückte Klient ein, eingeschüchtert vom Gerede über die grassierende Kriminalität in der russischen Hauptstadt. Dima musste ihn ins Hotel bringen. Der Abend war bisher schwer zu planen: Der Chef hatte zu verstehen gegeben, der Klient sei heikel und würde möglicherweise außer dem Personenschutz auch noch andere Dienste benötigen, informativer Art, wie er es ausdrückte.

Dima sah zur Uhr. Zwanzig vor drei. Er wartete schon fünfzehn Minuten. Seltsam. Sie wirkte nicht wie eine Betrügerin, außerdem hatte sie ihm ihren Ausweis dagelassen. Konnte sie kein Geld finden? Sie war auf ihre Dienstreise gefahren, und der versoffene Ehemann hatte alles vertrunken. Oder ihr hirnloser Sohn hatte alles für Kaugummi verplempert. Dima blätterte in ihrem Ausweis. Filatowa, Irina Sergejewna, Moskauerin, das Foto zeigte eindeutig sie, ein

Stempel bestätigte die Eheschließung, einer die Scheidung, Meldevermerk. Kinder standen nicht im Ausweis, also hatte sie keine.

Die Haustür ging auf, ein Lichtdreieck fiel auf den Asphalt. Dima wollte schon die Scheibe herunterlassen, doch aus dem Haus kam ein Mann. Wie lange sollte er eigentlich noch warten? Dima schlug den Ausweis noch einmal auf, suchte auf dem Meldevermerk die Wohnungsnummer und stieg entschlossen aus.

## Zweites Kapitel

Am Montag erwachte Anastasija Kamenskaja wie immer wie zerschlagen; sie war eine richtige Eule, schlief erst spät ein, und früh um sieben aufzustehen war für sie eine qualvolle Prozedur. Nastja riss sich mühsam aus dem Schlaf und schlurfte mit bleischweren Füßen ins Bad.

Mein Gott, sie sah scheußlich aus! Das Gesicht aufgequollen, Säcke unter den Augen – warum hatte sie auch gestern Abend noch zwei Tassen Tee getrunken, sie wusste doch, dass sie zwei Stunden vor dem Schlafengehen nichts mehr trinken durfte, sonst war am nächsten Morgen das Gesicht aufgedunsen. Ach, wie gern würde sie noch weiterschlafen!

Nastja stellte sich unter die Dusche, drehte das Wasser an, erst heiß, dann kühl, und erwartete geduldig, dass ihr Körper aufwachte. Normalerweise dauerte das etwa zehn Minuten. Während sie sich träge die Zähne putzte, versuchte sie siebenunddreißig mit vierundachtzig zu multiplizieren. Vergeblich. Das schlaftrunkene Gehirn verweigerte die einfachsten Operationen. Sie vertauschte die Zahlen und versuchte es noch einmal. Es funktionierte. Dann multiplizierte sie dreistellige Zahlen. Der Aufwachprozess verlief erfolgreich, denn es klappte gleich beim ersten Mal. Und der letzte Test: Zehn schwedische Vokabeln. Diesmal nahm sie sich Küchengeräte vor. Sie konnte eigentlich kein Schwedisch, aber sie prägte sich gern einzelne Wörter in verschiedenen Sprachen ein, als Gehirntraining. Aus jeder europäischen Sprache kannte sie rund fünfhundert Wörter. Ihre Mutter entwickelte Computerprogramme zum Erlernen von Fremdsprachen, und alle ihre Ideen und methodischen Entdeckungen testete die gefragte Frau Professor Kamenskaja an ihrer Tochter.

Beim neunten Wort merkte Nastja, dass sie fror – das Wasser war zu kalt. Sie strengte ihr Gedächtnis an, angelte aus dessen Tiefen das schwedische Wort für Sieb und griff schnell nach dem Handtuch.

Die halbe Arbeit war getan, ihr Gehirn wieder funktionsfähig. Nun musste sie noch ihren Körper in Gang bringen. Nastja ging in die Küche, um Kaffee zu mahlen. Sie setzte Wasser auf und nahm eine Tüte Orangensaft und Eis aus dem Kühlschrank. Ein ziemlich teures Vergnügen, sagte sie sich zum wiederholten Male, eine Tüte reicht für vier Tage, wenn ich nur morgens Saft trinke; das macht fast zweitausend Rubel im Monat. In ihrem Urlaub im Mai war sie nicht verreist, stattdessen hatte sie eine Gelegenheitsarbeit angenommen, die Übersetzung eines französischen Krimis von Charles Exbrayat, und das gesamte Honorar umgehend für derartige teure Vergnügungen ausgegeben: dreißig Tüten Saft, ein paar Büchsen Kaffee, drei Stangen gute Zigaretten. Und für ihren geliebten Martini, das einzige alkoholische Getränk, das sie genoss.

Ihr Körper reagierte zögernd, gleichsam widerwillig, auf jeden Schluck des eiskalten Safts. Der heiße Kaffee tat ein Übriges, und nach der ersten Zigarette fühlte Nastja sich richtig gut.

Als sie gefrühstückt hatte, warf sie den Bademantel ab und trat erneut vor den Spiegel. Die Schwellung im Gesicht war zurückgegangen, nun konnte sie sich ohne Abscheu ansehen. Kritisch betrachtete sie ihr Spiegelbild. Nichts zu machen, mit Schönheit hatte Gott sie nicht gesegnet. Aber sie war auch nicht ausgesprochen hässlich. Ein regelmäßiges Gesicht, eine gut proportionierte Figur, lange Beine, schlanke Taille. Einzeln war alles in Ordnung, aber alles zusammen ergab etwas Unauffälliges, Durchschnittliches, Glattes – nichts, woran der Blick lange haften blieb. Ein deutlicher Schönheitsfehler waren nur die hellen Augenbrauen und die weißblonden Wimpern, aber selbst wenn Nastja sie tuschte, empfand sie sich als graue Maus. Nach so einer Frau drehten sich die Männer nicht um.

Nastja Kamenskaja zog Jeans und ein T-Shirt an, legte ein leichtes Make-up auf und machte sich auf den Weg zur Arbeit.

Für den Weg zur Arbeit rüstete sich auch Viktor Alexejewitsch Gordejew, Abteilungsleiter bei der Obersten Kriminalbehörde in Moskau – ein untersetzter Mann mit rundem, fast völlig kahlem Kopf und solidem Bauch, von seinen Untergebenen Knüppelchen genannt.

Gordejew war ein anschaulicher Beleg, sozusagen die lebendige Verkörperung der Binsenweisheit vom Schein, der häufig trügt. Zweiunddreißig seiner dreiundfünfzig Lebensjahre hatte er bei der Miliz gearbeitet, sechsundzwanzig davon bei der Abteilung zur Bekämpfung schwerer Gewaltverbrechen. In diesen sechsundzwanzig Jahren hatte er gelernt, wie man Verbrechen aufklärte, darum lief die Arbeit in der Abteilung, deren Leitung er übernommen hatte, besser als vor seiner Zeit. Der sanfte, gleich bleibend freundliche Gordejew war unglaublich nachtragend und misstrauisch. Außerdem hatte er niemals und vor nichts Angst, denn er war sehr glücklich verheiratet.

Die Geschichte seiner Heirat bestätigte die alte Wahrheit, die besagt, eine Ehe aus Berechnung könne durchaus glücklich werden, wenn die Berechnung stimmt. Gordejew war nämlich nicht erst zum Dickerchen geworden. Er war so geboren und bis zum Schulabschluss ständig dem Spott und den Hänseleien seiner Klassenkameraden ausgesetzt gewesen. Nach dem Armeedienst ging Viktor Gordejew, voller Komplexe, nachtragend, wütend auf die ganze Welt, dick, aber trotzdem stark und gewandt, zur Polizei, und zwar nur deshalb, weil das damals Ehre und Ansehen versprach und sein Minderwertigkeitsgefühl irgendwie kompensieren sollte.

Die Arbeit bei der Miliz und das Abendstudium an der juristischen Fakultät beendeten zwar die Spötteleien, nicht aber Viktors Leiden. Klein und dick, wie er war, hatte er einen leidenschaftlichen Hang zu großen, dürren Brünetten. Besonders lange quälte ihn die unerwiderte Liebe zu seiner Kommilitonin Ljussja Chishnjak, an der alles reichlich bemessen war: ihr Wuchs, ihre hohen Absätze, ihre Magerkeit, ihre Zartheit und ihr Charme. Diese ganze Pracht maß ein Meter dreiundachtzig und erschien Gordejew als unerreichbares Ideal.

Nachdem er etwa bis zum vierten Studienjahr gelitten hatte, kam er zu dem wenig tröstlichen Schluss, dass Liebe und Ehe wenig miteinander zu tun hätten, und deshalb müsse man seine künftige Frau nicht unter denen auswählen, in die man sich verliebte, sondern unter denen, mit denen man sich zusammenraufen könne. Bei einer Studentenparty lernte er Nadenka Woronzowa kennen, die ihm, was Gewicht und Komplexe anging, in nichts nachstand. Sie litt seit ihrer Kindheit an einer Stoffwechselstörung und war mit zwanzig plump und massig. Aber im Unterschied zu Gordejew, den das Bewusstsein seiner Minderwertigkeit gallig machte, kompensierte Nadenka ihren Mangel durch ein fröhliches, geselliges Wesen. Sie studierte am pädagogischen Institut, liebte Kinder abgöttisch, wollte Grundschullehrerin werden und hatte schreckliche Angst, dass die Kinder über sie lachen würden.

Die Eroberung erfolgte stürmisch und auf ganzer Linie, und bereits nach zwei Monaten hatte Gordejew eine Ehefrau, mit der er sich zusammenraufen konnte, eine Ingenieurin zur Schwiegermutter und einen Arzt als Schwiegervater. Doch dann geriet das vorgezeichnete Schema ins Wanken.

Eines schönen Morgens, rund ein halbes Jahr nach der

Hochzeit, bemerkte Nadenka, als sie ihren Rock anzog, dass sie zwischen die Stelle, wo sich theoretisch ihre Taille befand, und den Gürtel bequem ihre mollige Hand stecken konnte. Nadenka, ganz in Anspruch genommen von dem Gedanken an eine mögliche Schwangerschaft, maß der Absonderlichkeit ihrer Kleidung keine weitere Bedeutung bei. Aber zwei Wochen später kam die Wahrheit dennoch ans Licht und verblüffte Gordejew: Seine Frau war schwanger und nahm deshalb ab. Sein Schwiegervater lachte, meinte aber, das sei durchaus möglich, wenngleich sehr selten. Offenbar, erklärte er, hätten die durch die Schwangerschaft bedingten Veränderungen im Körper zur Normalisierung des Stoffwechsels geführt.

Nachdem Nadenka einen Sohn geboren und ein Dutzend Kilo abgenommen hatte, erklärte sie Gordejew entschieden, sie werde so lange Kinder kriegen, bis sie die Figur eines Filmstars habe. Gordejew willigte belustigt ein, war aber dennoch bass erstaunt, als auch die zweite Schwangerschaft seiner Frau gut bekam. Ihr Gesicht war nicht mehr aufgedunsen, und plötzlich stellte sich heraus, dass Nadenka eine hübsche Nase und wunderschöne Augen hatte. Kurzum, Gordejew, der ein hässliches Dickerchen geheiratet hatte und sich sicher gewesen war, sie und ihre Eltern würden ihm bis an ihr Lebensende dafür dankbar sein, war mit einem Schlag der Mann einer richtigen Schönheit. Aber damit war das Maß seines Unglücks noch nicht voll!

Einige Zeit später versetzte der unscheinbare Schwiegervater Gordejew einen empfindlichen Schlag, indem er eine neue, äußerst effektive Methode für chirurgische Eingriffe am Herzen ersann, woraufhin er rasch Karriere machte. Kaum hatte Gordejew sich versehen, war sein Schwiegervater Professor und bald schon Direktor des Instituts für Kardiologie. Das konnte der stolze Gordejew nicht ertragen. Bei seiner Heirat hatte er gehofft, die Familie würde ihn auf Händen tragen, weil er Kriminalist war. Das hatte nicht geklappt, also musste er einen Weg finden, um sozusagen adäquat zu sein. Diesen Weg fand Viktor Alexejewitsch, inzwischen bereits Major, in amerikanischen Büchern über Führungstheorie und -psychologie.

Schließlich ging die Rechnung auf. Nadenka war nun die geachtete Nadeshda Andrejewna, Direktorin eines renommierten Moskauer Lyzeums. Der Schwiegervater, ein weltberühmter Kardiologe und Professor, war Abgeordneter des russischen Parlaments. Und Viktor Alexejewitsch Gordejew hatte gewissenhaft alle Beförderungsstufen durchlaufen und war auf dem Posten eines Abteilungsleiters der Obersten Kriminalbehörde in Moskau angekommen, wo er alle interessanten Erkenntnisse anwandte, die er in den schlauen Büchern gefunden hatte. Er hatte vor niemandem Angst, denn niemand mochte sich mit ihm anlegen. Schließlich hatte jeder Kinder, die er gern im Lyzeum unterbringen wollte, und an Herz-Kreislauf-Erkrankungen litt jeder Dritte.

Nadeshda Andrejewna reichte ihrem Mann das Frühstück und sagte:

»Wir haben Karten für die Premiere im ›Sowremennik‹. Gehen wir hin oder geben wir sie den Kindern?«

»Wer hat sie gebracht?«, erkundigte sich Gordejew.

»Grashewitsch. Er spielt die Hauptrolle.«

»Schon wieder Grashewitsch«, knurrte Gordejew missmutig. »Wenn ich nicht irre, schon zum vierten Mal. Ist sein Sohn ein Sitzenbleiber, oder was?«

»Nicht doch.« Seine Frau zuckte die Achseln. »Der Junge zeigt ganz normale Leistungen. Warum sollte er ein Sitzenbleiber sein?«

»Weil es dann einen Sinn hat, sich bei der Direktorin einzuschmeicheln. Aber wenn der Junge gut in der Schule ist, wozu dann die Mühe?«, erklärte Gordejew und kaute einen Käsetoast.

»Viktor, ich hab es dir schon hundertmal gesagt, aber ich

sage es dir auch noch zum hundertundersten Mal«, sagte Nadeshda zärtlich, wobei sie ihren Mann umarmte und ihn auf die Stirn küsste. »Hättest du mich nicht geheiratet, hätte ich nie Kinder bekommen und folglich auch nicht abgenommen. Wenn ich jetzt den Männern gefalle, dann ist das einzig und allein dein Verdienst. Das weiß ich, und das werde ich nie vergessen. Also hör bitte auf mit deiner albernen Eifersucht. Übrigens ist gar nicht ausgeschlossen, dass Grashewitsch sich nicht an mich ranmachen will, sondern an dich. Sein Junge ist ja schon groß.«

»Verstehe.« Gordejew nickte und trank seinen Tee aus. »Ich werde mich gleich heute erkundigen. Wenn sein Söhnchen auch nur einmal vorgeladen wurde oder auch nur irgendwo bei uns registriert ist, dann gibst du die Karten bedauernd zurück. Wenn bei dem Jungen alles in Ordnung ist, gehen wir zur Premiere. Abgemacht?«

Dann küsste er seine Frau, verließ die Wohnung und fuhr zur Arbeit.

Der Montag in der Petrowka 38 begann da, wo der letzte Freitag geendet hatte: mit der Erörterung der Frage, ob man wohl zum ersten Juli wie versprochen ihre Gehälter anheben oder sie wieder einmal betrügen würde. Der Betrug bestand darin, dass das Versprechen nicht im offiziell angekündigten Monat eingelöst wurde, sondern erst im folgenden. Wenn also das Gehalt ab ersten Juli erhöht wurde, erhielten im Juli alle noch das alte Gehalt und im August das neue, plus die ausstehende Differenz vom Juli. Bei stabilen Preisen wäre das nicht weiter schlimm, jetzt aber, da die Inflation so schnell wuchs, dass die Banken gar nicht nachkamen, führte eine verzögerte Auszahlung zu einem erheblichen Verlust.

In Gordejews Abteilung war die Debatte gerade in vollem Gange, als Jura Korotkow durch den Flur rannte und in jedes Zimmer hineinrief:

»Leute, alle zu Knüppelchen!«

Die Einsatzbesprechung begann Gordejew wie üblich mit einer langen Begrüßung; er sagte, er freue sich, alle bei guter Gesundheit zu sehen, und machte eine Bemerkung über das blühende Aussehen von Kolja Selujanow, der aus dem Urlaub zurück war. Nicht aus Geschwätzigkeit, sondern weil er wusste, dass seine Leute, gerade aus dem Wochenende wieder zur Arbeit gekommen, noch vor wenigen Minuten Neuigkeiten ausgetauscht und diverse höchstwahrscheinlich nicht ganz dienstliche Dinge besprochen hatten. Sie mussten Gelegenheit bekommen, sich zu entspannen, um sich dann konzentrieren zu können.

»Beginnen wir mit den Altlasten«, verkündete Gordejew. »Der Mordfall Pleschkow, Generaldirektor der Firma Parnass. Ich höre, Korotkow.«

Mit diesen Worten nahm Knüppelchen die Brille ab und steckte den Bügel in den Mund. Ein Zeichen höchster Aufmerksamkeit und Konzentration.

»Die Überprüfung der Hypothesen zur Ermordung Pleschkows aus Rache, Eifersucht oder Gewinnsucht hat bislang keine Ergebnisse gebracht. Keine der Personen, die Zutritt zu Pleschkows Wohnung hatten, hatte ein Motiv für den Mord. Wir verfolgen eine Hypothese, der zufolge das Mordmotiv eine Art Raskolnikow-Syndrom gewesen sein könnte: Der Mord wird begangen, um zu beweisen, dass der Täter dazu prinzipiell im Stande ist. Dabei müssen Täter und Opfer nicht zwangsläufig verfeindet gewesen sein. Aufgrund dieser Hypothese wurde ein ungefähres Täterprofil erstellt. Alle Personen, die Zutritt zur Wohnung hatten, werden daraufhin nun erneut überprüft. Es gibt zwei Hauptverdächtige, und es wurden Maßnahmen eingeleitet, die den Täter provozieren sollen, sich zu erkennen zu geben.«

»Raskolnikow-Syndrom?« Gordejew lachte spöttisch. »Interessant. Wann habt ihr euch das denn ausgedacht?«

»Am Samstag, Genosse Oberst«, antwortete Korotkow schnell und warf einen vorsichtigen Blick in die Ecke, auf einen tief gesenkten blonden Haarschopf.

»Wann rechnet ihr mit Ergebnissen?«

»Wir hoffen, heute oder morgen.«

»Gut.« Gordejew nickte. »Und was hält der Untersuchungsführer von dieser Hypothese? Oder habt ihr ihm eure Erkenntnisse aus der russischen Literatur noch nicht mitgeteilt?«

Korotkow schwieg. Der blonde Schopf in der Ecke sank noch tiefer.

»Alles klar«, resümierte der Oberst. »Also, Folgendes: Keine Konflikte mit dem Untersuchungsführer. Die Hypothese weiter verfolgen. Ich denke, es ist eine Möglichkeit. Das Motiv lässt sich praktisch nicht beweisen, also bitte äußerste Präzision, Juwelierarbeit. Und nichts überstürzen. Noch ist Zeit. Weiter. Die Leiche des Models aus dem Modehaus. Ich höre.«

Nun berichtete der jüngste Mitarbeiter der Abteilung, der schwarzäugige Mischa Dozenko.

»Gegen einen der Verdächtigen gibt es eine Reihe von Indizien, der Untersuchungsführer wurde informiert. Es wurde entschieden, ihn vorerst nicht zu verhaften, er fühlt sich sicher und hat offensichtlich nicht vor zu fliehen. Aber er wird natürlich von uns observiert.«

»Kein Wunder, dass er sich sicher fühlt«, brummte Gordejew. »In drei Tagen sind zwei Monate um, und er wurde noch nicht einmal verhört. Seid ihr auch sicher, dass ihr euch nicht verrannt habt?«

Die Figur in der Ecke schien mit der Wand verschmelzen zu wollen. Mischa versagte es sich hinzusehen und antwortete mutig:

»Wir hoffen es.«

»Na schön, wir werden sehen, was der Untersuchungsführer von euren schwer wiegenden Indizien hält. Weiter.

Die Vergewaltigung Natascha Kowaljowa, zwölf Jahre. Ich höre.«

»Bislang noch nichts, Genosse Oberst«, meldete mit erloschener Stimme Igor Lesnikow, ein erfahrener und nach allgemeiner Ansicht der bestaussehende Ermittler in Knüppelchens Abteilung.

»Was heißt ›bislang noch nichts‹?«, fragte Gordejew leise und legte die Brille auf den Tisch, ein sicheres Zeichen aufkommenden Zorns. »Dieses ›bislang noch nichts‹ dauert nun schon drei Wochen, das letzte Mal habe ich das Freitag früh gehört. Das ist drei Tage her. Was wurde seitdem getan?«

»Viktor Alexejewitsch, das Mädchen steht unter Schock, sie hatte einen Nervenzusammenbruch. Sie kann nicht aussagen. Wir haben nicht einmal eine ungefähre Beschreibung. Wir haben alle registrierten Täter überprüft, auch die Psychiatrien, sowie alle Schüler in den umliegenden Wohnhäusern. Wir haben eine Liste von etwa vierzig Personen, die am fraglichen Tag zwischen achtzehn und neunzehn Uhr in der Nähe des Tatorts gewesen sein könnten. Sie alle wurden verdeckt fotografiert, um die Fotos dem Opfer zur Identifizierung vorzulegen, sobald das möglich ist. Aber Natascha beantwortet keine Fragen zur Tat. Sie schweigt oder bekommt hysterische Anfälle. Und die Ärzte können nichts Verbindliches sagen.«

Gordejew schwieg. Er nahm einen Stift und zeichnete auf ein leeres Blatt Papier ein Quadrat, in das Quadrat einen Rhombus, dann malte er die Ecken aus. Das drückende Schweigen dauerte etwa drei Minuten. Plötzlich hob Knüppelchen den Kopf und sah Lesnikow an.

»Wenn mich nicht alles täuscht, ist das noch nicht alles. Rede.«

»Wir untersuchen die Hypothese, dass es sich bei dieser Vergewaltigung nicht nur um ein Sexualverbrechen handelt, sondern um Rache. Das Verbrechen wurde am vierundzwanzigsten Mai begangen. Am vierundzwanzigsten Mai 1988, vor vier Jahren also, wurde ein gewisser Sergej Schumilin vom Kreisgericht Tuschino verurteilt. Er war angeklagt, in betrunkenem Zustand einen Autounfall verursacht zu haben, bei dem zwei Personen schwere Verletzungen erlitten. Der Vater des Opfers, Vitali Kowaljow, war Schöffe bei der Verhandlung.«

»Ich verstehe.« Gordejew nickte und steckte den Brillenbügel wieder in den Mund. »Und warum stockt die Sache?«

»Sehen Sie, Genosse Oberst, Kowaljow gehört zum engen Umfeld des Vizepremiers, und Schumilin ist der Neffe von Winogradow, dem Präsidenten des Fonds zur Unternehmensförderung. Die beiden miteinander zu konfrontieren ...«

Igor verstummte. Gordejew schwieg erneut und kaute auf seinem Brillenbügel herum.

»Habt ihr Schumilin schon überprüft?« Nun warf Gordejew einen Blick in die Ecke.

»Bislang noch nicht.«

»Macht euch ran. Aber ganz, ganz sachte. Keinen Staub aufwirbeln. Überprüft die Hypothese vollständig, ich meine auch den zweiten Schöffen und den Richter. Wenn es tatsächlich Schumilin war, dann wird er auch diese beiden nicht ungeschoren lassen. Ich will über jeden Schritt informiert werden. Ich gebe euch Rückendeckung. Wenn etwas schief läuft, reiße ich euch allen den Kopf ab. Das war's so weit. Setz dich, Igor. Dozenko, erzähl uns vom Fall Filatowa. Den kennen noch nicht alle, die Leiche wurde in der Nacht vom Freitag zum Samstag gefunden.«

»Am dreizehnten Juni um drei Uhr fünf wurde dem Bereitschaftsdienst der Innenverwaltung der Fund der Leiche von Irina Filatowa gemeldet, geboren neunzehnhundertsechsundfünfzig, Majorin der Miliz, leitende Mitarbeiterin des Forschungsinstituts des russischen Innenministeriums.

Gefunden wurde die Leiche in der Wohnung der Filatowa von einem Mann, der sie vom Flughafen nach Hause gefahren hatte. Sie lag in der Küche vor dem eingeschalteten Elektroherd, der offensichtlich defekt war. Bei der Untersuchung des Opfers wurden jedoch keine für einen Stromschlag typischen Verletzungen festgestellt. Das legt die Vermutung nahe, dass es sich um einen fingierten Unfall handelt, der Tod durch Stromschlag nur vorgetäuscht wurde. Der Verdächtige wurde nach Paragraph hundertzweiundzwanzig festgenommen.«

Und nun tat Knüppelchen etwas, das alle überraschte. Er stellte keine einzige Frage, erteilte keinerlei Anweisungen. Er beendete die Besprechung einfach.

»Alles klar. Danke. Ihr könnt alle gehen, bis auf Kamenskaja. Anastasija, komm raus aus der Ecke.«

Mit diesen Worten kam Gordejew hinter seinem massiven Schreibtisch hervor und lief im Zimmer auf und ab. Er konnte nicht lange stillsitzen. Nastja verließ die Ecke, in der sie die ganze Sitzung stumm verbracht hatte, und setzte sich in einen Sessel am Fenster.

»Das Raskolnikow-Syndrom, ist das dein Werk?« Knüppelchen blieb kurz stehen und sah Nastja stirnrunzelnd an.

»Ja«, bestätigte Nastja leise. »Gefällt Ihnen das nicht?«

»Und Schumilin, ist das auch dein Werk?« Der Chef ignorierte ihre Frage, obwohl er genau wusste, wie sehr Nastja auf ein Wort der Anerkennung wartete.

»Ja, auch.« Ihre Stimme zitterte.

»Und warum soll der Verdächtige im Fall des Models im eigenen Saft schmoren? War das dein Rat?«

»Viktor Alexejewitsch, ich dachte, dass ...«

»Ich weiß«, unterbrach Gordejew sie. »Du hast es mir gesagt. Ich habe noch keine Sklerose.«

Nastja befürchtete, jeden Augenblick loszuheulen. Wahrscheinlich war der Chef unzufrieden mit ihr, sie enttäuschte seine Hoffnungen. Jede Dienstbesprechung war für Nastja

Kamenskaja eine Folter, eine peinliche Qual, sie fühlte sich wie auf einem Pulverfass, das beim geringsten Fehler, den sie machte, explodieren konnte, und dann würden alle sie auslachen, mit dem Finger auf sie zeigen und sagen: »Seht sie euch an, die Kamenskaja, unsere Vornehme, macht keine Verbrecherjagd mit, keine Festnahme, wird nie in kriminelle Gruppen eingeschleust – sitzt bloß im warmen Büro rum, trinkt Kaffee und mimt den genialen Nero Wolfe!« Nastja wusste, dass viele nicht nur so dachten, sondern hinter ihrem Rücken auch so redeten. Andererseits arbeitete sie schon so lange bei Gordejew und konnte inzwischen viele wirklich erfolgreiche Entdeckungen und kluge Lösungen für sich verbuchen, auf die sie stolz war. Natürlich hatte es auch Irrtümer gegeben, aber davon war die Welt nicht untergegangen und das Pulverfass nicht explodiert.

Äußerlich wirkte Nastjas Arbeit tatsächlich wie reines Herumsitzen im Büro. Gordejew hatte sie aus der Kreisverwaltung zu sich geholt, nachdem Nastja zwei Tage lang die Kriminalitätsstatistik der Stadt analysiert und plötzlich erklärt hatte, im Norden Moskaus gebe es einen Homosexuellen, der unkontrollierten Zugang zu Drogen habe. Sie begründete ihre Schlussfolgerung damit, dass in diesem Teil Moskaus die Anzahl der von minderjährigen Mädchen begangenen Diebstähle schneller zunahm als die, bei denen die Täter Jungen waren, woraus sie folgerte, dass dort etwas angeboten wurde, das für Minderjährige äußerst verlockend war und wofür Jungen und Mädchen unterschiedlich zahlten. Diesem Gedanken folgend, stieß Nastja, wie sie meinte, rein intuitiv auf die Wurzel des Übels. Es gab viel Gelächter und Spott, die Geschichte wurde zur Anekdote, die auch in die Petrowka 38 gelangte. Gordejew war der Einzige, der nicht darüber lachte. Einige Zeit später ging er ins Drogendezernat und von dort geradewegs zur Personalabteilung. Der Mann, den Nastja ersonnen hatte, existierte tatsächlich.

Gordejew hatte Nastja nur zu einem Zweck zu sich geholt: Er wollte in seiner Abteilung einen eigenen Analytiker haben. Nastja konnte tatsächlich vieles nicht: Sie trieb keinen Sport, konnte nicht schnell laufen, nicht schießen, beherrschte keinen Kampfsport. Dafür konnte sie denken und analysieren. Ein Dummkopf, wer da glaubte, das könne schließlich jeder, dafür brauche man keine besonderen Fähigkeiten. Ja, neunundneunzig von hundert Ringen zu schießen, das sei etwas! Gordejew, der kein Dummkopf war und vor allem niemanden fürchtete, stellte Nastja als Chefinspektorin ein, und hatte es nie bereut. Nastja bearbeitete alle Fälle, in denen die Mitarbeiter von Gordejews Abteilung ermittelten. Sie stellte Hypothesen auf und entwickelte Methoden zu ihrer Überprüfung, analysierte Berge von Informationen und dachte nach. Sie hatte ein phänomenales Gedächtnis und die Fähigkeit, daraus im Nu die notwendigen Informationen abzurufen.

Die Kriminalisten in Gordejews Abteilung akzeptierten Nastja keineswegs auf Anhieb. Besonders ärgerte sie, dass Gordejew darauf bestand, sie müsse ein Zimmer für sich allein bekommen, was es in der Petrowka noch nie gegeben hatte. Anfangs benutzten sie Nastja sogar als eine Art Telefonfräulein, da sie ja ohnehin den ganzen Tag im Büro saß. Die Anerkennung für ihre Arbeit wuchs nur langsam und unter Schwierigkeiten. Dafür ließen diejenigen, die unmittelbar mit ihr zu tun hatten, nichts auf sie kommen. Dennoch hatte Nastja die chronische Befürchtung, die Erwartungen der anderen zu enttäuschen.

Auch jetzt, als sie in dem niedrigen Sessel vor ihrem Chef saß, war sie darauf gefasst, gleich etwas Unangenehmes zu hören. Aber sie irrte sich.

»Mir gefällt nicht, wie der Fall Filatowa bearbeitet wird«, sagte Gordejew unvermittelt. Das Aufundabgehen im Zimmer begleitete bei ihm das Nachdenken und die Suche nach einer Entscheidung. Nun blieb er stehen und setzte sich neben Nastja. Er hatte also eine Entscheidung getroffen. »Es sind von Anfang an viele Fehler gemacht worden«, fuhr er fort, »viele davon sind nicht mehr zu korrigieren. Kurz das Wesentliche: Filatowa kam in der Nacht vom Zwölften zum Dreizehnten von einer Dienstreise zurück. Der festgenommene Verdächtige hat ausgesagt, er habe sie vom Flughafen nach Hause gebracht – das lag auf seiner Strecke. Filatowa ließ ihm ihren Ausweis da und ging hoch in ihre Wohnung, um Geld zu holen. Nach fünfzehn, zwanzig Minuten hatte er das Warten satt, sah im Ausweis nach der Wohnungsnummer und ging hinterher. Die Wohnungstür war unverschlossen, nur zugeklappt. Die Filatowa lag leblos in der Küche vor dem Herd. Der Fahrer versuchte, sie zu beatmen, dann rief er einen Krankenwagen und verständigte die Miliz. Und da geht die Sauerei los. Zum Tatort kamen Golowanow und Bashow. Du kennst die beiden ja. Ziemlich üble Burschen, besonders Bashow. Der Fahrer ist zu allem Unglück ein ehemaliger Milizionär, arbeitet jetzt bei irgendeiner Firma. Und verdient natürlich entsprechend. Für Bashow und Golowanow ist er ein rotes Tuch. Sie haben sich regelrecht in ihn verbissen, ihm kein Wort geglaubt und ihn zweiundsiebzig Stunden festgehalten. Aber das ist noch nicht das Schlimmste. Der Fahrer wies sie auf zwei Dinge hin. Erstens: Während er im Auto auf die Filatowa wartete, verließ ein Mann das Haus. Zweitens: Auf dem Herd stand ein noch warmer Teekessel. Wenn der Fahrer die Wahrheit sagt, hat jemand die Filatowa in ihrer Wohnung erwartet. Unsere beiden Helden sind völlig ausgerastet, weil der Verdächtige seine Nase in die Spurensicherung steckte, und haben ihn angebrüllt. Im Protokoll wird der Teekessel natürlich nicht erwähnt. Der Hass auf den ehemaligen Kollegen, der nun mehr verdient als sie, hat sie völlig blind gemacht. Die Spurensicherung wurde schlampig durchgeführt. Sie haben sich darauf versteift, dass der Körper keine Strommarken aufwies, obwohl der Gerichtsmediziner ihnen mehrfach versicherte, das könne vorkommen.«

»Sie haben dem Sachverständigen nicht geglaubt?«, fragte Nastja erstaunt.

»Wozu braucht man einen Sachverständigen, wenn man den Verdächtigten schon am Wickel hat?«

»Und der Mann, der aus dem Haus kam?«

»Das wurde auch nicht überprüft. Wenn der Fahrer nicht lügt und wirklich ein Mann aus dem Haus kam, egal, ob aus der Wohnung der Filatowa oder aus einer anderen, dann verließ er das Haus in jedem Fall genau zu der Zeit, die uns interessiert. Um drei Uhr nachts ist es so still, dass man selbst eine Mücke vorbeifliegen hört. Wenn dieser Mann existiert und er nicht der Mörder ist, könnte er ein wertvoller Zeuge sein. Aber nein!« Gordejew trat wütend nach einem Stuhl. »Kurz, Anastasija, ich möchte, dass du mal darüber nachdenkst. Morgen früh sind die zweiundsiebzig Stunden um, und der Fahrer wird entlassen. Ich bin mir sicher, dass sie nichts gegen ihn in der Hand haben. Die Informationen, die am Samstag und Sonntag zusammengetragen wurden, holst du dir von Mischa Dozenko. Und er soll den Festgenommenen so vernehmen, wie du es für richtig hältst.«

»Vielleicht kann ich selbst mit ihm sprechen, Viktor Alexejewitsch?«, schlug Nastja schüchtern vor. »Das ist einfacher, als Mischa zu instruieren.«

»Wir müssen ihn anlernen und nicht die Arbeit für ihn tun«, schnitt Gordejew ihr das Wort ab. »Ich verbiete dir, mit dem Festgenommenen zu reden. Das ist nicht deine Aufgabe.«

Der Oberst hätte vermutlich nicht sagen können, warum er Nastja Kamenskaja so schonte, sie von allen fern hielt. Aber irgendwo tief in seinem Bewusstsein oder dort, wo der Instinkt sitzt, schlummerte die Überzeugung, dass Nastja seine Trumpfkarte war. Als er das enttäuschte Gesicht seiner Untergebenen sah, musste er plötzlich lächeln.

»Geh, Mädchen, denk ordentlich nach«, sagte er zärtlich. »Morgen erzählst du mir, was dir dazu eingefallen ist.«

Als Nastja gegangen war, lief Gordejew wieder im Zimmer auf und ab. Er musste für sich eine schwierige Frage klären: Wie sollte er auf die Hypothese reagieren, der Neffe vom Präsidenten des Fonds zur Unternehmensförderung habe etwas mit der Vergewaltigung der zwölfjährigen Natascha Kowaljowa zu tun? Die Hypothese an sich erschien ihm viel versprechend, aber er mochte seine Männer nicht in politische Zwistigkeiten hineinziehen. Nach kurzem Überlegen beschloss Gordejew, das auf seine Kappe zu nehmen. Er setzte sich ans Telefon und wählte. Er rief seinen alten Bekannten Shenja Samochin in der Pressestelle des Innenministeriums an.

»Viktor!«, rief Samochin erfreut. »Lange nichts von dir gehört! Rufst du aus dem Büro an?«

»Ja«, bestätigte Gordejew.

»Also was Dienstliches«, schloss Samochin. »Sag gleich, was du willst, ich muss in fünf Minuten weg.«

»Shenja, ich brauche eine Information über Vitali Kowaljow aus dem Apparat von Vizepremier Awerin und über Winogradow vom Fonds zur Unternehmensförderung.«

»Und eine Villa in Cannes und eine Limousine? Die brauchst du nicht zufällig?«

»Bitte, Shenja! Ich brauche ja nicht viel. Ich will nur wissen, ob die beiden sich kennen, und wenn ja, wie sie zueinander stehen, wenn nicht, auf welchem Gebiet ihre Interessen sich überschneiden könnten. Das ist alles. Ja, Shenja?«

»Was denn, keine schmutzige Wäsche?«, fragte Samochin ungläubig.

»Nein. Mich interessiert nur eine mögliche Verbindung. Machst du das für mich?«

»Mach ich.« Samochin seufzte. »Ich ruf dich heute Abend zu Hause an.«

Aber Gordejew wäre nicht Gordejew gewesen, wenn er sich damit begnügt hätte. Nicht umsonst kursierten Legenden über sein Misstrauen. Nicht, dass er anderen nicht glaubte – er war sich lediglich bewusst, dass Wahrheit und Tatsachen bei weitem nicht immer dasselbe waren.

Nastja ging aus dem Büro ihres Chefs zum Bereitschaftsdienst und sah die eingegangenen Meldungen und das Dienstbuch durch. Niemand hätte genau sagen können, was sie in diesem Wust von Informationen suchte, vermutlich nicht einmal sie selbst. Dennoch schlug sie jeden Tag das dicke Buch auf, schrieb Verschiedenes heraus und machte sich dazu Notizen, die nur sie verstand.

Zurück in ihrem Zimmer, stellte sie einen Tauchsieder in einen hohen Keramikbecher und wählte eine Telefonnummer im Haus.

»Mischa, möchten Sie nicht eine Tasse Kaffee mit mir trinken?«

»Sehr gern, Anastasija Pawlowna. Bin schon unterwegs.«

Eine Minute später kam Mischa Dozenko herein, in der Hand eine Tasse und eine Packung Würfelzucker.

»Aber Mischa!« Nastja schüttelte vorwurfsvoll den Kopf. »Ich habe Sie doch eingeladen. Ein Gast muss sich nicht selbst versorgen.«

»Wissen Sie«, sagte Mischa verlegen, »wir haben schwere Zeiten. Man muss auf sich Acht geben, sonst wird man zum Schmarotzer.«

Nastja schenkte Kaffee ein und schob Mischa eine Tasse und eine Tüte Kekse hin.

»Mischa, erzählen Sie mir bitte vom Fall Filatowa. Bei der Dienstbesprechung klang das irgendwie ... na ja, verschwommen. Ich gestehe, ich bin daraus nicht schlau geworden.«

Dozenko schwieg angespannt, die Augen starr auf die dampfende Tasse gerichtet. Nastja wollte ihre Bitte schon wiederholen, als es sie wie ein Blitz durchfuhr. Natürlich! Dass sie nicht gleich darauf gekommen war! Mischa Dozenko war, obwohl er noch nicht lange in der Abteilung arbeitete, als meisterhafter Redner bekannt. Er war ein glänzender Vernehmer, brachte jeden zum Reden, formulierte seine Gedanken exakt und legte sie klar und logisch dar. Eine Information aus seinem Mund konnte einfach nicht verschwommen klingen. Es sei denn ... Es sei denn, das war Absicht. Vermutlich eine Anweisung von Gordejew. Er wollte nicht, dass seine Mitarbeiter Details über die Vorgänge in der Wohnung der Filatowa erfuhren und sein missbilligendes Urteil über Bashow und Golowanow in den Fluren der Petrowka verbreiteten. Darum hatte er Nastja nach der Sitzung allein dabehalten und sie nicht im Beisein der anderen instruiert. O ja, Gordejew war ein Fuchs! Er behielt seinen Groll vorerst für sich, hob ihn sich auf wie einen Stein. Niemand ahnte, dass er einen gewaltigen Rochus auf die beiden Kämpfer gegen hohe Einkommen hatte. Niemand brauchte von der Angelegenheit zu wissen, aber Knüppelchen würde ihnen das nicht vergessen. Zu gegebener Zeit würde er diesen Stein hervorholen. Eines musste man ihm lassen: Er griff nie als Erster an. Aber zum Schutz seiner Leute hielt er ein großes Arsenal solcher Steine bereit.

»Mischa«, Nastja lachte, »Viktor Alexejewitsch hat mir von dem Teekessel erzählt und auch von dem Mann, der aus dem Haus kam. Er hat mir aufgetragen, mir von Ihnen alle Informationen geben zu lassen, über die Sie verfügen. Und Sie sollen mit dem Festgenommenen reden. Also lassen Sie die Geheimniskrämerei. Erzählen Sie mir lieber etwas über diese Filatowa.«

Mischa ging in sein Büro zurück, um sein Notizbuch zu holen, und erzählte Nastja alles, was er herausgefunden hatte, seit er an dem Fall arbeitete.

Irina Sergejewna Filatowa, sechsunddreißig Jahre alt, studierte Juristin mit Doktortitel, arbeitete seit dem Abschluss ihres Studiums am Institut des Innenministeriums, also volle dreizehn Jahre. Lebte zusammen mit ihrem Vater Sergej Stepanowitsch Filatow in einer kleinen Zweizimmerwohnung, ihre Mutter war tot. Sie war verheiratet, aber nicht lange, seit 1984 geschieden, keine Kinder. Die Nachbarn konnten nichts Konkretes über sie sagen: keine lauten Partys, keine verdächtigen Besucher. Der Vater war seit dem vierten Juni zur Kur und erst am Samstag zurückgekommen. Er konnte zwei enge Freundinnen der Filatowa nennen und mindestens vier Männer, mit denen sie zu verschiedenen Zeiten intim war. Sie konnten bislang noch nicht befragt werden, keiner von ihnen war am Wochenende zu Hause anzutreffen. Laut Aussage des Vaters fehlte in der Wohnung nichts, Geld und Schmuck waren unberührt. Übrigens war Sergej Stepanowitsch sehr erstaunt darüber, dass der Herd defekt war. Vor seiner Abreise sei er in Ordnung gewesen, das könne er als Ingenieur mit ziemlicher Sicherheit sagen. Über Wohnungsschlüssel verfügten nur er selbst und seine Tochter. Dass Irina jemandem einen Schlüssel gegeben haben könnte, sei ihm nicht bekannt, aber das sei in ihrer Familie prinzipiell unüblich.

»Gut«, sagte Nastja. »Nun zum festgenommenen Fahrer. Was wissen wir über ihn?«

»Zumindest ist seine Aussage bislang durch nichts widerlegt. Er hat tatsächlich jemanden zum Flughafen gebracht, zu einem Flug am dreizehnten Juni um zwei Uhr fünfundvierzig. Das Ticket wurde eine Woche zuvor gebucht, am sechsten Juni. Irina Filatowa war auf einer Dienstreise in Krasnodar und hätte am zwölften Juni gegen neunzehn Uhr ankommen müssen, aber wegen des Regens war der Flugverkehr in Moskau gestört, und ihre Maschine landete erst um ein Uhr vierzig in Wnukowo. Sacharows Begegnung mit der Filatowa auf dem Flughafen kann also keinesfalls geplant gewesen sein.«

»Wie sagten Sie?« Nastja war zusammengezuckt. »Sacharow?«

»Dmitri Wladimirowitsch Sacharow, angestellt bei einer Sicherheitsagentur, bis 1990 beim Milizabschnitt fünf.«

»Sacharow.« Nastja seufzte. »Der Sacharow. Schade.«

»Sie kennen ihn?«, fragte Dozenko erstaunt.

»Besser gesagt, ich kannte ihn. Nicht sehr gut. Aber ich erinnere mich, dass er ziemlich tollkühn ist, sehr risikobereit, mit einem Hang zum Abenteuer. Und dass er davon träumte, viel Geld zu haben. Er kann durchaus in eine unschöne Geschichte geraten sein, aber nicht aus abgrundtiefer Gemeinheit, sondern ausschließlich aus Waghalsigkeit und Abenteuerlust.«

»So was, die Welt ist klein.« Mischa schüttelte den Kopf und ging zum Fenster.

»Was wundert Sie daran, Mischa?« Nastja winkte ab. »Wenn man mindestens fünf Jahre bei der Kriminalpolizei ist, hat man mit allen Kriminalisten und Untersuchungsführern in Moskau so oder so schon mal zu tun gehabt. Wir sind im Grunde gar nicht so viele. Noch ein, zwei Jahre, und Sie werden sich selbst davon überzeugen können. Ein enger Kreis sozusagen. Na schön, zurück zu Sacharow. Er bestreitet natürlich, die Filatowa bereits zuvor gekannt zu haben?«

»Natürlich, aber wir werden das überprüfen, indem wir ihre Freunde und Kollegen befragen.«

»Wann wollen Sie das denn schaffen? Morgen früh muss Sacharow schon entlassen werden.«

»Um zwei treffe ich mich im Institut mit Filatowas Chef.«

»Dann müssen Sie das Gespräch mit Sacharow auf heute Abend verschieben. Haben Sie ihn gefragt, worüber er sich mit der Filatowa auf der Fahrt unterhalten hat?«

»Nein. Ich habe gar nicht mit ihm gesprochen. Man hat mir ein Protokoll der Vernehmung bei der Verhaftung gegeben und mich beauftragt, seine Aussage zu überprüfen. Und das habe ich getan.«

»Klar.« Nastja nahm ein leeres Blatt Papier. »Ich werde Ihnen aufschreiben, welche Fragen Sie unbedingt im Institut klären und wonach Sie Sacharow fragen müssen. Wenn ich Ihnen einen Rat geben darf: Sehen Sie zu, dass Sie im Institut nur mit Frauen sprechen. Die Vernehmung der Männer überlassen Sie ... Wer arbeitet noch an dem Fall?«

»Korotkow und Larzew.«

»Also Korotkow. Er ist unscheinbar genug, um bei den Männern keine Rivalitätsgefühle aufkommen zu lassen. Und noch etwas, Mischa: Nehmen Sie ein Aufnahmegerät mit. Ich brauche die Aussagen wortwörtlich, nicht Ihre Eindrücke. In Ordnung?«

»Gut, Anastasija Pawlowna.«

»Sie sind doch nicht gekränkt?« Nastja lächelte. »Nicht gekränkt sein, Mischa. Gedächtnis und Aufmerksamkeit sind selektiv. Ich vertraue Ihrer Gewissenhaftigkeit, aber die Selektivität sitzt in uns, wir können sie nicht willentlich ausschalten. Auch mir kann etwas entgehen. Darum brauchen wir einen Mitschnitt. Eine letzte Frage: Ist der Obduktionsbericht schon da?«

»Soll gegen Mittag fertig sein. Aber das Protokoll geht sofort an den Untersuchungsführer. Der möchte gern, dass es ein Unfall war.«

»Ich verstehe.« Nastja nickte. »Wer hat die Obduktion vorgenommen?«

»Airumjan.«

»Schön, ich werde ihn anrufen. Na dann los, Mischa. Hier, meine Spickzettel. Wir sehen uns morgen früh um acht. Ich möchte alles erfahren, bevor Sacharow entlassen wird. Ach ja, das hätte ich beinahe vergessen: Wer von der Technik war in der Wohnung der Filatowa?«

»Oleg Subow.«

»Die Fotos sind wahrscheinlich schon beim Untersuchungsführer? Also müssen wir Subow lieb bitten, dass er für uns auch Abzüge macht.«

»Hab ich schon.« Mit diesen Worten entnahm Mischa seiner Mappe Fotos vom Tatort. »Hier.«

»Mischa, ich vergöttere Sie.« Nastja deutete einen Kuss an. »Nun aber los. Ich erwarte Sie morgen um acht.«

Dozenko ging, und Nastja nahm sich die Fotos vor. Da war die Tote selbst. Ein interessantes Gesicht, fand Nastja, nicht sehr ebenmäßig, aber ausdrucksvoll. Sie hatte bestimmt Erfolg bei den Männern gehabt. Die Küche war klein, etwa fünf Quadratmeter, sehr schmal. Der Flur. An der Wohnungstür ein Schränkchen, darauf ein Telefon. Deutlich erkennbar standen unter der Garderobe Turnschuhe mit langen, aufgebundenen Schnürsenkeln ordentlich nebeneinander. Da stimmt doch was nicht, dachte Nastja. Sie muss schnell Geld holen und es dem Fahrer bringen, stattdessen bindet sie sich sorgfältig die Schnürsenkel auf, stellt die Turnschuhe an ihren Platz, geht in die Küche und schaltet den Herd ein. Hätte sie Sacharow nicht ihren Ausweis dagelassen, könnte man denken, sie wollte ihm das Geld gar nicht bringen. Was hatte sie in der Küche zu suchen? Vielleicht bewahrte sie dort ihr Geld auf? Nastja machte sich eine Notiz auf einem Blatt mit der großen Überschrift »Subow«. Andere Variante – das Geld war im Zimmer, draußen goss es, die Turnschuhe waren nass, sie hat sie ausgezogen, um den Teppich nicht zu beschmutzen. Sie schrieb eine zweite Notiz auf das Blatt »Subow«. Eine Panoramaaufnahme vom großen Zimmer. Perfekte Ordnung. Man sah, dass lange niemand darin gewesen war. Die Sessel standen exakt symmetrisch zu beiden Seiten eines Teetischchens. Detailfotos – Bücherregale, Schrankwand. Ein Amateurfoto von Irina, sehr gelungen. Das Foto einer Frau um die Vierzig, vermutlich ihre Mutter. Hinter einer der Glastüren der Schrankwand eine Sammlung kleiner Glasfiguren: Tiger, Schlange, Hahn, Hund, Katze – zwölf insgesamt. Sonst keinerlei Nippes, nur Gebrauchsgegenstände und Bücher. Das kleine Zimmer. Eindeutig das von Irina. Eine Couch, ein Schreibtisch mit Schreibmaschine, ein Sessel, eine Stehlampe. Sonst nichts – das Zimmer war sehr klein.

Ohne den Blick von den auf dem Tisch ausgebreiteten Fotos zu lösen, langte Nastja nach einer Zigarette. Plötzlich blieb ihre Hand in der Luft hängen, sie verspürte eine Kälte in der Magengegend. Etwas stimmte hier nicht. Sie sammelte die Fotos ein und nahm sie einzeln zur Hand. Wieder verspürte sie einen Stich.

Nastja Kamenskaja wusste genau: Was sie beim Betrachten der Fotos gespürt hatte, signalisierte eine wichtige Information, die nicht ins Schema passte. Sie legte ein Foto auf ein Blatt mit der Überschrift »Airumjan«. Das war erst einmal alles. Nun konnte sie anrufen.

Oleg Subow war wie üblich mürrisch und missmutig. Außerdem hatte Gordejew ihm offenbar befohlen, seine Zunge im Zaum zu halten, sodass Nastja große Mühe hatte, ihn zum Reden zu bringen.

»Versteh doch, Nastja, unsere Kriminalisten und der Untersuchungsführer blasen nicht ins selbe Horn. Der Untersuchungsführer ist alt und krank, geht bald in Pension, wir haben Mitte Juni, und er war noch nicht im Urlaub. Was soll er mit unserem Mord? Er möchte, dass es ein Unfall war. Und auf den Mann und den warmen Teekessel pfeift er, wenn die nicht in seine Hypothese Tod durch Stromschlag passen. So ist er nun mal, er will auf seine alten Tage keine überflüssigen Scherereien. Wenn du ihm einen Koffer voller Beweise bringst, dass die Filatowa ermordet wurde, dann, bitteschön, kümmert er sich um die Ermittlungen. Aber wenn nicht, dann macht er keinen Finger krumm, dann schließt er die Akte und fertig. Und unsere Jungs, das weißt du ja selber. Die wollen im Gegenteil, dass es Mord war und dass dieser Fahrer der Täter war. Offenbar gefällt ihnen seine Nase nicht.« Oleg lachte spöttisch. »Und von einem anderen Mörder wollen sie nichts hören. Sie können den Mann samt dem warmen Teekessel auch nicht gebrauchen. So liegen die Dinge.«

»Hast du denn diesen unglückseligen Teekessel selbst angefasst?«

»Klar doch. Und sogar geschätzt, wann er gekocht hat. Gegen halb zwei, plus minus fünf Minuten.«

Nastja erfuhr von Subow, dass es in keinem der beiden Zimmer einen Teppich gab und dass das Geld in einer Holzschatulle aufbewahrt wurde, die sich in einem Schubfach im Flurschränkchen befand.

Gurgen Artaschessowitsch Airumjan war im Gegensatz zu Subow freundlich und wortreich. Außerdem mochte er Nastja Kamenskaja, die so ganz anders war als seine beiden Enkeltöchter, temperamentvolle, rastlose und, wie er fand, wirrköpfige und leichtsinnige Mädchen.

»Guten Tag, mein kleiner Goldfisch, guten Tag, meine Schöne«, dröhnte er in den Hörer. »Nett, dass du dich mal wieder bei Großvater Gurgen meldest. Bestimmt wegen der Filatowa? Den Bericht habe ich an den Untersuchungsführer geschickt.«

»Gurgen Artaschessowitsch, nur in zwei Worten, ja? Sie wissen doch, der Chef lässt mich nicht zum Untersuchungsführer«, bettelte Nastja.

»Also, in zwei Worten: Ich weiß nicht, woran die Filatowa gestorben ist.«

»Wie das?« Nastja war verblüfft.

»Ganz einfach. Der Tod trat durch Herzversagen ein. Bei der Obduktion wurden keinerlei chronische oder akute Erkrankungen festgestellt, die den Herzstillstand verursacht haben könnten. Strommarken wurden ebenfalls nicht nachgewiesen, aber ich räume durchaus ein, dass sie an einem Stromschlag gestorben sein kann. Verstehst du, mein

Sonnenschein, in zehn bis fünfzehn Prozent treten keine solchen Marken auf. Das steht in jedem Lehrbuch. Aber wenn du nicht zwei Worte hören willst, sondern drei, dann beantworte ich dir eine Frage, die der Untersuchungsführer zu stellen vergessen hat. Wahrscheinlich hatte er es sehr eilig, oder er wollte nicht. Willst du?«

»Natürlich.«

»Also, meine Schöne. In dem Buch »Leichenschau am Fundort«, erschienen neunzehnhundertneunundachtzig, kannst du auf Seite hundertsiebenundfünfzig lesen, dass der Untersuchungsführer mich hätte fragen müssen: Weist der Körper der Filatowa Verletzungen auf, die nicht auf einen Stromschlag zurückzuführen sind? Darauf hätte ich ihm geantwortet, dass die Filatowa eine Prellung am Kopf hatte, die ich mir nicht erklären kann, und andererseits nicht die Prellungen aufweist, die ich erwartet hätte. Das ist mein drittes Wort. Willst du auch das vierte hören, oder bist du schon selber darauf gekommen?«

»Bin ich«, erwiderte Nastja. »Ich habe die Fotos gesehen, und mir ist gleich aufgefallen, dass die Küche winzig ist. Bei einem Sturz wäre die Filatowa garantiert gegen die Tischkante und den Hocker gefallen. Und diese Prellungen vermissen Sie?«

»Ich bete dich an, mein Vögelchen, es ist ein Vergnügen, mit dir zu reden. Und die Prellung, die ich gefunden habe, ist nichts Halbes und nichts Ganzes. Einerseits sieht es aus, als wäre sie auf den Boden gestürzt. Andererseits hätte die Prellung bei einem Sturz aus der Höhe ihrer Körpergröße, mal abgesehen von Tisch und Hocker, größer sein müssen. Die Prellung entstand ungefähr zum Zeitpunkt des Todes, sie kann sich kaum früher den Kopf gestoßen haben. Eines kann ich mit Sicherheit sagen: Die Prellung wurde durch Berührung mit einer glatten Oberfläche verursacht, nicht durch einen stumpfen Gegenstand. Nun, mein Augenstern, wie gefallen dir meine Worte?«

»Großartig«, bekannte Nastja aufrichtig. »Was täte ich nur ohne Sie? Ich wäre schon längst rausgeflogen.«

Das war nicht einmal übertrieben. Am Zwanzigsten jeden Monats legte sie Gordejew eine Analyse aller aufgeklärten und unaufgeklärten Morde, schweren Körperverletzungen und Vergewaltigungen vor. Diese Analyse ermöglichte Rückschlüsse auf neue Tendenzen bei diesen Delikten sowie auf typische Fehler bei der Ermittlung. Jeden Monat, wenn Nastja an dieser Analyse arbeitete, ging sie zu Airumjan und hörte sich dankbar seine ausführlichen Konsultationen an, die er mit vielen »Fischlein«, »Vögelchen« und »Augensternen« schmückte.

Na schön, das waren für den Anfang genug Informationen, um über die Todesumstände im Fall Filatowa nachzudenken. Um Motive und die Persönlichkeit des Täters ging es vorerst noch nicht. Zunächst galt es herauszufinden, ob die Sache wirklich inszeniert war oder doch ein Unfall. Und generell, wie das Ganze passiert war und ob Dima Sacharow etwas damit zu tun haben konnte. Vielleicht sollte sie auch mit dem Elektroingenieur sprechen, der in die Wohnung der Filatowa geholt worden war. Aber im Grunde war die Art des Defekts für ihre Überlegungen vorerst kaum von Belang. Der Schaden am Herd konnte nicht urplötzlich entstanden sein, in der Stunde zwischen halb zwei, als laut Subows Auskunft der Teekessel gekocht hatte, und halb drei, als Irina einen Stromschlag bekommen hatte. Also war entweder der Herd in dieser Stunde absichtlich beschädigt worden, oder der warme Teekessel war ein Phantom, von dem sowohl Sacharow als auch der Kriminaltechniker Subow heimgesucht worden war, oder aber derjenige, der den Tee gekocht hatte, wusste von dem Defekt und hatte Vorsichtsmaßnahmen getroffen, zum Beispiel dicke Gummihandschuhe getragen. Andere Möglichkeiten gab es nicht.

Nun, da Nastja einen Ausgangspunkt für ihre Überlegungen gefunden hatte, ging sie an die Arbeit. Die Vorbereitungen dazu waren ein regelrechtes Ritual, dessen wahrer Sinn einzig und allein darin bestand, den Moment des Eintauchens hinauszuzögern. Nastja kochte sich ohne Hast einen Kaffee, aß dazu ein von zu Hause mitgebrachtes Brot, rauchte eine Zigarette, legte sich drei neue leere Blätter zurecht, die sie ordentlich beschriftete: »Phantasie«, »Beschädigung zwischen 1.30 Uhr und 2.30 Uhr« und »Beschädigung früher«. Dann schloss sie ihre Zimmertür ab. Das war's. Es konnte losgehen.

Zuerst die Variante »Phantasie«, die war am einfachsten. Der warme Teekessel existierte nicht, Sacharow und Subow logen einhellig, weil Sacharow der Mörder war, Subow das wusste und ihn aus irgendeinem Grund deckte. Kompletter Blödsinn, aber das war nun einmal Nastjas Regel: Alle Varianten durchgehen, egal, wie unsinnig sie scheinen mochten. Also: Sacharow war der Mörder, Subow sein Komplize. Sacharow geht in die Wohnung der Filatowa und tötet sie. Wie? Manipuliert er vor ihren Augen am Herd herum? Oder tötet er sie anders? Wie? Was kann noch einen Herzstillstand verursachen? Irgendein Nervengas. Airumjan hat in der Lunge nichts dergleichen gefunden. Aber das war nicht die Hauptsache. Entscheidend war, dass sich in der Wohnung außer den beiden noch ein Untersuchungsführer, zwei Kriminalisten aus der Petrowka, einer von der zuständigen Wache und ein Elektroingenieur befunden hatten. Und jeder von ihnen oder alle zusammen mussten erklären, dass das Gerede vom warmen Teekessel pure Erfindung war.

Erleichtert zerriss Nastja das Blatt mit der Überschrift »Phantasie« und machte sich an die nächste Variante.

Sie ging im Kopf noch einmal alle ihre Argumente durch, die dagegen sprachen, dass der Defekt am Herd ohne äußere Einwirkung eingetreten war. Wäre die Filatowa zum Zeitpunkt ihres Todes allein in der Wohnung gewesen, hätte es außer den vom Gerichtsmediziner vermissten Prellungen auch einiges Gepolter geben müssen, von dem die Nachbarn garantiert wach geworden wären. Wenn in der Wohnung jemand war, der sie erwartete und nicht ihren Tod wollte, dann wusste er entweder von dem Defekt und hätte sie warnen müssen, oder er wusste es nicht, dann wäre das Bild dasselbe gewesen: Sturz, Lärm, Prellungen. Mischa Dozenko hatte die Nachbarn befragt, niemand hatte etwas gehört. Nur zwei alte Leute in der Nachbarwohnung waren wach geworden, als Irina um halb drei ihre Tür aufschloss und zuklappte. Alte Menschen haben einen leichten Schlaf und Einschlafprobleme. Ein Gepolter in der Wohnung zehn Minuten später hätten sie also ebenfalls gehört.

Hatte sie auch nichts übersehen? Nein. Nun also zur absichtlichen Beschädigung des Herdes in der Zeit zwischen 1.30 Uhr und 2.30 Uhr.

Nastja zeichnete kleine Quadrate und Pfeile auf das Blatt, schrieb einzelne Worte und ganze Sätze, notierte sich Fragen, die dem Kriminaltechniker, den Nachbarn und Filatowas Vater gestellt werden mussten. Die Kippen im Aschenbecher wurden immer mehr, der Kaffee immer weniger. Auf dem Tisch lagen nun neue Blätter: »Geplant«, »Zufall«, »Turnschuhe«, »Schloss«. Schließlich hatte sie ein Bild des Verbrechens vor Augen, bei dem alles zusammenpasste, was sie bisher wusste: Die unverschlossene Wohnungstür, die ordentlich aufgeschnürten Turnschuhe, der defekte Herd, der warme Teekessel, der Mann, der aus dem Haus kam, die seltsame Stille und die rätselhafte Prellung.

Ja, Irina Sergejewna, dachte Nastja und betrachtete das Amateurfoto der Filatowa, Ihr Tod war kein Unfall. Sie wurden ermordet. Vorsätzlich und kaltblütig. Von einem erfahrenen und vorsichtigen Täter. Er konnte nicht ahnen, dass Sacharow unten im Auto auf Sie wartete. Ohne ihn hätte man Ihre Leiche erst heute entdeckt, und der Teekessel wäre längst abgekühlt. Und er konnte nicht ahnen, dass Sie zu den zehn, fünfzehn Prozent gehören, von denen das Lehrbuch sagt, dass der Strom auf ihrem Körper keine Spuren hinterlässt, und dass sich deshalb Leute finden würden, die nicht an einen zufälligen Tod glauben. Ihr Mörder hat richtig kalkuliert. Aber die Umstände waren gegen ihn. Was also ist mit Ihnen geschehen, Irina Sergejewna? Wen haben Sie verärgert oder gestört? Wen haben Sie gekränkt?

Zermürbt von der stickigen Luft im Bus, stieg Nastja eine Haltestelle früher aus. Sie war einer Ohnmacht nahe gewesen. Nastja, die tagelang ohne Essen und ohne Schlaf auskam, wenn sie in die Lösung eines analytischen Problems vertieft war, Nastja, die in acht Jahren nicht ein einziges Mal krankgeschrieben war und bei jeder Krankheit auf den Beinen blieb, dieselbe Nastja hatte zwei Todfeinde: Hitze und Menschenmengen. Dagegen war sie machtlos. Ihr Körper versagte den Dienst, als flüsterte er ihr höhnisch zu: »Du ernährst mich mit trockenem Brot, vergiftest mich mit Nikotin, kümmerst dich nicht um mich, wenn ich krank bin, ich bin dir scheißegal – das hast du nun davon, bitte sehr! Gerade, wenn du todmüde bist oder spät dran, zwinge ich dich, zu Fuß zu gehen!« Nastja kannte diese Tücken ihres Kreislaufs und sicherte sich dagegen ab, indem sie immer eine Ampulle Salmiakgeist bei sich trug, vor allem aber, indem sie ihre Routen so organisierte, dass sie immer viel Zeit in Reserve hatte. Nastja Kamenskaja kam nie zu spät.

Langsam, als wolle sie jede überflüssige Muskelanstrengung vermeiden, lief sie nach Hause und erledigte unterwegs einige Einkäufe. Ihre große Schultertasche wurde immer schwerer, ihre vom stundenlangen Sitzen im heißen Büro angeschwollenen Füße schmerzten unerträglich. Nastja hatte eine eigenwillige Methode, sich ihr Haushaltsgeld einzuteilen. Wenn sie ihr Gehalt bekam, legte sie es auf Zweckhäufchen, dann dividierte sie die für Lebensmittel bestimmte Summe durch die Anzahl der Tage im Monat. Das ermittelte Ergebnis war ihr Tageslimit, das zu überschreiten sie sich verbot. Je seltener sie also einkaufen ging, desto mehr leckere (und teure) Lebensmittel konnte sie kaufen. Wenn sie jeden Tag ging, musste sie sich mit Brot, Milch und Rührei mit Tomaten begnügen. Ging sie aber nur alle fünf Tage oder noch besser nur einmal in der Woche, konnte sie sich geräuchertes Hähnchen, Käse, Wellfleisch und sogar Melone leisten. Neben der Möglichkeit kleiner Schlemmereien hatte diese Art des Wirtschaftens einen weiteren, ganz entscheidenden Vorteil: Sie entsprach Nastjas geradezu legendärer Faulheit.

Auf der Bank vor ihrem Haus saß ein rothaariger Strubbelkopf, in ein Buch vertieft. Neben ihm türmten sich Plastiktüten, aus denen Lauchzwiebeln und ein goldgelbes Baguette ragten; hinter der durchsichtigen Folie schimmerten knallrote Tomaten. Als Nastja die Bank erreichte, riss der Rotschopf sich von seinem Buch los und sammelte hastig die Plastiktüten ein.

»Nastenka, was soll denn das, also wirklich! Wir hatten doch verabredet, dass wir heute feiern wollen. Du hast selbst gesagt, ich soll um sechs da sein, und jetzt ist es schon fast acht.«

»Alte Vogelscheuche«, sagte Nastja gutmütig. »Sechs war für Freitag ausgemacht, und heute ist Montag. Am Freitag habe ich den ganzen Abend auf dich gewartet.« Sie ging ins Haus und hielt dem mit Taschen bepackten Mann die Tür auf.

»Wie, am Freitag?«, murmelte er verwirrt und kämpfte gleichzeitig mit der Tür, dem Buch unter seinem Arm, das herunterzufallen drohte, und der von seiner Nase rutschenden Brille. »Ich war mir sicher, am Fünfzehnten. Heute ist doch der Fünfzehnte? Wirklich? Waren wir wirklich für

Freitag verabredet? Habe ich wieder alles durcheinander gebracht ...«

Sie fuhren mit dem Aufzug in die siebente Etage, Nastja schloss die Wohnungstür auf, und ihr Begleiter beklagte noch immer erschüttert seine Zerstreutheit.

»Na schön«, sagte Nastja müde, ließ sich entkräftet auf einen Stuhl im Flur fallen und streckte die Beine aus, »mit deinem Gedächtnis ist nicht viel los. Aber in Logik müsstest du doch stark sein. Du bist doch Mathematiker. Wer kommt denn auf die Idee, montags zu feiern? Schluss, ich will nicht länger darüber reden. Wenn ich gewusst hätte, dass du mit Taschen voller Lebensmittel anrückst, hätte ich meinen zarten Körper nicht mit Einkäufen gemartert.«

Der zerstreute und etwas wunderliche Mathematiker Ljoscha war jedoch nicht so weltfremd, dass ihm der Stimmungsumschwung bei seiner Freundin entgangen wäre. Die »Marterung des zarten Körpers«, das war bereits ein Anflug von Humor; sie war also bereit, ihm zu verzeihen.

Ljoscha und Nastja kannten sich seit der Schulzeit. Seit zwanzig Jahren hing Ljoscha mit treuer und kindlicher Liebe an Nastja. Ihr unscheinbares Äußeres spielte für ihn keine Rolle, er schien gar nicht zu wissen, wie seine Geliebte aussah. Hin und wieder öffnete Ljoscha plötzlich die Augen und bemerkte um sich herum schöne, beeindruckende Frauen, verliebte sich unsterblich in sie, stürmisches Verlangen raubte ihm den Verstand, doch das dauerte immer nur so lange, bis das Objekt seiner verzehrenden Begierde den rothaarigen Mathematiker mit einer zehnminütigen Unterhaltung beglückte. Die glühende Liebe erlosch augenblicklich, denn jedes Mal stellte sich heraus, dass er nur mit Nastja reden und überhaupt zusammen sein konnte. Mit allen anderen Frauen und auch mit den meisten Männern langweilte er sich. Nach seinen missglückten Eskapaden ging er zu Nastja und erzählte ihr lachend, wie er wieder einmal von einer schönen Frau enttäuscht worden war.

Nastja ärgerte sich nicht darüber, sie fühlte sich mit ihm wohl.

Der Abend verlief wie gewohnt. Ljoscha stellte Nastja in der Küche eine Schüssel mit kaltem Wasser vor die Füße, machte rasch Essen und erzählte ihr dabei, wie er die Tage seit ihrer letzten Begegnung verbracht hatte. Er deckte den Tisch, offerierte Nastja einen Martini mit Eis und öffnete sich ein Bier. Dann sahen sie sich im Fernsehen einen Krimi an. Nastja hörte ihrem rothaarigen Genie mit halbem Ohr zu und dachte zufrieden, wie schön es war, dass es jemanden wie Ljoscha gab, der nichts von ihr verlangte, zugleich aber dafür sorgte, dass sie sich nicht wie eine alte Jungfer vorkam.

Ljoscha schlief ein, erschöpft von einem stürmischem Gefühlsausbruch, doch Nastja lag noch immer mit offenen Augen da und dachte an Irina Filatowa. Ihr auf Hochtouren arbeitendes Gehirn ließ sich einfach nicht abschalten. Nastja stand vorsichtig auf, zog ihren Bademantel über und ging in die Küche. Sie holte eines der Fotos von der Wohnung der Filatowa hervor und lehnte es gegen die Keramikvase auf dem Küchentisch. Irgendetwas stimmte auf diesem Foto nicht! Was nur? Was?

# Drittes Kapitel

Aus der Leichenhalle wurde Irina Filatowa auf den Pjatnizkoje-Friedhof am Rigaer Bahnhof gebracht, wo ihre Mutter begraben war. Erstaunlich viele Menschen waren gekommen, um von ihr Abschied zu nehmen. Jura Korotkow hatte sich unter die Menge gemischt und hielt Ljudmila Semjonowa am Arm, eine Kollegin und Freundin der Toten. Er brauchte jemanden, der das Umfeld des Opfers gut kannte und in der Lage war, während der Trauerzeremonie Fragen zu beantworten und nicht in Hysterie auszubrechen.

Der Rat, sich an die Semjonowa zu halten, stammte von Wolodja Larzew, der Irinas Kolleginnen zusammen mit Mischa Dozenko befragt hatte, und zu Larzews Instinkt hatte Korotkow volles Vertrauen.

»Sie halten mich wahrscheinlich für gefühllos?«, fragte Ljudmila leise. »Ich habe in meinem Leben schon so viele Angehörige begraben, dass ich gelernt habe, den Tod anzunehmen. Wenn nur manche Leute sterben würden und die anderen nicht, dann wäre der Tod eine tragische Ungerechtigkeit. Warum musste gerade dieser Mensch sterben und nicht ein anderer, warum darf der eine ewig leben, der andere nicht? Aber da nun einmal niemand unsterblich ist, muss man den Tod als etwas Normales und Unausweichliches betrachten. Habe ich nicht Recht?«

»Ich weiß nicht«, antwortete Korotkow ernst. »Das kann ich Ihnen nicht beantworten. Sehen Sie mal, wer ist das dort, neben dem Vater der Filatowa?« Er deutete mit einer Kopfbewegung auf einen kräftigen dunkelhaarigen Mann mit Schnurrbart und orientalisch geschnittenen Augen.

»Ihr Exmann, Ruslan Baschirow. Die neben ihm ist seine neue Frau.«

Ljudmila fing den überraschten Blick ihres Begleiters auf und lächelte.

»So war unsere Irina. Sie hat sich nie mit jemandem zerstritten. Sie hat immer gesagt, das Wertvollste im Leben sei, gut mit den Menschen auszukommen. Wenn Mann und Frau sich trennen, dann heißt das doch nicht unbedingt, dass einer der beiden schlecht ist. Sie fühlen sich einfach nicht mehr wohl miteinander. Aus allen möglichen Gründen. Aber wenn Menschen nicht mehr miteinander leben und nicht mehr in einem Bett schlafen können, bedeutet das ja nicht, dass sie nichts mehr miteinander zu tun haben, nicht mehr befreundet sein können. Ruslans neue Frau hält übrigens, ich meine, hielt viel von Irina. Irina hat die beiden sogar mit ihren Verehrern besucht.«

»Das ist in der Tat ungewöhnlich«, bestätigte Korotkow. »Sind außer ihrem Mann noch andere, wie soll ich sagen, Männer hier, mit denen Irina …« Er stockte. Die Friedhofsatmosphäre hinderte ihn, das übliche Wort Liebhaber zu benutzen.

»Nur keine Scheu, Jura.« Ljudmila drückte leicht seinen Arm. »Ich bin schließlich auch mal Kriminalistin gewesen. Sie können mir ruhig jede Frage stellen.«

»Ljudmila«, sagte Korotkow aufrichtig, »Sie sind ein wahres Wunder. Wenn Sie nicht verheiratet wären, würde ich Ihnen einen Antrag machen.«

»Tun Sie's doch«, antwortete sie schlicht.

»Sie sollten nicht solche Scherze machen. Wir beide sind hier immerhin auf einer Beerdigung.« Korotkow streichelte sanft ihre Hand, die wie selbstverständlich auf seinem Arm lag.

»Das ist kein Scherz.« Ihre Stimme verriet Bitterkeit. »Sie heiraten mich und mein Mann seine Mama. Und dann besuchen wir uns gegenseitig.«

Das alte Lied, dachte Korotkow traurig. Er vergöttert seine herrschsüchtige, intolerante Mutter und vergleicht seine Frau andauernd mit ihr, und dabei schneidet die Frau immer schlechter ab. Bei gut der Hälfte aller Ehepaare, die ich kenne, ist das so.

»Warum hat die Filatowa nicht wieder geheiratet?«, fragte er. »Soviel ich weiß, hatte sie genug Verehrer.«

»Das Alter, Jura, leider, das Alter. Frauen über dreißig geraten entweder an eingefleischte Junggesellen, die eine Heidenangst haben, man wolle sie zum Standesamt schleppen, oder an Verheiratete. Um die erste Kategorie zu heiraten, muss man total verrückt sein, und die zweite muss man erst dazu bringen, sich scheiden zu lassen. Dafür hatte Irina nie die Energie. Und dann das Wohnungsproblem. Einen Mann mit in die winzige Zweizimmerwohnung einziehen zu lassen, in der sie mit ihrem alten, kranken Vater lebte, das lehnte sie entschieden ab. Und woher soll ein Geschiedener eine Wohnung nehmen? Die würde er doch der Frau und den Kindern überlassen.«

»Nicht alle überlassen die Wohnung ihrer Frau. Viele tauschen«, wandte Korotkow ein.

»Einen Mann, der seine Frau verlässt und mit Frau und Kindern um die Wohnung streitet, hätte Irina nie im Leben geheiratet«, antwortete Ljudmila überzeugt. »Sie konnte Raffer und Knauser nicht ausstehen. Sie war mal drauf und dran, in eine Genossenschaft einzutreten, aber das hat sich im letzten Moment zerschlagen.«

»Warum?«

»Irgendwelches Geld, mit dem sie gerechnet hatte, blieb aus. Und geborgt hat sie sich nie etwas. Nicht einmal ein paar Rubel kurz vor dem Monatsende. Sie war überhaupt sehr darauf bedacht, niemandem zur Last zu fallen und niemandem etwas schuldig zu sein. Das war ein richtiger Tick. Sie hat ihr Leben lang alles allein gemacht, nie jemanden um Hilfe gebeten. Und nicht aus Stolz, nein, nicht um zu beweisen, wie toll sie ist, dass sie ohne fremde Hilfe klarkommt. Ganz und gar nicht. Sie fürchtete etwas anderes. Manchmal bittet man jemanden um Hilfe, und derjenige geniert sich, einen abzuweisen, obwohl man ihm damit einige Umstände bereitet. Er hilft, aber innerlich verflucht er dich und deine Bitte und sich selbst, weil er nicht Nein sagen konnte. In diese Situation wollte Irina auf keinen Fall geraten. Dabei ist sie selbst sehr hilfsbereit, und wenn jemand nicht Nein sagen kann, dann sie. Sie schlägt niemandem etwas ab.« Immer wieder sprach Ljudmila von ihrer Freundin in der Gegenwart.

»Was war denn das mit dem Geld für die Genossenschaft?«, lenkte Korotkow das Gespräch auf ein Thema, das ihm interessant erschien. »Hatte sie mit einer Erbschaft gerechnet?«

»Ich weiß es nicht«, seufzte Ljudmila. »Das war, bevor ich ans Institut kam. Sie hat es irgendwann mal beiläufig erwähnt, mehr nicht. Und ich habe nicht weiter gefragt. Wenn Sie sich für ihre Männer interessieren – der da im grauen Hemd, sehen Sie, er war ihre letzte Flamme. Er arbeitet im russischen Büro von Interpol. Der große blonde Dicke, der Dritte rechts von Ihnen, der ist Dozent an unserer Akademie. Von ihm hat Irina sich im vorigen Jahr getrennt. Das heißt, ihr Verhältnis ist beendet, reden tun sie natürlich noch miteinander. Haben sie«, korrigierte sie sich wieder. »Aber Korezki sehe ich nirgends, obwohl der auf jeden Fall da sein müsste.«

»Warum?« Korotkow horchte auf. »Wer ist Korezki?«

»Shenja Korezki ist Chirurg in unserer Poliklinik. Mit ihm war Irina am längsten zusammen, sogar länger, als sie verheiratet war. Shenja behandelt ihren Vater, Sergej Steppanowitsch. Die Leber. Er geht also nach wie vor bei ihnen ein und aus.«

»Sagen Sie«, Korotkow stöhnte, »hatte Ihre Freundin auch mal ein Verhältnis mit jemandem außerhalb der Miliz, oder hat sie sich ihre Liebhaber absichtlich nur in diesem Kreis gesucht?«

»Wo denn sonst?«, fragte Ljudmila zurück. »Das ganze Leben nur zu Hause und auf der Arbeit. Woanders lernt man doch niemanden kennen. Mit zwanzig rennt man noch in Discos und zu Studentenpartys, aber in unserem Alter beschränkt sich alles auf den beruflichen Kreis. Einmal hat Irina ein Verhältnis aus dem Urlaub mitgebracht. Hinterher war sie doppelt so vorsichtig, so sehr hatte sie sich die Finger verbrannt. Er wirkte besonders kultiviert, sah gut aus, war nicht dumm, aber er hatte zwei Vorstrafen. Da hätten Sie Irina erleben sollen!«

»Wieso? Hat sie sehr darunter gelitten?«, erkundigte sich Korotkow.

»Keinen Augenblick. Sie hat sofort mit ihm Schluss gemacht. Und zwar nicht wegen der Vorstrafen, das waren nur Verkehrsdelikte, sondern weil er es ihr verheimlicht hatte, dabei wollte er sie heiraten, sich scheiden lassen. Er hätte doch wissen müssen, dass das nicht drin war, sie als Majorin der Polizei und ein Mann mit zwei Vorstrafen.«

»Wie hat sie denn von den Vorstrafen erfahren, wenn er es ihr verheimlichte?«

»Durch Zufall. Das hat sie ja so wütend gemacht. Irina konnte es nicht ausstehen, wenn man sie für dumm verkaufte. Soviel ich weiß, war dieser Valera der einzige Mann, von dem sie sich wirklich richtig getrennt hat. Aus und vorbei. Die Übrigen ahnen nicht einmal, dass ihr Verhältnis mit Irina beendet ist. Ich sagte ja schon, sie hat sich nie mit jemandem gekracht. Ihre Verflossenen hat sie in dem Glauben gelassen, es sei noch alles beim Alten, nur die Umstände immer gerade ungünstig: Viel Arbeit, Dienstreisen, keine sturmfreie Bude. Sie hängt aufrichtig an ihnen allen, kann eben nur nicht mehr mit ihnen schlafen. Wären sie sonst alle jetzt hier auf dem Friedhof?«

Die Trauerfeier ging zu Ende. Sechs breitschultrige Männer hoben den Sarg hoch, und alle folgten ihnen zum Grab. Korotkow sah sich nach den Leuten von der Kriminaltechnik um, die das Begräbnis mit versteckter Kamera filmten.

»Sehen Sie sich genau um, Ljudmila«, bat Korotkow. »Sind viele Leute hier, die Sie nicht kennen?«

»Kaum jemand«, antwortete sie ohne Zögern. »Fast alle sind aus unserem Institut. Die Mädchen dort sind vom Informationszentrum, dort hat sich Irina immer Statistiken geholt. Neben dem Vater, das sind Verwandte. Hinter uns geht ein Mann – den kenne ich nicht. Und ganz hinten die beiden mit den großen Gladiolen, die sehe ich auch zum ersten Mal. Komisch, dass Korezki nicht da ist.«

Korotkow blieb stehen. Er wusste selbst nicht, warum er Ljudmila Semjonowa, die sich so vertrauensvoll auf seinen Arm stützte, so ungern loslassen wollte. Aber es länger hinauszuzögern wäre ungehörig gewesen.

»Ich danke Ihnen, Ljuda«, sagte er leise. »Ich will Sie nicht länger quälen. Gehen Sie, nehmen Sie Abschied von Irina. Ich muss los.«

Er lief zurück durch die langsam vorrückende Menge, wobei er neben einem mittelgroßen dunkelhäutigen Mann mit Hornbrille und zwei weiteren Männern mit einem riesigen Gladiolenstrauß, der ihre Gesichter fast vollständig verdeckte, kurz zögerte. Nun war er sicher, dass die Videokamera die drei in Großaufnahme festhalten würde.

Korotkow lief über die Krestowski-Brücke, wobei die drückende Hitze ihm fast den Atem nahm, und versuchte, sich auf den Fall Pleschkow einzustimmen, dem er einen Teil des Tages widmen musste. Doch seine Gedanken glitten immer wieder ab, präsentierten ihm hartnäckig immer wieder eine leise Stimme: »Das ist kein Scherz. Heiraten Sie mich.«

»Sie hat immer für die ganze Abteilung den Plan gerettet. Wenn sie mit ihren Themen fertig war, hat sie anderen geholfen. Hat geschuftet wie ein Pferd. Übers Wochenende und an Feiertagen hat sie Arbeit mit nach Hause genommen. Der Chef hat sie förmlich angebetet. Und sie hat sich geniert, mal um einen freien Tag zu bitten.«

»Wir hatten alle mächtig Manschetten vor ihr, besonders, wenn sie eine Arbeit begutachtet hat. Irina Sergejewna war unglaublich pedantisch, hat jedes Wort auseinander genommen. Als sie mir meine Dissertation zurückgab, waren alle Ränder mit Bleistift voll geschrieben, können Sie sich das vorstellen? Auf jeder Seite. Und hinten lagen noch mehrere Blätter mit Bemerkungen. Und nicht etwa, weil ich so besonders blöd bin. Sie hat jede Dissertation so gelesen. Dafür wusste jeder, dass, wenn er ihre Korrekturen und Bemerkungen beherzigte, die Arbeit hundertprozentig durchkommen würde. Darum wollten viele mit ihrer Dissertation unbedingt zu ihr, und sie hat niemanden abgewiesen, obwohl sie selbst immer viel zu tun hatte. Ein paar Klugscheißer, die haben sich ihre Dissertation mit den Kommentaren abgeholt und überall verbreitet: ›Die hat die Filatowa persönlich gelesen, und haben dann kein Wort daran korrigiert.‹ So einen Ruf hatte Irina Sergejewna. Nach ihren Korrekturen konnte man die Arbeit unbesehen zur Promotion einreichen, und das haben manche ausgenutzt. Als sie einmal jemanden dabei erwischte, da war vielleicht was los! Sie ist extra zur Disputation gekommen, ist als inoffizieller Opponent aufgetreten und hat den Kandidaten buchstäblich fertig gemacht. Alles konnte sie verzeihen – Faulheit, Dummheit, aber Betrüger konnte sie nicht ausstehen. Da wurde sie fuchsteufelswild …«

»Feinde? Irina? Woher denn?«

»Viele haben Irina insgeheim nicht gemocht. Aber das waren vor allem Leute, die sie nicht verstanden. Urteilen Sie selbst: Sie war jung, attraktiv, beliebt bei den Männern – und ging ganz in ihrer Arbeit auf. Da stimmte doch etwas nicht. Warum rieb sie sich so auf? Um sich bei den Vorgesetzten beliebt zu machen? Mit vierunddreißig war sie leitende wissenschaftliche Mitarbeiterin, und das steht im Grunde nur Habilitierten zu. Warum diese Karriere? Aber wer sie näher kannte, der wusste, dass ihre Arbeit sie wirklich interessierte. Sie hat oft gesagt, von Kindheit an sei ihre Lieblingsfrage gewesen: Warum? Warum ist etwas so und nicht anders? Warum geschieht das und passiert jenes? Auch als Kriminologin fragte sie immer nach dem Warum, zerbrach sich den Kopf, um herauszufinden, warum die Kriminalität sich so entwickelt und nicht anders.«

»Wir sind mit unseren Problemen immer zu ihr gegangen. Sie konnte zuhören. Und trösten. Wenn man mit ihr gesprochen hatte, war einem leichter. Und geraten hat sie immer das Gleiche: ›Handle so, wie du selbst willst, tu dir keine Gewalt an, verbieg dich nicht.‹«

»Die Filatowa war böse, sie konnte nicht verzeihen. Sie hat sich nie gerächt, das nicht, um Gottes willen, dazu war sie viel zu weich. Sie hat für sich ihre Schlüsse gezogen und ist dann bei ihrer Meinung geblieben, egal, was passierte. Sie konnte jemandem ein für alle Mal ein Etikett verpassen und hielt es nicht mal für nötig, es demjenigen zu verbergen. Ein Kollege hatte sich einmal eine größere Summe für eine Woche von ihr geliehen und sie erst nach zwei Monaten zurückgezahlt. Die Filatowa hat ihn kein einziges Mal gemahnt, nie danach gefragt, obwohl ihre Büros nebeneinander lagen und sie sich zwanzigmal am Tag sahen. Aber als er sich das nächste Mal mit der gleichen Bitte an sie wandte, da sagte sie: ›Wolodja, du bist ein netter Junge, aber Geld kriegst du von mir keins. Du bist unzuverlässig und hast mein Vertrauen verloren.‹ Stellen Sie sich das mal vor, vor aller Ohren. Das sagt doch alles über sie.«

»Wir haben uns gewundert, warum Irina keine Habilitationsarbeit schrieb. Keiner bezweifelte, dass sie das schaffen würde. Aber sie hat sich immer scherzhaft rausgeredet, sie wolle sich noch nicht begraben lassen, sie habe sich noch nicht ausgetobt. Klar, das kann man verstehen: Solange im Rat unsere Alten saßen, die selber erst mit fünfzig ihren Habil gemacht haben, hatte sie keine Chance – zu jung. Aber unser Chef hatte sie inzwischen wohl doch so weit, besonders, nachdem die Anforderungen für die Besetzung leitender Positionen angehoben wurden. Jedenfalls steht im Institutsplan für zweiundneunzig eine Monographie von ihr.«

»Irina Sergejewna reagierte sehr empfindlich darauf, dass im Ministerium die Wissenschaft nicht für voll genommen wurde. Sie hatte eine Selbstbeherrschung, die man jedem nur wünschen kann, aber auch ein ungeheures Temperament. Im Ministerium hörte sie sich die Gemeinheiten über sich persönlich und über das ganze Institut mit zusammengebissenen Zähnen an, aber in meinem Büro hat sie dann alles rausgelassen. Besonders schlimm war es in den letzten zwei, drei Monaten, seit Pawlow vom Stab des Innenministeriums ständig an ihr herumkrittelte. Er hat ihr mehrfach Dokumente zum Überarbeiten zurückgegeben, und das ihr, für die im ganzen Leben noch nie jemand etwas umarbeiten musste. Sie können mir glauben, wenn es geniale Kriminologen gibt, dann gehörte sie dazu. Dieser Pawlow dagegen ist ein ungebildeter Klotz, verwechselt Kriminologie mit Kriminalistik und schreibt ›Perspektive‹ mit vier Fehlern. Ich als Chef habe alles getan, um Irina Sergejewna vor ihm zu schützen, aber da war nichts zu machen! Die Arme war ganz geknickt und sagte einmal sogar zu mir: ›Wahrscheinlich werden wir wirklich nicht gebraucht. Ich bringe noch mein Buch raus, und dann gehe ich in den Journalismus.‹«

Bevor Nastja nach Hause ging, hinterließ sie im Büro von Larzew und Korotkow einen Zettel mit dem lakonischen Text:

»Pawlow aus dem Russischen Innenministerium. Eilt nicht, nur für das Gesamtbild. Küsschen. A. K.«

Der Auftraggeber empfand keine Unruhe. Nur eine leichte Gereiztheit. Er wusste bereits, dass nach der Ausführung des Auftrags unvorhergesehene Komplikationen eingetreten waren, dass nun nicht ein Unfall, sondern ein Mord untersucht wurde. Aber das spielte für ihn im Grunde keine Rolle. Die Ermittlungen stellten für ihn persönlich keinerlei Gefahr dar. Die Hauptsache war: Die Filatowa war tot.

Der Auftraggeber erinnerte sich an die erste Begegnung mit ihr vor fast einem halben Jahr, im Januar. Sie hatte ruhig und konzentriert vor ihm gesessen, bereit, sich seine Überlegungen anzuhören und sie zu durchdenken. Er aber war unkonzentriert gewesen, hatte sich ständig verheddert und die ganze Zeit auf ihre Hände gestarrt, um wenigstens ein winziges Anzeichen von Erregung zu entdecken. Wusste sie Bescheid oder nicht – diese Frage hatte den Auftraggeber gequält. Wer hätte denn ahnen können, dass sie sich auf diese Weise begegnen würden? Hin und wieder hatte sie die Augen aufgeschlagen und gelächelt; wie ihm schien, auf besondere Art, voller Hintergedanken, aber er hatte sich zur Ordnung gerufen, versucht, sich zu beruhigen und sich auf das Wesen der Sache zu konzentrieren, die sie besprachen. Sie aber schien seine Erregung gar nicht zu bemerken, auch ihre Hände zitterten nicht.

Nach der ersten Begegnung vergaß der Auftraggeber seine Ängste schnell. Er war überzeugt, die Frauen gut zu kennen: Eine Frau kann sich nicht lange zurückhalten und schweigen. Wenn sie Bescheid wüsste, wer er war, oder es zumindest ahnte, dann hätte sie sich verraten.

Dann trafen sie sich ein zweites und ein drittes Mal. Die Umstände ergaben, dass sie sich im Februar fast jede Woche sahen. Der Auftraggeber forschte in ihrem Gesicht, achtete auf ihren Gang, lauschte ihrer ruhigen, fast ausdruckslosen Stimme und entdeckte keinerlei Anzeichen von Nervosität. Nein, sie weiß es nicht, seufzte er erleichtert, doch schon im nächsten Augenblick glaubte er aus ihren Scherzen einen bösen Sarkasmus herauszuhören, in ihrem Lächeln Spott zu erkennen und in ihrer monotonen Stimme unterdrückte Wut. Dann erfuhr er, dass die Filatowa an einem Buch arbeitete. Zu diesem Zeitpunkt waren seine Nerven bereits aufs äußerste gespannt, die rätselhafte Frau zog ihn an wie das Licht die Motten, er benutzte jeden noch so geringen Anlass für eine Begegnung, um wieder und wieder die quälenden Zweifel zu durchleben und am Ende erleichtert aufzuatmen: Nein, sie weiß es doch nicht. Auch das Buch der Filatowa war Anlass für ein Gespräch.

»Wann wollen Sie es denn schreiben?«, hatte der Auftraggeber sie gefragt. »Sie sind doch mit Ihrer planmäßigen Arbeit völlig ausgelastet.«

»Ich verrate Ihnen ein kleines Geheimnis.« Sie hatte ihn offen und freundlich angesehen. »Das Buch ist schon fertig. Ich hatte früher bloß keine Gelegenheit, es zu veröffentlichen.«

»Warum? Ist es so brisant?«, hatte er gescherzt.

Sie hatte gelacht. »Nicht doch, überhaupt nicht. Aber ein Buch zu veröffentlichen ist praktisch unmöglich, wenn man ein Niemand ist und einen keiner kennt. Aber jetzt habe ich einen Namen und einen Ruf.«

»Und wie wird Ihr Werk heißen?«

»Bislang hat es nur einen Arbeitstitel: ›Kriminologie. Korruption. Macht.‹ In der Art.«

»Und worum geht es, wenn man fragen darf?«

»Das lässt sich nicht in zwei Worten erklären.« Sie runzelte die Stirn. »Wenn Sie möchten, gebe ich Ihnen das Manuskript zum Lesen. Vielleicht können Sie mir dann auch gleich sagen, ob man es nicht gegen Honorar veröffentlichen könnte. Bei uns wird ja nichts gezahlt, wie Sie wissen. Abgemacht? Morgen bringe ich Ihnen den Text.«

Sie war aufgestanden, um zu gehen. Der Auftraggeber war hastig aufgesprungen, zur Garderobe gestürzt, um ihr den Mantel zu reichen, und hatte mit dem Ellbogen den Aschenbecher umgerissen und die Kippen über den Tisch verstreut.

»Aber, aber, nicht so nervös, Wladimir Nikolajewitsch«, hatte die Filatowa gesagt, die Hand auf der Türklinke. »Bis morgen.«

Es war Februar, ein warmer Tag mit Schneematsch, im Zimmer war es trotz des weit offenen Lüftungsfensters stickig. Der Auftrageber spürte, dass seine Hände plötzlich eiskalt wurden. Sie wusste also doch Bescheid.

Der Wagen bog vom Sadowoje-Ring auf die Kaljajewstraße ab.

»Und jetzt?«, fragte Sacharow.

»Immer geradeaus. Weißt du, ich bin froh, dass du mich gefunden hast.« Nastja berührte seine Schulter. »Wie bist du darauf gekommen?«

»Das war nicht sonderlich schwer.« Dima lachte. »Dieser junge Schwarzäugige, arbeitet der in eurer Abteilung?«

»Dozenko? Ja. Wieso?«

»Der Junge ist gut.« Dima nickte anerkennend. »Versteht was von Befragungen. Kurze Sätze, kein Wort zu viel, keinerlei Druck. Nur ein sanfter Anstoß, den man kaum spürt. Obwohl ich stinksauer war, konnte ich die Unterhaltung im Auto fast wortwörtlich wiedergeben. Der Junge ist gut«, bekräftigte er noch einmal. »So einer ist für die Arbeit mit Zeugen unersetzlich.«

»Ja«, bestätigte Nastja zerstreut, »unersetzlich. Trotzdem, warum hast du mich gesucht?«

»Weiß ich selber nicht.« Sacharow zuckte die Achseln. »Sie tut mir Leid.«

»Wer?«, fragte Nastja erstaunt.

»Na sie – die Filatowa. So was Dummes!« Er lachte verlegen. »Ich kannte sie gerade mal eine halbe Stunde, was heißt, kannte – ich hab sie nicht mal nach ihrem Namen gefragt, hab ihretwegen drei Tage in einer Zelle gesessen, und auf einmal ist mir klar geworden, dass sie mir Leid tut.«

»Und du hast zwei Stunden auf der Straße auf mich gewartet, um mir das mitzuteilen?«

»Wenn ich ganz ehrlich bin, dann wollte ich dir sagen, dass ich mich gern nützlich machen würde. Ihr von der Petrowka seid natürlich alle schlau und erfahren, aber wer weiß. Vielleicht könnt ihr mich gebrauchen. Mir hat noch nie ein Opfer so Leid getan wie sie. Offenbar hat sie irgendetwas in mir berührt. Also, wenn was sein sollte ...«

»Danke. Ganz rührend«, sagte Nastja trocken. »Jetzt rechts zur Brücke. Ist dir eigentlich klar, dass der Verdacht gegen dich selbst noch nicht endgültig ausgeräumt ist?«

»Was soll's, das halt ich aus«, erwiderte Dima friedfertig. »Ein schönes Viertel, grün und ruhig. Wohnst du hier?«

»Nein, meine Eltern. Ich wohne in der Schtscholkowskaja.«

Beim Abschied hielt Dima Nastjas Hand fest und sah sie aufmerksam an.

»Du hast dich überhaupt nicht verändert. Immer noch das Mädchen in Jeans und mit langem Pferdeschwanz. Wie alt bist du jetzt?«

»Zweiunddreißig.« Nastja lächelte.

»Nicht verheiratet?«

»Bring mich nicht zum Lachen. Danke nochmal, dass du mich hergefahren hast.«

Als die Frage zur Debatte stand, ob Nastjas Eltern ihre große Wohnung gegen zwei kleinere tauschen sollten, hatte das wichtigste Argument von Nastjas Stiefvater gelautet: »Drei Schreibtischtäter in einer Küche, das gibt Mord und Totschlag.« Solange Nastja noch zur Schule ging und dann studierte und Leonid Petrowitsch noch im operativen Dienst oder, wie man so sagte, »vor Ort« arbeitete, war die halbe Wohnung mit den Papieren und Manuskripten von

Nastjas Mutter übersät, einer renommierten Sprachwissenschaftlerin. Dann belegte Nastja ein paar Winkel mit ihren zahllosen Blättern und schlauen Berechnungen. Doch als dann auch Leonid Petrowitsch vom Chef einer Kreisverwaltung der Kriminalpolizei zum Dozenten an der Juristischen Hochschule wurde und Fernstudenten in operativer und kriminalistischer Arbeit unterwies, wurde die Wohnung auf einmal zu eng.

Nun lebte Nastja allein, am anderen Ende der Stadt, besuchte ihre Eltern jedoch häufig, besonders, seit ihre Mutter eine zweijährige Gastprofessur in Schweden hatte. Im Unterschied zu Nastja war Leonid Petrowitsch sehr häuslich, nicht zu faul zum Kochen, aber das Angenehmste für sie war, dass es von der Wohnung der Eltern zur Petrowka sehr viel näher war als von ihrer eigenen. Wenn sie dort übernachtete, konnte sie morgens vierzig Minuten länger schlafen.

Gemütlich in einen Sessel gekuschelt, sah Nastja zu, wie ihr Stiefvater eine kleine Plastiktüte auspackte – ein Päckchen von ihrer Mutter. Leonid Petrowitsch nahm eine kleine flache Schachtel aus der Tüte und gab sie Nastja.

»Hier, Spielzeug für dich. Du hast bestimmt schon eine ganze Sammlung?«

»Vollkommenheit hat keine Grenzen«, scherzte Nastja. Dann fragte sie unvermittelt: »Papa, wer ist Bogdanow?«

»Bogdanow? Der frühere Chef der Moskauer Kriminalpolizei. Bist du noch bei Trost, meine Gute?«

Vor Verblüffung ließ Leonid Petrowitsch sogar die Zeitschrift für Kriminaltechnik fallen, die seine Frau ihm geschickt hatte.

»Nicht der. Bogdanow aus der Akademie, vom Lehrstuhl Organisation der Verbrechensaufklärung.«

»Ach so.« Ihr Stiefvater seufzte erleichtert. »Natürlich kenne ich den. Unsere Lehrstühle sind ja verwandt, wir kennen uns alle. Was willst du von ihm?«

»Nur so für alle Fälle. Kennst du auch Idzikowski von Interpol?«

»Nur dem Namen nach, nicht persönlich. Sonst noch Fragen?«

»Bist du Irina Sergejewna Filatowa aus dem Forschungsinstitut des Innenministeriums mal begegnet?«

»Hin und wieder. Willst du meine Moral überprüfen? Nastja, hör auf mit der Geheimniskrämerei. Sag, was Sache ist.«

»Die Filatowa ist tot«, platzte Nastja heraus.

»Was sagst du da?« Leonid Petrowitsch setzte sich überrascht auf das Sofa. »Vielleicht eine andere Filatowa? Die, die ich meine, war noch ganz jung und hübsch.«

»Genau die, Papa. Ermordet.«

Nastja stand vom Sessel auf und setzte sich neben ihrem Stiefvater auf den Fußboden, den Kopf auf seinen Knien.

»Die einzige Hypothese, die wir bis heute haben, ist Mord aus Eifersucht. Und alle Liebhaber der Filatowa sind Offiziere des Innenministeriums. Ich werde hier zu deinen Füßen sitzen wie ein treuer Hund, bis du mir alles über das Leben der Wissenschaftler und Dozenten erzählt hast. Worüber sie sich streiten, worüber sie anonyme Briefe schreiben, was sie unternehmen, um einen anderen reinzulegen, wie sie ihre persönlichen Rechnungen begleichen und so weiter. Einverstanden?«

Leonid Petrowitsch lachte bitter.

»Jetzt ist auch dir passiert, wovor ich immer Angst hatte, als ich noch vor Ort arbeitete. Ermittlungen gegen Kollegen. Du kannst dir gar nicht vorstellen, wie schwer das ist. Besonders, wenn man noch jung ist. Die Miliz ist ein enger Kreis. Nicht nur klein, sondern wirklich eng, man trifft auf Schritt und Tritt Bekannte, Verwandte von Bekannten, Kollegen von Verwandten, ehemalige Schüler, Nachbarn des Chefs und so weiter. In diesem engen Kreis kann man niemanden befragen, geschweige denn vernehmen – eine ernsthafte Unterhaltung ist nicht drin, wenn man unter sich ist. Du redest mit jemandem, den du als Täter verdächtigst, und er antwortet auf alle deine Argumente nur: Na komm schon, hör auf, wir sind doch alle nur Menschen, du verstehst mich doch. Und klopft dir auf die Schulter. Und bietet dir was zu trinken an. Und sobald etwas schief läuft, da kannst du sicher sein, ruft er deinen Gordejew an, mit dem er zusammen zur Kur war oder auf einem Bankett gesoffen hat oder den er von sonst woher kennt: Hör mal, Viktor Alexejewitsch, halt deine Jungs mal ein bisschen im Zaum, das geht doch nicht an, dass sie mich beleidigen. Jedenfalls wirst du eine Menge Ärger haben.«

»Nein.« Nastja schüttelte traurig den Kopf. »Werde ich nicht. Knüppelchen lässt mich gar nicht an sie ran. Den Ärger werden unsere Jungs haben. Was meinst du, Papa, warum hält Knüppelchen mich so an der Leine?«

»Keine Ahnung.« Leonid Petrowitsch strich Nastja über den Kopf. »Vielleicht kennt er deine, na ja, gelinde gesagt, Eigenheiten?«

»Woher denn?«, erwiderte Nastja. »Es sei denn, du hast ihm davon erzählt. Aber das hast du doch nicht, oder?« Sie hob fragend den Kopf.

»Natürlich nicht. Ich werde doch Oberst Gordejew nicht deine Geheimnisse verraten, auch wenn ich ihn schon seit Urzeiten kenne. Siehst du, noch ein Beispiel dafür, wie eng unser Kreis ist. Überhaupt, merk dir: Das ist typisch für zwei Berufe, für Juristen und für Mediziner. Nur dass man Dynastien bei den Medizinern in Ordnung findet, bei uns dagegen nicht. Wenn Papa und Mama Arzt sind und der Sohn wird auch Arzt, dann heißt es: Die Familie hat sich den Idealen des Humanismus verschrieben. Wenn dagegen ein Jurist der Sohn eines Juristen ist, dann denken alle, er ist nur durch Beziehungen so weit gekommen, sein Papa hat ihn untergebracht.«

»Und warum ist das so?«

»Etwas Wahres ist schon daran. Immerhin hatte das Innenministerium viele Jahre Prestige und Macht, folglich auch viele Möglichkeiten. So mancher Sohn und Verwandter wurde wirklich ›untergebracht‹. Aber bei anderen war es eben ganz anders. Das ist manchmal schwer zu erklären. Du zum Beispiel bist eine typische Milizionärstochter. Deine schulischen Leistungen waren großartig, und du hattest einerseits die glänzende Karriere deiner Mutter vor Augen, andererseits deinen Supermathematiker Ljoscha. Und was hast du gemacht? Du bist zur Miliz gegangen. Kannst du erklären, warum?«

»Nein.« Nastja seufzte. »Die Gene wahrscheinlich.«

»Welche Gene?« Leonid Petrowitsch stupste Nastja gegen die Nase. »Dein leiblicher Vater war nie bei der Miliz.«

»Aber erzogen wurde ich von dir«, wandte Nastja entschieden ein. »Lenken Sie nicht ab, Papa, erzählen Sie mir jetzt, was in Ihrem Wissenschaftlermilieu so läuft.«

Dienstag, der sechzehnte Juni, ging zu Ende. Der Tag, an dem Irina Filatowa beerdigt wurde. Der Tag, an dem der nach zweiundsiebzig Stunden Haft entlassene Dmitri Sacharow sich eingestand, dass er den Mörder seiner zufälligen Begleiterin eigenhändig erwürgen könnte. Der Tag, an dem der seit langem verheiratete Jura Korotkow schlagartig begriff, dass er sich in die Zeugin Ljudmila Semjonowa, neununddreißig Jahre alt, verheiratet, Mutter zweier Kinder, verliebt hatte. Der Tag, an dem eine leichte Wolke über Oberst Gordejew hinweghuschte, ohne dass er selbst es bemerkte.

Die nächsten Tage zeigten, wie prophetisch Leonid Petrowitschs Voraussagen gewesen waren. Korotkow, Larzew und Dozenko, die den Fall Filatowa bearbeiteten und die Hypothesen Mord aus Eifersucht oder aus Gewinnsucht untersuchten, kamen völlig erschöpft und gereizt zur Arbeit.

»Zum Teufel mit denen allen!«, rief der kaum mittelgroße grau melierte Wolodja Larzew wütend nach einem Gespräch mit dem Akademiedozenten Bogdanow. »Ich frage ihn nach der Filatowa, und er sieht mich kalt an und quetscht plötzlich zwischen den Zähnen hervor: ›Wo haben Sie studiert? Ach, an der Moskauer Milizschule! Operative Ermittlungsarbeit hat wahrscheinlich Professor Owtscharenko unterrichtet? Das merkt man gleich, er hat Ihnen nichts Vernünftiges beigebracht. Sie haben keine Ahnung, wie man eine Befragung durchführt.‹ Toll, oder?«

Korotkows Verdacht gegen den bei der Beerdigung abwesenden Chirurgen Korezki erwies sich als haltlos: Als alter Freund der Familie war er in der Wohnung der Filatowa geblieben, um bei den Vorbereitungen für das Totenmahl zu helfen. Von allen Verdächtigen in Sachen Eifersucht war er der angenehmste Gesprächspartner, aber das lag, wie Korotkow vermutete, wohl daran, dass die Mitarbeiter der Petrowka in einer anderen Poliklinik behandelt wurden, weshalb Korezki nicht lässig sagen konnte: »Wer ist Ihr Chef? Gordejew? Ach ja, den kenne ich, der war bei mir in Behandlung.«

Alle Männer, einschließlich des Exmannes der Filatowa und des gnadenlos fallen gelassenen Valera mit den beiden Verkehrsdelikten, hatten ein hieb- und stichfestes Alibi und keinerlei Motiv für den Mord. Die Semjonowa hatte nicht übertrieben, als sie sagte, Irina habe es verstanden, ihr Privatleben so zu organisieren, dass niemand Grund zur Eifersucht hatte.

Gewinnsucht als Motiv war auch nirgends zu finden. Irina und ihr Vater lebten von ihrer beider Gehalt, waren an keinem privaten Unternehmen beteiligt und keine reichen Erben. An Schmuck gab es in der Wohnung zwei Goldketten, eine gehörte Irina, die andere, mit Anhänger, ihrer Mutter, und drei Eheringe – von Irina und von ihren Eltern. Wie ihr Vater sagte, bevorzugte Irina Silber, aber auch davon besaß sie nur wenig, wenn auch von sehr erlesenem Geschmack. Viel Geld hatte die Filatowa für Bücher ausgegeben, außerdem mochte sie teure Kosmetik, besonders Parfüm. Ihre Kleidung dagegen war nicht teuer und, wie Mischa Dozenko es ausdrückte, alltäglich. Nein, nichts deutete darauf hin, dass die Familie neben ihrem Gehalt noch andere Einnahmen gehabt hätte. Kein Auto, kein Wochenendgrundstück. Blieb noch die bislang ungeklärte Frage nach dem Geld für die Wohnungsbaugenossenschaft, das Irina angeblich hatte bekommen sollen. Der Vater wusste von diesem Geld nichts, ebenso wenig davon, dass Irina in eine Genossenschaft eintreten wollte. »Irina war sehr verschlossen. Von freudigen Ereignissen erzählte sie nie vorher, immer post festum. Und über Unannehmlichkeiten redete sie erst recht nicht.« Die Frage blieb also offen und wurde von Larzew und Dozenko als überholt angesehen, da die Geschichte 1987 passiert war, also bereits fünf Jahre zurücklag.

Der Fall schien in einer Sackgasse zu stecken.

»Liebe und Geld, diese beiden Motoren des Fortschritts, haben wir abgehakt«, erklärte Larzew tiefsinnig. »Nun können wir uns aufregenderen Fragen zuwenden.«

Mit diesen Worten legte er Korotkow Nastjas Zettel hin.

»Kümmern wir uns darum? Nastja will ein Porträt von diesem Pawlow aus dem Innenministerium. Weißt du zufällig, wozu?«

»Spielt das eine Rolle? Wenn sie ein Porträt will, kriegt sie von uns eins.«

Korotkow entriss Larzew den Zettel, bemüht, seine Freude zu verbergen. Hurra! Ein Anlass, Ljudmila anzurufen! Komm zu dir, du Trottel, rief er sich in Gedanken zur Ordnung, sie hat dich längst vergessen. Was soll sie denn mit dir? Aber dann tauchte störrisch die Erinnerung an ihre leise Stimme in seinem Gedächtnis auf: »Das ist kein Scherz. Heiraten Sie mich.«

Wenn es stimmte, dass Geld Geld anzog und Unglück Unglück, dann galt dasselbe auch für die Liebe. Denn der in die Zeugin Semjonowa verliebte Detektiv Jura Korotkow erfuhr aus dem Gespräch mit ihr etwas, das ihn veranlasste, die schon ad acta gelegte Hypothese Mord aus unerwiderter Liebe noch einmal zu beleuchten.

Der Mitarbeiter des Stabs des Innenministeriums Milizoberst Alexander Jewgenjewitsch Pawlow, war, so behauptete die Semjonowa, hinter Irina her, und zwar hartnäckig und auf äußerst eigenwillige Weise. Anfangs fast tägliche Besuche im Institut mit Blumen und Geschenken, öffentliche Handküsse, Bewirtung aller Kollegen der Abteilung mit einer ofenfrischen Torte und Ausrufe: »Irina, ich bin Ihr Sklave! Irina, Sie sind vollkommen!« Irina amüsierte sich offen darüber, sie lächelte freundlich und machte sich über ihren Verehrer lustig, aber das kränkte ihn kein bisschen.

Dann änderte sich die Situation schlagartig. Schluss mit den Blumen, dem Teetrinken und den Komplimenten. Pawlow kam nicht mehr ins Institut und wurde zum bösen Jungen, der das Mädchen, das ihm gefällt, am Zopf zieht und kneift. Er terrorisierte Irina buchstäblich, hatte an den von ihr eingereichten Dokumenten ständig etwas auszusetzen, bestellte sie dauernd ins Ministerium. Aber sie ertrug das alles standhaft, Geduld und Nerven hatte sie mehr als genug. Der Stab war der Hauptauftraggeber für ihre Abteilung, ein Konflikt mit dessen leitenden Mitarbeitern kam deshalb nicht infrage. Der verliebte Pawlow war in aller Munde, und Irina wurde als Märtyrerin bezeichnet und einhellig bemitleidet.

»Ich weiß noch, ich habe damals sogar mal zu ihr gesagt: Nun schlaf doch wenigstens ein Mal mit ihm. Vielleicht lässt er dich dann in Ruhe.«

»Und sie?«, fragte Jura.

»Sie hat mich so wütend angesehen, dass ich ganz baff

war. Eher schlafe ich mit einem Bettler im Fußgängertunnel als mit ihm, hat sie gesagt. Dabei«, ergänzte Ljudmila, »war Pawlow ziemlich attraktiv, keineswegs abstoßend. Diesen bulligen Typ aus der Akademie, Bogdanow, den fand ich zehnmal schlimmer. Na ja, dem Herzen kann man nichts befehlen, wo die Liebe hinfällt, ist eben Geschmackssache.«

»Vielleicht auch eine Frage des Prinzips? Wenn man nur wüsste, welches Prinzip dahinter steckt.« Korotkow schob seine leere Kaffeetasse beiseite und langte nach dem Aschenbecher.

Sie saßen in einem Straßencafé vor einem großen Hotel und genossen den nahenden Abend, der Abkühlung versprach.

»Ljudmila, Sie haben es doch nicht eilig? Erzählen Sie mir noch mehr von Ihrer Freundin«, bat Korotkow.

»Ich habe es nicht eilig. Mein Mann ist mit den Kindern nach Mariupol gefahren, zu Verwandten. Am zehnten Juli gehe ich in Urlaub und löse ihn dort ab.«

Korotkow musste diese Information erst einmal verdauen und überlegte angestrengt, wie er sie nutzen könnte. Da erklärte seine Gesprächspartnerin überraschend:

»Jura, quälen Sie sich nicht. Ihnen steht alles im Gesicht geschrieben. Wir beide führen durchaus intakte Ehen. Ich bin mindestens fünf Jahre älter als Sie. Sie sind erschöpft und kaputt von Ihrer Arbeit, und ich habe die ewigen Konflikte zu Hause satt. Wenn Sie auch finden, dass es im Leben ab und zu einen Lichtblick geben sollte, dann können Sie mit der Zeit bis zum zehnten Juli rechnen.«

»Und danach?«, fragte Korotkow dümmlich, außer Stande, den Blick von ihren Augen zu wenden.

»An das Danach wollen wir vorerst nicht denken. Das Leben ist lang und unberechenbar. Übrigens ein Lieblingsspruch von Irina.«

# Viertes Kapitel

Am Freitag, dem neunzehnten Juni, rief Gordejew Igor Lesnikow zu sich.

»Was macht der Fall Kowaljowa?«

»Nach unseren Erkenntnissen wurden der Richter und der zweite Schöffe bislang nicht behelligt. Im Urteil werden drei Zeugen erwähnt, die vor Gericht gegen Schumilin ausgesagt haben. Am vierundzwanzigsten Mai neunzehnhundertneunundachtzig wurde der Sohn des Zeugen Kalinnikow zusammengeschlagen, der Fall wurde nicht aufgeklärt, liegt beim Milizrevier einhundert. Am vierundzwanzigsten Mai neunzig wurde ein vierzehnjähriges Mädchen ausgeraubt, die Tochter der Zeugin Todorowa. Ihr wurden ein Goldkettchen, Ohrringe und ihr Taschengeld gestohlen, außerdem eine amerikanische Jacke, die sie trug, und ihre Turnschuhe. Der Fall ist im Revier vierundsiebzig anhängig. Am vierundzwanzigsten Mai einundneunzig wurde der Enkel des Zeugen Poshidajew überfallen und ausgeraubt, Revier hundertsiebzig, ebenfalls nicht aufgeklärt. In diesem Jahr Natascha Kowaljowa. Ich habe keine Zweifel, Viktor Alexejewitsch. So viele Zufälle gibt es nicht.«

»Ganz meine Meinung. Dieser Schumilin ist beileibe kein Dummkopf, wenn auch ein ausgemachtes Schwein. Die Zeugen selbst fasst er nicht an, aus Angst, sie könnten ihn identifizieren, sie haben ihn ja vor Gericht gesehen und auch bei dem Unfall. Er hätte seine Wut auch an den Ehepartnern auslassen können, aber nein, er nimmt sich die Kinder vor. Und weißt du, warum? Weil Kinder aussagen, das war ein großer erwachsener Onkel; für sie ist jeder über fünfzehn uralt und jeder, der größer ist als sie, ein Riese. Hast du diesen Schumilin mal gesehen?«

»Von weitem.« Lesnikow lachte verächtlich. »Sie haben völlig Recht. Er ist dreiundzwanzig, nicht groß und dünn – sieht aus wie ein Schuljunge. Saß übrigens am Steuer, obwohl das Gericht ihm den Führerschein entzogen hatte. Aber sein lieber Onkel hat das bestimmt für ihn geregelt.«

»Also, Igor, Folgendes: Wir beide sitzen zwischen zwei Stühlen. Vitali Kowaljow, Berater von Vizepremier Awerin, träumt davon, dass das Parlament den Rücktritt des Premierministers fordert. In diesem Fall hätte sein Chef Awerin gute Chancen, Premierminister zu werden, und mit ihm zusammen würde natürlich auch Kowaljow aufsteigen. Darauf arbeitet Kowaljow, ob mit oder ohne Awerins Wissen, weiß ich nicht, im Parlament ganz aktiv hin, gestützt vor allem auf die Fraktion, die für die Abschaffung aller Hindernisse für ausländisches Kapital in unserem Land plädiert. Für diese Agitation, das muss ich dir nicht erklären, braucht man Geld, und das Geld bekommt Kowaljow vom Präsidenten des Fonds zur Unternehmensförderung, einem gewissen Winogradow. Die beiden sind sozusagen dicke Freunde und Gefährten im politischen Kampf. Wenn wir Kowaljow sagen, der Vergewaltiger seiner Tochter sei Winogradows Neffe … Was meinst du, was wird uns Kowaljow darauf antworten?«

»Dass man uns zum Teufel jagen sollte. Dass wir zu blöd sind, Verbrechen aufzuklären, dass wir uns den Erstbesten greifen, der uns in die Hände fällt, dass bei uns lauter Unschuldige im Gefängnis sitzen und brutale Verbrecher frei rumlaufen. Die ganze Leier.«

»Kluger Junge. Und was wird uns der Untersuchungsführer sagen?«

»Kommt drauf an, was für Beweise wir ihm vorlegen können. Den Fall bearbeitet Olschanski, der ist eigentlich hart im Nehmen. Vielleicht hat der ja keinen Schiss vor Kowaljow.«

»Vielleicht.« Gordejew kaute auf seinem Brillenbügel. »Vielleicht hat er keinen Schiss«, wiederholte er nachdenklich. »Na schön, fahr zum Untersuchungsführer und erzähl ihm die hübsche Geschichte von Schumilins Vendetta. Er kann sich ja erst mal die Opfer der früheren Fälle vornehmen. Die Kinder werden natürlich eingeschüchtert sein, außerdem ist ja einige Zeit vergangen seitdem, aber vielleicht kommt ja doch was dabei raus. Von Winogradow vorerst kein Wort. Für Olschanski ist Schumilin ein Vorbestrafter, nichts weiter. Unser Untersuchungsführer ist zwar hart im Nehmen, aber wir wollen ihn doch nicht vor der Zeit verschrecken. Er soll dir sagen, welche Beweise er für eine wasserdichte Anklage gegen Schumilin braucht. Und wir überlegen dann, wie wir diese Beweise beschaffen.«

Als Lesnikow gegangen war, sprang Gordejew auf und rollte wie ein praller Gummiball durch sein Büro, um den großen Sitzungstisch herum. War es auch kein Fehler, dem Untersuchungsführer eine Information vorzuenthalten? Sie war zwar für den Fall ohne Belang, aber trotzdem, trotzdem ... Ließ er Olschanski damit nicht unvorbereitet ins offene Messer laufen? Aber was für ein Messer eigentlich? Was drohte Olschanski denn Schlimmes? Eine unangenehme Auseinandersetzung mit dem Vater des Opfers? Das war nicht gesagt. Kowaljow konnte sich durchaus als anständiger Mensch erweisen und die Ermittlungen in keiner Weise behindern. Warum war er, Gordejew, so voreingenommen gegen ihn? Und Olschanski war wirklich kein Angsthase, da hatte Lesnikow Recht. Womit könnte Kowaljow ihn schon groß einschüchtern? Und wenn es nun nicht Schumilin war? Wenn sie sich irrten? Zu viele Zufälle? Gordejew lachte spöttisch. In fünfundzwanzig Jahren als Kriminalist hatte er erfahren, was für unglaubliche, unfassbare Zufälle es gab. Wegen solcher Zufälle hing mitunter das Leben und Schicksal eines ehrlichen Menschen an einem seidenen Faden. Und manchmal riss dieser Faden leider auch. Das kam vor.

Gordejew rollte zum Sessel und nahm den Telefonhörer ab. Er musste das Messer auf sich lenken.

»Konstantin Michailowitsch? Ich grüße Sie. Gordejew.«

»Guten Tag, Viktor Alexejewitsch. Schön, von Ihnen zu hören«, ertönte Olschanskis leicht schnarrende Stimme.

»Konstantin Michailowitsch, Lesnikow kommt gleich zu Ihnen wegen Natascha Kowaljowa. Wir haben hier eine Idee, er wird es Ihnen erzählen. Aber das ist vorerst alles sehr vage. Ich möchte Sie bitten, schreiben Sie mir eine gesonderte Order für die Vernehmung des Vaters des Opfers aus. Lesnikow kann sie gleich mitnehmen. Die Hypothese ist doch noch sehr strittig, also will ich die Suppe im Fall des Falles lieber selbst auslöffeln. Damit Sie nicht rot werden müssen, wenn wir uns geirrt haben.«

»Viktor Alexejewitsch, ich werde schon lange nicht mehr rot.« Olschanski lachte. »Aber Kowaljow überlasse ich Ihnen mit Vergnügen. Er ruft mich jeden Tag, den Gott werden lässt, an und verlangt Rechenschaft, wie wir nach dem Vergewaltiger suchen. Da können Sie ihm gleich einen Rapport liefern. Ich habe heute in der Klinik angerufen, wo das Mädchen liegt, und der Arzt sagt, die Aussichten sind gut, es besteht Hoffnung, dass sie in den nächsten Tagen wieder anfängt zu reden.«

»Verstanden«, antwortete Gordejew knapp. »Ich werde einen meiner Jungs dort postieren, um den Moment nicht zu verpassen. Danke.«

Gordejew legte auf und überlegte, wie viel Zeit er brauchte, um sich auf Kowaljows Besuch vorzubereiten. Die Bitte um eine Vernehmungsorder war nur ein schlauer Trick gewesen. Er wollte Kowaljow gar nicht vernehmen, er wollte ihn nur hier in seinem Büro haben; er musste sehen, wie er auf den Namen Schumilin reagierte. Und wie sollte er sonst an Kowaljow herankommen, ohne seine Karten vor dem Untersuchungsführer aufzudecken?

Gordejew beschloss, erst dringendere Dinge zu erledigen, darunter die Überprüfung der Hypothesen im Fall Filatowa.

Da niemand der in diesem Fall ermittelnden Kriminalisten im Haus war, rief er Nastja Kamenskaja zu sich. Sie berichtete ausführlich, was bereits getan worden war.

»Das Motiv Gewinnsucht haben wir erst mal abgeschlossen, bei ›Eifersucht‹ ist noch ein kleiner Rest übrig, den erledigt Dozenko gerade.«

»Und dann?«

»Dann nehmen wir den nächsten Schwierigkeitsgrad in Angriff.«

»Irgendwelche Ideen?«

»Na ja«, Nastja zögerte. »Etwas schon. Der letzte Liebhaber der Filatowa ist bei Interpol. Drogen, Waffen, Schmuggel – die schweren Sachen eben, Sie wissen schon. Vielleicht wurde die Filatowa benutzt, um Druck auf Idzikowski auszuüben. Alle sagen aus, sie sei in den letzten zwei, drei Monaten irgendwie bedrückt gewesen, besorgt. Ihr Chef führt das auf ihre Probleme mit der Obrigkeit im Ministerium zurück. Aber wir sollten nicht vergessen, dass die Filatowa äußerst verschlossen war. Möglicherweise hatte ihr Stimmungswandel ja damit zu tun, dass sie oder Idzikowski bedroht wurde oder vielleicht erpresst.«

»Da ist was dran.« Gordejew nickte anerkennend. »Noch etwas?«

»Ein weiterer Ansatz wäre Rache, sozusagen auf dem Feld der Wissenschaft. Aber«, Nastja machte eine viel sagende Geste, »das liegt schon über hundert, fast bei zweihundert.«

Gordejew hatte Nastja einmal gefragt, wie sie es schaffte, mitunter völlig unwahrscheinliche Hypothesen aufzustellen. Darauf hatte sie geantwortet, unwahrscheinlich seien solche Hypothesen nur für jemanden, der denke wie ein Physiker. Ein Physiker überprüft die ersten neunundneunzig Zahlen, stellt fest, dass sie alle kleiner sind als hundert, und folgert daraus, dass generell alle Zahlen kleiner sind als hundert. Denn neunundneunzig Experimente sind für einen naturwissenschaftlichen Schluss völlig ausreichend. Sie, Nastja, denke dagegen wie ein von der Mathematik verdorbener Geisteswissenschaftler, und für einen Mathematiker sind alle Zahlen gleichberechtigt und gleich häufig verbreitet, unendlich große wie unendlich kleine.

»Dozenko ist mit dem Model fertig, er wird sich also zusammen mit Larzew um Idzikowski kümmern. Korotkow hat noch mit Pleschkow zu tun, deine ›zweihundert‹ wirst du also selbst bearbeiten«, schloss Gordejew. »Ich rufe im Institut an, dass sie dir alle Papiere der Filatowa bringen sollen.«

»Aber wirklich alle, Viktor Alexejewitsch, aus dem Safe, aus ihrem Schreibtisch, von zu Hause. Alles bis zum letzten Zettel. Auch ihren Schreibtischkalender. Und ihre Notiz- und Adressbücher.«

»Und des Teufels drei goldene Haare«, ergänzte Gordejew und lachte. »Na schön, das war's.«

Während der Oberst sich auf das Gespräch mit dem Berater des Vizepremiers, Kowaljow, vorbereitete und Nastja auf die Papiere der Filatowa wartete und derweil ihren analytischen Monatsbericht beendete, war der große, gut aussehende Mischa Dozenko auf dem Weg aus dem Innenministerium in die vertraute Petrowka. Er hatte soeben mit Alexander Pawlow gesprochen, dem abgewiesenen Verehrer der Filatowa, und war mit dem Gespräch äußerst unzufrieden.

Erstens war er sauer auf sich, weil er nicht gewagt hatte, das Aufnahmegerät herauszuholen. Oberst Pawlow war einfach zu hochmütig und aufgeblasen gewesen. Natürlich, wenn sie winzig kleine Geräte mit ausreichend empfindlichen Mikros hätten, die man nicht extra aus der Tasche nehmen musste, wäre das etwas ganz anderes. Aber mit ihrer vorsintflutlichen Technik, das war kein Arbeiten, das war die reinste Schande.

Zum Zweiten war er sauer auf Irina Filatowa, die, wie er aus dem Gespräch mit Pawlow erfahren hatte, auch mit diesem intim gewesen war. Dozenko war noch sehr jung und hatte ein romantisches Verhältnis zu den Frauen und zur Liebe. Ihm gefiel der freundliche, kultivierte Kyrill Idzikowski von Interpol, und er nahm es der Toten aufrichtig übel, dass sie diesen patenten Kerl mit dem arroganten, geschniegelten Pawlow betrogen hatte.

Und drittens war der taktvolle Dozenko sauer auf Pawlow selbst, der nicht nur ohne die geringste Verlegenheit umgehend angab, mit der Filatowa »ein intimes Verhältnis« gehabt zu haben, sondern sich sogar noch damit zu brüsten schien, dass er die widerspenstige Schöne bezwungen hatte. Besonders ärgerte Dozenko, dass Pawlow einen juristischen Doktortitel besaß. Er erinnerte sich noch gut daran, was Irina laut Sacharow über Ministeriumsbeamte mit akademischen Titeln geäußert hatte.

Es war so heiß, dass es selbst in der Metro, wo meist eine angenehme Kühle herrschte, scheußlich schwülwarm war. Das Hemd klebte ihm am Rücken, unter den leichten Hosenbeinen rannen ihm kitzelnde Schweißtropfen die Beine hinunter. Dozenko setzte sich in eine Ecke, versuchte, seinen Missmut zu verdrängen, und ging Pawlows Aussagen im Kopf noch einmal durch, um der Kamenskaja das Gespräch so präzise wie möglich wiedergeben zu können. Dozenko hatte einen Heidenrespekt vor Nastja und genierte sich fürchterlich, dass sie ihn siezte. Es erschien ihm frevelhaft, dieses hoch intellektuelle Geschöpf mit Nastja anzureden.

Ein Widerling, dieser Pawlow! »Irina und ich kennen uns

schon lange. Als sie an ihrer Doktorarbeit schrieb, war sie mehrfach bei uns in Sibirien, um Material zu sammeln. Ich habe sie natürlich nach Kräften unterstützt, Sie wissen ja, ohne einen Anruf von oben bekommt man nirgends eine Information. Und wird schon gar nicht in eine Strafkolonie reingelassen, und sie musste unbedingt mit Gefangenen sprechen. Als ich dann beschloss, eine Doktorarbeit zu schreiben, damals war ich bereits Leiter der Ermittlungsabteilung, hat Irina mich beraten, mir Literatur empfohlen. Wir sind also alte Bekannte. Und im vorigen Jahr, als ich nach Moskau versetzt wurde, erneuerten wir unsere Freundschaft. Nicht sofort, ja, das stimmt, ich musste um Irina kämpfen, sie erobern ...« Ich, Ich, Ich! Als wäre Dozenko nicht gekommen, um über die tote Frau zu sprechen, sondern um eine Biographie über Alexander Pawlow zu schreiben, den aufrichtigen Kämpfer gegen die Kriminalität! Ja, nach Eifersucht roch es hier nicht. Dieses eingebildete Männchen kam gar nicht auf den Gedanken, hintergangen worden zu sein. Er hatte ehrlich um seine Beute gekämpft, und diese Beute gehört ihm allein. Blieb nur noch zu überprüfen, was er in der Nacht vom zwölften auf den dreizehnten Juni gemacht hatte, und dann konnten sie die Hypothese »Eifersucht« reinen Gewissens begraben.

Je länger Nastja Dozenkos detailliertem Bericht über das Gespräch mit Pawlow zuhörte, desto mehr versteinerte ihr Gesicht.

»Dann habe ich mich wohl geirrt.« Sie schüttelte enttäuscht den Kopf. »Ich danke Ihnen, Mischa.«

Nastja ärgerte sich nicht, weil ihre Hoffnung auf Pawlow als möglichen Mörder sich zerschlagen hatte. Sie bedauerte, dass sie sich in Irina Filatowa geirrt hatte. Sie legte ihr Foto vor sich hin und betrachtete ihr Gesicht. Kurzes schwarzes Haar, ein modischer Schnitt, hohe Wangenknochen, schön geschnittene Augen, kurze Nase, ein bezaubernder asymmetrischer Mund, ein unbeschreiblich weibliches Lächeln. Solltest du mich wirklich getäuscht haben, Irina, dachte Nastja. Ich hatte das Gefühl, dich zu kennen, als wären wir seit Jahren befreundet. Ich habe fünf Tage über dich nachgedacht und war sicher, deinen Charakter zu kennen. Ich habe in Gedanken mit dir geredet, dir Fragen gestellt und deine Antworten gehört. Dabei bist du in Wirklichkeit ganz anders? Hast nicht nur deine Liebhaber geschickt an der Nase herumgeführt, sondern auch deine enge Freundin Ljudmila Semjonowa belogen, als du ihr sagtest, du würdest eher mit einem Bettler im Fußgängertunnel schlafen als mit Pawlow? Und deinen Chef getäuscht, wenn du wütend ins Institut kamst, ihm erzählt hast, du wärst im Ministerium gewesen und Pawlow hätte dich so geärgert? Aber wo warst du dann wirklich, meine Liebe? Von wem kamst du, einer Hysterie nahe? Was ist dein wahres Gesicht, Irina Filatowa?«

Seufzend legte Nastja das Foto weg und packte die beiden großen Papiersäcke aus, die den Inhalt von Safe und Schreibtisch der Filatowa enthielten. Bis zum Feierabend hatte sie noch zwei Stunden.

Bis zum Feierabend am Freitag, dem neunzehnten Juni, blieben noch zwei Stunden. Gordejew war mit den Vorbereitungen für Kowaljows Besuch fertig, sah zur Uhr und entschied, dass heute wohl aus dem Gespräch nichts mehr würde. Er wollte Kowaljow nicht anrufen und vorladen, er wartete darauf, dass er nach seinem nächsten Anruf bei Olschanski selbst auftauchen würde.

Und Kowaljow tauchte auf. Hager, straff, das volle weizenblonde Haar zurückgekämmt, elegant, trotz der Hitze in einem tadellosen Anzug und mit Krawatte. Der hat bestimmt nicht nur im Büro eine Klimaanlage, sondern auch im Auto, dachte Gordejew. Dem kann keine Hitze etwas anhaben. Macht nichts, bei mir im Büro wirst du schnell ins Schwitzen kommen.

»Vitali Jewgenjewitsch«, begann Gordejew behutsam, »ich denke, Sie als Vater des Opfers haben ein Recht zu erfahren, was wir tun, um den Täter zu finden und zu überführen. Dass er bislang noch nicht gefasst ist, heißt nicht, dass wir die Hände in den Schoß legen und nicht nach ihm suchen.«

»Nicht doch, nicht doch«, widersprach Kowaljow hastig, »das habe ich gar nicht gemeint. Ich habe tatsächlich täglich bei Konstantin Michailowitsch angerufen, aber Sie müssen verstehen, ich als Vater ...«

»Ich verstehe Sie«, versicherte Gordejew sanft. »Ich weiß Ihren Takt zu schätzen, wissen Sie, das trifft man nicht oft. Ich weiß, dass Sie sich nicht beschwert haben, weder bei Olschanskis Vorgesetzten noch bei meinen. Sie haben offensichtlich Verständnis für unsere Schwierigkeiten – zu wenig Personal und eine starke Überlastung der Ermittlungsbehörden, und dafür sind wir Ihnen dankbar.«

Gordejew, der normalerweise in kurzen, knappen Sätzen sprach, hatte sich diesen eleganten Text vorher aufgeschrieben und ihn auswendig gelernt. Er wollte Kowaljow einlullen, ihm suggerieren, dass »intelligente Menschen sich immer einigen können«.

»Darum«, fuhr Gordejew nach einem kurzen Blick auf seinen Spickzettel fort, »werde ich Sie über den Fortgang der operativen Ermittlungsarbeit zur Aufklärung der Vergewaltigung Ihrer Tochter informieren. Erstens ...«

Gordejew zählte lang und breit alles auf, was die von Igor Lesnikow geleitete Gruppe im Laufe von drei Wochen getan hatte, und warf mit Fakten um sich: die Zahl der überprüften Jugendlichen, der registrierten Sexualtäter, der wegen Rowdytums Vorbestraften und anderer einschlägig bekannter Personen. Um seine Worte zu untermauern, nahm der Oberst sogar ein dickes Kuvert aus dem Safe und wedelte damit vor Kowaljow herum.

»Hier drin sind die Fotos aller, die bislang als Verdächtige infrage kommen. Sobald Ihre Tochter so weit ist, dass sie aussagen kann, werden wir ihr diese Fotos zur Identifizierung vorlegen. Sehen Sie, wie viele es sind? Das Ergebnis mühevoller Kleinarbeit!« Gordejew machte eine ungeschickte Handbewegung, und ein paar Fotos fielen aus dem Kuvert, glitten über den glatt polierten Tisch direkt zu Kowaljow. Neugierig betrachtete der die Gesichter auf den Fotos.

»Seien Sie doch bitte so gut und geben mir die Fotos, ich komme nicht ran.« Verlegen wegen seiner Ungeschicklichkeit, sammelte Gordejew die Fotos vom Tisch.

Die erste Etappe haben wir glücklich hinter uns, dachte Gordejew. Du hast ein Foto von Schumilin in der Hand gehalten und ihn nicht erkannt. Du erinnerst dich also nicht an ihn. Kein Wunder, die Sache ist vier Jahre her, und von solchen Schumilins hast du als Schöffe mindestens ein Dutzend gesehen. Den Trick mit den versehentlich aus dem Kuvert rutschenden Fotos hatte Gordejew schon unzählige Male benutzt.

»Aber«, Gordejew legte das Kuvert in den Safe zurück und setzte sich die Brille wieder auf die Nase, »unter diesen Personen ist ein Mann, gegen den ein besonders starker Verdacht vorliegt.« Er machte eine Pause. »Ein gewisser Schumilin, Sergej Viktorowitsch. 1968 geboren, Neffe vom Präsidenten des Fonds zur Unternehmensförderung, Winogradow.«

Kowaljow erstarrte, rote Flecke traten auf seine Wangen, seine Augen irrten hektisch umher.

»Sind Sie ... Sind Sie sich sicher?«, brachte er hervor.

Gordejew schwieg, er tat, als blättere er in den Papieren auf seinem Tisch.

»Nein«, ließ Kowaljow sich erneut vernehmen, »das ist ein Irrtum. Ich kenne Sergej seit vielen Jahren. Ein grundanständiger Junge. Ernsthaft, freundlich und ehrlich. Ich bin nämlich mit Winogradow befreundet. Unsere Familien sind befreundet. Ich wiederhole noch einmal, ich kenne Sergej sehr gut.« Seine Stimme wurde kräftiger, er hatte sich wieder in der Gewalt und sein Verhalten unter Kontrolle. »Ich bin mir sicher, das ist ein tragischer Irrtum. Das kann einfach nicht sein.«

Na klar, du kennst ihn, dachte Gordejew. Vielleicht hat der Onkel ja seinen Neffen Sergej mal erwähnt. Aber Winogradow hat dir bestimmt nicht erzählt, dass sein Neffe verurteilt wurde, wenn auch auf Bewährung, und zwar wegen Trunkenheit am Steuer. Sonst würdest du mir jetzt nicht weismachen wollen, was für ein guter, anständiger Kerl dein Sergej ist.

Laut aber sagte Gordejew:

»Durchaus möglich, dass Sie Recht haben, Vitali Jewgenjewitsch. Es ist bislang nur eine grobe Hypothese, wir sind uns selbst noch nicht sicher. Ich müsste Ihnen das alles gar nicht erzählen und würde Ihnen damit überflüssige Aufregungen ersparen, zumal, wenn die Hypothese sich nicht bestätigen sollte.«

»Ich bin mir sicher, dass sie sich nicht bestätigt«, warf Kowaljow hastig ein.

»Aber ich bin davon ausgegangen«, spann Gordejew seinen Faden unbeirrt weiter, »dass Sie als Vater des Opfers das Recht haben zu erfahren, in welcher Richtung die Ermittlungen geführt werden. Mit anderen Worten, ich sehe keinen Grund, Ihnen Informationen vorzuenthalten. Glauben Sie mir, ich habe aufrichtiges Mitgefühl mit Ihnen, es ist schlimm, erfahren zu müssen, dass der Verwandte eines engen Freundes der Tatverdächtige ist. Aber ich betone noch einmal: Es ist bislang nur eine grobe Hypothese, vorerst haben wir mehr Verdachtsmomente als reale Indizien. Sollte Ihre Tochter ihn identifizieren, dann sieht die Sache anders aus. Darum habe ich eine Bitte an Sie, Vitali Jewgenjewitsch: Reden Sie vorerst nicht mit Winogradow darüber. Er hat genug Einfluss, um die Ermittlungen zu behindern. Er wird seinen Neffen mit allen Mitteln schützen wollen und könnte etwas unternehmen, das uns daran hindern würde, den Täter zu fassen, etwas, das uns die Hände binden würde. Und sollte Schumilin wirklich unschuldig sein, dann könnte Winogradows unüberlegtes Handeln womöglich verhindern, dass wir den wirklichen Täter fassen. Das geschieht häufig. Ich verlasse mich auf Ihre Vernunft, Vitali Jewgenjewitsch.«

Gordejew war fertig mit seinem vorbereiteten Monolog. Er freute sich, dass er den geschliffenen Text ohne einen einzigen Hänger zu Ende gebracht hatte.

»Trotzdem bin ich überzeugt, dass Sergej nichts damit zu tun hat«, wiederholte Kowaljow noch einmal, schon an der Tür.

Gordejew, der sich höflich erhoben hatte, um seinen Besucher zu verabschieden, nickte zustimmend.

»Geb's Gott, Vitali Jewgenjewitsch, geb's Gott.«

Wieder zurück an seinem Schreibtisch, warf er einen zufriedenen Blick auf das Formular, das Olschanski ihm für die Vernehmung von Kowaljow ausgestellt hatte. Sehr schön, dachte er. Vernehmen werde ich Sie, Genosse Kowaljow, wenn Sie anfangen, mich zu behindern. Falls Sie das tun sollten.

Der Oberst verriegelte sein Büro von innen, nahm erleichtert die Krawatte ab, knöpfte sein Hemd auf, schaltete den Ventilator ein und setzte seinen erhitzten, feuchten Körper dem kräftigen Luftstrom aus.

Bevor er nach Hause ging, überprüfte Gordejew wie immer, wer von seiner Mannschaft womit beschäftigt war. Im Büro saß nach wie vor nur die Kamenskaja, alle anderen waren unterwegs. Er erfuhr unter anderem, dass Jura Korotkow den Mordfall Pleschkow erfolgreich abgeschlossen hatte und dass Mischa Dozenko und Wolodja Larzew Interpol unter die Lupe nahmen, um herauszufinden, ob der Tod von Irina Filatowa vielleicht etwas mit der internationalen Mafia zu tun hatte.

»Zeit, nach Hause zu gehen, Anastasija, was sitzt du immer noch hier? Es ist schon nach acht. Los, komm, heb deinen Hintern vom Stuhl, wir laufen ein Stück.«

Nastja schob zwei dicke Mappen der Filatowa in ihre Tasche, um sie sich zu Hause anzusehen.

Oberst Gordejew und Majorin Kamenskaja schlenderten über den Boulevardring und erörterten friedlich, dass die halbe Wahrheit noch immer die beste Lüge war. Doch hoch über ihnen am hitzegebleichten Himmel zog eine kleine Wolke dahin, dieselbe, die schon seit einigen Tagen über Viktor Alexejewitsch schwebte. Aber sie war nicht mehr so leicht und hell wie zuvor. Doch weder Gordejew noch Nastja bemerkten sie.

Am Samstag ging Nastja, nachdem sie in ihrem Büro eine weitere Portion der Materialien aus dem Institut der Filatowa gelesen hatte, nicht wie üblich in Richtung Metro, sondern setzte sich an einen Tisch vor einem kleinen Imbissstand direkt an der Kreuzung von Petrowka und Boulevard. Seit einem unglücklichen Sturz bei Glatteis hatte Nastja häufig Rückenschmerzen, besonders wenn sie Schweres trug. Um am Sonntag nicht ins Büro fahren zu müssen und so wertvolle Zeit zu verlieren, hatte sie ihre Tasche mit Papieren der Filatowa voll gestopft und mit Ljoscha verabredet, dass er sie abholen würde. Im Gegensatz zu seiner Freundin war Ljoscha kein Meister darin, seine Routen und die dafür benötigte Zeit klug zu planen, darum holte sich Nastja eine Tasse Kaffee und ein Glas Saft, schlug ein dickleibiges, gebundenes Manuskript auf und richtete sich auf langes Warten ein.

Es war die Doktorarbeit der Filatowa, und Nastja registrierte anerkennend den guten, ja geradezu eleganten Stil. Irina schilderte den Weg der Informationen vom Augenblick der Tat bis zur Aufnahme des Verbrechens in die Kriminalitätsstatistik wie eine spannende Abenteuergeschichte, wo dem Helden auf dem Weg zum erträumten Ziel böse Feinde auflauern: Unkenntnis der Gesetze, Misstrauen gegenüber der Miliz, Mitleid mit dem Täter und viele, viele andere. So gut und flüssig schrieb nur jemand, der sein Thema wirklich beherrschte und liebte. Nastja blätterte in den Tabellen im Anhang, und eine vage, noch unbestimmte Unruhe schlich sich in ihr von der Hitze ganz aufgeweichtes Gehirn. Doch noch ehe sie dieses Gefühl richtig erfasst hatte, fesselte eine Frau, die sich an den Nebentisch setzte, ihre Aufmerksamkeit. Nastja, die sich mit ihrer eigenen Unscheinbarkeit abgefunden hatte, reagierte lebhaft auf fremde Schönheit, konnte sich immer wieder daran ergötzen und sie genießen. Auch jetzt war sie ganz fasziniert von der Unbekannten, sah sich aber auch deren Begleiter genau an.

Die Frau war eine wirkliche Schönheit: groß, schlank, mit dichtem dunkelrotem, fast kastanienbraunem Haar, das ihr wie ein schwerer Umhang auf Schultern und Rücken fiel. Ihre Bewegungen waren ungestüm, als könne sie ihre überschäumende Energie und ihr Temperament nur mühsam zügeln. Jetzt schlug sie die Beine übereinander, und diese Geste wirkte wie ein Versprechen, eine vage Verlockung. Ihr Begleiter beugte sich weit vor, beherrschte sich dann aber und lehnte sich entspannt in seinen wackeligen Stuhl zurück. Nun griff sich die Frau mit der manikürten Hand ins Haar und fuhr wie mit einem Kamm hindurch. Ihr bronzefarbener Nagellack funkelte in der Sonne, es sah aus, als zuckten in der dunkelroten Mähne kleine Flämmchen auf. Hin und wieder schüttelte die Frau den Kopf, und dann lief eine Welle durch ihr langes Haar, die sich auf ihrem Rücken fortsetzte und über die Beine bis hinunter zu den Zehenspitzen in den offenen Sandalen zu fließen schien. Die leidenschaftliche Frau, die eine flammende Aura um sich verbreitete, erinnerte Nastja an eine junge, störrische Stute mit langer roter Mähne, unter deren gepflegter glänzender Haut die Muskeln spielten. Gierig sog sie jede Geste der Schönen auf, registrierte mit ihrem sensiblen Gehör das heisere Lachen und die etwas sonderbare Intonation. Nastja, die ein absolutes Gehör besaß und sich mit Fremdsprachen gut auskannte, überlegte, dass dieser Tonfall typisch für Engländer war, obwohl die Frau fließend und ohne den geringsten Akzent Russisch sprach. Wahrscheinlich hat sie lange im Ausland gelebt, dachte sie und sah mit Bedauern, dass Ljoscha die Allee entlangeilte, beinahe rannte.

Den Rest des Samstags und den Sonntag verbrachte Nastja auf dem Fußboden liegend (selbst die wenigen hundert Meter mit der schweren Tasche hatten genügt, um ihre Rückenschmerzen zu verschlimmern), um sich verstreut Dokumente und Manuskripte, Entwürfe und Berechnungen von Irina Filatowa. Irina war ein ordentlicher Mensch gewesen, hatte eine schöne Handschrift gehabt und selbst Entwürfe von Diagrammen und Zeichnungen mit dem Lineal und auf Millimeterpapier angefertigt. Nastja griff nach einem Blatt mit der Überschrift »Ermittlungsarbeit. Wladimir.« Das Diagramm enthielt vier mit Filzstift gezeichnete verschiedenfarbige Linien, die bedeuteten: »Aufgeklärt«, »Eingestellt«, »Ans Gericht übergeben«, »An Schiedsstellen übergeben«. Die Linie für die Anzahl der aufgeklärten Fälle blieb fast konstant. Doch die Linien für »Ans Gericht übergeben« und »An Schiedsstellen übergeben«, die bis 1985 fast parallel verlaufen waren, drifteten auf einmal stark auseinander, die erste ging nach unten, die zweite stieg steil an. Unter der Zeichnung stand die eng geschriebene Notiz: »Klären, ob es 1985 Umbesetzungen bei der Staatsanwaltschaft gab. Wenn nicht, Registrierkarten anfordern.« Prima, Irina Sergejewna, dachte sie anerkennend, du hast zwar keinen einzigen Tag als Ermittlerin gearbeitet, aber du weißt genau, wo man was suchen muss.

Wenn eine Strafsache eingestellt und an Schiedsstellen übergeben wird, dann entweder, weil der Täter keine nennenswerte Gefahr für die Öffentlichkeit darstellt oder weil der Untersuchungsführer weiß, dass die Beweise nicht ausreichen und die Anklage vor Gericht einstürzen würde wie ein Kartenhaus, oder weil die Anforderungen der Staatsanwaltschaft an die Stichhaltigkeit der Anklage strenger geworden sind. Nastja sah sich das Material aufmerksam an. Seltsam, aber sie fand keinerlei Hinweise darauf, dass die Filatowa an einer Monographie arbeitete. Das Buch war für dieses Jahr im Plan, es war bereits Mitte Juni, und unter den Papieren gab es keine Rohfassung, keine Gliederung, keine Entwürfe – nichts. Nastja schlug die Dissertation, die sie am Vortag gelesen hatte, noch einmal auf und erinnerte sich, was ihrer Ansicht nach nicht ins Bild gepasst hatte.

»Ljoscha!«, rief sie. »Bring mir mal mein Telefonbuch, es liegt auf dem Kühlschrank.«

Ljoscha, ein passionierter Patiencespieler, riss sich von »Napoleons Grab« los, das seit Stunden nicht aufgehen wollte, nahm das dicke Buch und ging ins Zimmer.

»Soll ich dir hoch helfen?«, fragte er fürsorglich, denn er wusste, dass Nastja, wenn sie Rückenschmerzen hatte, zwar liegen oder stehen konnte, nicht aber ohne fremde Hilfe ihre Lage verändern.

»Erst mal nicht. Und sei so gut, gib mir den Stapel Bücher da vom Tisch.«

Nastja sah ins Telefonbuch und blätterte langsam Irinas Adressbuch und ihre Taschenkalender durch. Die Filatowa war offensichtlich nicht sehr gesellig gewesen, ihr hatte wenig daran gelegen, ihren Bekanntenkreis zu erweitern. Das Adressbuch enthielt noch die Dienstnummer des bereits neunzehnhunderteinundachtzig pensionierten Chefs des Informationsdienstes der Moskauer Innenverwaltung, das heißt, Irina hatte dieses Buch seit mindestens zehn, fünfzehn Jahren geführt und alle ihre Bekannten mühelos darin untergebracht.

Nastja fand nicht, wen sie suchte, und wandte sich den Kalendern zu. Die üblichen Eintragungen: Sitzungen, zu erledigende Anrufe, Geburtstage. Eine ganze Seite war voll mit den sorgfältig, mal in Schreibschrift, mal in Druckschrift, mal mit Schnörkeln und Kringeln geschriebenen Wörtern »Wladimir Nikolajewitsch«. Eine typische Beschäftigung, wenn man auf einer langweiligen Sitzung saß und so tat, als schriebe man mit. Wer war dieser Wladimir Nikolajewitsch? Ein weiterer Verehrer? Donnerwetter, Irina!

Das ist doch sonderbar, dachte Nastja. Dauernd stößt man auf etwas, das man nicht erwartet, und kann nicht finden, was unbedingt da sein müsste.

»Ljoscha, hilf mir hoch!«, bat Nastja. Als sie dann stand, an den Küchenschrank gelehnt, fragte sie: »Was meinst du, kann ein Mensch verschlossen und zugeknöpft und zugleich durch und durch falsch sein?«

»Theoretisch bestimmt«, bejahte Ljoscha. »Aber praktisch wohl kaum. Das wäre unökonomisch.«

»Das musst du mir erklären«, verlangte Nastja.

»Wenn jemand verschlossen und zugeknöpft ist, warum sollte er dann lügen und sich verstellen? Das ist doch ein enormer Kraftaufwand. Es ist viel einfacher, gar nichts zu erzählen. Verschlossenheit und offenkundige Falschheit sind zwei Methoden, die ein und demselben Zweck dienen: die anderen nicht wissen zu lassen, wer du wirklich bist. Sich nicht zu offenbaren. Normalerweise entscheidet sich der Mensch für eins von beiden, je nach Charakter und Denkweise. Beides zugleich passt schlecht zusammen«, erläuterte Ljoscha, ohne sich von seinen Karten zu lösen.

»Das denke ich auch.«

Und innerlich ergänzte Nastja: Warum lügen Sie, Alexander Jewgenjewitsch? Irinas Dissertation enthält keine einzige Zahl aus dem Bezirk, in dem Sie zu leben und arbeiten geruhten. Dieses Adressbuch enthält keine einzige Telefonnummer mit der Vorwahl dieses Bezirks. Auch Ihren Namen nicht. Ihre Daten stehen nur auf ihrem Schreibtischkalender, auf dem Blatt vom fünfzehnten Oktober letzten Jahres, aber nur Ihre neuen, Ihre Moskauer Daten. Und daneben ist ein großes Fragezeichen. Warum also sagen Sie uns die Unwahrheit?

Gegen Abend legten sich die Rückenschmerzen, und Nastja schickte Ljoscha nach Hause, nach Shukowski, wobei sie ihm hoch und heilig schwor, dass sie das Zubettgehen und das Aufstehen am nächsten Morgen allein bewältigen würde.

Nastja streckte sich unter der Bettdecke aus und rekonstruierte in Gedanken noch einmal die Ermordung der Filatowa. Irina fährt in die achte Etage, klappt die Fahrstuhltür zu, schließt die Wohnung auf. Die alten Nachbarn erwachen. Irina betritt den dunklen Flur, und hier geschieht etwas, das bislang nicht klar ist. Aber dazu später. Irina verliert das Bewusstsein, der Mörder legt sie im Flur auf den Boden, zieht ihr die Schuhe aus und stellt sie unter die Flurgarderobe – in der Küche wurden keine Spuren ihrer nassen Turnschuhe gefunden. Dann trägt er Irina zum Herd und legt ihre Hand an die nötige Stelle. Er selbst trägt Gummihandschuhe, ihm kann der Strom nichts anhaben. Irina bekommt einen Stromschlag und ist auf der Stelle tot. Der Mörder hat das Klappen der Fahrstuhltür und das laute Schließen an der Wohnungstür sehr wohl gehört und weiß, dass davon jemand aufgewacht sein könnte. Überflüssiger Lärm ist gefährlich für ihn, darum lässt er Irinas Körper nicht einfach fallen. Er versetzt ihr mit der flachen Sitzfläche des Hockers einen Schlag auf den Kopf, um den Sturz zu imitieren, berechnet aber die Wucht falsch – der Schlag ist schwächer als nötig. Vorsichtig legt er den Leichnam auf den Boden und bringt ihn in die richtige Position. Dann geht er. Selbstverständlich besaß er Schlüssel, mit denen er in die Wohnung gelangt war. Die Kriminaltechniker haben am Türschloss keine Hinweise für ein gewaltsames Aufbrechen gefunden. Er hätte, als er ging, auch wieder abschließen können, aber die Zeit war ziemlich ungünstig, er fürchtete, jemand könnte das laute Schließgeräusch hören. Also lässt er nur den Türschnapper einrasten, die Tür ist zu, aber nicht abgeschlossen. Bleibt noch die Frage: Wodurch hat die Filatowa das Bewusstsein verloren, als sie die Wohnung betrat? Wäre sie bei Bewusstsein gewesen, hätte sie doch, wenn der Mörder ein Fremder war, Lärm geschlagen, und selbst wenn sie die Person in der Wohnung kannte, hätte sie doch nicht die Schuhe ausgezogen, sie musste doch Sacharow noch das Geld bringen. Wie also war der Mörder vorgegangen? Chloroform? Airumjan hatte keine entsprechenden Spuren gefunden. Ein Schlag auf den Kopf? Auch nicht. Ein Nervengas? Das kam alles nicht infrage. Gurgen war ein erfahrener Sachverständiger, das hätte er nicht übersehen. Was also dann? Was nur?

# Fünftes Kapitel

Am Montag, dem zweiundzwanzigsten Juni, wurde Gordejew, kaum hatte er die Dienstbesprechung beendet, zum Chef gerufen. Dessen Gesichtsausdruck entnahm Gordejew, dass er nichts Gutes zu erwarten hatte.

Der General wurde ohne Umschweife laut:

»Was zum Teufel ist bei euch los? Dauernd rufen die Untersuchungsführer bei mir an und beschweren sich über deine Jungs. Sie seien eigenmächtig, unverschämt und könnten ihre Zunge nicht im Zaum halten!«

Petrakow, dachte Gordejew. Er ärgert sich, weil er den Fall Filatowa nicht einstellen kann. Das ist so weit klar. Was sonst noch?

»Treiben sich in der Akademie rum und im Institut, halten anständige Menschen von der Arbeit ab!«, schimpfte der General weiter. »Den Mord an der Mitarbeiterin aus dem Modehaus haben sie mit Hängen und Würgen aufgeklärt, buchstäblich in letzter Sekunde. Und überhaupt gibt es viele Klagen über deine Jungs und besonders über dich. Was ist das für ein Mädchen, das du da unter deine Fittiche genommen hast? Kocht sie dir Tee und hebt den Rock, wann immer du willst? Das hast du dir ja nett eingerichtet, Gordejew, muss man schon sagen! Seine Geliebte zu sich holen und ihr auch noch ein Offiziersgehalt aus der Staatskasse zahlen, das ist allerhand. Warum sagst du nichts? Weil du dich schämst?«

»Genosse General«, begann Gordejew vorsichtig, »wem galt der anonyme Brief, mir oder der Kamenskaja?«

»Wieso anonymer Brief!«, tobte der Chef. »Die ganze Petrowka redet über nichts anderes! Die Leute schlafen nächtelang nicht, laufen sich die Füße wund, sehen keine Sonne, und sie sitzt den ganzen Tag rum und tut nichts! Du hast kein Gewissen mehr, Viktor Alexejewitsch, das sage ich dir! Nenn mir auch nur ein Beispiel, was deine Kamenskaja Nützliches getan hat! Na? Wenigstens eins!«

Gemeinheiten über Nastja erzählt nicht die ganze Petrowka, dachte Gordejew und die, die es tun, tun das nicht erst jetzt. Und Sie, lieber Genosse General, kennen dieses Gerede auch nicht erst seit gestern. Aber dass jemand Sie in den letzten Tagen aufgehetzt hat, das steht fest. Irgendjemand will unbedingt erfahren, was wir tun, und zugleich mir die Laune verderben. Und Sie, Genosse General, haben den Köder geschluckt, nun hängen Sie am Faden, und irgendjemand zieht daran und lässt Sie tanzen wie eine Marionette. Sie wollen mich möglichst schmerzhaft treffen, ich soll mich rechtfertigen und auspacken. Sie wollen Beispiele?

»Was schweigst du?«, bedrängte der General ihn weiter. »Hast du darauf keine Antwort? Oder überlegst du dir schnell, was du Gutes über dein Flittchen sagen kannst?«

Nun gut, sagte Gordejew zu sich selbst und erzählte dem Chef hastig, aufgeregt, als wolle er sich rechtfertigen und plaudere dabei aus Versehen vor lauter Kränkung seine kleinen Geheimnisse aus, einiges über die Rolle der Kamenskaja bei der Arbeit am Fall der Vergewaltigung von Natascha Kowaljowa, von Interpol und von vielem anderen ...

Auf dem Rückweg vom Chef schaute Gordejew bei Nastja vorbei. Sie saß über den Filatowa-Papieren, ganz darin vertieft, in deren Logik einzudringen.

»Wie fühlst du dich, Nastenka?«

Nastja zuckte zusammen. Mit diesem Kosenamen bedachte Knüppelchen sie höchst selten, nur in besonders heiklen oder verantwortungsvollen Momenten.

»Gut. Warum, sehe ich schlecht aus?«

»Nein, nein.« Gordejew schwieg. »In unserer Nähe schlägt ein großer Hecht mächtig mit dem Schwanz. Ich kann ihn noch nicht sehen, aber er macht ziemliche Wellen. Wir werden einen Blinker auswerfen.«

»Geht es um uns beide? Oder um uns alle?«

»Genau das werden wir herausfinden. Schließ erst mal die Tür ab, koch uns einen Kaffee, und dann überlegen wir gemeinsam.«

Der Auftraggeber betrachtete lange die drei grünen Mappen, die vor ihm lagen. Sie enthielten Exemplare der Endfassung des Manuskripts der Filatowa. Das war's. Dieses Buch würde nie erscheinen, niemand würde es je lesen. Wie viel Nerven hatte es ihn gekostet, wie viel Kraft, bis diese drei Mappen hier vor ihm auf dem Tisch lagen!

An dem Tag, als dem Auftraggeber klar geworden war, dass Irina die Wahrheit wusste, hatte er noch gehofft, sie hätte ihm verziehen. Schließlich hatte sie darüber gesprochen, ihr Buch gegen Honorar zu veröffentlichen! Er hatte ja nicht ahnen können, dass es ausgerechnet um dieses Buch ging. Noch am selben Abend hatte er alle seine Beziehungen in der Verlagswelt mobilisiert, Irina als außergewöhnlich klugen Kopf und flotte Feder angepriesen (er wusste, wovon er sprach!) und sich Hilfe bei der Veröffentlichung zusichern lassen. Er hatte gedacht, wenn sie am nächsten Tag das Manuskript brachte, würde er sie mit der freudigen Nachricht überraschen, und damit wäre der Schritt zur Versöhnung getan. Aber sie kam nicht. Sie schickte einen Doktoranden mit dem Manuskript, angeblich hatte sie viel zu tun. Dann las er, der Auftraggeber, die erste Seite und spürte den Boden unter seinen Füßen wegrutschen. Er verlor keinen Augenblick und fuhr sofort ins Institut.

»Warum tun Sie das?«, fragte er.

»Warum denn nicht?« Irina zuckte die Achseln. »Ich

habe ein Buch geschrieben, warum soll ich es nicht veröffentlichen? Ich brauche für die Habilitation eine Monographie. Was haben Sie denn dagegen?«

»Irina, ich bitte Sie, was immer Sie wollen ... Wie viel wollen Sie?«

»Geld?« Sie wunderte sich kaum, als hätte sie dieses Gespräch erwartet. »Sie zahlen ja doch nicht.« Sie verzog spöttisch die Lippen.

»Ich werde zahlen. Wie viel?«

»Ich glaube Ihnen nicht. Sie sind geizig. Und außerdem, so viel Geld haben Sie nicht. Was vor fünf Jahren zehntausend gekostet hat, kostet jetzt eine Million. Haben Sie eine Million?«

»Das spielt keine Rolle, ich werde sie auftreiben.« Das Herz des Auftraggebers schlug schwer und unregelmäßig. »Sie wollen eine Million?«

»Nein. Von Ihnen«, sie betonte das Wort, »will ich gar nichts. Sie haben mich einmal betrogen, ich kann Ihnen nicht mehr glauben. Dagegen spricht auch der gesunde Menschenverstand.«

»Welcher gesunde Menschenverstand?«

»Damals hatten Sie Geld, weil Sie Schmiergelder genommen haben. Das haben Sie doch, nicht wahr? Aber Sie waren geizig. Heute bekommen Sie keine Schmiergelder mehr – wofür auch? Die alten Reserven haben Sie längst aufgebraucht für die Einrichtung Ihrer neuen Wohnung. Wo wollen Sie eine Million hernehmen?« Wieder zitterten ihre Lippen, als amüsiere sie das Wort Million. »Auf die altbewährte Weise – durch Schmiergelder? Von wem? Selbst wenn Sie eine Idee hätten, wofür Sie Schmiergelder verlangen könnten, würde man Sie fassen, noch ehe Sie die ersten Hunderttausend zusammen hätten. Heutzutage wird Korruption sehr ernst genommen, das wissen Sie besser als jeder andere.«

»Dass Sie sich nicht schämen, Irina! Ich habe nie

Schmiergelder genommen!« Er versuchte, empört zu klingen, allerdings nicht sehr überzeugend.

»Ach, wirklich? Soll ich Ihnen die Namen der Untersuchungsführer nennen, die mit Ihrem Segen aufgrund von gefälschten Bescheinigungen über unheilbare Erkrankungen der Beschuldigten Strafverfahren eingestellt und den Lohn mit Ihnen geteilt haben? Soll ich? Drushko, Maslinski, Galaktionow, Koslow. Nedowessow wollte nicht mitspielen und hat ein hohes Tier vor Gericht gestellt, und dafür haben Sie ihn entlassen. So war es doch, oder?«

»Wer hat Ihnen bloß diesen Unsinn erzählt, Irina? Wie kann man glauben, was die Leute so reden? Herrje, Irina, Sie sind doch eine seriöse Frau ...«

»Ich bin eine seriöse Frau«, unterbrach sie ihn kalt, »und darum glaube ich nicht, was die Leute so reden. Ich glaube an das, was Zahlen und Dokumente erzählen.«

»Was für Zahlen, was für Dokumente?«, stammelte der Auftraggeber. »Großer Gott, Irina, was reden Sie da?«

»Das ist nicht Ihre Schuld.« Sie lächelte plötzlich. »Die meisten von Ihnen denken, wir seien zu nichts nütze, sitzen uns hier nur den Hintern platt. Würden Sie und Ihresgleichen sich mal die Mühe machen, unsere Arbeit zu lesen, wüssten Sie, wie viel wir können. Und würden sich jetzt nicht wundern.«

»Das können Sie nicht beweisen«, sagte der Auftraggeber fest. »Vielleicht stimmt ja alles, was Sie sagen, aber Sie haben dafür keine Beweise.«

»Ich habe auch nicht vor, etwas zu beweisen«, antwortete sie gleichgültig. »Ich will, dass Sie Ihre Perspektive klar sehen. Wenn Ihr Name ins Gerede kommt, dann wird man sich auf jeden Fall für Ihre Tätigkeit damals interessieren. Und finden, was ich gefunden habe. Ihnen kann das wenig anhaben, Sie kündigen rasch und gehen in die Wirtschaft, das machen heute alle so. Ihr jetziger Posten ist doch geradezu lächerlich. Sie werden fünfmal, wenn nicht zehnmal so viel verdienen wie jetzt. Kurzum, Sie haben nichts zu verlieren. Aber die Sache hat einen interessanten Haken. Unter denen, die Sie damals für die widerrechtliche Einstellung von Strafverfahren bezahlt haben, sind zwei Leute, die inzwischen ziemlich weit oben sitzen. Die beiden Akten fehlen in den Archiven, Sie haben vorsichtshalber dafür gesorgt, dass sie vernichtet wurden. Sie wurden angeblich gestohlen, und die Archivarin wurde abgemahnt. Aber zu diesen beiden Fällen wurden damals im Informationszentrum Karteikarten angelegt, daran haben Sie nicht gedacht. Und auf diesen Karteikarten stehen der Name des Untersuchungsführers und der Name des Beschuldigten. Das ist Ihnen zu spät eingefallen. Als Sie die Karten entfernen ließen, existierten bereits Fotokopien davon. Wenn Sie also in einen Skandal verwickelt werden, dann werden diese beiden Männer in erster Linie darunter leiden. Und das werden sie Ihnen nicht verzeihen.«

»Und wenn es keinen Skandal gibt?«, fragte er mit spröden Lippen. Alles, was sie sagte, war die Wahrheit. Das war dem Auftraggeber sehr wohl bewusst. »Es könnte doch sein, dass Ihr Buch erscheint und gar nichts passiert?«

»Das wird nicht geschehen, das garantiere ich Ihnen. Ich betreue Doktoranden, zwei haben das Promotionsverfahren bereits hinter sich. Auch jetzt betreue ich zwei junge Leute. Sie lesen gewissenhaft alles, was ich ihnen empfehle. Und das Buch ihres wissenschaftlichen Betreuers zu lesen ist für sie sowieso Ehrensache. Einer von ihnen wird ganz bestimmt bemerken, was Sie so krampfhaft zu verbergen suchen. Genauso wird es laufen, Wladimir Nikolajewitsch, dieses kleine Stück aus dem wissenschaftlichen Leben.«

»Wollen Sie mich erpressen?«

»Nein.« Sie hob erstaunt die Lider und bekam ganz runde Augen. »Nein, auf keinen Fall.«

»Was wollen Sie dann? Wozu das alles?«

»Sie sind mir unangenehm.« Sie sagte das so einfach, als hätte er sie nach der Uhrzeit gefragt. »Ich hasse Sie dafür, dass Sie mich betrogen haben. Ich will Sie vernichten.«

»Anastasija Pawlowna, bitte verstehen Sie mich: Die Ermordete war unsere Mitarbeiterin, Offizierin und eine begabte Wissenschaftlerin. Es ist ganz natürlich, dass ich mich für den Stand der Ermittlungen interessiere, zumal ich Irina Sergejewna persönlich kannte.«

Nastja hörte dem vor ihr sitzenden Mann aufmerksam zu. Schon leicht füllig, das Haar ein wenig gelichtet, ein schönes, rassiges Gesicht, konstatierte sie. Höckernase, schweres Kinn, fester Mund. Ringe unter den Augen. Dozenko war wohl doch ein wenig voreilig gewesen; dieser Pawlow hielt sich gut und machte auch äußerlich einen angenehmen Eindruck. Er schien begriffen zu haben, dass er bei Dozenko den falschen Ton angeschlagen hatte, und war gekommen, um den Eindruck wieder wettzumachen.

»Leider kann ich Ihnen noch gar nichts mitteilen, Alexander Jewgenjewitsch. Mit Sicherheit kann ich nur sagen, dass die Filatowa nicht aus Eifersucht und nicht wegen Geld getötet wurde. Aber das ist bisher leider alles, was wir wissen. Sollten natürlich noch neue Umstände zu Tage treten, werden wir diese Hypothesen wieder aufnehmen.«

»Ich fürchte, Sie werden mich aufdringlich finden, aber ... Erlauben Sie mir, hin und wieder vorbeizukommen, um zu erfahren, wie die Dinge stehen? Sie wissen ja«, er sah Nastja in die Augen, »ich habe Irina geliebt. Sehr geliebt. Ich war bereit, mich scheiden zu lassen, aber sie wollte nichts davon hören, sie sagte, wir hätten sowieso keine Wohnung.«

»Alexander Jewgenjewitsch«, Nastja lächelte freundlich, »Sie kannten Irina Sergejewna seit Jahren. Erzählen Sie mir von ihr. Sie verstehen sicher, wie wichtig für uns jede Kleinigkeit ist, jedes Detail.«

»Was soll ich Ihnen erzählen?« Pawlow seufzte. »Irina war ... Wie soll man das erzählen? Sie war wunderbar, bezaubernd, zärtlich ...« Er war offenkundig wirklich erregt, seine Hände zitterten, sein Kehlkopf hüpfte über der Krawatte. »Ich kann nicht, entschuldigen Sie.«

Er erhob sich. Sah zur Uhr. Lächelte Nastja gequält an.

»Lassen Sie uns ein kleines Abkommen schließen, Anastasija Pawlowna. Sie erlauben mir, herzukommen und mich nach dem Stand der Ermittlungen zu erkundigen, und dafür erzähle ich Ihnen von Irina. Abgemacht?«

»Gut. Kommen Sie, ich bin gespannt, was Sie mir erzählen können.«

Der wütende Gordejew, der in der Tür beinahe mit Pawlow zusammenstieß, kam in Nastjas Zimmer gestürmt.

»Weißt du, wo Schumilin jetzt ist? In einer Nervenklinik. Kowaljow ist natürlich gleich zu seinem Kumpel gelaufen und hat ihm alles erzählt. Und Winogradow hat gar nicht weiter gefragt, offenbar weiß er genau, was für ein Schwein sein Neffe ist, und traut ihm alles Mögliche zu. Er hat ihn in die Klapsmühle gesteckt, ihn aus dem Verkehr gezogen, damit wir nicht an ihn rankommen.«

»Ob Kowaljow davon weiß? Die Situation ist immerhin ziemlich pikant. Einerseits ist Winogradow sein Freund, aber andererseits deckt er den Vergewaltiger seiner Tochter. Im Grunde ist allein die Tatsache, dass der Bursche sich hat einweisen lassen, ein Eingeständnis seiner Schuld.«

»Richtig«, stimmte Gordejew ihr zu. »Winogradow dürfte das Kowaljow verheimlicht haben.«

»Versuchen wir mal, etwas herauszufinden.« Nastja wählte eine Telefonnummer. »Verbinden Sie mich bitte mit Ella Leonidowna.« Sie legte die Hand auf den Hörer und erklärte Gordejew: »Eine Freundin. Arbeitet in der Nervenklinik. Wir haben zusammen den Psychodiagnostik-Kurs bei Beresin besucht. Ella? Grüß dich, hier ist Nastja Kamenskaja.«

Nach dem Austausch von Höflichkeiten bat Nastja ihre Freundin, möglichst herauszufinden, auf wessen Initiative Sergej Viktorowitsch Schumilin, geboren neunzehnhundertachtundsechzig, in die Klinik eingewiesen worden sei. Ella versprach zurückzurufen.

Der ersehnte Anruf kam kurz vor Feierabend. Nastja sprach mit Ella, schüttelte verblüfft den Kopf und ging zu Gordejew.

»Vitali Kowaljow persönlich hat Schumilin in die Klinik gebracht.«

»So ein Schwein«, flüsterte Gordejew.

Dieser Montag, der zweiundzwanzigste Juni, war genauso heiß wie die Tage davor. Wieder schleppte sich Nastja, um die Menschenmengen und die stickige Luft zu vermeiden, auf ihren von der Hitze geschwollenen Füßen an den Bushaltestellen vorbei nach Hause. Sie dachte darüber nach, dass es im Russischen für »Wahrheit« nur ein Wort gab, für das Gegenteil davon aber weit mehr: »Betrug«, »Lüge«, »Unwahrheit«, »Schwindel«. Vielleicht, weil die Wahrheit einfach war, die Lüge dagegen viele Gesichter hatte? Nastja wiederholte im Kopf die Synonyme für diese Wörter in allen Sprachen, die sie kannte. Sie war ganz versunken in ihre linguistischen Betrachtungen, darum entging ihr der mittelgroße dunkelhäutige Mann mit Brille, der ihr von der Petrowka an in einiger Entfernung gefolgt war. Jura Korotkow hätte den Mann bestimmt erkannt. Aber Jura war nicht da, und Nastja war nicht darauf trainiert, eine Beschattung zu bemerken.

Am Dienstag spitzte sich die Situation überraschend zu. Dima Sacharow rief Nastja an und teilte ihr mit, seine Agentur habe den Auftrag bekommen, Informationen über Irina Filatowa einzuholen. Der Auftrag wurde natürlich über einen Mittelsmann erteilt, und auch dessen Namen würde sein Chef ihm nicht nennen. Der Name des Klienten war Berufsgeheimnis. Nastja, normalerweise faul und träge, schoss wie der Blitz in Gordejews Büro.

»Viktor Alexejewitsch, Sacharow von der privaten Sicherheitsagentur ist bei mir am Telefon. Irgendjemand interessiert sich für die Biographie der Filatowa.«

»So?« Gordejew nahm den Brillenbügel in den Mund. »Interessant. Und was meinst du dazu?«

»Da wir schon mal das Glück haben, an Sacharow geraten zu sein, sollten wir das ausnutzen. Wir müssen ihnen ein Märchen erzählen.«

»Lügen ist nicht schön«, scherzte Gordejew.

»Das ist keine Lüge, das ist Desinformation. Statt mühevoll herauszufinden, wer der Klient ist, müssen wir nur aufpassen, wo unser Märchen dann wieder auftaucht.«

Zusammen mit Sacharow erfand Nastja eine Biographie für Irina, bemüht, allgemein Bekanntes harmonisch mit Ausgedachtem zu verknüpfen.

Gordejew bestellte indessen Kowaljow zu sich.

»Vitali Jewgenjewitsch, ich dachte, wir hätten uns beim letzten Mal verstanden. Doch Sie haben mich enttäuscht und unsere Abmachung gebrochen. Warum nur?«, begann er sanft und einschmeichelnd.

»Ich verstehe nicht, wovon Sie reden«, erwiderte Kowaljow herrisch.

»Sie haben Winogradow nicht von unserem Verdacht gegen seinen Neffen unterrichtet?«, erkundigte sich der Oberst unschuldig.

»Ich hielt es für unumgänglich, ihn davon in Kenntnis zu setzen«, erwiderte Kowaljow hochmütig.

»Darf ich erfahren, was Winogradow dazu gesagt hat?«

»Ist das etwa ein Verhör?« Kowaljow war empört. »Warum soll ich Ihnen berichten, was meine Freunde mir in einem persönlichen Gespräch sagen?«

»Das müssen Sie nicht«, stimmte Gordejew ihm friedfertig zu. »Aber fanden Sie es nicht seltsam, dass Winogradow seinen Neffen umgehend in eine Klinik gebracht hat, und zwar mit einer Diagnose, die ein Strafverfahren gegen ihn unmöglich macht?«

»Ich verstehe nicht, wovon Sie reden«, wiederholte Kowaljow, »Sergej ist krank, sehr krank, er leidet an einer tiefen Depression. Er braucht ärztliche Aufsicht und Betreuung.«

»Klar.« Gordejew nickte. »Und was ist die Ursache dieser tiefen Depression?«

»Eine persönliche Tragödie.« Kowaljow klang überzeugt. »Das Mädchen, das er liebt, hat ihn unverdient grausam behandelt, und Sie wissen ja, wenn in diesem Alter eine Liebe zu Bruch geht, dann geht die Welt unter.«

Gordejew schnalzte mitfühlend mit der Zunge.

»Ein Jammer, so was. So ein stattlicher, gut aussehender Bursche, groß und breitschultrig, die Mädchen müssen ihm doch nachlaufen.«

»Ja, ja«, fiel Kowaljow lebhaft ein, »das ist auch so, aber er will nun mal von keiner anderen etwas wissen, und nun ist das ganze Leben für ihn vorbei.«

Gordejew schwieg eine Weile, dann fragte er sehr leise:

»Vitali Jewgenjewitsch, ist Ihnen das nicht peinlich?«

Eigentlich hätte er am liebsten laut gebrüllt: »Schämen Sie sich denn nicht?!«

»Peinlich? Wieso?« Kowaljow schlug die Beine übereinander; er glaubte offenbar, sich entspannen zu können, nachdem er das gefährliche Riff sicher umschifft hatte.

»Beim letzten Mal habe ich meine Überzeugung ausgedrückt, dass Sie Verständnis für unsere schwierige Arbeit aufbringen, und Ihnen sogar dafür gedankt. Jetzt bekenne ich: Ich habe Sie getäuscht. Ich wusste, dass Sie uns Mitarbeitern der Miliz keinen Respekt entgegenbringen, dass Sie finden, wir seien keinen Pfifferling wert. Vielleicht beschränkt sich diese Ihre Meinung nur auf mich? Sie halten mich wahrscheinlich für einen dicken, ungeschickten Tölpel? Am Freitag haben Sie vor meinen Augen ein Foto von Sergej gesehen und ihn nicht erkannt. Sie haben den Neffen Ihres Freundes Winogradow nie gesehen. Mehr noch, Winogradow ist mit Ihnen offenbar gar nicht so eng befreundet, schließlich hielt er es nicht für nötig, Ihnen zu erzählen, dass dieser Sergej im betrunkenen Zustand bei einem Autounfall zwei Personen schwer verletzt hat und dafür verurteilt wurde. Sie aber haben mir versichert, er sei ein guter, ernsthafter Junge. Sie können einwenden, ein Verkehrsunfall sei ein Unglück, das auch dem anständigsten Menschen passieren könne. In einem anderen Fall würde ich Ihnen zustimmen. Aber darum geht es jetzt nicht. Sie haben mich beim letzten Mal nicht nur belogen. Sie hielten sich für so clever und mich für so dumm, dass Sie Schumilin auch noch eigenhändig ins Krankenhaus gebracht haben, damit wir nicht an ihn rankommen. Schumilin war nie ein stattlicher, gut aussehender Bursche, hatte nie Erfolg bei den Mädchen, und das hätten Sie, wenn ich Ihrer Legende Glauben schenken sollte, wissen müssen. Vitali Jewgenjewitsch, ich möchte, dass Sie mir erklären, warum Sie das alles tun. Warum diese vielen Lügen?«

»Wenn dies kein Verhör ist, erlaube ich mir, mich zu verabschieden«, erwiderte Kowaljow kalt und stand auf.

»Nein«, hielt Gordejew ihn scharf zurück. »Ich bin noch nicht fertig. Schumilin wurde vor vier Jahren verurteilt, am vierundzwanzigsten Mai neunundachtzig. Seitdem wurden jedes Jahr am vierundzwanzigsten Mai Kinder oder Enkel der Zeugen, die vor Gericht gegen ihn ausgesagt haben, Opfer von Verbrechen. In diesem Jahr die Tochter des Schöffen Vitali Jewgenjewitsch Kowaljow. Ich möchte bemerken, dass die Verbrechen von Jahr zu Jahr gefährlicher wurden, von Körperverletzung bis zu Vergewaltigung. Die Familien des Richters und des zweiten Schöffen stehen noch aus. Macht Ihnen das keine Angst, Vitali Jewgenjewitsch? Wenn Schumilin der Täter war, dann schützen Sie einen Mann, der im nächsten Jahr eine weitere Vergewaltigung, womöglich einen Mord begehen wird.«

»Ich bin nicht gewillt, mir diesen Unsinn noch länger anzuhören!«

Aschfahl im Gesicht, wandte sich Kowaljow zur Tür.

»Warten Sie!«, rief der Oberst ihm nach. Kowaljow drehte sich langsam um, als bereite ihm jede Bewegung unerträgliche Schmerzen.

»Ich sehe, es ist zwecklos, an Ihre staatsbürgerlichen Gefühle zu appellieren. Aber denken Sie wenigstens daran, dass Sie Vater sind.«

Nur mühsam die Lippen bewegend, sagte Kowaljow: »Sergej kriegen Sie von mir nicht.«

Die Arbeit an der Lebensgeschichte von Irina Filatowa ging gut voran. Dima Sacharow war in die Petrowka gekommen und saß zusammen mit Nastja über einer Kette aus mehreren Blättern, die zusammengeklebt und von einer dicken Längslinie mit Jahreszahlen durchzogen waren.

»Wenn man nur wüsste, was genau unseren Klienten interessiert, ihr ganzes Leben oder lediglich ein bestimmter Abschnitt!«, seufzte Dima. »Wir machen uns so viel überflüssige Arbeit!«

»Jetzt sei nicht so faul«, sagte Nastja streng.

»Ach nee, das musst du gerade sagen!«, spottete Dima, richtete sich auf und streckte sich geräuschvoll. »Guck dich doch mal an, wie fleißig du bist. Wasserkocher, Safe, Schreibmaschine – alles in Reichweite, damit du bloß nicht aufstehen musst. Du bist sogar zu faul, deinen Aschenbecher auszuleeren.«

Nastja lachte.

»Das ist wahr. Aber meine Faulheit erstreckt sich nicht auf geistige Arbeit. Zur Sache, Sacharow. Mit den wahren Kapiteln sind wir fertig, nun müssen wir noch das Beiwerk erfinden. Und zwar hier«, Nastja zog einen roten Kreis um einen Punkt auf der Zeitleiste, »hier und hier.«

»Warum gerade da?«

»Sagen wir, weil ich das so will«, antwortete Nastja ausweichend. »Kann dir doch egal sein, oder?«

Natürlich war Nastja bei weitem nicht so misstrauisch wie Gordejew. Aber dafür wesentlich berechnender. Da sie keine Möglichkeit hatte, Sacharows Worte über den geheimnisvollen Klienten zu überprüfen, kalkulierte sie für alle Fälle auch eine gehörige Portion Unaufrichtigkeit von Dima ein. Die Geschichten aus dem Leben der Filatowa, die sie als wahre Kapitel bezeichnet hatte, entsprachen keineswegs völlig der Wahrheit.

Beim Erfinden des Beiwerks hielt sich Nastja an zwei Regeln. Erstens: Die erfundenen Details durften nicht sonderbar wirken und Irinas Charakter nicht widersprechen. Zweitens durften sie sich unter keinen Umständen zufällig als wahr erweisen.

Als sie gerade mittendrin war, rief Dozenko an, der die Interpol-Linie verfolgte.

»Anastasija Pawlowna, ich glaube, ich habe eine warme Spur. Idzikowski bearbeitet seit Februar eine interessante Gruppe, die einerseits mit Rebellen aus Berg-Karabach und andererseits mit der Türkei zu tun hat. Das sind Bürger unseres Landes, die im Nahen Osten gearbeitet und dort viele Kontakte haben. Aber Interpol befasst sich nur mit Informationen, nicht mit operativer Arbeit. Idzikowski jedenfalls versichert, auf ihn habe niemand Druck ausgeübt und schon gar nicht habe er Informationen an Irina weitergegeben.«

»Na ja, versichern kann er viel«, sagte Nastja ruhig und achtete darauf, dass Sacharow der Inhalt des Gesprächs möglichst verborgen blieb. »Überprüfen Sie das. Man darf niemandem glauben, Mischa.«

Als Nastja Dima verabschiedete, der die halb wahre,

halb ausgedachte Biographie von Irina Filatowa mitnahm, glaubte Nastja fast sicher zu wissen, wer diese »Lebensgeschichte mit Beiwerk« benutzen würde und wann.

Schwung, Drehung, noch eine Drehung, das Bein leicht anwinkeln, Kopf nach rechts, Schwung, Drehung ... Schlecht. Noch einmal von vorn. Schwung, Drehung ...

Nastja sank erschöpft aufs Sofa und nahm den Telefonhörer ab.

»Hallo!«

»Nastja, Kind, was machst du gerade?«

»Ich kopiere eine Stute, eine wilde, fuchsrote.«

»Und? Kriegst du es hin?«, erkundigte Leonid Petrowitsch sich ernsthaft.

»Noch nicht«, bekannte Nastja. »Ist wohl aussichtslos. Es gibt offenbar Dinge, die sind mir nicht gegeben.«

»Nicht verzweifeln«, tröstete sie ihr Stiefvater. »Nicht jeder kann schön sein. Dafür funktioniert dein Gehirn bestens.«

Als Nastja aufgelegt hatte, stellte sie sich erneut vor den Spiegel. Nein, sie würde nie so sein wie die Rothaarige neulich auf dem Boulevard. Die war einfach perfekt, dachte Nastja neidisch. Sie hob den Arm, fuhr sich mit den Fingern durchs Haar, wie sie es bei der Frau gesehen hatte. Sie tastete gründlich ihr Gesicht ab, strich sich über die Wangen und betrachtete ihr Spiegelbild. Alles zu flach, dachte sie, farblos wie ein weißes Blatt Papier.

Als das Licht in Nastjas Wohnung erlosch, klingelte in einer anderen Wohnung das Telefon. Ein mittelgroßer Mann mit Hornbrille hörte zu und schrieb etwas in sein Notizbuch.

# Sechstes Kapitel

Am Mittwoch fand im Innenministerium eine Pressekonferenz zum Thema Korruptionsbekämpfung statt. Es waren nur wenige Journalisten anwesend, das Medieninteresse an der Arbeit des Ministeriums hatte in letzter Zeit nachgelassen. Der stellvertretende Minister hielt eine Rede.

»Und nun noch ein Letztes, worüber ich Sie informieren wollte«, kam er zum Schluss seiner Ausführungen. »Unser Ministerium wirkt aktiv mit an der Ausarbeitung eines Gesetzes über den Staatsdienst und eines Gesetzes zur Bekämpfung der Korruption. Geleitet wird diese Arbeit von meinem Assistenten, als wissenschaftlicher Berater fungiert der Hauptsachverständige Alexander Jewgenjewitsch Pawlow, der sich seit langem mit dem genannten Problem beschäftigt.«

Pawlow lächelte kurz und nickte. Sofort schnellte in einer der hinteren Reihen eine Hand hoch.

»Zeitung ›Kontinent-Express‹. Eine Frage an den Sachverständigen Pawlow. Haben Sie ein wissenschaftliches Konzept zur Bekämpfung der Korruption?«

»Selbstverständlich. Es wird zwar von vielen angezweifelt, aber ich gebe die Hoffnung nicht auf, meine Kollegen überzeugen zu können.«

»Bitte, ein paar Worte zu den wichtigsten Punkten Ihrer Theorie.«

»Das lässt sich mit ein paar Worten schwer erklären, aber in groben Zügen besteht die Idee darin, die Korruption unter wirtschaftlichen Aspekten zu betrachten. Korruption ist im Grunde ein Handel, es gibt also eine Ware, einen Verkäufer und einen Käufer sowie einen Gebrauchswert und einen Verkaufspreis. Das wäre es in Kürze. Wenn Sie sich für Einzelheiten interessieren, können Sie gern zu mir kommen, dann unterhalten wir uns ausführlich darüber.«

Pawlow dachte strategisch. Er hatte sich die Journalistin angesehen, die die Frage gestellt hatte, und war keineswegs abgeneigt, die Bekanntschaft mit ihr fortzusetzen. Und ein ausführliches Interview wäre auch nicht schlecht.

Sein wohl gezielter Pfeil traf ins Schwarze – die Journalistin wandte sich gleich nach der Pressekonferenz an ihn.

»Lebedewa«, stellte sie sich vor und reichte ihm die Hand. »Ich habe Ihnen die Fragen gestellt.«

»Sehr angenehm.« Pawlow küsste galant die gepflegte Hand mit den langen, bronzefarbenen Fingernägeln.

»Ich möchte Ihr Angebot gern annehmen. Nennen Sie mir bitte einen Termin.«

Sie war groß und langbeinig und hielt mühelos mit Pawlow Schritt; sie schien sich gewaltsam zügeln zu müssen, um nicht zu rennen. Pawlow überlegte einen Augenblick, sah zur Uhr und lächelte.

»Jetzt hätte ich Zeit, wenn Sie möchten. Gehen wir?«

»Gern.«

»Tee, Kaffee, Kognak?«, fragte Pawlow zuvorkommend, als sie in seinem Büro saßen.

»Kaffee und Kognak, wenn das möglich ist«, entschied seine Besucherin.

Pawlow schaltete die Kaffeemaschine ein, stellte Kognak, Tassen und winzige Kognakschwenker auf den Tisch.

»Wie heißen Sie?«

»Larissa.«

»Na dann, auf unsere Bekanntschaft, Larissa! Also, worüber wollen wir beide reden, schöne Larissa?«

Die Journalistin lachte. Sie hatte eine tiefe Stimme und ein etwas heiseres Lachen. Sie schüttelte ihre kastanienbraune Mähne, durch die eine schwere Welle lief.

»Alexander Jewgenjewitsch, ich bin hier, um mit Ihnen über Korruption zu sprechen, und Sie verleiten mich zum Entspannen. Das ist unfair.«

»Dann reden wir doch über Korruption«, erwiderte Pawlow bereitwillig. »Sie interessieren sich für meine Theorie?«

»Nicht nur. Aber fangen wir erst einmal damit an, wenn Sie nichts dagegen haben.«

Die Lebedewa holte Stift und Notizblock aus der Tasche und schlug auf eine Weise die Beine übereinander, die Pawlow den Atem nahm.

»Ich gehe davon aus«, begann Pawlow bedächtig, »dass jemand, der ein Bestechungsgeld zahlt, eine bestimmte Handlung einer Amtsperson oder eines niederen Staatsbeamten dringend benötigt. Diese Handlung, nennen wir sie Dienstleistung, hat in seinen Augen einen bestimmten Wert, einen Gebrauchswert also. Und er ist bereit, für diese Dienstleistung einen Preis zu zahlen, der in seinen Augen dem Gebrauchswert angemessen ist. Ist dieser Gedanke verständlich?«

Die Journalistin nickte, ohne von ihrem Notizblock aufzusehen.

»Weiter. Ich gehe davon aus, dass der Beamte, der über Vollmachten verfügt, die es ihm ermöglichen, eine Ware zu erzeugen, also eine gewisse Dienstleistung zu erbringen, entscheiden muss, ob er die Ware erzeugt oder nicht. Mit anderen Worten, er steht vor einer rein ökonomischen Frage: Wie hoch ist der Selbstkostenpreis der Ware, und welchen Verkaufspreis kann er dafür erzielen. Der Selbstkostenpreis hängt von der Effektivität der inneren und äußeren Kontrolle ab, einfacher gesagt, von der Höhe des Risikos, das er eingeht. Auf dieser theoretischen Grundlage basiert die Konzeption zur Bekämpfung der Korruption. Hauptziel ist die Zerschlagung des Marktes für Korruptionsleistungen durch Beseitigung der Ausgewogenheit zwischen Selbstkostenpreis der Ware für den Erzeuger und

Gebrauchswert für den Käufer. Ersterer muss erhöht, Letzterer gesenkt werden, dann ist die Produktion nicht mehr profitabel. Sehen Sie, es ist ganz einfach.«

»Alexander Jewgenjewitsch«, die Journalistin schlug ihren Notizblock zu, legte ihn auf die Tischkante und griff sich mit gespreizten Fingern ins dichte Haar, »was ich aufgeschrieben habe, das werde ich für das Interview verwenden. Aber jetzt habe ich eine ganz persönliche Frage. Erlauben Sie? Was mich seit jeher interessiert, ist der Prozess des wissenschaftlichen Denkens. Ich möchte verstehen, wie neue Anschauungen, neue Theorien entstehen. Erzählen Sie mir, wie Sie zu Ihrem Konzept gekommen sind. Nicht zum Mitschreiben.«

»Das ist doch langweilig, Larissa!«, jammerte Pawlow. »Soll ich etwa einer so schönen Frau erzählen, wie ich nächtelang über Ökonomie- und Kriminologiebüchern gesessen habe? Nein, nein! Berichte über solche Routine sind Ihrer Ohren einfach nicht würdig!«

»Da sind Sie aber eine Ausnahme, Alexander Jewgenjewitsch«, sagte Larissa. »Ich habe diese Frage vielen Menschen gestellt, und sie haben mir nicht nur gern darauf geantwortet, sondern sogar lieber darüber gesprochen als über ihre neue Theorie. Genau wie für mich war für sie der Prozess der wissenschaftlichen Suche wesentlich interessanter als das Ergebnis.«

»Das waren wahrscheinlich echte Wissenschaftler, ich aber bin nur ein Mann der Praxis mit Doktorgrad.« Pawlow zuckte die Achseln. »Außerdem, Larissa, Sie sind doch auch anders als andere, oder? Sie sind nicht nur provozierend schön, Sie sprechen auch eigenartig. Weshalb?«

Die Journalistin war ein wenig verlegen, antwortete dann aber bereitwillig.

»Sehen Sie, ich habe ziemlich lange im Orient gelebt, mein Mann ist im Außenministerium angestellt. Und außerdem, meine Mutter ist eine Türkin aus Aserbaidschan, ich habe als Kind lange Zeit in türkischsprachiger Umgebung verbracht. Haben Sie etwa einen Akzent bemerkt?«

»Nur in der Intonation. Ansonsten sprechen Sie sehr korrekt. Sogar zu korrekt«, betonte Pawlow großmütig.

Während Oberst Pawlow diesen Mittwoch, den vierundzwanzigsten Juni, als den Beginn einer angenehmen, viel versprechenden Bekanntschaft verbuchte, war Nastja an diesem Tag auf eine neue Aufgabe gestoßen. Unter den Papieren der Filatowa, die normalerweise sorgfältig beschriftet und mit ausführlichen Kommentaren versehen waren, fand sich ein Blatt mit unverständlichen und nicht weiter gekennzeichneten Zahlen in acht Spalten. Über den Spalten standen Jahreszahlen von 1983 bis 1990, aber das war auch das einzig Verständliche daran. An der Seite waren die Zeilen mit Zeichen markiert, die Nastja bis zum späten Abend zu entschlüsseln versuchte. Die erste Zeile hieß »R«, die zweite »A«, die dritte »EV«. Die folgenden Zeilen waren mit Zahlen von fünf bis zehn gekennzeichnet, dann folgten »1+3«, »2« und »Gesamt«. Nastja rechnete im Kopf nach und stellte fest, dass die Zahlen in der Zeile »Gesamt« nicht die Summe aller Zahlen der entsprechenden Spalte darstellten, sondern nur die der beiden vorletzten Spalten. Neben den ganzen Zahlen standen in der zierlichen Handschrift der Filatowa Dezimalzahlen, manche mit dem Vermerk »P«, andere mit »R«. Die Filatowa hatte offenkundig viel Zeit über diesem Blatt verbracht: Die gesamte Fläche, die nicht von Zahlen eingenommen wurde, war mit verschnörkelten geometrischen Figuren und miteinander verflochtenen »W« und »N« bedeckt. Die Zeile mit der Ziffer »2« davor war mit leuchtend rotem Filzstift umrandet.

Zwei Dinge fand Nastja relativ schnell heraus. Erstens, die Dezimalzahlen bedeuteten Prozente, die mit »P« gekennzeichneten von der Zahl in der Zeile »Gesamt«, die mit »R« gekennzeichneten von der Zahl in der Zeile »EV«. Zweitens, in der mit rotem Filzstift hervorgehobenen Zeile »2« wuchsen diese Dezimalzahlen erstaunlich rasch, was in den anderen Zeilen nicht der Fall war, mit Ausnahme der Zeile »10«. Doch die Zeile »10« hatte offenbar nicht die Aufmerksamkeit der Filatowa erregt, denn sie war nicht hervorgehoben.

Nastja wusste eines genau: Dieses Blatt gefiel ihr nicht. Sie wunderte sich über die Nachlässigkeit der sonst so pedantischen und gründlichen Irina, die sich nie auf ihr Gedächtnis verließ, sondern alle Berechnungen immer sorgfältig beschriftete. Stutzig machten sie auch die Buchstaben »W« und »N«, denn sie deuteten womöglich auf einen gewissen Wladimir Nikolajewitsch hin, der, nach der mit seinem Namen bedeckten Seite im Kalender der Filatowa zu urteilen, ihre Gedanken stark beschäftigt hatte, jedoch von keinem ihrer Kollegen und Freunde erwähnt worden war. Außerdem beunruhigte Nastja, die inzwischen die Logik und die Arbeitsweise der Filatowa kannte, die nicht hervorgehobene Zeile »10«. Im Kontext der ziemlich stabilen Zahlen in den anderen Zeilen musste Irina ihr jähes Anwachsen einfach bemerkt haben. Aber sie hatte sich nur auf die Zeile »2« konzentriert. Warum?

Das Blatt ließ Nastja nicht einschlafen. Sie wälzte sich lange im Bett herum und machte sich Vorwürfe, nicht rechtzeitig ein Schlafmittel eingenommen zu haben. Die Leuchtziffern auf ihrer Uhr zeigten kurz nach drei, für ein Schlafmittel war es nun zu spät, bis zum Aufstehen blieben nur noch wenige Stunden. Sie stand auf, öffnete den Kühlschrank und goss sich Martini in ein hohes Glas. Wermut wirkte bei ihr fast so gut wie eine Tablette.

Als sie am nächsten Morgen unter der Dusche stand und ihrem Gehirn zum Aufwachen aufgetragen hatte, den Satz: »Alles muss seine Ordnung haben« in alle europäischen Sprachen zu übersetzen, stellte sie mechanisch fest, dass es für das Wort »Ordnung« in einigen Sprachen verschiedene Entsprechungen gab – je nachdem, worauf es sich bezog, konnte es auch mit »Ablauf«, »Handhabung«, »Prozess«, »Durchführung« »Verfahren« übersetzt werden. Sie sprang aus der Wanne, ohne das Wasser abzudrehen, warf sich ein Frotteehandtuch über die Schultern und rannte, nasse Spuren hinterlassend, ins Zimmer. Sie griff nach der Strafprozessordnung, blätterte kurz darin und lachte laut und freudig. Wäre in diesem Augenblick die wissbegierige Journalistin Larissa Lebedewa mit ihrer Lieblingsfrage: »Wie sind Sie darauf gekommen?« in der Nähe gewesen, hätte Nastja ihr kurz und verschwommen geantwortet: »Durchführung von Strafverfahren«.

Bevor Nastja aus dem Haus ging, sah sie noch einmal in den Spiegel.

»Du bist gar nicht schlecht, Alte! Du hast es noch drauf! Wenn du glücklich bist, sind deine blassgrauen Augen plötzlich sogar strahlend blau«, sagte sie laut zu sich selbst.

Viktor Gordejew kam finster wie eine Gewitterwolke zur Arbeit. Am Abend zuvor hatte seine Frau lange mit ihrem Vater telefoniert und war anschließend verstört ins Zimmer zurückgekommen.

»Papa ist außer sich«, sagte sie, setzte sich neben ihren Mann auf das Sofa und streichelte zärtlich seine Schulter. »Sie haben ihn abgewiesen. Letzte Woche lief noch alles glatt, am Montag sollte er endgültig Bescheid bekommen. Am Montag verzögerte sich die Antwort auf Dienstag, am Dienstag hieß es Mittwoch, aber da war das Gespräch schon sehr kühl, und heute haben sie gesagt, sie sähen keine Möglichkeit, sein Zentrum zu finanzieren. Papa kann sich gar nicht beruhigen, weil sie ihn, einen weltberühmten Kardiologen, behandelt haben wie einen kleinen Jungen.«

Andrej Woronzow träumte davon, ein unabhängiges Herzzentrum aufzubauen, ähnlich wie das des Augenarztes Fjodorow, aber dafür brauchte er Sponsoren, die ihn die ersten anderthalb bis zwei Jahre finanziell unterstützten, bis das Zentrum auf eigenen Beinen stand. Woronzow hatte bereits mehrfach Einladungen an große Kliniken und medizinische Zentren im Ausland erhalten, sie aber hartnäckig abgelehnt, mit der Begründung, die Gesundheit seiner Landsleute sei ihm wichtiger. Er hatte seine Idee gehegt und gehätschelt, hatte gehofft, das Zentrum noch vor seinem siebzigsten Geburtstag eröffnen zu können, hatte Sponsoren gefunden und sich gefreut wie ein Kind, dass alles so gut lief. Und nun auf einmal das …

»Moment mal«, Gordejew wandte sich seiner Frau zu, »man hatte ihm doch an zwei Stellen Unterstützung zugesagt. Welche davon hat ihn denn abgewiesen?«

»Das ist es ja, alle beide«, erwiderte Nadeshda Andrejewna traurig.

»Nun ist Vater wütend?«, fragte Gordejew mitfühlend.

»Er ist verzweifelt, und das ist viel schlimmer. Hoffentlich wirft ihn das nicht um.«

Alle beide! Winogradow verlor keine Zeit. Gordejew zweifelte keinen Augenblick daran, dass er dahinter steckte.

Der Oberst rief zunächst Samochin in der Pressestelle an, dann einen weiteren Mann, der ihm half, wie er sagte, Wahrheit und Tatsachen auseinander zu halten. Lange lief er in seinem Büro auf und ab, rieb sich die Glatze, ging mehrmals zur Tür und hatte schon die Hand auf der Klinke, überlegte es sich aber immer wieder anders, drehte sich abrupt um und setzte sein chaotisches Umherwandern fort.

Igor Lesnikow kam herein.

»Viktor Alexejewitsch, Golzow hat aus dem Krankenhaus angerufen. Natascha Kowaljowa …«

»Ja? Was ist los?« Gordejew schreckte auf.

»Sie hatte in der Nacht einen schweren hysterischen Anfall, hat um sich geschlagen und geschluchzt, sie konnte nur mit Mühe zur Ruhe gebracht werden. Und heute hat sie angefangen zu reden.«

»Warum dann die Leichenbittermiene?«

»Ihr Vater hat verboten, Kriminalisten zu ihr zu lassen.«

»Was heißt verboten?« Gordejew verschluckte sich vor Ärger. »Für wen hält er sich? Für den obersten Psychiater des Landes?«

»Er hat gesagt, das Mädchen sei zu schwach, um auszusagen. Die Erinnerung an den traumatischen Vorfall könne sie zu sehr aufregen, und sie würde wieder verstummen. Er als Vater verlange, dass sein Kind nicht beunruhigt würde. Ihre Mutter sitzt im Krankenhaus die ganze Zeit bei ihr. Mit einem Wort, die Grenzen sind dicht. Golzow hat versucht, ihn zu überzeugen, dass wir wenigstens eine ungefähre Beschreibung des Täters brauchen, aber Kowaljow hat durch die ganze Station gebrüllt, lieber sollten zehn Vergewaltiger frei rumlaufen, wenn dadurch die Gesundheit seines Kindes geschützt werden könne.«

»Klar doch, klar.« Der Oberst nickte nachdenklich. »Sollen doch die Vergewaltiger frei rumlaufen, sollen sie doch fremde Kinder vergewaltigen und töten, Hauptsache, sein Kind wird gesund. Ammenmärchen für die Ärzte und für seine Frau. In Wirklichkeit reißt er sich den Arsch auf, um Winogradow zu helfen, der wird sich schon erkenntlich zeigen. Wenn Awerin Premierminister wird, dann ist Kowaljow obenauf, und der ewige Dank des neuen Premierministers ist ihm sicher. Wenn's nicht klappt, dann bringt ihn Winogradow in irgendeiner russisch-ausländischen Firma unter. Ja, ohne Winogradow ist Kowaljow aufgeschmissen. Er wird alles tun, um ihm seine Treue zu beweisen. Was für ein Dreckskerl!«

Gordejew schob energisch seine Brille beiseite und schlug sanft, aber kräftig mit beiden Händen auf den Tisch.

»Geh an deine Arbeit, Igor. Gib mir zwei, drei Tage, dann kannst du tun, was immer der Untersuchungsführer und du für nötig haltet. Ich sag dir Bescheid, wenn ich so weit bin. Geh jetzt. Ja, und schick die Kamenskaja zu mir.«

»Komm rein, Anastasija«, begrüßte er Nastja fröhlich. »Erzähl.«

»Was ist los mit Ihnen, Viktor Alexejewitsch?«, fragte Nastja erstaunt. »Haben Sie was zu feiern?«

»Nein, ich habe bloß eine Entscheidung getroffen, daher meine gute Laune. Du weißt doch, ich fange nie als Erster eine Prügelei an, und bevor ich zurückschlage, überlege ich lange. Ich bin auf meine alten Tage vorsichtig geworden. Aber nun habe ich mich entschieden, und jetzt ist mir leichter. Was ist mit der Filatowa? Wo sind deine zweihundert?«

Nastja seufzte schuldbewusst. Was sie sagen wollte, war ungebührlich dreist gegenüber einem Vorgesetzten, aber Nastja liebte Gordejew ja gerade dafür, dass er sie so nahm, wie sie war.

»Ich muss ins Informationszentrum, Viktor Alexejewitsch.«

»Und? Was spricht dagegen?« Gordejew hob die Augenbrauen.

»Meine Faulheit.«

Das Informationszentrum des Russischen Innenministeriums befand sich in einem luxuriösen Hochhaus im Bezirk Nowyje Tscherjomuschki, ziemlich weit weg von der Petrowka.

»Du bist doch ein Luder, Anastasija!«, sagte Gordejew lachend. »Na schön, nutz meine gute Laune ruhig aus. Notier dir eine Telefonnummer …«

»Ich merke sie mir.«

»Frag nach Jelena Konowalowa, beruf dich auf mich. Ich hab mal mit ihrem Vater zusammengearbeitet, ich kannte sie schon als kleines Kind. Sie ist ein nettes Mädchen, sie wird tun, was sie kann. Natürlich nur, wenn du schön bittest. Also, wie steht's mit den zweihundert?«

»Zwei Fragen sind noch offen. Eine davon hoffe ich mit Hilfe des Informationszentrums zu klären. Die andere hängt bislang in der Luft. Wenn die Filatowa eine Monographie schreiben wollte, wo ist dann das Arbeitsmaterial? Unter ihren Papieren ist nichts, was auf eine Monographie hinweist. Keine einzige Spur. Dabei sollte sie laut Plan das Manuskript im Oktober abliefern, fix und fertig redigiert und vorab in der Abteilung diskutiert.«

»Schön, kümmere dich selbst um diese Fragen.«

Gordejew schwieg und kaute auf seiner Brille.

»Sag mal, Anastasija«, fragte er unvermittelt, »erinnerst du dich, was der Gouverneur Stark seinem Assistenten Burden geantwortet hat, als der sich weigerte, kompromittierendes Material gegen einen grundehrlichen Richter zu sammeln?«

Wie aus der Pistole geschossen antwortete Nastja:

*»Der Mensch wird in Sünde gezeugt und in Schmutz geboren, und sein Weg führt von der stinkenden Windel zum modernden Leichenhemd. Irgendwas stinkt immer.«*

»Kluges Mädchen!« Gordejew war entzückt. »Kennst du etwa den ganzen Roman auswendig?«

»Nein.« Nastja lächelte. »Nur diesen Satz. Aber Sie haben ihn sich ja auch gemerkt. Offenbar sind unsere Auswahlkriterien die gleichen. Kein Wunder, wir arbeiten ja im selben Metier.«

»Stimmt«, bestätigte Gordejew. »Also, Nastenka, hör mir gut zu. Vitali Jewgenjewitsch Kowaljow hat mich sehr verletzt. Mich persönlich. Außerdem hat er uns alle von oben herab behandelt. Mehr noch, er versucht, einen gefährlichen Verbrecher der Strafverfolgung zu entziehen. Das ist zum Teil vielleicht auch unsere Schuld. Wir wollten Schumilin nicht verhaften, ehe wir überzeugende Beweise gegen ihn hatten. Mir war immer daran gelegen, dass meine Abteilung exakt und ehrlich arbeitet, dass wir keinen Ärger kriegen mit Untersuchungsführern oder Gerichten. Lange Zeit ist uns das gelungen. In den letzten Jahren haben wir niemanden festgenommen, den wir nach zweiundsiebzig Stunden wieder hätten entlassen müssen. Ich habe mich bemüht, Leute in meine Abteilung zu holen, die ihr Handwerk beherrschen oder lernfähig sind. Wir haben viele Fehler gemacht und uns oft geirrt. Aber es ist unser großes Plus, dass wir diese Fehler und Irrtümer rechtzeitig erkennen und sie umgehend korrigieren. Wir alle sind in der Lage, das, was wir tun, kritisch zu beurteilen, wir versuchen unentwegt, uns selbst zu widerlegen. Das ist der Arbeitsstil, für den ich lange Jahre gestritten und gekämpft habe. Und ich habe mein Ziel erreicht. Unsere Abteilung hält zusammen. Wir zerstreiten uns nie. Was andere Kritik nennen, heißt bei uns gegenseitige Analyse. Ich erzähle dir das alles nicht, weil du es nicht weißt. Du weißt es vielleicht besser als ich. Ich möchte, dass du spürst, wie tief Kowaljow mich verletzt hat; er hat meine Idee beleidigt, mein Kind, meinen Hauptgewinn in diesem Leben. Er hat auf unser Berufsethos spekuliert. Meine Entscheidung habe ich getroffen, nachdem er mir gestern den letzten Schlag versetzt hat. Nicht mir, sondern meiner Familie, meinem Schwiegervater, der es ablehnt, westliche Millionäre zu operieren, um Dollars zu scheffeln, sondern der seine eigenen Landsleute behandeln will. Meine Geduld ist erschöpft, Nastenka. Und ich zähle auf dich.«

Solchen echten Schmerz, solchen aufrichtigen Kummer hatte Nastja in der Stimme ihres Chefs noch nie gehört. Gordejew fuhr fort:

»Der Gouverneur Willie Stark hat Recht: Irgendwas stinkt immer. Ich glaube nicht, dass ein Mann, der auf die Justiz pfeift, auf fremde Leben und auf sein eigenes Kind, sein Leben lang ehrlich war. Das glaube ich einfach nicht. Darum bin ich zuversichtlich, dass ich ein Mittel finden werde, ihn zu stoppen. Wir haben weder die Kraft noch die Zeit, danach selbst zu suchen. Aber vergessen wir nicht, wir reden von einem Mann der Politik. Und das bedeutet, dass er Feinde hat oder, wenn du willst, politische Gegner, und die haben sich dieses Mittel beizeiten besorgt und warten nur auf den passenden Moment, es einzusetzen. Einfach so werden sie uns ihre Waffe nicht überlassen, und mit Gewalt können wir sie uns nicht holen, vor uns hat niemand mehr Angst. Bleibt nur ein Ausweg. Ich hoffe, du hast mich verstanden. Ein Mann ist garantiert im Besitz der Waffe, die wir gegen Kowaljow brauchen: Er arbeitet im Apparat des Parlaments und heißt Boris Wassiljewitsch Rudnik.«

Gordejew hatte nicht zu viel versprochen. Als Nastja über die von ihm erhaltene Telefonnummer Jelena Konowalowa ausfindig gemacht hatte, war diese sofort bereit, ihr zu helfen, und machte ihr sogar Mut, denn Nastja war es ein wenig peinlich, dass sie keine rechte Vorstellung hatte, wonach sie eigentlich suchte.

»Sehen Sie, Jelena, ich habe eine Zahl, aber ich weiß nicht, was sie bedeutet. Ich kann es nur vermuten. Ich glaube, es ist die Zahl der registrierten Verbrechen. Aber ich weiß nicht einmal, in welcher Region.«

»Ist sie groß? Wie viele Stellen? Versuchen wir erst einmal zu bestimmen, ob es sich um eine Stadt handelt oder um ein Gebiet.«

Nastja diktierte alle Ziffern aus der Zeile »R« für acht Jahre.

»Zweifellos ein Gebiet«, erklärte Jelena überzeugt. »Die einzigen Städte mit so hohen Zahlen sind Moskau und Sankt Petersburg, aber deren Kennziffern weiß ich auswendig, das sind sie nicht. Warten Sie einen Augenblick. Ich habe die Daten der letzten fünf Jahre für alle Gebiete Russlands im Computer, ich sehe gleich mal nach.«

Den Hörer ans Ohr gepresst, goss Nastja aus einer Karaffe Wasser in ihren Becher und machte sich einen Kaffee. Nach einigen Minuten kam Jelena wieder ans Telefon.

»Nastja, für siebenundachtzig, achtundachtzig, neunundachtzig und neunzig stimmen die Zahlen überein. Gebiet Ensk. Wollen Sie es genau wissen, oder reicht das?«

Vor Überraschung war Nastja so zusammengezuckt, dass sie etwas Kaffee auf den Tisch vergoss. Sie glaubte sich verhört zu haben.

»Ensk?« Sie war fassungslos.

»Was ist denn?«, fragte Jelena besorgt. »Stimmt etwas nicht? Warten Sie, ich überprüfe noch die Jahre davor.«

»Dauert das lange?«

Die verbrühte Hand schmerzte, aber Nastja spürte es nicht. Das Feuer der Ungeduld loderte in ihrem Kopf.

»Dazu muss ich ins Archiv, die Statistiken der früheren Jahre liegen dort. Etwa fünfzehn, zwanzig Minuten.«

»Jelena«, Nastjas Stimme klang flehend, »es ist mir so peinlich, Sie zu bemühen. Aber wenn Sie wüssten, wie wichtig das für mich ist!«

»Nicht doch, Nastja, nicht der Rede wert. Natürlich gehe ich runter.«

Zwanzig Minuten später wusste Nastja, dass sie die Daten für das Gebiet Ensk in der Hand hielt. Jelena war so freundlich gewesen, ihr noch einige andere Zahlen herauszusuchen, das war weniger schwierig gewesen, denn nun wussten sie zumindest, um welches Gebiet es ging. Nach einer weiteren Stunde hatte das unbeschriftete Blatt Nastja alle seine Geheimnisse enthüllt.

Jura Korotkow küsste Ljudmila zärtlich auf die Schulter und zog sich an. Er trennte sich nur ungern von ihr, aber er konnte nicht länger bleiben.

Als er seine Hose angezogen hatte, rückte er den Sessel beiseite und setzte sich neben das Sofa, auf dem die Frau lag.

»Hör mal, Ljuda«, begann er unvermittelt, »bist du sicher, dass Irina nicht mit Pawlow geschlafen hat?«

Ljudmila richtete sich jäh auf.

»Irina? Mit Pawlow? Du spinnst wohl! Solchen Unsinn kann nur jemand vermuten, der sie überhaupt nicht kennt.«

»Na ja, ich kannte sie ja auch nicht«, bemerkte Korotkow sanft. »Verstehst du, Pawlow behauptet, sie seien intim gewesen, er habe sich sogar scheiden lassen wollen.«

»Blödsinn«, sagte Ljudmila überzeugt. »Vergiss es.«

»Er sagt, er habe Irina sehr geliebt«, fuhr Korotkow hartnäckig fort. »Warum sollte er lügen?«

»Na klar!«, fauchte Ljudmila, stand auf und wickelte das Laken um sich wie einen indischen Sari. »Er hat sie geliebt! Ich war gestern im Ministerium, und da habe ich ihn mit einer Schnalle gesehen. Wie er die angeglotzt hat!« Sie verdrehte viel sagend die Augen. »Irina ist kaum eine Woche unter der Erde, und er wäre mit dieser Stute am liebsten auf der Stelle in seiner Box verschwunden.«

Sie verstrubbelte zärtlich sein Haar.

»Mach dich nicht verrückt, mein Freund. Irina hat sich leicht verliebt, aber sie war sehr, ich wiederhole, sehr wählerisch.«

Korotkow hielt ihre Hand fest und drückte sie an seine Wange.

»Und wer war die Schnalle? Aus dem Ministerium?«

»Die beiden kamen mit einem ganzen Pulk aus dem Saal, wo gerade eine Pressekonferenz stattgefunden hatte, also nehme ich an, sie ist Journalistin. Sehr auffällig, sehr extravagant. Wenn sie im Ministerium arbeiten würde, hätten unsere Männer sie schon längst bemerkt und unsere Damen sie schon gründlich durchgehechelt. Willst du was essen?«

»Ja, gern«, antwortete Korotkow dankbar. Wer um ein Uhr nachts nach Hause kam, sollte sich leise ausziehen und schlafen gehen und nicht in der Küche mit Geschirr klappern und seine ohnehin gereizte Frau aufwecken.

Schon im Flur, sagte Korotkow:

»Weißt du was, Ljuda, wir warten, bis die Kinder groß sind, und dann heiraten wir.«

»So lange reicht deine Geduld nicht.« Sie lachte. »Aber ich werde drüber nachdenken.«

Der Auftraggeber und der Organisator aßen in einem nur für harte Devisen zugänglichen Restaurant. Der Auftraggeber war geschäftig und voller Energie, der Organisator dagegen zerstreut und matt.

»Dein Bursche hat keine besonders saubere Arbeit geleistet.«

So war der Auftraggeber: Selbst wenn er jemanden lobte oder sich bedankte, fand er immer einen Anlass für eine kleine Krittelei.

»Ist nicht meiner. Ich habe ihn nie gesehen. Alles über Vermittler.«

»Jetzt sind genau zwei Wochen um, und bisher ist alles ruhig. Mehr oder weniger. Wollen wir also hoffen, dass es ausgestanden ist.«

Der Auftraggeber kaute seine heiße Pizza.

Der Organisator hob den Kopf. »Und die Karteikarten?«, fragte er. Seine Augen wirkten krank und hoffnungslos. Natürlich, für den Auftraggeber war das Manuskript das Wichtigste, er konnte beruhigt sein, denn das Manuskript hatten sie. Aber für ihn, den Organisator, waren nur die Karteikarten von Belang, nicht alle, nein, nur die eine, auf der in großen Druckbuchstaben sein Name stand. Mein Gott, was für eine Schande, was für eine Schande, wenn das rauskam! Wenn es wenigstens noch ein Wirtschaftsvergehen gewesen wäre, da könnte man sich irgendwie rausschwindeln, Wirtschaftsverbrecher wurden heutzutage dauernd rehabilitiert: Sie hätten ja nichts Schlimmes getan, seien nur ihrer Zeit voraus gewesen. Starodubzew zum Beispiel.

»Und die Karteikarten?«, fragte er noch einmal.

Die Frage missfiel dem Auftraggeber. Er wusste: Das mit den Karteikarten, das war ein Schnitzer. Wie hatte er so eine Lappalie vergessen können! Die Akten hatte er aus dem Archiv geholt, aber die Karteikarten waren ihm erst nach ein paar Monaten eingefallen. Dieses Miststück hatte ihm was von Fotokopien erzählt, um ihn einzuschüchtern, aber wie sollte er nachprüfen, ob sie log? Vielleicht gab es ja keine Fotokopien. Um welche zu machen, hätte man alle Karteikarten durchsehen müssen, den ganzen Berg von mehreren Jahren. Und dann noch dafür sorgen, dass man dort allein war, ohne Zeugen. Viel zu schwierig. Sie hatte wohl doch nur geblufft. Aber selbst wenn nicht, ihm, dem Auftraggeber, war das jetzt egal. Sollten sie doch die Kopien finden, sollte es doch zum Skandal kommen. Was konnte ihm schon passieren? Hauptsache, nicht er lieferte den Anlass für den Skandal, nicht das Manuskript. Also war er aus dem Schneider. Und diese voll gefressenen Politiker sollten ruhig selbst für ihre früheren Sünden zahlen. Also zum Teufel mit den Karteikarten. Bei der Filatowa zu Hause hatte der Vollstrecker sie nicht gefunden. Auch der, den sie bestochen hatten, damit er ihren Safe und ihren Schreibtisch durchsuchte, war mit leeren Händen zurückgekommen. Na ja, nicht ganz, er hatte das Manuskript gebracht. Aber nicht die bewussten Fotokopien. Höchstwahrscheinlich existierten sie gar nicht.

»Mach dir keine Sorgen«, beruhigte er den Organisator. »Niemand wird danach suchen. Solange die Gefahr bestand, dass das Buch erscheinen würde, so lange bestand auch die Gefahr, dass jemand nachbohren würde. Aber das Buch wird ja nicht erscheinen. Also kannst du ruhig schlafen, alter Schwerenöter.« Der Auftraggeber lachte herzhaft.

»Von wegen Schlaf«, murmelte der Organisator, stellte angewidert seinen Teller beiseite und goss sich französischen Weißwein ein. »Kowaljow und seine Bande gönnen mir keine Atempause. Die Hälfte der Abgeordneten hat er schon auf seine Seite gezogen, nun will er bei der nächsten Plenartagung seinen Chef als Premier durchkriegen. Und wir müssen den jetzigen Premier am Ruder halten, wir sitzen ja mit ihm in einem Boot. Also müssen wir kämpfen.«

»Was macht eigentlich deine kleine Blondine? Hast du die noch? Vielleicht überlässt du sie ja mir, wie?«, stichelte der Auftraggeber. »Sie ist doch zu alt für dich, du magst sie doch lieber ganz jung.«

»Hör auf, ich bitte dich«, bat der Organisator mit leiser Resignation. »Mir geht's schon beschissen genug.«

# Siebentes Kapitel

Am Freitag beehrte Pawlow die Petrowka erneut mit einem Besuch.

»Was gibt es Neues, Anastasija Pawlowna? Ich halte mein Wort, heute habe ich keine Eile, also erzählen Sie mir vom Stand der Ermittlungen, dann erzähle ich Ihnen von Irina.«

Nastja erzählte ihm brav, welche interessanten Entdeckungen Dozenko und Larzew gemacht hatten, die die Interpol-Linie verfolgten. Türkische Extremisten bezogen aus Berg-Karabach Waffen, die sie mit Drogen bezahlten. Durchaus möglich, dass die Filatowa ermordet wurde, um Idzikowski einzuschüchtern, weil er einer Gruppe russischer Staatsbürger, die als Mittelsmänner fungierten, gefährlich nahe auf den Fersen war. Pawlow revanchierte sich mit lyrischen Erinnerungen:

»Irina hat die Trennung von ihrem Mann nur schwer verkraftet. Sie wollte sogar ihre Doktorarbeit hinschmeißen, obwohl sie kurz vor dem Abschluss stand. Alles erschien ihr plötzlich sinnlos: die Arbeit, die Liebe. Sie hat Gedichte geschrieben, wussten Sie das?«

»Nein, das hat uns niemand erzählt.«

»Sehen Sie. Sie war verschlossen, sie hat ihre Gefühle niemandem mitgeteilt. Erst später, als wir uns wirklich nahe standen, hat sie mir einiges aus dieser Zeit zu lesen gegeben. Das hier zum Beispiel:

*Allein bin ich im Trott der Tage,*
*dem uferlosen Ozean.*
*Mein Schiff hält allen Stürmen stand,*
*niemals sinkt es auf den Grund.*

*Ich bin traurig, ich bin müde,*
*es tut so weh und es ist seltsam.*
*Nirgends kann ich Anker werfen*
*auf dem Weg ins Nirgendwo.«*

»Ein gutes Gedicht«, Nastja nickte anerkennend.

»Mehr als gut«, fiel Pawlow euphorisch ein, »es ist wundervoll! Irina hatte für alles Begabung, nicht nur für die Wissenschaft. Und das hat sie geschrieben, nachdem sie ihre Mutter begraben hatte:

*Verhüte Gott, dass du erlebst dereinst,*
*die Finsternis, erfüllt von Angst und Kälte,*
*wenn hoffnungslos, als wär's der Weg zur Richtstatt,*
*das Morgen scheint, so unnütz, kalt und leer.«*

»Ich danke Ihnen, Alexander Jewgenjewitsch«, sagte Nastja am Ende des Gesprächs herzlich. »Kommen Sie wieder mal vorbei. Sie wissen doch, je besser wir Irinas Charakter kennen lernen, desto leichter wird unsere Arbeit. Aber ab jetzt wenden Sie sich bitte an Gordejew. Ich gehe in Urlaub.«

Als sich die Tür hinter Pawlow geschlossen hatte, lächelte Nastja spöttisch vor sich hin. Wer hätte gedacht, dass die Gedichte, die sie vor Jahren geschrieben hatte, als ihre Liebe nicht erwidert wurde, ihr einmal einen solchen Dienst erweisen würden. Es hatte sich sogar jemand gefunden, der sie zu schätzen wusste, sie »mehr als gut«, ja »wundervoll« fand. Allerdings war er zwar Sachverständiger, aber nicht für Poesie. Er würde jedes Gedicht gut finden.

Also, Alexander Jewgenjewitsch, ich habe Sie beim Lügen erwischt. Sie haben ein hübsches Sümmchen hingeblättert, um uns glauben zu machen, dass Sie Irina Filatowa seit langem und sehr gut kennen. Sie interessieren sich hartnäckig für den Stand der Ermittlungen und werfen uns dabei Bröckchen hin, die wir selbst für Sie ausgestreut haben. Was wollen Sie erreichen?

Betrachten wir die Sache mal von einer anderen Seite. Wenn wir den Angaben aus der Abteilung für Koordinierung und Planung des Instituts Glauben schenken, war die Filatowa in den dreizehn Jahren, die sie dort arbeitete, nie in Ihrer Heimatstadt Ensk. Vielleicht ist sie privat hingefahren? Weder ihr Vater noch ihre Freundinnen oder ihre Liebhaber haben so etwas erwähnt, aber bei Irinas Verschlossenheit wäre es immerhin möglich. Aber wenn, warum dann die Geheimniskrämerei? Warum hätte sie diese Reisen geheim halten sollen? Wie auch immer, sie hat sich für das Gebiet Ensk interessiert, und zwar nicht generell für die Entwicklung der Kriminalität dort, sondern nur für eine einzige Frage. Und die Antwort darauf offenbar auch gefunden.

Nastja holte das rätselhafte Blatt der Filatowa hervor, bei dem jetzt alles klar war. »R« stand für registrierte Straftaten, »A« für aufgeklärt, »EV« für die durch Ermittlungsverfahren abgeschlossenen Fälle. Die Zeilen mit den Zahlen von fünf bis zehn enthielten die Zahl der Strafverfahren, die gemäß Paragraphen 5–10 der Strafprozessordnung eingestellt worden waren. »1+3« stand für Fälle, die nach Absatz 1 und 3 des Paragraphen 195 eingestellt worden waren, weil der Täter entweder unbekannt oder unauffindbar war. Und die spannende Zeile »2« enthielt die Strafverfahren, die nach Absatz 2 des Paragraphen 195 eingestellt worden waren, wegen schwerer Erkrankung der Person, die strafrechtlich zur Verantwortung gezogen werden sollte. Die Zahl dieser Fälle, die bis 1986 bei unter drei Prozent lag, stieg abrupt an, als Sie, verehrter Alexander Jewgenjewitsch, Chef der Ermittlungsabteilung der Innenverwaltung im Gebiet Ensk wurden, und zwar auf ganze achtzehn Prozent. Was schloss die Filatowa daraus? Ich nehme an, das Gleiche wie ich, denn ich kann ihre Logik gut nachvollziehen. Sie begriff, dass es irgendwo einen korrupten Arzt geben musste, der nicht ohne Ihr Wissen falsche Diagnosen bescheinigte, die es ermöglichten, das Verfahren »bis zur Genesung«, das heißt für immer, einzustellen. Schmiergelder sind dabei mindestens an drei Stellen geflossen: an den Arzt, an den Untersuchungsführer und an Sie. Vielleicht gingen gar keine Zahlungen an Sie persönlich, vielleicht haben der Arzt und der Untersuchungsführer mit Ihnen geteilt. Ein hübsches Bild!

Aber selbst wenn das alles stimmt und Sie wirklich ein so schlechter Mensch sind, bleibt Irinas Interesse für das Gebiet Ensk, das sie zudem so geflissentlich geheim gehalten hat, noch immer ein Rätsel. Es kann nichts mit Ihnen persönlich zu tun haben, denn Sie haben mich endgültig davon überzeugt, dass Sie die Filatowa vor Ihrem Umzug nach Moskau noch nie gesehen hatten, auch wenn Sie hartnäckig das Gegenteil behaupten. Aber es muss einen Zusammenhang geben! Es muss!

Dritte Variante: Alles, was die Kolleginnen der Filatowa sagen, ist wahr. Pawlow bemüht sich vergebens um Irina, wird abgewiesen und fängt an, wie ihr Chef es ausdrückte, »an ihr herumzukritteln«. Er reizt Irina, bringt sie zur Weißglut, und sie sucht nach einem Mittel, ihn zu stoppen. Einer ihrer Kollegen fährt nach Ensk, und sie bittet ihn, ihr die Kriminalitätsstatistik mitzubringen. Die Statistik ist in jedem regionalen Informationszentrum offen zugänglich. Könnte stimmen, geht aber nicht ganz auf. Die Konflikte mit Pawlow begannen im Frühjahr, um diese Zeit liegen die Daten des Vorjahres bereits vor. In diesem Fall hätte die Tabelle der Filatowa auch das Jahr einundneunzig enthalten, doch sie reicht nur bis neunzehnhundertneunzig. Und überhaupt sieht Erpressung Irina nicht ähnlich, noch dazu aus so nichtigem Anlass. Was hätte sie zu Pawlow sagen können? Alexander Jewgenjewitsch, ich weiß, dass Sie Schmiergelder genommen haben, also hören Sie auf, meine Dokumente ständig zu kritisieren? Blödsinn. Außerdem bleibt noch immer die Frage offen, warum Pawlow lügt.

Vierte Variante – alle sagen die Wahrheit, so paradox das klingen mag. Irina war wirklich nicht Pawlows Geliebte und kam nervös und gereizt von den Begegnungen mit ihm aus dem Ministerium. Pawlow und Irina haben sich wirklich erst vor einigen Monaten kennen gelernt. Doch Pawlow kennt Irina seit vielen Jahren, sie ihn aber nicht. Dafür kennt sie einen gewissen Wladimir Nikolajewitsch, an den sie den ganzen zwölften Oktober einundneunzig denkt (das bekritzelte Kalenderblatt stammte von diesem Tag) und auch an dem Tag, als sie die Statistik des Gebiets Ensk auswertet. Am fünfzehnten Oktober steht in ihrem Schreibtischkalender die dienstliche Telefonnummer des Hauptsachverständigen im Stab des Innenministeriums, A. J. Pawlow.

Nastja war überzeugt: Irgendwo zwischen all diesen vielgestaltigen Wahrheiten lag die absolute Wahrheit.

Am Abend lag auf Gordejews Schreibtisch der Bericht über die Observation von Kowaljows »politischem Gegner« Boris Wassiljewitsch Rudnik. Gordejew machte mehrmals spöttisch »hm«, kaute wie üblich auf seinem Brillenbügel herum und rief Nastja zu sich.

»Anastasija«, sagte er streng, »wo sind deine zweihundert? Ich möchte wissen, ob ich die Jungs von Interpol abziehen kann. Wir haben zu wenig Leute, diese Woche haben sie uns noch vier Morde geliefert. Also, was ist?«

»Ziehen Sie sie ab«, antwortete Nastja fest. »Ich bin mir sicher, da ist nichts. Dafür habe ich Rätsel über Rätsel. Aber wir werden verfahren wie abgesprochen.«

»Gut.« Gordejew wurde sofort sanfter. »Jetzt zu Kowaljow. Hier, lies mal.«

Er schob Nastja den Bericht hin. Sie las eine Weile aufmerksam, dann stieß sie einen langen Pfiff aus.

»Donnerwetter! Für unseren Rudnik interessieren sich außer uns noch zwei weitere Beobachter. Der ist ja beliebt!«

»Hoffentlich kommen wir beide nicht zu spät, Nastenka. Rudnik ist zum Flughafen gefahren. Hoffentlich will er nicht weg. Die Überwacher haben versprochen anzurufen, sobald das klar ist. Wenn er verreist, ist unser ganzer Plan im Eimer. Dann müssen wir uns etwas anderes einfallen lassen. Wir können nicht warten, bis er zurück ist.«

Jemand klopfte an die Tür. Kolja Selujanow steckte seinen Kopf herein.

»Wieso klopfst du an?«, schimpfte Gordejew. »Wie oft muss ich dir noch sagen, dass sich das bei einem Dienstbüro nicht gehört? Damit deutest du nämlich an, dass darin etwas vorgehen könnte, das irgendwie ...« Er machte eine zweifelnde Handbewegung.

»Um Gottes willen, Viktor Alexejewitsch, das lag mir völlig fern. Reiner Reflex«, rechtfertigte sich Selujanow. »Ich war einen Monat im Ferienheim, und da, Sie wissen ja, da muss man anklopfen.«

»Das lag ihm völlig fern«, Gordejew knurrte noch immer. »Wegen solchen wie dir entstehen Gerüchte. Das war hoffentlich das letzte Mal. Was gibt's?«

»Da ist ein Doktorand der Filatowa, er hat eine Mappe gebracht. Soll er sie mir geben, oder wollen Sie selbst mit ihm sprechen?« Er sah Nastja fragend an.

Sie stand sofort auf.

»Ich gehe, Viktor Alexejewitsch, darf ich? Wenn etwas ist, ich bin an meinem Platz.«

»Was ist das?«, fragte Nastja und schlug eine dicke grüne Mappe auf.

»Die Monographie von Irina Sergejewna. Ich schreibe eine Dissertation zu Kennziffern der Kriminalität, und sie hatte sie mir zum Lesen gegeben; sie enthält interessante Überlegungen zur latenten Kriminalität.«

Das Exemplar war kaum lesbar, wahrscheinlich der vierte Durchschlag. Interessant, wo waren die anderen drei?

»Haben Sie das schon lange?«

»Schon lange, sie hat es mir kurz nach Neujahr gegeben. Ich hätte es Ihnen schon früher gebracht, aber ich dachte, da Sie ja sowieso die ersten drei Exemplare haben, brauchen Sie dieses nicht. Aber gestern habe ich erfahren, dass Ihr Mitarbeiter nach der Monographie von Irina Sergejewna gefragt hat.«

»Wie heißen Sie?«

»Anton.«

»Sehr angenehm. Also, Anton, Sie wissen nicht zufällig, wo die anderen Exemplare sind? Wir haben sie nicht gefunden.«

»Wie?« Anton war aufrichtig verwundert. »Sie lagen alle zusammen, alle vier Exemplare, in grünen Mappen. Irina Sergejewna hat sie in meinem Beisein aus dem Safe genommen. Sie hat gesagt, drei Exemplare gingen an die Redaktion, das vierte könne ich behalten, solange ich es brauchte. Wo sind die anderen denn hin?«

Nastja zuckte unbestimmt die Achseln.

»Sagen Sie, Anton, waren Sie mal in Ensk?«

»Natürlich.« Er lächelte breit.

»Hat Irina Sergejewna Sie vielleicht gebeten, ihr von dort die Ermittlungsstatistik mitzubringen?«

Nastja stellte die Frage nur pro forma, denn die Antwort kannte sie bereits. Doch Antons Reaktion missfiel ihr. Er wirkte angespannt, wie ein Tier, das eine Gefahr wittert.

»Also, Anton? Hat sie, ja oder nein? Versuchen Sie gar nicht erst, mich anzulügen, ich weiß, dass sie Sie darum gebeten hat. Und ich weiß, welche Zahlen Sie ihr von dort mitgebracht haben. Diese hier, nicht wahr?«

Nastja reichte ihm das Blatt der Filatowa. Anton warf einen flüchtigen Blick darauf und nickte wortlos.

»Warum ist dieses Gespräch Ihnen so unangenehm?«, fragte Nastja sanft. »Was Sie getan haben, ist nicht ungesetzlich oder unanständig.«

Anton schwieg störrisch und sah an Nastja vorbei.

»Gut, lassen wir das«, sagte Nastja. »Wann haben Sie Irina Sergejewna diese Statistik mitgebracht?«

»Letzten Sommer, im August«, sagte Anton, sichtlich erleichtert.

»Versuchen Sie sich bitte zu erinnern, wie das war. Wie hat sie ihre Bitte formuliert? Hat sie Ihnen vielleicht etwas erklärt?«

»Sie hat gefragt, wohin ich in nächster Zeit Dienstreisen plane. Ich sagte, nach Kemerowo. Und sie: ›Schade. Nach Ensk fahren Sie nicht?‹ Ich antwortete, das hätte ich im November vor, aber wenn nötig, könne ich es auch umgekehrt machen, das spiele keine große Rolle. Na, und sie hat gesagt, sie wäre mir sehr dankbar, wenn ich erst nach Ensk fahren würde, denn sie brauche für ihre Arbeit eine Statistik, die es im Informationszentrum in Moskau nicht gebe, nur vor Ort. Und sie erklärte mir, welche Angaben sie brauchte. Das war alles.«

»Irina Sergejewna hatte zuvor nie mit Ihnen über Ensk gesprochen?«

»Lassen Sie mich überlegen ... Nein, ich glaube nicht. Sie hat mich nur einmal gefragt, wo sie verteidigen.«

»Wo sie was machen?«, fragte Nastja verständnislos.

»Wo die Einwohner von Ensk ihre juristischen Dissertationen verteidigen«, erläuterte Anton geduldig.

»Und, wo?«

»Normalerweise entweder in Moskau oder in Jekaterinburg, am Juristischen Institut. Das habe ich ihr gesagt.«

»Mehr nicht?«

»Mehr nicht.«

»Noch eine Frage, Anton. Hat Irina Sergejewna im Zusammenhang mit Ensk einmal den Namen Wladimir Nikolajewitsch erwähnt?«

»Kann mich nicht erinnern. Nein, ich glaube nicht.«

»Und den Namen Pawlow?«

»Nein.«

»Und in anderem Zusammenhang? Hat sie ihn da erwähnt?«

»Natürlich. Sie hat seine Thesen gesucht. Genauer gesagt, ich habe sie auf ihre Bitte hin gesucht.«

»Wann war das?«

»Vor etwa einem Jahr. Sie hat gesagt, es gibt eine interessante Dissertation, die ich mir mal ansehen sollte, aber sie wisse den Namen des Autors nicht mehr, nur noch den Titel. Ich habe das Thesenpapier in der Bibliothek der Akademie des Innenministeriums gefunden. Der Autor ist Pawlow.«

»Und jetzt bitte ganz präzise, Anton. Ich muss genau wissen, was zuerst war und was später. So genau wie möglich.«

»Erst das Thesenpapier, das ist ganz sicher. Ich weiß noch, ich habe die Erscheinungsdaten für Irina Sergejewna vom Titelblatt abgeschrieben, das Papier aber nicht gelesen, ich hatte es eilig. Ich habe noch gedacht: Bis zu den Bibliotheksferien habe ich noch einen Monat Zeit, ich lese es ein andermal. Die Akademiebibliothek ist vom ersten August bis zum ersten September geschlossen. Dann hatte ich viel zu tun und kam nicht mehr dazu, es zu lesen. Also, als ich ihr die Erscheinungsdaten brachte, las sie, dass die Dissertation am Lehrstuhl für Strafrecht der juristischen Fakultät der Universität Ensk geschrieben wurde, und fragte, wo Leute aus Ensk ihre Thesen verteidigen. Ich sagte es ihr, und sie zuckte die Achseln und meinte: ›Komisch, der hier in Saratow.‹ Über meine geplanten Dienstreisen sprachen wir kurz vor den Augustereignissen, ich bin kurz vor dem Putsch nach Ensk geflogen.«

»Kommen wir doch noch einmal auf Ensk zurück«, wechselte Nastja sanft das Thema, als sie meinte, Anton habe sich jetzt genügend an die Situation gewöhnt. »Sie sind ein vernünftiger Mensch, Sie sind Jurist, und Sie wissen genau, hier geht es um Mord. Ihr Versuch, etwas zu verbergen, ist sinnlos. Je hartnäckiger Sie schweigen, desto heftiger werden wir Ihnen auf den Leib rücken, und wir werden Sie nicht in Ruhe lassen, ehe wir wissen, was Sie in Ensk so Schlimmes getan haben, über das Sie nicht sprechen möchten. Irina Sergejewna können Sie nicht mehr schaden, sie ist tot. Haben Sie Angst um sich? Ich versichere Ihnen, wir alle hier sind erwachsene Menschen, und was immer Sie in Ensk angestellt haben, hier wird Ihnen keiner mit dem Finger drohen, zumal Sie auf Bitten Ihrer wissenschaftlichen Betreuerin gehandelt haben, eines Menschen also, von dem Sie abhingen. Soll ich raten, was Sie getan haben?«

Anton starrte noch immer auf die Wand.

»Nachdem Sie sich die Statistik für Irina Sergejewna aus dem Computer geholt hatten, gingen Sie in die Kartothek und ließen sich die Karteikarten für Strafverfahren geben, die im Laufe mehrerer Jahre nach Paragraph hundertfünfundneunzig, Absatz zwei, eingestellt wurden. Richtig?«

Er nickte gehetzt.

»Und dann? Was haben Sie dann gemacht? Kopien?«

»Nein.« Anton holte tief Luft, als wollte er ins Wasser springen. »Ich habe nur die Namen der Untersuchungsführer und der Beschuldigten rausgeschrieben und die entsprechenden Paragraphen. Ehrenwort, das war alles.«

»Wer hat Ihnen das denn erlaubt?«

»Ach«, Anton winkte schuldbewusst ab, »mich kennen dort alle, niemand hat mich bewacht.«

»Wo sind diese Aufzeichnungen jetzt?«

»Ich weiß nicht. Ich habe Sie Irina Sergejewna gegeben.«

»Und Sie erinnern sich natürlich an keine Namen mehr?«

»Nur an die Untersuchungsführer, auch nicht an alle, nur an die, die am häufigsten auftauchten. An die Beschuldigten natürlich nicht.«

»Schreiben Sie auf, woran Sie sich erinnern.« Nastja reichte ihm ein Blatt Papier.

Während Anton sich die Namen der Untersuchungsführer ins Gedächtnis rief, machte Nastja per Telefon Mischa Dozenko ausfindig und bat ihn, so schnell wie möglich zu kommen.

»Anton, Sie müssen noch eine Weile hier bleiben. Gleich kommt ein Kollege, der wird Ihnen helfen, sich an die Namen der Beschuldigten zu erinnern.«

»Aber ich sage doch: Ich erinnere mich nicht.«

»Das scheint Ihnen nur so.« Nastja lachte. »In Wirklichkeit können Sie nur nicht mit Ihrem Gedächtnis umgehen. Und Michail Alexandrowitsch ist dafür speziell ausgebildet.«

Anton setzte sich schmollend. Er ist nervös, dachte Nastja mitfühlend. Hat die Bitte seiner Betreuerin erfüllt, und das hat er nun davon.

»Hören Sie«, sagte Anton plötzlich, »im Oktober soll ich meine Dissertation verteidigen. Wenn Sie mir eine Rüge erteilen, wäre es möglich, das erst danach zu tun?«

»Hören Sie auf, Anton.« Nastja war ärgerlich. »Wirklich, Sie benehmen sich wie ein Kind! Niemand wird Ihnen eine Rüge erteilen, niemand wird etwas erfahren. Sie sind doch nicht den ersten Tag bei der Miliz, oder?«

Anton schüttelte unbestimmt den Kopf, beruhigte sich aber ein wenig. Nastja nahm alle Papiere vom Tisch, schloss sie im Safe ein, ließ den Doktoranden in ihrem Büro allein und ging zu Gordejew.

»Alles in Ordnung, Anastasija«, verkündete der erleichtert. »Rudnik ist nicht verreist. Er hat nur seine Frau ins Flugzeug gesetzt und ist in die Stadt zurückgefahren.«

»Hat er sie in Urlaub geschickt?«, fragte Nastja ganz mechanisch; ihre Gedanken waren weit weg von Rudnik und erst recht von dessen Frau. Doch bei Gordejews Antwort machte sie beinahe einen Luftsprung.

»Nach Ensk. Wahrscheinlich zu den Eltern. Sie sind doch erst vor anderthalb Jahren von dort nach Moskau gezogen.«

Das schöne Ensk! Wurde es in den letzten Tagen nicht ein bisschen zu oft erwähnt? Nastja teilte ihrem Chef ihre Vermutung mit.

»Vielleicht kennen sich Rudnik und Pawlow? Das könnte man wunderbar ausnutzen. Hast du Pawlow gesagt, dass du in Urlaub gehst?«

»Ja. Wie abgesprochen.«

»Sehr schön. Also, wir gehen folgendermaßen vor ...«

Auf dem Rückweg in ihr Büro hörte Nastja schon vor der Tür laute Stimmen. Drinnen saßen Anton und Mischa Dozenko fast Arm in Arm und lachten. Wie sich herausstellte, hatten sie gemeinsam die Milizschule in Omsk besucht und erinnerten sich nun fröhlich an ihre Jugendstreiche. Ja, Papa hat wie immer Recht, dachte Nastja, man stößt überall auf Bekannte. Ein Glück, dass Pawlow in Moskauer Milizkreisen noch nicht viele Verbindungen geknüpft hat. Das würde die Arbeit sonst erheblich erschweren.

Sie legte Pawlows Vita vor sich auf den Tisch. Jurastudium, Arbeit in Partei- und Staatsorganen, neunzehnhundertsechsundachtzig zum Chef der Ermittlungsabteilung der Innenverwaltung des Gebiets Ensk ernannt. Wer war nur auf die Idee gekommen? Na ja, eigentlich nicht weiter erstaunlich, damals galt es als normal, Parteifunktionäre auf beliebige leitende Posten loszulassen. Pawlow verstand vermutlich wenig von Ermittlungsarbeit. Er war kein Profi. Er war von Beruf Verwaltungsmensch. Und in seiner Denkweise ein typisches Weib in Hosen. Nastja liebte die wundervolle Erzählung »Lüge« von Arkadi Awertschenko und las sie immer wieder. Das Leben bestätigte ihr, dass der alte Satiriker Recht hatte: Eine Frau errichtet, um eine Lappalie zu verbergen, einen ganzen Eiffelturm aus Lügen, und zwar ziemlich ungeschickt, die Konstruktion droht jeden

Augenblick einzustürzen, dann stützt sie sie mit noch größeren Lügen ab und versinkt in Schwindeleien wie eine Fliege im Honig. Ein Mann dagegen bevorzugt die halbe Wahrheit und riskiert deshalb nicht, wegen einer Lappalie überführt zu werden. Also, Alexander Jewgenjewitsch, welche Wahrheit wollen Sie mit dem Märchen über Ihre große Liebe zu Irina vertuschen?

Kolja Selujanow kam herein und bat um Klebstoff und eine Schere. Während Nastja in ihrem Schreibtisch wühlte, ging er zum weit offenen Fenster und sah auf die Straße hinaus.

»Nastja, wo ist denn dein Verehrer heute? Ich kann ihn nirgends entdecken.«

»Welcher Verehrer?«

»Der gestern nach der Arbeit auf dich gewartet hat. Und vorgestern habe ich ihn auch gesehen.«

»Ohne Quatsch?«

Nastja war an Selujanows ständige Streiche und Witzeleien gewöhnt. Doch diesmal verursachte eine bange Unruhe ihr ein flaues Gefühl im Magen.

»Kolja, ich frage dich im Ernst. Ich habe keinen Verehrer, ich habe überhaupt niemanden außer Ljoscha. Aber Ljoscha kennst du ja.«

»Also bist du jemandem zu nahe getreten. Brauchst du Hilfe?«

Der bekannte Witzbold Selujanow konnte augenblicklich umschalten; er hatte ein sensibles Gespür für die Grenze zwischen Spiel und realer Gefahr.

»Ich … ich weiß nicht.«

Nastja war verwirrt. Sie hatte tatsächlich keine Ahnung, wie man sich in so einem Fall verhielt. Ach, und sie dumme Gans hatte es Knüppelchen übel genommen, dass er sie an der Leine hielt, sie quasi versteckte. Nun hatte er sie losgelassen, auf Pawlow, und da stellte sich heraus, dass sie völlig hilflos war …

»Warte, keine Panik. Bin gleich wieder da.«

Nach kurzer Zeit kam Selujanow zurück und klapperte mit einem Schlüsselbund.

»Knüppelchen hat gesagt, ich soll dich in die Wohnung seines Sohnes bringen, der ist mit seiner Familie zurzeit auf dem Land. Wir fahren erst zu dir nach Hause, du packst ein paar Sachen, und dann schicken wir dich in Urlaub. Na, keine Angst«, setzte er hinzu, als er Nastjas bleiches Gesicht sah. »Den hängen wir ab. Ist nicht das erste Mal.«

Nastja Kamenskajas Angst war unbegründet. Die Nachricht von ihrem Urlaub hatte bereits die richtigen Ohren erreicht, und die Überwachung der nun aus dem Spiel ausscheidenden und damit ungefährlichen Person wurde eingestellt. Die Dienstleistungen privater Firmen waren teuer, und wozu sollte man unnütz Geld ausgeben?

Die Wohnung von Gordejew junior war geräumig und bequem und hatte eine große quadratische Diele. Selujanow stellte die schwere Reisetasche ab, unterzog das Türschloss einer kritischen Prüfung und blickte in alle Zimmer.

»Mach's dir bequem, ruh dich aus. Knüppelchen lässt ausrichten, du sollst dich nicht genieren. Also, ich geh dann.«

Als Kolja weg war, machte Nastja sich ans Auspacken. Ihre Tasche enthielt hübsche farbige T-Shirts, Röcke, zwei Paar modische helle Hosen und drei Kartons mit Schuhen. Obwohl sie sommers wie winters immer in den gleichen Jeans zur Arbeit ging, besaß sie eine passable Garderobe, die ihre im Ausland lebende Mutter ständig ergänzte. Nastja trug diese Sachen nie, stand aber leidenschaftlich gern darin vorm Spiegel.

Sie verteilte die Sachen auf den Stühlen und holte aus der Reisetasche eine kleinere Tasche. Darin hatte Nastja alles verstaut, was ihr Vater ihr Spielzeug nannte, ihre Mutter ein amüsantes Hobby und sie selbst die beste Unterhaltung der Welt. Sie stellte zahlreiche Flakons, Döschen, Schächtelchen und Samtetuis auf den Tisch. Daneben legte sie mehrere dicke Hochglanzzeitschriften. Aber heute war sie zu müde. Das hatte Zeit bis morgen.

Sie machte sich auf dem Sofa im kleinen Zimmer das Bett zurecht, duschte, kroch unter die Decke und schlug die grüne Mappe auf, das vierte Exemplar der Monographie von Irina Sergejewna Filatowa.

Aus dem Gebäude der Leninbibliothek kam eine schlanke Frau mit kastanienbraunem Haar. Fröhlich mit den Absätzen ihrer eleganten Sandaletten klappernd, lief sie bis zum Militärkaufhaus, bog um die Ecke und stieg in einen bordeauxroten Moskwitsch.

»Na«, fragte der Mann am Steuer, »hast du sie dir angesehen?«

Die Frau nickte.

»Unglaublich.« Sie schwieg, als suche sie nach Worten. »Die Sprache, die logische Darlegung, die klaren Formulierungen – einfach toll. Die Arbeit ist einmalig.«

»Und was folgt daraus?«

»Was schon?« Die Frau nahm einen Spiegel aus ihrer Handtasche und korrigierte ihr Make-up. »Eine einmalige Arbeit hat auch einen einmaligen Autor. Eine klare Schlussfolgerung. Bin ich auch nicht zu spät?«

Der Mann sah zur Uhr.

»Alles okay. Du kommst pünktlich.«

Alexander Jewgenjewitsch Pawlow erwartete seinen Gast zuvorkommend vor dem Eingang, im Schatten, vor der gläsernen Drehtür.

»Guten Tag, Larissa.«

Er küsste ihr die Hand und drückte sie dabei einen Augenblick länger als erforderlich.

»Alexander Jewgenjewitsch«, begann Larissa, als Pawlow ihr den Kaffee reichte und signalisierte, dass er bereit sei, »ich weiß, Sie sind ein viel beschäftigter Mann, darum werde ich mich bemühen, Ihnen so wenig Zeit wie möglich zu rauben.«

»Sie enttäuschen mich, Larissa«, entgegnete Pawlow, gespielt schmollend. »Ich möchte gern so lange wie möglich mit Ihnen zu tun haben.«

»Ich habe das Material, das ich nach dem Gespräch mit Ihnen geschrieben habe, meinem Redakteur gezeigt«, fuhr sie ungerührt fort, ohne auf den scherzhaften Ton einzugehen, »und er interessiert sich sehr für Ihr Konzept. Ich soll anstelle des ursprünglich geplanten kurzen Interviews einen längeren Beitrag liefern, eine Art Schwerpunktartikel. Um Sie nicht unnötig zu belästigen, habe ich Ihre Dissertation in der Leninbibliothek gelesen. So brauchen Sie mir nicht alle Nuancen und Details zu erklären. Wir können uns darauf beschränken, den Aufbau des Interviews zu besprechen und die Fragen abzustimmen, die ich Ihnen stellen möchte. Die Antworten schreibe ich dann selbst, gestützt auf den Text Ihrer Dissertation. Sind Sie mit diesem Vorschlag einverstanden?«

»Ich bin geschmeichelt, dass jemand meine Arbeit gelesen hat, noch dazu Sie. Ich hätte nicht gedacht, dass sich irgendjemand dafür interessieren würde.«

»Seien Sie nicht so bescheiden, Alexander Jewgenjewitsch.« Die Lebedewa lächelte bezaubernd. »Sie wissen sehr gut, dass die Bekämpfung der Korruption ein hochaktuelles Thema ist. Und erst am Mittwoch haben Sie öffentlich erklärt, dass Sie Ihr Konzept verteidigen würden. Aber Sie haben meine Frage nicht beantwortet. Sind Sie mit meinem Vorschlag einverstanden?«

»Durchaus, wenn es Ihnen so lieber ist«, antwortete Pawlow ein wenig kühl.

»Und Ihnen?« Die schokoladenbraunen Augen funkelten, die vollen Lippen öffneten sich, als wollten sie Pawlow die richtige Antwort vorsagen. Und er reagierte.

»Foppen Sie mich nicht, Larissa.« Er lächelte gezwungen. »Sie sehen doch, ich bin betört von Ihnen. Ich bin mit jedem Vorschlag einverstanden, wenn er Ihnen entgegenkommt. Aber darf ich Sie dafür zum Abendessen einladen?«

»Sie dürfen. Wenn wir uns also einig sind, fangen wir an.«

Eine Weile erörterten sie sachlich die Fragen, die Larissa ohne Pawlows Hilfe beantworten wollte.

»Ich möchte gern noch einige Details klären. Sie verweisen auf eine von Amerikanern Ende der Siebzigerjahre durchgeführte Befragung von Sowjetbürgern. Was war das für eine Befragung, wie wurden die Befragten ausgewählt? Das möchte ich unbedingt in meinem Artikel erwähnen.«

»Halten Sie das für nötig?«, fragte Pawlow zweifelnd. »Ich finde, das ist nicht sonderlich interessant. Darauf sollten wir verzichten.«

»Gut«, fügte sich die Journalistin. »Sie kritisieren die Arbeit von Susan Royce-Eckerman, die ein mathematisches Modell entwickelt, nach dem sich bestimmen lässt, mit welcher Wahrscheinlichkeit Beamte in dieser oder jener hierarchischen Struktur bestechlich werden. Was missbilligen Sie an diesem Modell, und was unterscheidet Ihr Konzept davon?«

»Nicht doch, Larissa, wollen Sie Ihre Leser wirklich mit solchen Details belästigen? Was sollen sie mit Mathematik? Wenn sie das lesen, legen sie den Artikel doch gelangweilt beiseite. Sie sollten das Material nicht verderben«, redete Pawlow auf sie ein.

»Wie Sie meinen. Es ist Ihr Interview.«

Larissa schien keine Spur gekränkt.

»Sie schreiben, Sie stützen sich auf die klassische Definition der Korruption von Nag. Haben Sie die englische Formulierung selbst übersetzt oder eine bereits veröffentlichte russische Übersetzung benutzt?«

»Ich habe diese Definition irgendwo gelesen. Wo genau, daran erinnere mich im Augenblick nicht mehr. Haben Sie noch viele Fragen?«

»Ja«, antwortete die Lebedewa ernsthaft. »Aber ich will Sie nicht überstrapazieren, sonst lassen Sie mich zur Strafe ohne Abendessen. Und ich möchte nicht gern hungrig bleiben.«

Als der Kellner den Kaffee brachte, sah Larissa zur Uhr.

»Ich habe genau dreißig Minuten zur Verfügung.«

»Und wenn die dreißig Minuten um sind? Dann schlägt die Uhr, und aus der Prinzessin wird Aschenputtel?«, scherzte Pawlow.

Larissa hob die Brauen, eine leichtes Lächeln kräuselte ihre Lippen, doch ihre Augen lächelten nicht. Sie waren ernst und sonderbar reglos. Wie eine Falle im Wald, dachte Pawlow. Die in ihrem Versteck reglos auf Beute wartet. Ein Teufelsweib, gefährlich.

»In einer halben Stunde holt mein Mann mich mit dem Auto ab. Sie glauben doch nicht, dass ich am Abend allein mit öffentlichen Verkehrsmitteln fahre?«

»Ich hätte Sie nach Hause gebracht. Es wäre mir ein Vergnügen gewesen.«

»Zu Fuß? Oder per Taxi?« Larissa lachte leise und heiser. »Machen Sie es nicht unnötig kompliziert, Alexander Jewgenjewitsch. Mein Mann ist bei seinen Eltern in der Bronnaja. In einer halben Stunde holt er mich vor dem McDonald's ab, es ist also alles okay. Wenn wir jetzt aufbrechen, ist das ein gemütlicher Spaziergang.«

Sie liefen langsam den Boulevard vom Arbat bis zur Twerskaja hinunter. Die Frau spürte den herben Geruch des Eau de Toilette, das ihr Begleiter benutzte. Ihr gefielen seine tiefe Stimme und seine viel sagenden Anspielungen, ihr gefiel es, wenn seine Hand ihre nackte Schulter berührte, wie unabsichtlich, aber voller Leidenschaft. Es gefiel ihr, sich begehrt zu fühlen. Aber Pawlow selbst gefiel ihr nicht.

Kurz vor dem McDonald's blieb Larissa stehen.

»Ich werde schon erwartet. Das restliche Stück gehe ich allein. Ich werde Sie anrufen.«

Für einen kurzen Augenblick stand sie ganz dicht vor Pawlow, sodass ihre Brust ihn streifte und er den süßen Duft ihres Parfüms wahrnehmen konnte. Dann wandte sie sich abrupt um und eilte zu einem silbergrauen Volvo, der an der Ecke Twerskaja parkte.

Ein anderes Auto, aber derselbe Fahrer. Die Frau schlug die Tür zu und sagte begeistert:

»Toller Wagen.«

»Ich arbeite ja schließlich im Außenministerium«, sagte der Mann am Steuer lächelnd. »Hättest du gesagt, ich sei Schlosser, dann wäre ich mit dem Moskwitsch gekommen.«

Die Frau lachte.

»Dima, du bist eine Wucht. Fahr mich schnell nach Hause, mir tun die Augen weh, ich halte es kaum noch aus. Als wären sie voller Sand. Hast du auch nicht vergessen, dass du heute bei mir schläfst?«

»Wie sollte ich«, knurrte Dima scherzhaft. »So ein Glück wird schließlich nicht jedem zuteil – eine Nacht mit der Kamenskaja persönlich.«

Sie betraten die Wohnung von Gordejew junior, wo sie für alle Fälle ein Ehepaar spielen sollten. Nastja ließ sich sofort in einen Sessel fallen und streckte die Beine aus.

»Mein Gott, mir tut alles weh!«, stöhnte sie. »Die reinsten Höllenqualen. Ich glaube, die Sandaletten sind festgewachsen. He!«, rief sie. »Bist du nun mein Mann oder nicht? Hilf mal deiner kranken Frau.«

Sacharow kniete vor ihr nieder und zog ihr vorsichtig die Schuhe aus.

»Du hast schöne Beine«, sagte er und strich die Wade entlang bis zum Knie.

»Das siehst du erst jetzt?«, fragte Nastja spöttisch.

»Du läufst doch die ganze Zeit in Jeans rum, da sieht man ja nichts davon.«

»Gib mir bitte mal die Schachtel dort«, bat sie.

Nastja schraubte die Deckel der beiden Gefäße mit Reinigungslösung auf und legte die Kontaktlinsen hinein, die ihre hellen Augen schokoladenbraun gefärbt hatten. Dann atmete sie erleichtert auf.

»Jetzt sieht das Leben schon ganz anders aus. Willst du da auf dem Boden sitzen bleiben?«

»Ja. Von hier sehe ich besser.«

Nastja lehnte sich in den Sessel zurück und schloss die Augen, um auszuruhen.

»Was siehst du denn von deinem bequemen Platz so gut?«, fragte sie, die Augen noch immer geschlossen.

»Dass du sehr schön bist.«

»Red keinen Quatsch. Alles Maske. Gleich raffe ich mich auf, gehe ins Bad, wasche mir die ganze Maskerade ab, ziehe die Sonntagsklamotten aus, und schon bin ich wieder die graue Maus.«

Nastja sprach langsam, träge, bewegte kaum die Lippen. Es hatte sie ziemlich angestrengt, den ganzen Tag als temperamentvolle Journalistin herumzulaufen.

»Pawlow war bestimmt ganz scharf auf dich, oder?«

»Stimmt«, bestätigte Nastja gleichmütig.

»Und du? Macht dich das nicht an?«

»Nein. Wenn es nicht Pawlow gewesen wäre, dann vielleicht.«

»Und ich?«

»Was – du?«

Dima küsste sanft ihr Knie. Nastja rührte sich nicht.

»Du bist sehr schön.«

»Das hast du schon mal gesagt. Mein Gedächtnis ist noch intakt.«

»Und ich wiederhole es noch einmal.«

»Wozu?«

»Damit du es dir merkst.«

»Hab ich.«

»Aber du glaubst es nicht?«

»Nein.«

»Wie bist du gerade auf diesen Typ Frau gekommen? Steht Pawlow auf Rothaarige?«

»Keine Ahnung.« Nastja zuckte schwach die Achseln. »Ich habe so eine Frau mal auf der Straße gesehen, und sie hat mir gefallen. Da habe ich sie kopiert.«

»Was kannst du denn noch imitieren?«

»Alles Mögliche. Ich trainiere das schon seit Jahren. Das ist mein Hobby – mein Äußeres zu verändern. Meine Mutter war oft im Ausland und hat mir immer alles mögliche Spielzeug mitgebracht.«

»Was für Spielzeug?«

»Na ja, Schminke, Haarfarben, Kontaktlinsen in verschiedenen Farben. Den Rest denke ich mir selber aus. Ich kann meine Stimme verstellen, meine Gesten, meinen Gang. Eine hübsche Ablenkung.«

»Wovon?«

»Vom Gedanken an die Sinnlosigkeit des Daseins.« Sie lachte. »Wenn ich also bei der Miliz rausfliege, werde ich bestimmt nicht arbeitslos. Dann gehe ich als Synchronsprecherin zum Film.«

Dima rückte näher zu ihr und legte seinen Kopf auf ihre Knie.

»Wenn du das alles kannst, warum benutzt du es dann nicht?«

Nastja hob träge die Hand von der Sessellehne und griff ihm ins Haar.

»Warum die Leute täuschen? Ich bin, wie ich bin.«

»Die Männer wären verrückt nach dir.«

»Kein Interesse.«

»Warum? Daran sollte jede normale Frau interessiert sein.«

»Ich bin keine normale Frau. Ich bin überhaupt keine Frau. Ich bin ein Computer auf zwei Beinen. Außerdem, irgendwann würden sie mich ja doch so zu Gesicht kriegen, wie ich aus dem Bad komme. Und dann wäre die ganze Liebe hin.«

»Mach dich nicht schlechter, als du bist. Du bist eine ganz normale, schöne junge Frau. Du hast nur kein Feuer.«

»Stimmt«, gab Nastja ihm Recht.

»Vielleicht willst du es nur nicht entfachen?«

»Vielleicht. Hör auf, mich anzustacheln. Ich bin todmüde. Ich schaffe es nicht mal bis ins Bad, und du redest von Leidenschaft. Die hab ich nun mal nicht, was soll ich da machen?«

»Soll ich dir helfen?«

»Wobei?« Nastja öffnete die Augen und sah Sacharow aufmerksam an.

»Ins Bad. Da dir die Leidenschaft sowieso abgeht, sollte dir das nichts ausmachen.«

»Ja.« Sie schloss erneut entspannt die Augen.

Dima ließ heißes Wasser in die Wanne laufen, gab Schaumbad dazu und ging zurück ins Zimmer. Er hob Nastja vom Sessel, zog ihr vorsichtig den Minirock aus und dann, bemüht, ihren Körper nicht zu berühren, das türkisfarbene T-Shirt mit den schmalen Trägern.

»Und diese Brust!« Er schüttelte vorwurfsvoll den Kopf. »Wer solche Schönheit verbirgt, muss sich selbst überhaupt nicht mögen.«

»Ich mag mich auch nicht.«

Nastja hatte die Augen noch immer geschlossen.

»Und was magst du?«

»Aufgaben lösen.«

Er hob Nastja mühelos hoch, trug sie ins Bad und ließ sie vorsichtig in die Wanne gleiten. Im heißen Wasser kam sie schnell zu sich, ihre blassen Wangen bekamen wieder Farbe. Dima setzte sich auf den Wannenrand und betrachtete neugierig ihr frisch gewaschenes Gesicht.

»Wie oft hat Pawlow dich in deiner natürlichen Form gesehen?«

»Zwei Mal.«

»Und du hattest keine Angst, dass er dich erkennt? Ziemlich riskant.«

»Überhaupt nicht. Ich präge mich kaum jemandem ein. Ich bin gesichtslos. Du zum Beispiel, du kennst mich seit vielen Jahren, aber beschreiben könntest du mich nicht. An mir ist absolut nichts Auffallendes.«

»Wer sagt, dass du gesichtslos bist? Du selber?«

»Mein Stiefvater. Ich hab es nur zufällig gehört. Ich war damals fünfzehn. Er hat telefoniert und gedacht, ich hörte es nicht. Er hat jemandem die Leviten gelesen, weil sie einen zu auffälligen Jungen irgendwohin geschickt hatten. Damals war er noch im operativen Dienst. Er hat gesagt: ›Es muss jemand sein wie meine Nastja. Gesichtslos. Jemand, den man nicht wieder erkennt, selbst wenn man ihn schon hundertmal gesehen hat.‹ Ich hab natürlich losgeheult. Er begriff, dass ich das gehört hatte, und tröstete mich. Damals hat er zu mir gesagt: ›Dein Gesicht ist wie ein leeres Blatt Papier. Darauf kann man alles zeichnen, was man will. Schönheit und Hässlichkeit. Das ist eine seltene Gabe, und die muss man zu nutzen verstehen.‹ Außerdem, Dima, wir prägen uns doch nicht Gesichtszüge ein, sondern Haarfarbe, Mimik, Gestik, Stimme und Manieren eines Menschen. Und das alles lässt sich beliebig verändern, wenn man nur will. Deshalb war, wie gesagt, nicht das geringste Risiko dabei.«

»Du hast auch deine Stimme verändert?«

»Natürlich.«

»Sag mal was, ich möchte gern hören, wie du mit ihm geredet hast«, bat Dima.

Mit tiefer Stimme, in der deutlich eine englischsprachige Intonation durchklang, sagte Nastja:

»Mir scheint, Dmitri Wladimirowitsch, Sie unternehmen den Versuch, mich zu verführen. Ich gehe davon aus, dass Sie sich als nüchtern denkender Mensch über die völlige Vergeblichkeit dieses Unterfangens im Klaren sind.«

Sie tauchte tiefer in die Wanne, und der weiße Schaum bedeckte sie bis zum Kinn.

»Na, bist du wieder lebendig?«, fragte Sacharow, als Nastja, in einen langen Bademantel gehüllt, aus dem Bad kam. »Ich habe Tee gekocht. Setz dich und erzähle.«

»Ich darf vor dem Schlafengehen keinen Tee trinken.« Nastja schüttelte den Kopf. »Ich esse nur einen Apfel. Also, Dima. Erstens, Alexander Jewgenjewitsch kennt sich im Text seiner Dissertation gut aus, erinnert sich an alles und legt es relativ flüssig dar. Aber ich bin absolut sicher, dass er sie nicht geschrieben hat. Er hat sie sich lediglich gut angeeignet. Er konnte keine einzige Frage beantworten, die der wirkliche Autor mühelos beantwortet hätte.«

»Die Filatowa hat also nicht übertrieben, als sie mir im Auto erzählt hat, dass Professoren Dissertationen für hohe Beamte schreiben? Das habe ich ihr, ehrlich gesagt, nicht geglaubt.«

»Zu Unrecht. Das ist gang und gäbe. Danach habe ich mich eigens erkundigt. Jetzt das Zweite. Irina Filatowa hat ihre Monographie zweifellos selbst geschrieben. Unter ihren Papieren finden sich die Übersetzungen aller ausländischen Arbeiten, auf die sie verweist, und zwar keine offiziellen Übersetzungen, sondern von ihr selbst verfasste Manuskripte. Sie konnte gut Englisch. Der Stil, die Logik, die Aufbereitung des Materials – alles deutet auf sie als Urheberin.«

»Gab es daran Zweifel?«

»Überleg mal selbst. Der Plan für das nächste Jahr geht im September in Satz. Bis dahin sträubt sich die Filatowa lange Zeit, ihre Habilitation zu schreiben, sie ist ständig mit der laufenden wissenschaftlichen Arbeit beschäftigt. Schließlich verspricht sie nach langem Überreden eine Monographie, und zwar im September letzten Jahres, und bereits kurz nach Neujahr ist das Buch fix und fertig abgetippt. Ihr Doktorand hat ausgesagt, um diese Zeit ein Exemplar von ihr bekommen zu haben. Wann hat sie das Buch geschrieben?«

»Das kommt doch vor – man hat das gesamte Material und verschiedene Entwürfe fertig und muss nur noch alles aufbereiten. Das braucht nicht viel Zeit.«

»Das kommt vor«, stimmte Nastja zu. »Aber wo sind dann die Entwürfe? Ich habe nichts gefunden, nicht den kleinsten Zettel. Also hat entweder jemand anders das Buch für sie geschrieben, oder sie hat das Manuskript gestohlen. Doch das ist nicht der Fall, denn, wie gesagt, an ihrer Urheberschaft gibt es keinen Zweifel.«

»Du siehst einen Zusammenhang zwischen Pawlows Dissertation und der Monographie der Filatowa?«, fragte Dima ungläubig.

»Und ob.« Nastja seufzte. »Die Texte sind absolut identisch. Wort für Wort. Nur die Titel sind verschieden, bei Pawlow heißt es: ›Kriminologische Beschreibung von Konsensualdelikten im Bereich der sowjetischen Verwaltung‹, bei der Filatowa: ›Kriminologie. Korruption. Macht.‹ Im Grunde unterscheiden sich die Titel auch nicht sonderlich, Konsensualdelikte im Bereich der sowjetischen Verwaltung, das ist lediglich eine Umschreibung, wie damals, als Pawlow promovierte, üblich war. Eine verschleiernde Formulierung für Korruption.«

»Ich verstehe überhaupt nichts. Neunzehnhundertsiebenundachtzig schreibt jemand für Pawlow eine Dissertation, und vier Jahre später schreibt die Filatowa selbständig eine völlig identische Arbeit? Nastja, erzähl mir keine Märchen.«

»Warum schließt du aus, dass dieser Jemand die Filatowa

war? Warum hätte sie nicht gegen Bezahlung die Dissertation für Pawlow schreiben sollen? Dann wäre zumindest klar, dass Pawlow sie tatsächlich schon lange kennt, aber den geschäftlichen Charakter ihrer Bekanntschaft nicht publik machen möchte und uns darum eine Liebesgeschichte auftischt. Das Ganze ist zwar nicht völlig schlüssig, aber als Arbeitshypothese durchaus brauchbar. Jedenfalls erklärt es das Fehlen von Entwürfen und die unglaublich kurze Frist, in der das Buch geschrieben wurde. Pawlow hat Irina irgendwie sehr verletzt, und sie hat beschlossen, das vor langer Zeit entstandene Manuskript zu veröffentlichen. Hätte Pawlow einen Skandal angezettelt und sie des Plagiats bezichtigt, hätte sie im Handumdrehen ihre Urheberschaft nachweisen können.«

»Und was ist daran für dich nicht schlüssig? Ich finde das ziemlich einleuchtend.«

»Nein, diese Hypothese hat mehr Löcher als verknüpfte Fäden. In ein solches Loch fallen zum Beispiel Pawlows Dissertationsthesen, nach denen die Filatowa unter dem Titel gesucht hat, nicht unter dem Namen des Autors. In einem anderen Loch steckt der Kopf eines gewissen Wladimir Nikolajewitsch. Und überhaupt, das Ganze passt nicht zu ihrem Charakter: Jemandem eine Dissertation schreiben, dafür Geld kassieren und dann versuchen, mit Hilfe derselben Arbeit zu habilitieren. Durch Betrug doppelt ernten wollen. Nein, das passt nicht. Wenn sie die Dissertation für Geld geschrieben hätte, dann hätte sie das Buch nicht veröffentlicht. Und umgekehrt, sie hätte das Buch nur dann veröffentlicht, wenn die Geschichte mit der Dissertation nicht gewesen wäre. Entweder oder. Auch die Analyse der Statistik des Gebiets Ensk passt nicht dazu. Irina hat kompromittierendes Material gegen Pawlow gesucht, das ist ganz offenkundig. Wozu?«

»Vielleicht, damit er keine Schwierigkeiten machte, wenn sie ihr Buch veröffentlichte?«

Nastja schüttelte den Kopf. »Zu kompliziert. Davor brauchte sie keine Angst zu haben. Jedes philologische Gutachten hätte ihre Urheberschaft bestätigt. Außerdem wäre es nicht damit getan gewesen, Pawlow den Mund zu stopfen. Jeder hätte zufällig beides lesen können, die Dissertation und das Buch, zumal sie demselben Thema gewidmet sind. Nein, es ist etwas anderes. Und vor allem ist völlig unklar, was diese Wissenschaftsangelegenheiten mit dem Mord zu tun haben. Komm, gehen wir schlafen, Dima. Im Bett kann man am besten nachdenken.«

»Eine Frau, die das Bett als Ort zum Nachdenken betrachtet, ist ein hoffnungsloser Fall», seufzte Sacharow scherzhaft.

Aber Dima Sacharow irrte, Nastja war keineswegs ein so hoffnungsloser Fall. Sie war es nur gewöhnt, anstehende Aufgaben der Reihe nach zu lösen.

Nastja lag im kleinen Zimmer der Wohnung von Gordejew junior im Bett und versuchte immer wieder, eine Gleichung aufzustellen, die mit zwei identischen Texten und einer Leiche aufging. Es war fast vier Uhr morgens, als ihr das endlich gelungen war.

Nastja stand auf, warf sich den Bademantel über und ging auf Zehenspitzen zu dem Zimmer, in dem Dima schlief. Die Tür stand weit offen, und Nastja blickte vorsichtig ins Zimmer.

»Dima», flüsterte sie.

Er öffnete sofort die Augen, als hätte er gar nicht geschlafen.

»Warum schläfst du nicht?« Er flüsterte ebenfalls.

»Ich hab's.«

»Was hast du?«

»Die Lösung. Jetzt ist mir alles klar. Es sind ein paar neue Fragen aufgetaucht, aber dafür gibt es keine Löcher mehr.«

Dima schaltete die Lampe am Kopfende ein und sah in

Nastjas strahlendes Gesicht und ihre vor Freude funkelnden leuchtend blauen Augen.

»Verrücktes Weib!«, sagte er leise und lächelte. »Für dich ist die Lösung einer kniffligen Aufgabe süßer als Schokolade. Komm mal her.«

Nastja streckte sich neben ihm auf dem Sofa aus, umschlang seinen Hals und flüsterte aufgeregt:

»Wenn nur bald Morgen wäre! Dann kann ich ein paar Dinge überprüfen …«

»Sei still», flüsterte Dima tonlos, drückte sie fest an sich und küsste sie. »Genug jetzt mit dem Schlausein.«

»Ich denke, Folgendes ist passiert«, erzählte Nastja am nächsten Tag Gordejew, der zu ihnen gekommen war. »Als Pawlow 1986 Chef der Ermittlungsabteilung der Innenverwaltung des Gebiets wird, beschließt er, dass ein Doktortitel für seine weitere Karriere nicht übel wäre. Natürlich denkt er nicht daran, die Arbeit selbst zu schreiben. Er wendet sich an eine bestimmte Person, nennen wir ihn Vermittler, der ein Arbeitspferd für ihn finden soll, das sich gern zehntausend Rubel verdienen möchte. So viel kostete damals eine abgabefertige Dissertation, also samt Einleitung, Thesenpapier, Literaturliste und Autorreferat. Der Vermittler findet die Filatowa, die dringend Geld braucht, da sie wegen ihrer Wohnungssituation ihr Privatleben nicht regeln kann. Ihr Verhältnis mit dem Chirurgen Korezki ist in vollem Gange und hätte bestimmt mit Korezkis Scheidung und einer Heirat der beiden geendet, wäre die leidige Wohnungsfrage zu lösen gewesen. Irina setzt sich an die Dissertation und tritt in der Hoffnung auf das versprochene Honorar in eine Wohnungsbaugenossenschaft ein. Aber Pawlow ist ein vorsichtiger Mann. Er stellt dem Vermittler eine Bedingung: Das Arbeitspferd darf auf keinen Fall erfahren, für wen es arbeitet. Weder seinen Namen noch seine Stellung, nicht einmal die Stadt, in der er lebt. Irina kennt ihn nur unter dem fiktiven Namen Wladimir Nikolajewitsch, sie hat nicht einmal seine Telefonnummer. Sie hat nur mit dem Vermittler zu tun, der ihre Koordinaten an den Auftraggeber weitergibt. Die Verbindung ist also einseitig, ›Wladimir Nikolajewitsch‹ ruft Irina an, bespricht mit ihr das Thema, den Inhalt der einzelnen Kapitel und Unterpunkte, und als sie ihm mitteilt, dass die Arbeit fertig ist, schickt er den Vermittler den Text abholen. Und verschwindet, ohne zu zahlen. Das ist das Geld, das Irina erwartet, aber nicht bekommen hat. Wo sie den gewissenlosen Auftraggeber finden kann, weiß sie nicht. Auch zu dem Vermittler hat sie keine Verbindung. Sie begreift, dass sie betrogen wurde. Da sie empfindlich und zugleich stolz ist, versucht sie gar nicht, den Betrüger zu suchen. Und erzählt die Geschichte vermutlich auch niemandem. Zu diesem Zeitpunkt hat sie sie tief in ihrem Innern begraben.

Es vergehen vier Jahre, ihr Chef rät ihr immer drängender zur Habilitation, damit sie den Anforderungen an ihre Stelle als leitende wissenschaftliche Mitarbeiterin genügt. Die Filatowa überlegt, ob sie vielleicht die Dissertation von damals verwenden kann. Vielleicht hat der Auftraggeber das Promotionsverfahren ja nicht abgeschlossen? Vielleicht hat er es sich anders überlegt, oder der Text gefiel ihm nicht oder was auch immer. Wenn die Dissertation nicht verteidigt wurde, kann sie das Manuskript benutzen. Sie wendet sich an ihren Doktoranden, und der beschafft ihr die Antwort: Die Dissertation wurde siebenundachtzig verteidigt, der Autor ist Alexander Jewgenjewitsch Pawlow aus Ensk. Sie erkundigt sich nach ihm und erfährt, wo er arbeitet. Die Kränkung kommt wieder hoch, dazu addieren sich das gescheiterte Privatleben und die verächtliche Haltung der leitenden Verwaltungsfunktionäre gegenüber der Wissenschaft. Die verschlossene, arbeitsame, hilfsbereite Irina Filatowa empfindet für Pawlow einen so glühenden Hass, wie man ihn ihr kaum zugetraut hätte. Sie vermutet, dass der Mann, der sie um zehntausend Rubel betrogen hat, garantiert auch in seinem Job unehrlich ist. Als erfahrene Analytikerin macht sie sich auf die Suche. Aber sie sucht nicht bloß kompromittierendes Material gegen Pawlow, sie will ihn nicht erpressen und ihm nichts beweisen. Sie sucht etwas, um ihn tödlich zu erschrecken, oder noch besser, ihn als Person zu vernichten, dafür zu sorgen, dass er in ständiger Angst vor drohenden Unannehmlichkeiten schwebt. Und sie findet etwas. Sie findet die Namen von Leuten, die es Pawlow nicht verzeihen würden, wenn durch einen Skandal um ihn auch ihre früheren Sünden ans Licht kämen. Und dieser Skandal ist unausweichlich, wenn sie ihr Buch veröffentlicht und sich auch nur eine Person findet, die es mit Pawlows Dissertation vergleicht. Also setzt sie das Buch auf den Publikationsplan des Instituts.

Inzwischen ist Pawlow in Moskau, arbeitet im Stab des Russischen Innenministeriums. Als Irina davon erfährt, ist sie sich noch nicht sicher – der Name ist relativ häufig, und sie hat Pawlow noch nie gesehen. Sie checkt ihn ab, denkt über ihn nach, schreibt sich sogar seine Dienstnummer auf. Aber persönlich lernen sie sich erst später kennen, im Winter. Der Chef der Filatowa erinnert sich, dass er die beiden in seinem Büro einander vorgestellt hat, den neuen Hauptsachverständigen und dessen wichtigste Mitarbeiterin. Pawlow begreift, wen er vor sich hat. Eine Zeit lang lässt Irina ihn sich in Sicherheit wiegen, dann gibt sie ihm zu verstehen, dass sie in ihm ihren Auftraggeber erkannt hat. Das war vermutlich im März, denn um diese Zeit begannen Pawlows regelmäßige Besuche im Institut ›mit Blumen und Geschenken‹, wie die Semjonowa aussagt. Es ist anzunehmen, dass er von Irinas Vorhaben erfahren und versucht hat, sie sozusagen im Guten davon abzubringen. Als er sich überzeugt hat, dass das nicht klappt, schlägt er einen härteren Ton an. Mitte April beginnt die Schikane mit dem ständigen Überarbeiten von Dokumenten, er zitiert sie dauernd ins Ministerium. In Wirklichkeit nutzt er nur jeden Vorwand, sich mit der Filatowa zu treffen, um sie zu überreden – mit Geld, Drohungen oder wie auch immer; er will sie mürbe machen. Die Semjonowa behauptet, Irina habe nicht Nein sagen können, sei sehr weich und nachgiebig gewesen. Gott allein weiß, was es sie gekostet hat, Pawlow zu widerstehen. Von diesen Gesprächen kommt sie immer nervös und niedergeschlagen zurück. Die Kränkung saß wohl sehr tief. Betrug konnte sie nie verzeihen.

Aber Irina hat irgendetwas nicht bedacht, sich irgendwie verrechnet, denn Pawlow erschrak vor dem potenziellen Skandal heftiger, als sie vermutet hatte. So heftig, dass er um sein Leben fürchtete. Es gibt bei dieser Geschichte etwas, das Irina nicht wusste, nicht wissen konnte, und Pawlow durfte es ihr nicht sagen. Und das war der Grund für ihren Tod.

Als Pawlow in unser Blickfeld geriet, hat er uns die Hucke voll gelogen von wegen Liebe und dass er Irina schon lange kennt. Wozu? Alle vorhandenen Exemplare des Manuskripts waren verschwunden, bestimmt nicht ohne seine Hilfe. Vom vierten Exemplar ahnte er nichts. Niemand hätte je Irina mit seiner Dissertation in Verbindung gebracht. Ich kann nur mutmaßen, dass der Vermittler der springende Punkt ist. Pawlow misstraut ihm. Er hat keinerlei Garantie dafür, dass der Vermittler ihn nicht schon damals, sechsundachtzig, an Irina verraten hat. Und wenn Irina jemandem davon erzählt hatte? Er bestreitet, Irina zu kennen, und jemand anders behauptet das Gegenteil und verweist auf Irina. Er wollte sich absichern, ist dabei aber äußerst grob und ungeschickt vorgegangen. Das ist ihn teuer zu stehen gekommen und hat uns veranlasst, ihn genauer unter die Lupe zu nehmen. Ich denke, genauso war das Ganze. Und daraus ergeben sich zwei Fragen: Womit konkret wollte die Filatowa Pawlow einschüchtern, und was hat ihn in Wirklichkeit so erschreckt? Klar, dass er den Mord nicht begangen hat. Das war ein Auftragsmord, das heißt, es gab einen äußerst gewichtigen Grund dafür.«

»Klingt schlüssig.« Gordejew klopfte nachdenklich mit dem Löffel gegen die Tasse, aus der er Tee trank. »Und alles, was wir bis jetzt wissen, scheint in dieses Bild zu passen. Und wenn es nun doch nicht so war? Wie, Anastasija? Wäre das möglich?«

»Natürlich. Mir ist bisher bloß noch nichts anderes eingefallen.«

»Na schön, solange wir nichts anderes haben, arbeiten wir erst einmal mit dieser Hypothese. Überlegen wir, was wir tun können und was nicht. Wir können denselben Weg gehen wie die Filatowa, nach Ensk fahren, uns die Karteikarten und die Strafakten ansehen, die Liste aller Namen vollständig rekonstruieren, eine groß angelegte Überprüfung starten und versuchen herauszufinden, womit sie unseren Freund Pawlow so erschreckt hat. Angenommen, wir finden das heraus. Was bringt uns das? Uns geht es nicht darum, Pawlow der Korruption zu überführen, zumal sich das praktisch nicht beweisen lässt. Wir ziehen nur für uns den Schluss, dass Alexander Jewgenjewitsch nicht ganz sauber ist. Und weiter? Damit kommen wir der Aufklärung des Mordes an der Filatowa keinen Millimeter näher. Mehr noch, Pawlow ist erst seit knapp einem Jahr weg aus Ensk, der hat da noch überall seine Leute, und wenn wir dort aktiv werden, weiß er binnen zwei Stunden Bescheid. Und das können wir nicht gebrauchen.«

Ja, Papa, dachte Nastja, der Kreis ist wirklich eng. Du hattest Recht: Nichts ist schlimmer als Ermittlungen im Kollegenkreis.

»Wenn wir annehmen, dass Anastasija Recht hat und Pawlow den Mord initiiert hat, weil es etwas gibt, das für ihn eine tödliche Gefahr darstellt«, fuhr Gordejew indessen fort, »dann dürfen wir ihn auf keinen Fall aufschrecken. Aus zwei Gründen. Erstens, die Filatowa wurde ermordet, weil sie die einzige Gefahrenquelle war. Sie wurde beseitigt, und Pawlow wiegt sich in Sicherheit. Wenn wir ihn durch unser plötzliches Interesse für Ensk aufschrecken, was wird er dann tun? Wohl kaum eine Bombe auf die Innenverwaltung in Ensk und obendrein auch auf die Petrowka werfen. Er wird abhauen, sich erschießen, aber keinesfalls wird er uns zum Mörder führen. In dieser Situation wird der Mörder ihm nicht helfen, da hängen zu viele Leute drin. Zweitens dürfen wir Pawlow nicht erschrecken, weil seine Selbstsicherheit unser Trumpf ist. Ich hoffe, du hast ihm seine Lügen nicht unter die Nase gerieben?«, wandte er sich an Nastja.

»Keine Spur«, versicherte sie. »Ich habe alles für bare Münze genommen, die Filatowa und die Dissertation.«

»Sehr gut. Pawlow ist vorsichtig, zwar nicht sehr professionell, dafür aber äußerst vermessen. Er hat eine Menge Fehler gemacht, aber er ahnt es nicht einmal. Und das soll er auch nicht. Wir haben ihm vorgegaukelt, die Hypothese ›Wissenschaft‹ sei abgearbeitet und ad acta gelegt. Die Kamenskaja ist im Urlaub, und wir verfolgen mit unseren Ermittlungen nun die Linien Interpol und Idzikowski. Andererseits haben wir ihn in seiner Meinung bestärkt, er sei klug und geschickt. Diesen Eindruck müssen wir festigen. Dann können wir ihn dazu bringen, dass er so handelt, wie wir wollen. Jemand, der aufgeschreckt ist, macht zwar aus Angst viele Fehler, ist aber unberechenbar und nicht zu steuern. Soll Pawlow ruhig denken, dass er alles richtig macht. Dmitri«, er sah Sacharow an, »was ist mit dir? Steigst du aus oder machst du weiter?«

»Viktor Alexejewitsch, ich habe Ihnen doch gesagt, Sie können voll auf mich zählen.«

»Danke. Das war's dann. Jetzt zu Kowaljow, besser gesagt, zu Rudnik. Rudnik kennt Pawlow gut, das habe ich bereits herausgefunden. Anastasija, du nimmst dir Rudnik vor. Bitte Pawlow um Hilfe. So schlagen wir zwei Fliegen mit einer Klappe. Wir lenken Pawlow ab, geben ihm zu verstehen, dass du als Journalistin dich nicht nur für seine geniale Dissertation und nicht nur für das Thema Korruption interessierst. Und für Rudnik kommst du nicht ›von der Straße‹. Lass uns die Legende noch einmal abklären. Hast du Pawlow etwas über dich erzählt?«

»Mein Mann arbeitet im Außenministerium, ich habe mit ihm lange Zeit im Orient gelebt, meine Mutter ist eine aserbaidschanische Türkin. Mehr nicht.«

»Woher hast du das alles?«, fragte Gordejew erstaunt. »Du hast ja eine blühende Phantasie, mein Kind. Warum nicht eine uneheliche Tochter des norwegischen Königs?«

»Passt nicht zum Typ«, sagte Nastja und lachte. »Dunkelrotes Haar, braune Augen, temperamentvoll – das kann keine Norwegerin sein. Ich habe eigentlich nur eine Frau kopiert, die ich mal gesehen habe. Sie hatte einen leichten Akzent, und den habe ich übernommen, um der Figur zu entsprechen. Als Pawlow ihn bemerkte, musste ich irgendetwas dazu sagen, und das war das Erste, was mir einfiel. Auf die Türkei bin ich gekommen, weil ich kurz zuvor mit Dozenko über die Hypothese Türkei-Berg-Karabach gesprochen hatte. Das ist alles.«

»Und Pawlow? Hat er sich mit deiner Erklärung zufrieden gegeben?«

»Ich glaube, ich bin überzeugend verlegen geworden, es ist also durchaus möglich, dass er mich für eine Ausländerin hält. Für die Arbeit mit Rudnik wäre das gar nicht so schlecht.«

»Richtig«, bestätigte Gordejew. Und fügte hinzu: »Wenn du keinen Fehler machst. Und denk dran, Rudnik ist meinen Erkundigungen zufolge in schlechter Verfassung. Er ist nervös und deprimiert, hat seine Frau nach Ensk geschickt, sich mit seinem Mädchen getroffen und sich bis zur Bewusstlosigkeit betrunken, was eigentlich nicht seine Art ist.

Denk mal darüber nach. Und morgen mach dich an die Arbeit.«

Gordejew ging zusammen mit Sacharow, der sich erbot, ihn zu fahren. Auf der Schwelle drehte sich Dima noch einmal um und suchte Nastjas Blick, um darin eine Einladung für den Abend zu lesen. Doch er konnte in ihren Augen nichts entdecken, keine Spur des frühmorgendlichen Impulses. Sie hatte eine Aufgabe gelöst und ging nun an die nächste.

# Achtes Kapitel

Nastjas nächste Aufgabe war die Vorbereitung einer weiteren Begegnung mit Pawlow. Dafür musste sie den Artikel mit der Darstellung des Konzeptes zur Bekämpfung der Korruption parat haben, und Ergebnis des Gesprächs musste ein Anruf Pawlows bei Rudnik sein und dessen Einwilligung, die Journalistin Lebedewa zu empfangen. An dieser Aufgabe arbeitete Nastja bis zum späten Abend, wobei sie statt Pawlows Dissertation die Monographie der Filatowa als Hilfsmittel benutzte – das enthob sie der Notwendigkeit, in der Bibliothek zu sitzen. Als der Text getippt war, sah sie kritisch ihre Garderobe durch und entschied sich schließlich für einen dunkelblauen Overall aus dünnem Synthetikstoff. Eigentlich waren Overalls in diesem Jahr schon aus der Mode, und bei der Hitze würde sie sich in diesem Stoff nicht gerade wohl fühlen, aber dafür war er leicht zu waschen. Nastja zog den Bademantel aus, ging in die Küche und probte einige Male. Es klappte ganz gut. Für den Fall, dass Pawlow weniger aufmerksam sein sollte, hatte sie noch ein paar Hausmittel in petto, die sie bei Bedarf einsetzen konnte.

Als Nastja fertig war, zog sie wie immer Bilanz. Also, meine Liebe, sagte sie zu sich, was schließen wir aus dem gestrigen Abend? Erstens: Wenn das Interesse eines Mannes an dir Ergebnis deiner eigenen Bemühungen ist, dann erregt es dich nicht oder, wie Dima sagt, macht dich nicht an, hinterlässt aber ein Gefühl der Befriedigung, weil du gute Arbeit geleistet hast. Zweitens: Dimas Interesse war durch die Gestalt der schönen Journalistin geweckt worden und galt mitnichten Nastja. Doch er hatte sie in einem

Augenblick erwischt, als sie freudig erregt war, weil sie eine knifflige Aufgabe gelöst hatte. So viel dazu. Jetzt Ensk. Der geduldige, pedantische Dozenko hatte aus Anton rund drei Dutzend Namen von Beschuldigten herausgeholt, aber keiner davon war irgendwie auffällig. Die Delikte waren, so Anton, vor allem Wirtschafts- und Amtsvergehen – Veruntreuung, Unterschlagung, Korruption; nur wenige gemeine Strafsachen. Ob Rudniks Name auch auf der Liste stand? Anton hatte ihn nicht erwähnt. Aber vielleicht …

Nastja griff zum Telefon. Sie hatte nicht oft Glück, aber heute war so ein Tag. Anton war gerade bei Dozenko.

»Rudnik?«, fragte er zurück. »Ja. Ganz sicher. Paragraph hundertzwanzig.«

»Was?« Nastja ließ beinahe den Hörer fallen.

»Hundertzwanzig. Pädophilie. Das habe ich mir gemerkt, weil der Paragraph relativ selten vorkommt, auf den Karteikarten war das überhaupt der einzige Fall. Ich hab damals noch gedacht, dass er genauso heißt wie der Leiter unserer Druckerei. Nein, an den Vor- und Vatersnamen kann ich mich natürlich nicht erinnern.«

Ein Namensvetter? Ein Verwandter? Oder war Boris Wassiljewitsch Rudnik selbst ein Liebhaber minderjähriger Mädchen? Verdammt, da war sie in eine schöne Lage geraten. Vielleicht war es ja wirklich nur ein Namensvetter. Aber wenn nicht? Dann durfte sie Pawlow nicht um Hilfe bitten wegen Rudnik. Also musste sie ihr ganzes Szenarium umschreiben. Ach, wie dumm, wenn es sich wirklich um denselben Rudnik handelte! Das heißt, für den Fall Filatowa war das natürlich gut, aber für den Kampf gegen Kowaljow war es ungünstig. Wenn Pawlow merkte, dass die Lebedewa sich für Rudnik interessierte, würde er nervös werden, und das durfte er auf keinen Fall. Aber nur, wenn Rudnik der Nämliche war … Wenn sie Rudnik in Ruhe ließe, dann mussten sie eine andere Quelle finden, die ihnen Informationen über Kowaljow geben konnte, und das brauchte Zeit. Also musste sie gegenüber Pawlow mit offenen Karten spielen.

»Schon fertig?« Pawlow verhehlte nicht seine Begeisterung, als er den Text des Interviews durchblätterte. »Sie arbeiten sehr schnell, Larissa. Eine schöne Frau sollte sich schonen«, setzte er viel sagend hinzu.

»Ich kann mich nicht schonen. Um Geld zu verdienen, muss man schnell sein.«

Pawlow hatte den Eindruck, das habe kühl und gereizt geklungen. Überhaupt war Larissa heute anders, irgendwie missmutig, und sah dauernd besorgt zur Uhr. Als wolle sie jeden Moment aufspringen und gehen. Aber so leicht gab Pawlow nicht auf. Er erinnerte sich nur zu gut daran, wie sie noch vor zwei Tagen gewesen war, am Samstag. Nein, in dieser Stimmung ließ er sie nicht gehen.

»Was ist mit Ihnen, Larissa?«, fragte er sanft. »Was macht Ihnen Sorgen?«

Sie überhörte die Frage.

»Lesen Sie bitte den Text, Alexander Jewgenjewitsch. Wenn Sie damit einverstanden sind, bringen wir ihn in der Ausgabe, die in zwei Wochen erscheint.«

»Und wenn ich Einwände habe? Überarbeiten Sie den Text dann und kommen wieder zu mir? Oder geben Sie das Vorhaben dann auf?«

Sie rauchte schweigend, und ihre ganze Haltung verriet Ungeduld. Pawlow stand auf, ging zu dem Beistelltisch, an dem Larissa saß, rückte sich einen Stuhl heran und setzte sich neben sie. Er nahm zärtlich ihre Hand und sagte leise:

»Larissa, Sie müssen verstehen, ich will nicht, dass unsere heutige Begegnung die letzte ist. Aber meine Wünsche sind nicht ausschlaggebend, Sie treffen die Entscheidung. Und wenn Ihre Entscheidung so aussieht, dass wir uns nicht wieder sehen werden, dann kann ich nicht zulassen, dass wir so auseinander gehen, kühl, sachlich und unzufrieden miteinander. Geben Sie zu, wir haben keinen Grund, einander böse zu sein.«

Ohne ihm die Hand zu entziehen, hob Larissa ihre dunklen Augen und lachte bitter.

»Ich wollte, Sie hätten Recht. Aber das stimmt leider nicht.«

»Was stimmt nicht?«

»Nicht ich treffe die Entscheidung. Sie wird mir aufgezwungen, und zwar unter Bedingungen, denen ich mich fügen muss.«

Pawlow begriff: Gleich würde sie ihm alles erzählen, ihn in ihre Unannehmlichkeiten einweihen, und dann würde das Gespräch intimer werden und Larissa weicher. Er überlegte rasch, was besser war: sitzen zu bleiben und ihre Hand zu halten oder ihr einen Kaffee anzubieten. Er führte behutsam ihre Hand an seine Lippen und küsste sie.

»Ich mache Ihnen einen Kaffee, und Sie erzählen mir, wie man Ihnen Bedingungen stellen kann, denen Sie sich fügen müssen. Vielleicht kann ich ja etwas dabei lernen.« Er lächelte verschmitzt.

Er erfuhr Folgendes: Larissa hatte den Auftrag bekommen, über den Kampf im Parlament im Vorfeld der Plenartagung zu schreiben, wobei man ihr deutlich zu verstehen gegeben hatte, dass sie die Akzente zugunsten des jetzigen Premierministers zu setzen und gegen seinen Konkurrenten scharf zu polemisieren habe. Doch sie sei ein unabhängiger Mensch und könne solche Aufträge nicht ausstehen, sie sei gewohnt, so zu schreiben, wie sie denke. Das zum Ersten. Und zum Zweiten habe sie zu lange im Ausland gelebt, sei erst seit kurzem in Russland, kenne niemanden in Parlamentskreisen und habe keine Ahnung, wie sie an Informationen kommen solle. Sie hätte ja den Auftrag einfach abgelehnt, aber er sei nicht von der Zeitung gekommen, für die sie in der Regel arbeite, sondern von einer anderen, und die Auftraggeber hätten sich über ihren Mann an sie gewandt, der von ihnen abhängig sei und sie sehr gebeten habe, den Artikel zu schreiben. Besonders verunsichere sie das extrem hohe Honorar, das man ihr versprochen habe, aber andererseits benötige sie das Geld dringend!

»Und deshalb machen Sie sich Sorgen?«, sagte Pawlow mitfühlend und reichte ihr die Tasse.

Larissa nickte schweigend, die kastanienbraune Mähne fiel ihr ins Gesicht. Mit einer jähen Kopfbewegung warf sie das Haar zurück und zuckte dabei unwillkürlich mit der Hand. Auf dem dunkelblauen Stoff ihres Overalls breitete sich ein Kaffeefleck aus. Pawlow hörte deutlich, wie sie ärgerlich vor sich hin murmelte, verstand aber kein Wort, sondern vernahm nur kehlige Laute. Larissa biss sich auf die Lippen, warf ihm einen verstohlenen Blick zu, aber Pawlow tat, als hätte er nichts bemerkt.

»Haben Sie sich verbrüht?« Er stürzte zu ihr. »Was für ein Missgeschick!«

Larissa schien sich wieder vollkommen in der Hand zu haben; mit einem Taschentuch tupfte sie vorsichtig den Fleck ab.

»Halb so schlimm, wenn es trocken ist, fällt es auf dem dunklen Stoff kaum auf«, sagte sie ruhig.

So, so, meine Liebe, dachte Pawlow, du hast offenbar zu lange im Orient gelebt, in deinem türkischsprachigen Milieu. Du hattest einen erstklassigen Russischlehrer, aber der plötzliche Schreck ... eine klassische Situation, die deine wirkliche Herkunft enthüllt hat. Du bist ebenso eine Lebedewa, wie ich Saddam Hussein bin. Und du arbeitest nicht im Auftrag einer Zeitung. Du sammelst Material für irgendwelche Wirtschaftskreise, die den Premier unterstützen und seine Ablösung verhindern wollen. Vielleicht heißt du ja wirklich Lebedewa, nach deinem Ehemann, aber das ist nicht dein Geburtsname. Da wird sich Boris aber freuen! Er soll ruhig wissen, dass ich einen Freund in der Not nicht im

Stich lasse. Schade, dass ich nicht mit dir ins Bett kann, du siehst wirklich teuflisch gut aus! Aber das wäre zu gefährlich. Gut, dass ich dich rechtzeitig entlarvt habe. Aber vielleicht ist es ja auch nicht gefährlich. Na schön, wir werden sehen.

»Gehen Sie davon aus, dass der Kaffeefleck Ihre größte Unannehmlichkeit für heute war«, sagte Pawlow feierlich. »Denn bei der Lösung Ihres anderen Problems kann ich Ihnen, glaube ich, helfen. Ein alter Freund von mir arbeitet im Apparat des Parlaments. Und er gehört zu der Gruppe, die den Premierminister unterstützt und seine Konkurrenten bekämpft. Wenn ich ihn darum bitte, wird er sich gern mit Ihnen unterhalten.«

Larissas Augen leuchteten freudig auf, ihre Wangen färbten sich rot.

»Meinen Sie das ernst, Alexander Jewgenjewitsch? Sie können mir wirklich helfen? Und Ihr Freund, der verfügt über genügend Informationen? Sie verstehen doch, welche Art von Informationen ich brauche ...« Larissa stockte.

»Ich verstehe«, sagte Pawlow ernst, »dass viel Geld nicht für etwas gezahlt wird, das in jeder Zeitung steht. Sie können sicher sein, Larissa, dass ich Ihnen genau den Richtigen empfehle. Er heißt Rudnik. Haben Sie den Namen schon mal gehört?«

»Nein. Und außer ihm haben Sie dort keine Bekannten?«

»Ich versichere Ihnen, Larissa, Rudnik wird Ihnen vollauf genügen. Er kann sehr«, Pawlow betonte dieses Wort, »viel erzählen. Sie werden niemanden weiter brauchen. Also, soll ich ihn anrufen?«

»Natürlich. Vielen herzlichen Dank.« Larissa lächelte erleichtert. »Sie haben mir eine Last von der Seele genommen.«

Nachdem Pawlow Rudnik angerufen und die Journalistin zu ihm geschickt hatte, griff er erneut zum Telefon.

»Ich bin's nochmal. Hör zu, das Mädchen, das ich zu dir geschickt habe ... Kurz, du kannst ein schönes Spiel machen. Die Information geht ins Ausland, hundertprozentig. Und du bist rein wie ein Engel, denn laut ihren Papieren ist sie eine hiesige Journalistin. Erzähl ihr also alles, was du weißt. Du hast lange genug eigenhändig die Kastanien aus dem Feuer geholt, jetzt können die Millionäre mal für dich arbeiten. Und nicht den Kopf hängen lassen, Boris, verstanden?«

Pawlow verzog angewidert das Gesicht, als er an die bedrückte Stimme seines Gesprächspartners dachte. Waschlappen! Kaum riecht es ein bisschen brenzlig, von Feuer noch keine Spur, da macht er schon schlapp, hat die Hosen voll. Hat es gerade noch geschafft, jemanden für den Auftrag zu engagieren, und nachdem die Sache gelaufen war, ist er völlig zusammengebrochen. Ist zu nichts mehr zu gebrauchen. Ich muss ihn ein bisschen aufmöbeln, damit er wieder Mut schöpft. Ein bisschen Glück kann ihm nicht schaden. Sonst, wenn alles schlecht läuft, zeigt er sich womöglich noch selbst an. Wie kommt so ein Weichei nur so weit nach oben – nicht zu fassen! Feigling. Albern, wovor er Angst hat. Wenn er wüsste ...

Pawlow schauerte. Dieses Biest Irina hatte nur zur Hälfte Recht: Wenn es zum Skandal käme, könnte er jederzeit aus der Miliz ausscheiden. Karriere, na und! Groschen! Aber die andere Hälfte der Wahrheit ... Lieber nicht daran denken. *Er* würde ihn nicht am Leben lassen. Ich habe *ihm* schließlich geschworen, dass in Ensk nichts mehr über ihn aufzufinden ist, alles steril, da kann keiner was ausgraben. Und *er* hat mir geglaubt. Aber mich gewarnt, sollte durch mein Verschulden irgendetwas passieren, wäre es aus mit mir. Betrug und Ungehorsam bestraft er ohne Gnade. Die Macht, die hinter *ihm* steht – lieber nicht daran denken. Die internationale Drogenmafia. Die haben ihn zum Generaldirektor eines Joint-Venture-Unternehmens gemacht, das sie zur Geldwäsche benutzen, aber unter einer Bedingung: In Russland muss deine Weste schneeweiß sein, auf dein Joint-Venture darf nicht der leiseste Schatten fallen. Das hat *er* ihnen garantiert, und hinter dieser Garantie stand sein, Pawlows Ehrenwort. Und ihm war dieser fatale Fehler mit den blöden Karteikarten unterlaufen! Sollte er jetzt etwa zu *ihm* gehen und beichten? Dann würde er den nächsten Morgen nicht mehr erleben. Bei denen herrschte eiserne Disziplin. Darum musste er auch Boris bitten, jemanden für den Auftrag zu engagieren, obwohl das riskant war. Er hätte sich lieber an *ihn* wenden sollen, aber dann hätte er erklären müssen, was los ist, und damit sein Todesurteil unterschrieben. Nein, gegen *ihn* ist jeder Skandal eine Lappalie. Gut, dass Boris nichts wusste, sonst wäre er aus Angst längst in die Petrowka gerannt. Oder zu *ihm* …

Bei diesem Gedanken wurde Pawlow ganz kalt. Nein, beruhigte er sich, unmöglich, Boris kennt *ihn* nicht, Boris weiß überhaupt nicht, dass noch jemand in der Sache drinhängt. Er ahnt vielleicht, dass ich außer ihm noch andere von seiner Art kenne, aber er weiß nichts Konkretes. Aber *er* weiß Bescheid, ich habe nicht gewagt, es ihm zu verbergen. Lieber nicht daran denken.

Schließlich ist doch noch gar nichts passiert. Arif war bei der Beerdigung und hat gehört, was so geredet wurde. Nichts Gefährliches, alle glauben, sie wurde wegen ihres Geliebten umgebracht. Aus Eifersucht oder wegen der anderen Sache, wegen Interpol. Unsere Kleine war ja keine Nonne, also sollen sie mal schön suchen. Das mit der Liebesgeschichte war ein guter Einfall, die haben sie geschluckt, ohne mit der Wimper zu zucken. Und denken nun vielleicht, wenn sie das Verhältnis mit mir verheimlicht hat, dann hatte sie vielleicht noch andere Männer, von denen keiner weiß. Sollen sie ruhig danach suchen. Die Hauptgefahr ist diese Kamenskaja, über die kursieren ja regelrechte Legenden. Wenn bei Irina auch nur ein Papierchen liegen geblieben wäre, hätte diese graue Maus sich daran festgebissen. Aber offenbar hat sie nichts dergleichen gefunden. Außerdem ist sie im Urlaub. Ich kann also aufatmen. Morgen gehe ich zu Gordejew, mich nach dem Stand der Dinge erkundigen. Das fällt sonst auf. Bei der Kamenskaja war ich sogar zweimal, und plötzlich komme ich nicht mehr. Ich muss weiter den untröstlichen Witwer spielen.

Interessant, wie hat dieses Mädchen mich eigentlich gefunden? Doch nicht etwa über Arif? So oft ich sie auch danach gefragt habe, sie hat es mir nie gesagt. Meinen Namen hat sie durch die Thesen gefunden, aber das weiß ich erst jetzt. Damals, vor fünf Jahren, hatte ich keine Ahnung, dass Dissertationen im ganzen Land verschickt werden, an alle juristischen Hochschulen. Ich habe den Mädchen im wissenschaftlichen Rat eine Schachtel Pralinen und eine Flasche Sekt mitgebracht, und sie haben alles für mich erledigt. Aber der Name ist das eine, doch wie hat sie den Rest erfahren? Wahrscheinlich doch Arif, wer sonst. Es stimmt schon, mit Orientalen muss man aufpassen. Als ich ihn in Baku anrief, dass er die Dissertation in Moskau abholen soll, da hat er darauf gewartet, dass ich das Geld erwähne, selber hat er nicht danach gefragt. Aber an seiner Stimme habe ich gemerkt, dass er das missbilligte. Aber wer ist er denn, dass er mein Handeln missbilligt? Er wurde bei mir im Gebiet mit Gold erwischt, ich konnte ihn nur mit Mühe loseisen. Er steht für immer in meiner Schuld. Es war richtig, dass ich damals kein Geld von ihm genommen habe – als hätte ich geahnt, dass ich ihn noch gebrauchen könnte. Ich traue ihm nicht, o nein, ich traue ihm nicht, aber ich habe keine Wahl, ich habe sonst niemanden, auf den ich mich stützen kann. Boris zählt nicht, auf den muss man aufpassen wie ein Schießhund. Es ist schwierig, wenn man von lauter Fremden umgeben ist. In meinem Gebiet kannte mich jedes Kind, da konnte ich jedes Problem am Telefon klären. Aber hier ... Was wollte ich nur in Moskau? Warum habe ich eingewilligt? Idiot.

Aber hat mich denn jemand gefragt? Ich habe eingewilligt, weil *er* es verlangt hat.

Boris Rudnik leistete keinen ernsthaften Widerstand. Nastja konnte sich nicht genug darüber wundern, wie glatt alles lief, wie rasch er beim geringsten Druck alles auspackte, was sie hören wollte. Vermutlich hatte Pawlow ihn noch einmal angerufen und ihn entsprechend vorbereitet. Gordejew hatte sie zwar vorgewarnt, dass Rudnik nervös sei, aber das reale Bild übertraf alle Erwartungen. Er war mehr als nervös, mehr als bedrückt. Auf dem Heimweg versuchte Nastja Worte zu finden, die seinen Zustand exakter beschrieben. Niedergeschlagen ja, deprimiert – ja, aber auch das traf es nicht ganz. Sie dachte an die Zeilen: »... wenn hoffnungslos, als wär's der Weg zur Richtstatt, das Morgen scheint, so unnütz, kalt und leer.« Das kam der Sache schon näher. Genau, das waren die richtigen Worte. Rudnik war jemand, der auf den Ausgang wartete, aber nicht voller Neugier, wie bei einem spannenden Krimi. Er kannte das Ende und erwartete es ergeben. Er hatte kein Interesse mehr am Leben, weil er wusste, dass sein Leben jeden Augenblick zu Ende sein würde. Er hatte keine Hoffnung mehr. Die pure Trostlosigkeit, ausweglos und abstumpfend, die jeden Widerstand lähmte. Nastja hatte den Eindruck, wenn sie ihn jetzt nach Ensk fragte, würde er ihr auch darüber alles erzählen. Aber sie fragte nicht danach. Erstens hatte Gordejew ihr streng verboten, Ensk zu erwähnen, um Pawlow nicht aufzuschrecken. Und zweitens war ihr auch so klar, dass Rudnik der Mann mit dem Paragraphen hundertzwanzig war.

Nastja wurde mit jedem Tag klarer, was ihr Stiefvater mit seiner Warnung gemeint hatte, der Kreis sei sehr eng. Es ging nicht nur darum, dass man ständig auf Bekannte stieß. Eine noch größere Schwierigkeit bestand darin, dass die Informationsquellen begrenzt waren. Wäre Pawlow nicht beim

Ministerium, hätte er nicht bei den Justizorganen gedient – würden sie sich dann jetzt mit einem Mangel an nötigen Informationen abplagen und die Lücken mit Hypothesen und Vermutungen füllen müssen? Was die Filatowa herausgefunden hatte, hätten sie auch herausgefunden. Wahrscheinlich besaß sie außer der Liste von Namen noch weitere Informationen, aber da sie selbst nicht in Ensk gewesen war, musste jemand anders ihr die beschafft haben. Wieder einer aus dem eigenen Kreis, der dort auf einer Dienstreise war, vielleicht sogar als Mitglied einer Inspektionsgruppe. Im Ministerium zu erfragen, ob eine solche Inspektion stattgefunden hatte, um die Liste der Teilnehmer zu bitten und zu klären, ob ein Bekannter der Filatowa darunter war, würde rund zwei Stunden dauern. Aber noch bevor die zwei Stunden um waren, würde Pawlow davon erfahren. Inspektionsreisen fielen in das Ressort seines Stabs.

Genug geträumt, rief Nastja sich zur Ordnung, was wäre, wenn ... Wie sagt Gordejew? Halten wir uns an das, was wir haben. Versuchen wir, die Kette zu rekonstruieren.

Zu Hause wusch sie Larissa Lebedewa von sich ab, ohne dabei das Nachdenken zu unterbrechen. Gestern war sie dabei stehen geblieben, dass Pawlow vor irgendetwas tödliche Angst hatte. Oder vor irgendjemandem. Und die Filatowa hatte das geahnt. Machen wir also da weiter. Pawlow fürchtet nicht Rudnik, das ist offenkundig. Genauso offenkundig ist, dass Rudnik mit dem Mord zu tun hat und ergeben auf seine Überführung wartet. Wenn es jemanden gibt, der noch gefährlicher und folglich noch mächtiger ist, warum hat Pawlow sich dann mit Rudnik eingelassen, um die Filatowa aus dem Weg zu räumen, statt mit dem mächtigen Unbekannten? Die Antwort war so einfach, dass Nastja lächeln musste.

Viktor Gordejew löste sich von den Papieren, die vor ihm auf dem Schreibtisch lagen. Nun, das reichte völlig aus, um mit Kowaljow in einer Sprache zu reden, die er verstand. Gordejew holte tief Luft, legte die Materialien in eine Mappe und schloss sie zufrieden lächelnd im Safe ein.

Eine halbe Stunde später versammelten sich in seinem Büro Dozenko, Larzew, Korotkow, Selujanow und Dmitri Sacharow.

»Wir stehen vor einer Wende«, begann der Oberst. »Der theoretische Teil im Fall Filatowa ist abgeschlossen. Wir glauben zu wissen, warum sie ermordet wurde. Wir sind überzeugt, dass es ein Auftragsmord war, und wir denken, der Auftraggeber oder, wenn man so will, Initiator des Mordes war Alexander Jewgenjewitsch Pawlow. Sieht einer von euch das anders?«

Gordejew ließ seinen Blick über die Anwesenden schweifen.

»Gut, also weiter. Unsere Möglichkeiten, diese theoretischen Erkenntnisse zu überprüfen, sind äußerst begrenzt. Wir haben vorerst nur Ideen und einige indirekte, ich betone, indirekte Indizien. Wir haben zwei Texte und eine offensichtliche Lüge von Oberst Pawlow. Darauf lässt sich, wie ihr wisst, keine Mordanklage gründen. Außerdem ist nicht auszuschließen, dass wir alle uns irren und Pawlow mit der Ermordung der Filatowa nichts zu tun hat. Dennoch ist der theoretische Teil, wie gesagt, abgeschlossen, und wir kommen jetzt zum praktischen Teil. Wir wollen den Auftragsmörder aus seiner Höhle locken. Das ist die einzige Chance, ihn zu finden. Nach seiner Handschrift zu urteilen, ist er kein Zufallskiller, dessen Dienste bei Abrechnungen zwischen kriminellen Gruppierungen in Anspruch genommen werden, sondern ein Mann, der zuverlässig geschützt ist durch ein gut durchdachtes Sicherheits- und Kontrollsystem. Selbst wenn also der unwahrscheinliche Fall eintreten sollte, dass Pawlow uns sagt, wie er den Killer bestellt hat, werden wir damit nicht weiterkommen. Die übrigen Glieder der Kette werden augenblicklich auseinander fallen, sodass wir das Ende nicht zu fassen kriegen. Stimmen mir da alle zu?«

Wieder war Schweigen die Antwort.

»Wir haben die seltene Chance, einen Auftragskiller zu stellen, der für die allerhöchste Ebene arbeitet. Einen solchen Fall hatten wir in unserer Praxis noch nicht, wir können also auf keinerlei Erfahrung zurückgreifen. Das Risiko, einen Fehler zu machen, ist sehr hoch, und die Aussicht auf Erfolg sehr gering. Ich möchte, dass alle sich dessen bewusst sind.«

Gordejew schwieg, nahm seinen Brillenbügel in den Mund und überlegte. Dann lachte er plötzlich verschmitzt und fragte:

»Ist einer von euch passionierter Angler?«

Die Frage kam so überraschend, fiel so aus dem Grundton des Gesprächs, dass die Ermittler nicht einmal lächelten.

»Ich«, meldete sich Selujanow nach kurzem Zögern.

»Ach, ihr jungen Leute«, seufzte Gordejew scherzhaft, »die einfachen Freuden sind euch fremd. Aber kennt ihr wenigstens den Unterschied zwischen Blinker und Köder?«

Alle nickten, wieder entspannt.

»Also. Im Fall Kowaljow haben wir die Kamenskaja als Blinker benutzt, nach dem zuerst Pawlow geschnappt hat und dann, mit seiner Hilfe, Rudnik. Und jetzt werden wir etwas tun, was es beim Angeln nicht gibt: Wir machen aus einem Blinker einen lebendigen Köder. Eure Aufgabe wird sein, die Situation maximal unter Kontrolle zu behalten. Pawlow arbeitet im Stab unseres Ministeriums, darum dürfen wir ihn nicht observieren lassen. Ich meine, wir können von dem dafür zuständigen Dienst keine offizielle Hilfe anfordern. Also müssen wir es selbst tun. Denkt dran, Pawlow war mehrmals hier und kann jeden Moment wieder hier auftauchen. Er kann jeden von euch schon einmal gesehen haben und möglicherweise wieder erkennen. Sacharow?« Gordejew sah Dima fragend an.

»Wird gemacht, Viktor Alexejewitsch. Dazu sind Freunde schließlich da«, erwiderte Dima.

»Gut. Wir brauchen ein ausführliches psychologisches Porträt von Pawlow und eine Charakteristik seiner Denkweise. Larzew?« Der Oberst sah zu Wolodja, der berühmt war für seine Fähigkeit, Menschen zu analysieren – ein Talent, das seine Kollegen an ihm schätzten und oft schamlos ausnutzten.

»Ist morgen früh fertig«, sagte Larzew.

Gordejew schüttelte den Kopf.

»Heute Abend. Gegen neun, spätestens«, sagte er streng.

Wolodja seufzte ergeben.

»Noch eine Aufgabe. Die Personenüberprüfung der Journalistin Lebedewa absichern. Da darf es keine Pannen geben. Korotkow.«

Jura nickte schweigend.

»Und der letzte Punkt. In unserem Schema gibt es ein schwaches Glied: Boris Wassiljewitsch Rudnik. Wir vermuten, dass Pawlow den Mord an der Filatowa mit seiner Hilfe organisiert hat. Wenn die Geschichte sich wiederholt und Pawlow erneut über Rudnik Kontakt mit dem Mörder aufzunehmen versucht, dann bricht unser Plan zusammen. Rudnik ist nervös, reagiert, wie die Psychiater sagen, nicht adäquat. Sollte er die Kette aktivieren, würde sofort das Sicherheitssystem anspringen. Er würde an den Killer nicht rankommen. Für uns ist wichtig, dass Pawlow sich nicht an Rudnik wendet. Aber das können wir nicht kontrollieren. Bleibt nur zu hoffen, dass Pawlow genauso denkt wie wir. Dass er es nicht riskieren wird, Rudnik durch einen zweiten Mord zu beunruhigen.«

Die Sitzung dauerte noch anderthalb Stunden. Als Gordejew seine Mitarbeiter entlassen hatte, überdachte er noch einmal alle Details. Wie es aussah, war alles getan, was möglich war, nichts außer Acht gelassen. Aber das Risiko war groß, sehr groß. Die ganze Operation beruhte auf Vermutungen, auf der Analyse der Kamenskaja. Sie hatte natürlich ein helles Köpfchen, aber ein Irrtum war trotzdem nicht auszuschließen.

Er dachte an Pawlows kürzlichen Besuch. Damals war der Plan gerade erst im Entstehen, es war noch nichts klar, aber Gordejew hatte bereits den ersten Schritt getan, indem er Pawlow erzählte, es habe sich ein Zeuge gefunden, der den Mörder aus dem Haus der Filatowa kommen sah, sie hätten jetzt also eine Täterbeschreibung. Das musste funktionieren, wenn sie alles richtig berechnet hatten. Wenn ... Und wenn nicht?

Gordejew setzte sich ans Telefon. In Gedanken machte er sich Vorwürfe, dass er die Freundschaft des Mannes ausnutzte, der ihm half, »Wahrheit und Tatsachen auseinander zu halten«. Seit dem Mord an der Filatowa rief er ihn nun schon zum dritten Mal an, während er sich sonst oft monatelang nicht bei ihm meldete. Das war nicht schön.

»Wie geht's, Stepan Ignatjewitsch?«, frage er munter, als am anderen Ende abgehoben wurde.

»Dich hat's offenbar heftig erwischt, Viktor.« Ein knarrendes Greisenlachen tönte aus dem Hörer. »Lässt einen nicht in Ruhe sterben. Ist wieder was passiert?«

»Gott behüte, Stepan Ignatjewitsch, es ist nichts passiert, ich wollte Sie einfach mal besuchen«, log Gordejew und spürte entsetzt, dass er errötete.

»Wolltest du mich per Telefon besuchen oder dich auf eine Tasse Tee einladen?«, erkundigte sich Stepan Ignatjewitsch spöttisch.

»Auf einen Tee, wenn Sie mir einen anbieten.«

»Einen Tee? Einen Tee kann ich dir anbieten, warum nicht. Also, soll ich gleich das Teewasser aufsetzen, oder kommst du ein andermal?«

»Setzten Sie es auf«, sagte Gordejew nach einem Blick auf die Uhr entschlossen. »Ich komme gleich.«

Stepan Ignatjewitsch Golubowitsch war Gordejews Lehrer und Schutzengel gewesen. Er war jetzt fast achtzig, sein Herz machte ihm ziemliche Probleme, manchmal versagten auch die Beine, und die Hände zitterten. Er lebte allein, in einem gemütlichen Zimmer einer riesigen Gemeinschaftswohnung, wie es sie im Zentrum Moskaus noch gab. Golubowitsch hatte fürsorgliche Kinder, respektvolle Schwiegersöhne und -töchter und liebende Enkel, aber der Alte war nicht dazu zu bewegen, zu ihnen zu ziehen, obwohl sie ihn beharrlich darum baten. Verständlich, denn die Kinder lebten mit ihren Familien weit entfernt vom Stadtzentrum, hatten nicht die Zeit, ihn häufig zu besuchen, und wenn sie nur selten kamen, regte sich ihr Gewissen. Außerdem sorgten sie sich um ihn, denn sie liebten ihn wirklich. Golubowitsch hatte einen durchaus verträglichen Charakter, und würde er zu seinem Sohn oder einer der Töchter ziehen, würden alle aufatmen. Aber er blieb unbeugsam.

»Ich kann mich an eure Ordnung nicht mehr gewöhnen«, sagte er, »und ihr würdet mich stören.«

Wobei die Kinder und Enkel ihn stören würden, wusste niemand, und Golubowitsch erklärte es nie.

Auf dem Weg zu Golubowitsch kaufte Gordejew an einem Kiosk ein paar Schokoriegel. Er wusste, womit er dem knurrigen Alten eine Freude machen konnte, der sich zwar einen klaren Verstand und ein gutes Gedächtnis bewahrt hatte, in seinen kulinarischen Vorlieben aber in die Kindheit zurückgefallen war.

Während Gordejew gemächlich durch die von der Junisonne aufgeheizten Straßen lief, dankte er im Stillen dem Schicksal, dass es diesen Stepan Ignatjewitsch gab, der nicht nur alles Mögliche wusste, sondern auch sagen konnte, wo man Informationen herbekam, die er selbst nicht besaß. Auf Gordejews Frage zu Kowaljow und Winogradow hatte der Alte gesagt:

»Weißt du noch, Viktor, ich habe dich mal gebeten, einem Mann bei der polizeilichen Anmeldung zu helfen? Ich war damals schon in Rente, und der Mann kam gerade aus dem Lager zurück. Du hast ihm geholfen, und dafür bin ich dir sehr dankbar. Aber dieser Mann ist dir natürlich noch viel dankbarer. Du musst entschuldigen, ich habe ihm nicht verheimlicht, dass du seine Anmeldung durchgesetzt hast. Und er hat ein gutes Gedächtnis, er weiß Güte zu schätzen. Also, er arbeitet jetzt in einer Bierstube, wo die Fahrer von Dienstwagen oft rumsitzen. Er räumt dort die Gläser ab und spült sie, kurzum, er ist für die Gäste Teil des Inventars. Ich denke, er bekommt dort viel Interessantes zu hören. Ein Fahrer gehört ja für seinen Chef auch zum Inventar, vor ihm geniert man sich nicht sonderlich, seine Stimmung zu zeigen oder die verschiedensten Dinge zu bereden. Geh mal zu ihm, sag, du bist Gordejew, und bestell ihm einen Gruß von mir. Geh hin, mach dir die Mühe. Lohnt sich bestimmt.«

Es hatte sich wirklich gelohnt. Doch heute ging Gordejew mit einer Frage zu Golubowitsch, die heikel und sensibel war und so vage wie Lichtreflexe auf dem Wasser. Aber wenn er bei Golubowitsch keine Antwort darauf bekam, dachte Gordejew, dann bekam er sie nirgends. Golubowitsch war eine Goldgrube an Informationen, wenngleich die Quellen, aus denen er sie schöpfte, sehr eigenwillig waren. Vor vielen Jahren hatte er Gordejew einmal gefragt:

»Wenn deine ›Ehemaligen‹ rauskommen, kommen sie dich dann mit einer Flasche Kognak besuchen?«

»Kommt vor«, hatte er damals lächelnd geantwortet.

»Siehst du. Wenn nicht, dann würdest du jetzt nicht hier bei mir sitzen und Tee trinken. Denn wenn das nicht so wäre, dann wärst du ein schlechter Kriminalist, und ich wüsste nicht, worüber ich mich mit dir unterhalten sollte. Aber sie kommen, also habe ich dich nicht umsonst ausgebildet und angeleitet. Zu mir kommen sie auch. Nur bin ich schon viel länger bei der Miliz, habe also schon viel mehr Leute gefangen und in den Knast gebracht, darum kriege ich häufiger Besuch. Vorerst jedenfalls. Wenn ich eines Tages in Pension gehe, braucht mich niemand mehr, dann bist du alt und erfahren, dann wirst du häufiger Besuch kriegen als ich.«

Aber Golubowitsch irrte. Entweder unterschätzte er die Menschen, oder er war wirklich ein herausragender Mensch, jedenfalls besuchten seine »Ehemaligen« ihn auch noch, nachdem er in Pension gegangen war.

Kaum hatte Gordejew den Klingelknopf gedrückt, öffnete Stepan Ignatjewitsch die Tür. Gordejew gab es einen Stich: Er begriff, wie einsam der Alte war, wie sehr er darauf wartete, dass ihn jemand besuchte, wie sehr er sich über jeden Gast freute, selbst wenn der nicht aus Herzensgüte kam, sondern weil er etwas von ihm wollte.

»Du warst ja schnell«, knurrte Golubowitsch, seinen Spott verbergend. »Und erzähl mir ja nicht, dass du nichts von mir willst. Ich bin nicht beleidigt. Vielleicht ist es mir sogar lieber, wenn jemand was von mir will, das heißt immerhin, ich werde noch gebraucht, bin noch nützlich. Wenn man mich nur noch aus Mitleid oder aus Edelmut besucht, dann hat mein Leben keinen Sinn mehr, dann bin ich nur noch eine Last.«

Golubowitsch holte den Teekessel aus der Küche, goss mit allen rituellen Raffinessen Tee auf und schenkte ihn ein.

»Na los, Viktor, raus mit der Sprache. Spann einen alten Mann nicht auf die Folter.«

Er wickelte einen Schokoriegel aus, biss ab und war bereit zuzuhören.

»Stepan Ignatjewitsch, erzählen Sie mir von Auftragsmördern. Ich meine nicht die heutzutage, mit Pistolen und dergleichen, sondern die anderen ... Sie verstehen schon.«

»Sieh mal an.« Golubowitsch bewegte nachdenklich die Lippen. »Von denen weiß ich wenig. Kein Wunder. Wenn man von ihnen viel wüsste, gäbe es sie nicht. Sie sind alle auf Unfälle spezialisiert. Sie arbeiten so sauber, dass gegen sie selten mal ein Strafverfahren eingeleitet wird. Darum sucht auch niemand nach ihnen. Und niemand kennt ihre wirklichen Namen. Nur Decknamen.«

»Sind es viele, was meinen Sie?«

»Ach wo«, der Alte winkte ab. »Im ganzen Land nicht mehr, als man an seinen Fingern abzählen kann. Erstklassige Profis. Soweit ich weiß, ist einer in Rostow, Deckname: der Burjate. Dann noch einer an der Küste oder in Chabarowsk, der Chirurg. Dann noch, wie heißt er gleich, ja, Cardin, hier in Moskau. In Sotschi sitzt Black. Nicht zu vergessen der Gallier und der Italiener in Petersburg. Mehr fallen mir nicht ein. Vielleicht gibt es noch ein paar, aber insgesamt sind es höchstens ein Dutzend. Das ist sicher.«

»Sind sie eng spezialisiert, oder machen sie alles?«

»Kommt drauf an. Der Burjate zum Beispiel spielt gern mit Technik rum, darum arrangiert er Autounfälle. Das ist sein Steckenpferd. Der Chirurg mag das Meer, Kurorte. Er wird geholt, wenn ein Unfall auf dem Wasser inszeniert werden soll. Es heißt, er sei ein erfahrener Taucher. Der Gallier dagegen, der mag keine Weite, der arbeitet lieber in Häusern und Wohnungen. Von dem Italiener sagt man, er organisiere Lebensmittelvergiftungen. Cardin und der aus Sotschi, richtig, Black, die sind vielseitig, sie handeln je nach Gegebenheit, darum sind sie auch am teuersten.«

»Was meinen Sie, Stepan Ignatjewitsch, wer könnte einen Tod durch Stromschlag inszenieren?«

»Praktisch jeder von ihnen. Bis auf den Chirurgen vielleicht. Dass sie sich spezialisieren, heißt ja nicht, dass sie nur so und nicht anders vorgehen. Das tun sie meistens, aber nicht immer. Das zum einen. Und zum Zweiten – ich habe dir ja nicht alle genannt. Viktor, ich weiß natürlich mehr als du, aber ich bin auch nicht der liebe Gott. Meine Informationen können ungenau oder unvollständig sein. Sie taugen nur als Orientierung.«

»Ich habe verstanden, Stepan Ignatjewitsch. Ich danke Ihnen.«

Gordejew bemerkte, wie Golubowitschs Wange bei diesen Worten zuckte. »Ich danke Ihnen« hieß, der Besuch war beendet. Er würde wieder allein sein. Nach einem verstohlenen Blick auf die Uhr lächelte Gordejew schuldbewusst.

»Wollen wir noch einen Tee aufsetzen, Stepan Ignatjewitsch? Der hier ist schon kalt.«

»Ja, gern«, erwiderte der Alte freudig und ging in die Küche.

Pawlow saß gemütlich in einem Sessel und verfolgte mit träger Neugier die Intrigen im luxuriösen Haus des schönen Antonio. Der widerliche Max spielte schmutzige Spiele gegen seinen Bruder, Rachel litt, und ihre Verwandten verhielten sich dämlich. Pawlows Frau litt aufrichtig mit den Helden, und als die Serie an der interessantesten Stelle abbrach, schlug sie ärgerlich mit der Faust auf den Tisch.

»Wieder bis morgen warten! Was meinst du, wie endet das Ganze?«

»Hör auf.« Pawlow winkte ab. »Man kann doch diesen Quatsch nicht ernst nehmen.«

»Das ist kein Quatsch, Sascha, der Film ist sehr wahr.«

Seine Frau wurde wütend. »Natürlich ist das keine hohe Kunst, das bestreitet keiner. Aber solche Filme zeigen den Menschen, wie man sich in moralisch schwierigen Situationen verhalten muss. Sie vermitteln eine einfache Wahrheit: Wenn du jemanden liebst, dann halte deinen Geliebten nicht für dümmer als dich selbst.«

»So, so.« Pawlow bekundete Interesse. »Red weiter.«

»Spar dir deine Ironie. Warum hat Rachel den ganzen Ärger? Weil sie Angst hat, Antonio die Wahrheit zu sagen, weil sie glaubt, er würde sie falsch verstehen. Sie ist so klug und scharfsichtig, nicht wahr, dass sie von vornherein weiß, wer was von ihr denken wird, obwohl sie selbst in einer ähnlichen Situation ganz anders denken würde. Das heißt, sich selbst gesteht sie Güte und Edelmut zu, ihrem Mann dagegen nicht. Und das ist falsch. Dieser Film erklärt uns, dass das falsch ist. Man sollte bei der Beurteilung von anderen immer von sich selbst ausgehen, nicht von sonst woher geholten Ideen. Nicht umsonst heißt es in der Bibel: Denn mit welcherlei Gericht ihr richtet, werdet ihr gerichtet werden; und mit welcherlei Maß ihr messet, wird euch gemessen werden.«

»Es heißt aber auch«, sagte Pawlow und reckte sich, »alle Menschen sind verschieden, und über Geschmack lässt sich nicht streiten.«

»Aber Sascha, das ist doch etwas ganz anderes«, entrüstete sich seine Frau. »Ich rede davon, dass man jemanden, den man achtet, nicht für dümmer halten sollte als sich selbst. Ist das so schwer zu verstehen?«

»Ich verstehe, ich verstehe«, besänftigte Pawlow sie. »Ich gehe rasch mit dem Hund raus, bevor die Nachrichten anfangen.«

Er nahm die Leine des weißen, rotäugigen Bullterriers und ging hinaus. Gemächlich lief er in der kühlen Dämmerung durch den Park und überließ sich seinen Gedanken, sodass er die eiligen Schritte hinter sich nicht gleich wahrnahm.

»Alexander Jewgenjewitsch!«

Erstaunt erkannte Pawlow die Stimme der Lebedewa.

»Wo kommen Sie denn her, Larissa? Was machen Sie hier?«

»Ich suche Sie.« Die Lebedewa stockte. »Ich war bei Ihnen zu Hause, Ihre Frau hat mir gesagt, dass Sie im Park mit dem Hund spazieren gehen. Ganz einfach. Ich wollte Ihnen für Rudnik danken. Und wie unter Geschäftsleuten üblich, habe ich meinen Dank materialisiert.«

Sie holte eine in Pergamentpapier eingewickelte Flasche aus ihrer Tasche.

»Nicht doch, Larissa, das ist nicht nötig, wirklich. Das ist mir peinlich«, protestierte Pawlow.

»Doch, Alexander Jewgenjewitsch, das ist nötig. Entschuldigen Sie, dass ich Sie in Ihrer Freizeit belästige, aber es ist besser so.«

Etwas in ihrer Stimme ließ Pawlow stutzen. Ein ungutes Gefühl versetzte ihm einen Stich. Er streckte die Hand aus und griff nach der Flasche.

»Ich habe noch ein Geschenk für Sie«, fuhr die Lebedewa fort. »Es ist in diesem Umschlag. Sehen Sie es sich gelegentlich mal an, es wird Sie interessieren. Vielleicht aber auch nicht. Sollte der Inhalt des Kuverts Sie interessieren, könnten wir morgen Abend zusammen essen. Ich werde Sie anrufen, um Ihre Antwort zu erfahren. Um welche Zeit?«

»Um fünf«, antwortete Pawlow zerstreut, besann sich aber sofort. »Nein, warten Sie, morgen um fünf bin ich vielleicht nicht in meinem Büro. Um halb sechs.«

»Abgemacht, Alexander Jewgenjewitsch«, sagte Larissa fröhlich. »Ich rufe Sie morgen um siebzehn Uhr dreißig an. Gute Nacht.«

Sie verschwand ebenso rasch, wie sie aufgetaucht war. Pawlow hörte, wie eine Autotür zugeschlagen und ein Motor angelassen wurde.

Als er sich von der Überraschung erholt hatte, fiel ihm ein, dass er Larissa nie seine Adresse gegeben hatte. Wie hatte sie ihn gefunden? Sogar bei ihm zu Hause war sie gewesen. Ganz schön dreist! Nun würde er sich vor seiner Frau rechtfertigen müssen. Was mochte in dem Umschlag sein? Er wollte ihn sofort aufmachen, aber die Dämmerung war inzwischen so dicht, dass er nichts hätte erkennen können. Er musste sich bis zu Hause gedulden.

Zu seinem Erstaunen verlor seine Frau kein Wort über Larissa.

»Hat jemand angerufen?«, fragte er vorsichtig.

»Nein«, antwortete seine Frau gelassen. »Erwartest du denn einen Anruf?«

Komisch, dachte Pawlow, ging in sein Zimmer, setzte seine Brille auf und öffnete das Kuvert. Zuerst begriff er nicht, was das für Blätter waren, stellte nur fest, dass das Papier schlecht war, der Text kaum zu erkennen und am Rand mit schwarzen Kugelschreibernotizen versehen. Es waren insgesamt vier Blätter, oben standen Seitenzahlen: 24, 97 und 153. Das letzte Blatt war nicht nummeriert. Es war das Titelblatt der Monographie: »Kriminologie. Korruption. Macht.« von Irina Filatowa. Bis zum Anruf der Lebedewa blieben noch zwanzig Stunden.

# Neuntes Kapitel

In diesen zwanzig Stunden versuchte Pawlow, die Situation möglichst objektiv einzuschätzen. Es gab zwei Varianten. Entweder, die Lebedewa arbeitete für die Petrowka, dann stand er unter Verdacht und sollte provoziert werden. Oder sie war eine gewöhnliche Erpresserin. Wie war sie an das Manuskript gelangt? Vermutlich hatte derjenige, der im Büro der Filatowa danach suchen sollte, alle vier Exemplare gefunden, drei abgeliefert und eins behalten, um aus Pawlow Geld rauszuholen. Wenn es so war, dann war alles in Ordnung, er konnte das Manuskript kaufen, und die Sache wäre erledigt. Derjenige, der es verkaufte, kannte seinen wahren Wert nicht. Wenn aber Larissa das Exemplar auf andere Weise bekommen hatte, wenn sie nicht im Namen dieses Typen handelte, sondern von sich aus, und wenn sie das Manuskript gelesen hatte, dann war die Situation problematischer. Sie war die dritte Person, die den Text von Pawlows Dissertation kannte, neben Pawlow selbst und natürlich der Filatowa. Wer weiß, zu welchen Schlüssen sie gekommen war. Doch wenn das Mädchen nicht von der Petrowka war, konnte sie eigentlich zu keinen besonderen Schlüssen gelangt sein. Er konnte immer sagen, dass die Filatowa seine Geliebte war, dass er ihr bei ihrer Monographie helfen wollte und ihr erlaubt habe, seine Dissertation zu benutzen – Dissertationen wurden ohnehin von niemandem gelesen, sollte sie der Geliebten wenigstens zu einer Publikation verhelfen. Es war ja nicht seine Schuld, dass sie seine Großzügigkeit so unverschämt ausgenutzt und alles wortwörtlich abgeschrieben hatte. Natürlich, es war ein Plagiat, aber über Tote soll man nicht richten. Die Aufgabe war also leicht zu lösen: Er musste herausfinden, ob die Lebedewa mit der Mordermittlung zu tun hatte. Wenn nicht, würde er auf keinen Fall zahlen, dann war sie nicht gefährlich. Wenn doch – dann musste er überlegen.

Pawlow hatte in der Petrowka einen Vertrauten, und den bat er herauszufinden, wer Larissa Lebedewa sei, eine Journalistin um die dreißig, verheiratet mit einem Angestellten des Außenministeriums, aus Aserbaidschan stammend. Nach einer Stunde rief sein Mann an und teilte ihm mit, es gebe in Moskau keine Larissa Lebedewa mit den genannten biographischen Eckdaten. Das heißt, Lebedewas gebe es wie Sand am Meer, aber die kämen entweder vom Alter, vom Beruf oder vom Geburtsort nicht infrage. Damit war die erste Stufe der Überprüfung erledigt, als Nächstes hatte Pawlow ein ziemlich geschicktes Manöver vor. Er wollte zu Gordejew fahren, angeblich, um sich nach dem Stand der Suche nach dem Mörder zu erkundigen, und ihn nebenbei um eine Personenüberprüfung der Lebedewa bitten. Wenn sie mit ihnen zusammenarbeitete und auf ihre Anweisung handelte, würde Gordejew ihre Identität auf jeden Fall bestätigen und ihre Legende Wort für Wort wiederholen. Pawlow war stolz auf seine Schläue. Im Fall des Falles schlug er auf diese Weise zwei Fliegen mit einer Klappe: Er klärte nicht nur die Identität der Erpresserin, sondern zeigte, falls sie mit Gordejew zusammenarbeitete, dass er nicht verschreckt war, dass er nichts zu verbergen hatte, dass alle Verdächtigungen gegen ihn völlig grundlos waren – schließlich hatte er keine Scheu, sich mit seinem Problem an Gordejew zu wenden.

Obgleich Pawlow Gordejew angerufen und sein Kommen angekündigt hatte, war Gordejew nicht an seinem Platz. Pawlow rüttelte an der verschlossenen Bürotür und trat unentschlossen ans Fenster; er überlegte, ob er auf Gordejew warten oder später noch einmal wiederkommen sollte. Er wollte den Besuch nicht aufschieben, denn es war bereits kurz vor zwölf, um halb sechs würde Larissa anrufen, und bis dahin musste er auf das Gespräch mit ihr vorbereitet sein. Er hörte eilige Schritte im Flur, drehte sich um und erblickte Igor Lesnikow.

»Wollen Sie zu Gordejew? Er ist beim General, kommen Sie in zwei Stunden nochmal vorbei«, rief der ihm zu.

Zwei Stunden! Das war Pawlow gar nicht recht. Er ging Lesnikow entschlossen entgegen und reichte ihm mit einer selbstsicheren Geste die Hand.

»Oberst Pawlow. Stab des Russischen Innenministeriums«, stellte er sich vor.

»Hauptmann Lesnikow, Abteilung Kapitalverbrechen.« Igor lächelte und drückte fest die dargebotene Hand. »Kann ich Ihnen irgendwie behilflich sein?«

»Ich glaube schon.«

»Gehen wir in mein Büro.«

Igor führte Pawlow über den Flur, schloss eine Tür auf und ließ den Besucher eintreten.

»Ich heiße Igor Valentinowitsch. Was haben Sie für Probleme?«

»Sehen Sie, Igor Valentinowitsch, ich interessiere mich für eine Frau«, Pawlow stockte ein wenig, »eine schöne Frau, aber sie verhält sich ein wenig seltsam. Sie war bei einer Pressekonferenz im Ministerium, hat mich interviewt zu Fragen der Bekämpfung der Korruption, aber irgendetwas an ihr macht mich misstrauisch. Mit einem Wort ...«

»Ich verstehe, Genosse Oberst. Sie möchten, dass ich ihre Identität beim Einwohnermeldeamt überprüfen lasse? Wird sofort gemacht.« Igor schlug ein Notizbuch auf. »Schießen Sie los.«

Pawlow diktierte ihm alles, was er über Larissa Lebedewa wusste.

»Vatersname?«

»Den Vatersnamen weiß ich nicht.« Pawlow hob bedauernd die Hände.

Lesnikow wählte eine Telefonnummer, verhandelte lange, machte sich Notizen, fragte nach, bat um nochmalige Überprüfung, bis er schließlich auflegte und sagte:

»Ich muss Sie enttäuschen, Genosse Oberst. Entweder Sie haben etwas falsch verstanden, oder sie hat Ihnen nicht die Wahrheit gesagt. Eine solche Larissa Lebedewa ist in Moskau nicht gemeldet.«

»Das habe ich mir gedacht.« Pawlow atmete erleichtert auf. »Vielen Dank. Ich will Sie nicht länger aufhalten, Igor Valentinowitsch, richten Sie Gordejew aus, dass ich da war, aber nicht auf ihn warten konnte.«

»Ich richte es aus. Alles Gute.«

Igor stand eine Weile am Fenster und wartete, bis er Pawlow in den Hof kommen sah. Als er sich überzeugt hatte, dass er den Posten passiert hatte und zu seinem Auto ging, griff Lesnikow zum Telefon und wählte eine Nummer im Haus.

»Alles in Ordnung, Viktor Alexejewitsch. Er ist gegangen.«

»Gut gemacht«, lautete die knappe Antwort.

Pünktlich um siebzehn Uhr dreißig klingelte im Büro des Hauptsachverständigen Pawlow das Telefon. Pawlow nahm ohne Eile ab, begrüßte Larissa Lebedewa freundlich, wobei er es sorgsam vermied, den Gegenstand ihres gemeinsamen Interesses zu erwähnen, und schlug ein Abendessen in dem gemütlichen Restaurant »Tadschikistan« vor, das in einer Gasse unweit der Metrostation »Woikowskaja« lag. Die Erpresserin Lebedewa war mit dem Ton des Gesprächs und seinem Ergebnis durchaus zufrieden, Majorin Kamenskaja dagegen weniger. Ganz in der Nähe dieser Metrostation lag die Akademie des Innenministeriums, in dessen Gebäude einige Abteilungen des Instituts untergebracht waren, auch die, in der die Filatowa gearbeitet hatte. Pawlow legte es offenkundig darauf an, dass sie fürchten sollte, von einem der Mitarbeiter erkannt zu werden, die etwa um diese Zeit von der Arbeit kamen und deren Weg zur Metro genau am Restaurant vorbeiführte. Offenbar hatte die von Gordejew und Lesnikow gespielte Komödie Pawlow nicht restlos überzeugt. In diesem Augenblick dankte Nastja ihrem Chef in Gedanken, dass er ihr nicht erlaubt hatte, die Kollegen der Filatowa im Institut zu befragen. Obwohl – Larissa Lebedewa hätten sie ohnehin nicht erkannt.

Das Geschäftsessen dauerte schon fast eine Stunde, doch keiner der beiden Partner schnitt das eigentliche Thema an. Jeder wollte den ersten Schritt dem Gegner überlassen, um dessen Absichten zu erkennen. Pawlow genoss schon im Voraus, wie er diese Lügnerin mit ihren Geschichten über die türkischsprachige Kindheit und ihren gefälschten Papieren überführen würde. Nastja hatte dazu ihre eigenen Überlegungen. Das von Larzew erstellte psychologische Porträt Pawlows veranlasste sie, ihr Vorgehen auf die These zu stützen: »Denkt in der Regel nie mehr als einen Schritt voraus. Wenn er einen Trumpf in der Hand hat, ist er überzeugt, damit alle Stiche zu bekommen. Wenn er feststellt, dass es doch kein Trumpf ist, verliert er die Übersicht und braucht lange, um sich darauf einzustellen. Unkritisches Verhältnis zu sich selbst.«

Am Nachbartisch erörterten zwei skandinavisch aussehende Männer ihre Probleme. Einer der beiden, ein gut aussehender phlegmatischer Blonder, sah immer wieder zu Larissa hin, was dem misstrauischen Pawlow nicht entging.

»Der Schwede am Nachbartisch sieht Sie an wie ein Kater die süße Milch«, sagte er spöttisch.

»Däne«, korrigierte sie mechanisch.

»Woher wissen Sie das?«

»Ich weiß es nicht. Ich höre es an seiner Sprache.«

»Sie können Dänisch?« Pawlow machte aus seinem Erstaunen keinen Hehl.

»Unter anderem. Ich kann und weiß vieles, Alexander Jewgenjewitsch.«

Damit war der erste Schritt getan. In diesem Augenblick begriff Pawlow plötzlich, was ihn bei der heutigen Begegnung von Anfang an so irritiert hatte.

»Larissa, was ist mit Ihrem Akzent?«

»Na endlich!« Sie lachte. »Sie sind entweder nicht sehr aufmerksam oder sehr geduldig. Den Akzent habe ich abgelegt, bis zum nächsten Mal. Im Moment brauche ich ihn nicht.«

»Wollen Sie damit sagen, dass ...«

»Genau, Alexander Jewgenjewitsch. Ein billiger Trick, aber Sie sind darauf reingefallen. Und dank Ihnen auch Ihr Freund Rudnik. Für das, was er mir erzählt hat, bekomme ich gutes Geld. Ich habe Ihnen also zu danken.«

»Und das Leben im Orient mit Ihrem Mann? Auch erfunden?«

»Selbstverständlich.«

»Und die türkische Mutter?«

»Alexander Jewgenjewitsch«, erklärte Larissa geduldig, »ich würde nie etwas erreichen, wenn ich allen die Wahrheit über mich erzählen würde. Das ist doch klar, oder?«

Das Leben ist voller Absurditäten, dachte Nastja. In den letzten fünf Minuten habe ich kein einziges Mal gelogen. Ich sage die reine Wahrheit. Und trotzdem ist das alles eine schamlose Lüge. Zum Verrücktwerden.

»Darf ich einen Blick in Ihren Ausweis werfen?«

»Nein«, antwortete sie gelassen und sah Pawlow in die Augen.

»Verstehe.«

Pawlow trank den restlichen Kognak in seinem Glas in einem Zug aus und griff nach den Zigaretten. Sinnlos, weiterzufragen, dachte er. Die Entlarvungsszene war mit lautem Knall geplatzt. Die Lebedewa war bei der Pressekonferenz gewesen, irgendeinen Ausweis musste sie also haben.

Später hatte er sie selbst am Eingang des Ministeriums abgeholt und am Posten vorbeigeführt.

»Ist wenigstens Ihr Vorname echt? Heißen Sie wirklich Larissa? Nach dem Familiennamen frage ich ja gar nicht, aber ich muss Sie doch irgendwie ansprechen.«

»Wozu diese Fragen, Alexander Jewgenjewitsch? Sie wollen mich schließlich nicht heiraten.«

»Ich kann kein ernsthaftes Gespräch führen mit jemandem, den ich nicht kenne«, beharrte Pawlow.

»Tja, es bleibt Ihnen aber wohl nichts anderes übrig. Sie haben sich also entschlossen, mit mir zu reden? Das freut mich. Damit unser Gespräch eine sachliche und geschäftliche Grundlage hat, werde ich Ihnen vorab einiges erklären. Einverstanden?«

»Ich höre.«

»Alexander Jewgenjewitsch, ich nehme meine Arbeit sehr ernst. Und ich bitte Sie, mich nicht einmal in Gedanken als Erpresserin zu bezeichnen. Ich beschaffe Informationen, analysiere sie und verkaufe das Ergebnis dieser Analysen. Ich bereite jede Operation gründlich und gewissenhaft vor. Außerdem halte ich mich an die Regeln. Deshalb wurde noch kein einziger, sagen wir, Handel von mir bei der Miliz angezeigt. Die Hoffnung, mich einzuschüchtern, sollten Sie also von vornherein fallen lassen. Da Sie mit mir hier sitzen, sind Sie offensichtlich an meinem Angebot interessiert. Um überflüssigen Fragen Ihrerseits vorzubeugen, sage ich gleich: Text und Information verkaufe ich getrennt. Vielleicht brauchen Sie nur das Manuskript? Das kostet hunderttausend. Vielleicht brauchen Sie das Manuskript nicht, wollen aber wissen, wie ich dazu gekommen bin und wer außer mir davon weiß. Das kostet fünfzigtausend. Beides zusammen – hundertvierzigtausend. Ein kleiner Rabatt. Nun möchte ich gerne Ihre Ansicht hören.«

»Ehrlich gesagt, auf solche Direktheit bin ich nicht vorbereitet. Warum glauben Sie, dass ich zahlen werde? Warum sind Sie sich so sicher, dass ich Angst vor Ihnen habe?«

Stimmt, warum eigentlich, dachte Nastja. Wegen purer Mutmaßungen, die durch nichts widerlegt, aber auch durch nichts bestätigt sind. Verdammt, sollte ich mich geirrt haben? Nein, selbst wenn er mit dem Mord nichts zu tun hat, die Geschichte mit der Dissertation bleibt dunkel.

Während Nastja Kamenskaja von Zweifeln geplagt wurde, sagte Larissa Lebedewa:

»Sie sollen mich auch nicht fürchten, das ist gar nicht meine Absicht. Ich mag keine eingeschüchterten Menschen. Ich habe lieber mit gleichberechtigten Partnern zu tun als mit Opfern. Sie wollen nicht zahlen? Kein Problem. Ich werde einen anderen Käufer finden. Begreifen Sie doch endlich: Ich übe auf Sie keinerlei Druck aus und verlange nichts von Ihnen. Ich biete Ihnen eine Ware an. Sie sind nicht interessiert? Warum sind Sie dann hier?«

»Ich interessiere mich für Sie, Larissa, und ich habe einfach die Gelegenheit genutzt, Sie zu sehen. Ist Ihnen das nicht in den Sinn gekommen?«

»Nein. Da Sie mich bereitwillig zu Rudnik geschickt haben, hatten Sie offenbar bestimmte Schlüsse über meine Person gezogen. Die Art dieser Schlüsse schließt ein persönliches Interesse an mir aus. Sie – ein verantwortlicher Mitarbeiter des Innenministeriums – und ich – eine getarnte Ausländerin, die politische Informationen sammelt. So leichtsinnig sind Sie nicht. Und nun erzählen Sie mir bitte nicht, Sie seien meinem Zauber erlegen und hätten total den Verstand verloren. Also, warum sind Sie hier?«

»Aus Neugier. Ich war noch nie in einer solchen Situation.«

»Lust auf ein Experiment?«

»Vielleicht.«

»Dann gehen Sie doch zum Leiter des Restaurants, weisen Sie sich als Oberst der Miliz aus, beordern Sie eine

Streife her und lassen mich als Erpresserin festnehmen. Was hindert Sie daran? Ich würde es Ihnen nicht übel nehmen. Wenn Sie das tun, werde ich wissen, dass ich bei meiner Analyse einen Fehler gemacht habe und Sie unschuldig sind wie ein Baby. Mein Irrtum, und dafür muss ich gerade stehen. Aber bedenken Sie, mir droht absolut nichts. Wenn Sie sagen, dass ich Sie erpresse, dann benutze ich Ihre eigene Waffe: Ich sei wahnsinnig in Sie verliebt und habe mir einen Vorwand für eine Begegnung ausgedacht. Sie haben meine Papiere nicht gesehen, aber ich versichere Ihnen, Sie sind vollkommen sauber. Man wird mich aufs Revier bringen, mir einen Rüffel erteilen und mich wieder laufen lassen. Klar, ich werde ein paar unangenehme Minuten haben, aber das ist der Preis für einen Analysefehler. Berufsrisiko.«

Mein Gott, ich bin geradezu unverschämt aufrichtig. Das stimmt absolut, besonders das mit dem Analysefehler. Und mit dem Berufsrisiko. Eine nette Situation!

»Und vergessen Sie nicht, Alexander Jewgenjewitsch, man wird Sie auf jeden Fall fragen, wer ich bin. Und wenn nun in meinen Papieren etwas ganz anderes steht? Was sollen die einfachen Milizionäre von Ihnen denken? Der Hauptsachverständige aus dem Stab des Innenministerium trifft sich mit wer weiß wem. Am Ende stellt sich noch heraus, dass ich als Prostituierte registriert bin. Schreckt Sie das nicht? Das wäre ziemlich unschön. Außerdem wird man Sie auf jeden Fall fragen, womit ich Sie erpresse. Also hätte nicht nur ich ein paar unangenehme Minuten.«

Pawlow schwieg und starrte auf das glühende Ende seiner Zigarette. Er musste zugeben, dass sie Recht hatte. Er musste eine Entscheidung treffen, aber dazu musste er herausfinden, wie viel sie wusste. Zahlen? Und dann? Hundertvierzigtausend könnte er auftreiben, aber wer garantierte, dass damit alles erledigt war? Nicht umsonst lautete eine eiserne Regel: Nie an Erpresser zahlen. Einmal Schwäche gezeigt, einmal gezahlt, und man hatte das Joch jahrelang am Hals. Nicht zahlen? Wenn man wüsste, wem sie das Manuskript anbieten würde, wenn er es nicht kaufen wollte. Er könnte versuchen, erst mal nur für die Information zu zahlen und dann zu entscheiden, je nachdem, wie weit das Ganze ging. Und wenn sie ihn betrog? Wie sollte er überprüfen, was sie ihm erzählte?

»Ich kann Ihnen nicht aufs Wort glauben«, sagte Pawlow dumpf, ohne den Blick zu heben. »Ich brauche Garantien. Erstens muss ich mir sicher sein, dass Sie das letzte und einzige Exemplar des Manuskripts besitzen, dass Sie es nicht kopiert haben, um mich weiter zu erpressen. Zweitens, wenn ich Sie bezahle, damit Sie mir erzählen, wie Sie an das Manuskript gelangt sind, will ich mir sicher sein, dass Sie mir die Wahrheit erzählen. Und drittens will ich Garantien, dass Sie diese Wahrheit nur mir erzählen.«

»Sie verlangen eine ganze Menge, Alexander Jewgenjewitsch.« Larissa lächelte. »Also, der Reihe nach. Sie haben die Seiten aus dem Manuskript gesehen und konnten sich davon überzeugen, dass das Exemplar sehr blass ist. Davon lässt sich auch auf dem besten Gerät keine Kopie machen. Was die Garantien für meine Aufrichtigkeit angeht, appelliere ich an Ihren gesunden Menschenverstand. Ich sagte bereits: Ich halte mich an die Regeln. Wenn ich meinen Geschäftspartnern gegenüber unehrlich wäre, wenn ich die Vertragsbedingungen brechen würde, wäre ich längst im Gefängnis oder im Jenseits. Zum Glück bin ich noch gesund und frei. Zufrieden?«

»Ich weiß nicht.« Pawlow seufzte. »Ich bin es nicht gewohnt, über solche Dinge zu sprechen. Ich muss darüber nachdenken.«

»Tun Sie das«, räumte sie bereitwillig ein. »Wie viel Zeit brauchen Sie? Einen Tag? Zwei?«

»Fünf«, bat Pawlow. »Besser eine Woche. Denn wenn ich mich auf diesen, nun ja, Handel einlasse, muss ich mich um das Geld kümmern.«

»Gut, ich komme Ihnen entgegen. Eine Woche also. Aber das ist das Maximum, das ich Ihnen einräumen kann. Wenn Sie dann nicht zahlen, geht die Ware an einen anderen Käufer.«

»An wen?«, konnte er sich nicht enthalten zu fragen.

»Mein Lieber, Sie sind ja ein Gauner!« Larissa lachte aus vollem Hals. »Wenn ich Ihnen sage, wem ich meine Ware anbieten will, können Sie sich im Nu gut die Hälfte der Information, deren Preis ich mit fünfzigtausend ansetze, ausrechnen, wenn nicht gar alles. Meinen Sie, Sie könnten sie kostenlos bekommen? Wissen Sie«, setzte sie ernsthaft hinzu, »ich glaube, wir sind ein ebenbürtiges Paar, wir passen zusammen. Wenn wir unsere Verhandlungen abgeschlossen haben, werde ich Ihnen vielleicht vorschlagen, mit mir zusammenzuarbeiten.«

»Wie können Sie es wagen!« Pawlow verschluckte sich vor Ärger.

»Aber, aber, Alexander Jewgenjewitsch«, sagte Larissa sanft und legte ihre Hand auf die seine. »Ich sagte doch, ich nehme meine Arbeit sehr ernst. Ich bluffe nicht. Niemals. Wenn ich sage, dass wir beide ebenbürtig sind, dann habe ich meine Gründe dafür. Und meine Professionalität können Sie ja nach der Geschichte mit Rudnik selbst beurteilen.«

Pawlow riss jäh seine Hand weg.

»Wie kann ich Sie finden?«

»Ich rufe Sie in einer Woche an.«

»Und wenn ich meine Entscheidung eher treffe?«

»Gut, ich rufe Sie in drei Tagen an. Ich kann sie auch jeden Tag anrufen, wenn Sie möchten. Aber lassen Sie die Kindereien, meine Telefonnummer gebe ich Ihnen sowieso nicht. Und sparen Sie sich die Mühe, einen Apparat mit Nummernerkennung aufzutreiben, ich werde aus einer Telefonzelle anrufen.«

Larissa sprach noch immer sanft, ihre Stimme war tief

und einschmeichelnd, ihr Lächeln warm und zärtlich. Aber Pawlow hatte das Gefühl, eine eiserne Hand habe seine Kehle gepackt.

Die Woche zog sich hin, die wohl schwerste Woche in Nastja Kamenskajas Leben. In einer fremden Wohnung, ohne ihre gewohnte Umgebung und ihren gewohnten Tagesablauf, wurde sie von Unruhe und Unsicherheit gepeinigt und starb vor Angst, wenn sie aus dem Haus ging. Gordejew und sie hatten ein Spiel inszeniert, an dessen Ende der Mörder auf der Bildfläche erscheinen musste, bei Larissa Lebedewa oder in ihrer Wohnung. Am Tatort im Fall Filatowa hatte Subow einige Spuren sichergestellt, die bei der Suche nach dem Mörder nichts brachten, aber seine Identifizierung ermöglichen würden. Sollte der Auftragskiller auftauchen, könnten sie also mit Hilfe dieser Spuren feststellen, ob er der Mann war, der sich in der Wohnung der Filatowa aufhielt, als sie starb. Obwohl direkt neben der Leiche Dima Sacharow festgenommen worden war, hatte Subow, ein mürrischer, wortkarger und unglaublich sturer Mensch, alle Einwände und Überredungsversuche ignoriert und auf den warmen Teekessel in der einzig richtigen Weise reagiert: Wenn das Opfer hier erwartet worden war, dann musste man versuchen, Spuren dieses Wartens zu finden. Die Lüftungsfenster in der Wohnung standen weit offen, aber es war nur wenig Zeit vergangen, seit der Täter die Wohnung verlassen hatte. Subow hatte sich mit erfahrenem Auge die Zimmer angesehen; seine langjährige Praxis sagte ihm: Wenn es überhaupt etwas gab, dann einen Geruch, mikroskopische Hautpartikel und Haare auf dem oberen Teil der Sessellehne. Er fand Partikel, die weder von Irina noch von ihrem Vater stammten. Aufgrund dieser Spuren unter den mehreren Millionen Einwohnern des Landes einen Mörder zu finden war unmöglich, aber wenn ein konkreter Verdächtiger auftauchte … Und genau diesen Verdächtigen wollte Gordejew mit dem Köder Lebedewa anlocken.

Er spekulierte darauf, dass Pawlow die Dienste des Mannes in Anspruch nehmen würde, der schon die Filatowa getötet hatte. Dafür mussten zwei Bedingungen geschaffen werden: Pawlow musste in der Lebedewa eine ernstliche Bedrohung sehen, und er durfte sich an niemand anderen wenden, um ihm einen bezahlten Killer zu vermitteln. Er musste den Kontakt benutzen, über den er bereits verfügte. Da Pawlow die Dienste eines erstklassigen Killers in Anspruch nehmen konnte, gehörte zu seinem Bekanntenkreis offenbar ein (oder mehr als ein) Vertreter der kriminellen Elite, der ihm diesen Kontakt verschafft hatte. Entweder war das der Mann, den Alexander Jewgenjewitsch so panisch fürchtete, dass er die Filatowa aus dem Weg räumen musste, oder nicht. Die Chancen standen fünfzig zu fünfzig. Wenn er es nicht war, dann war die Aussicht, dass Pawlow sich an denselben Killer wenden würde, gering. Er würde einfach um einen anderen Kontakt bitten, das wäre in jeder Hinsicht professionell. Aber wenn es doch derselbe Mann war, dann musste Pawlow auf seine Hilfe verzichten, sonst hätte er ihm seine Sünden beichten müssen. In dem Fall gab es eine reale Chance, den Mörder der Filatowa zu fangen. Alles oder nichts.

Doch Gordejew hatte ein weit feineres und schlaueres Spiel vor. Dafür musste er Nastja benutzen, mit der er sich, seit sie das Restaurant »Tadschikistan« verlassen hatte, nur telefonisch verständigen konnte.

»Anastasija, ich geb dir jetzt eine Liste durch, aber schreib nichts auf. Der Chirurg, der Burjate, der Gallier, der Italiener, Cardin, Black. Hast du sie dir alle gemerkt? Eine kleine Abwechslung, damit dein Gehirn nicht einrostet. Geh die Namen durch und überlege, welcher davon zum Mörder der Filatowa passen könnte.«

»Gut«, sagte Nastja verwirrt. »Ich werd's versuchen.«

Gereizt sah sie ihr Spiegelbild an. Sie hatte die Rolle der Lebedewa gründlich satt. Von der dicken Schicht Schminke, und das bei der Hitze, hatte Nastjas Haut Pickel und Flecke bekommen. Sie wagte nicht, ein Schlafmittel zu nehmen, um nachts nicht ihre Reaktionsfähigkeit und ihr klares Denkvermögen einzubüßen, aber wegen der ständigen Schlaflosigkeit litt sie unter Kopfschmerzen und Mattigkeit. Die Situation, die auf einem toten Punkt angelangt schien, konnte sich jeden Moment zuspitzen, deshalb musste Nastja selbst in der Wohnung die Lebedewa sein und jeden Morgen lange vor dem Spiegel sitzen, um sich das gefärbte Haar einzudrehen und sich das Gesicht anzumalen. Selbst nachts musste die Schminke teilweise draufbleiben, falls sie irgendeinem Besucher die Tür öffnen müsste. Über diese Zufälle hatte Nastja mit Gordejew zu reden versucht, aber nichts erreicht. Sie fand, es sei viel einfacher, Pawlow ihre Adresse zu stecken und in Ruhe zu warten, bis der Auftragskiller kam. Doch Gordejew blieb dabei, dass die Lebedewa unsichtbar oder vielmehr ungreifbar sein sollte, eine Frau ohne Namen und Adresse. Wenn ihr Plan aufging, bedeutete das für Pawlow und den gedungenen Mörder zusätzlichen Aufwand, um die Erpresserin zu identifizieren oder wenigstens ihren Wohnort herauszufinden. Das wiederum hieß, dass jeden Augenblick jemand klingeln konnte – ein »Klempner«, ein »Tischler« oder ein »Junge, der Katja sucht.« »Die wohnt nicht hier? Entschuldigung.« Das musste nicht unbedingt der Mörder sein, das konnte irgendjemand sein, der bezahlt wurde, um herauszufinden, in welcher Wohnung die langbeinige Schöne mit dem kastanienfarbenen Haar und den braunen Augen wohnte. Das war für Nastja natürlich äußerst unbequem und zwang sie, vierundzwanzig Stunden am Tag die Lebedewa zu sein, aber nachdem sie einen halben Tag lang auf Gordejew sauer gewesen war, billigte sie seine Idee, vielmehr, die zweite Aufgabe, die er auf diese Weise zu lösen hoffte.

Nachdem ihr Chef ihr die sechs Namen durchgesagt hatte, schlenderte sie einige Minuten ziellos durch die Wohnung, dann richtete sie sich einen Arbeitsplatz ein. Der saubere leere Küchentisch, ein starker Kaffee, Zigaretten, sechs Blatt Papier, auf jedem eine Überschrift, die einem Uneingeweihten nichts sagte. Nastja trank einen Schluck Kaffee und schloss die Augen. Chirurg. Cardin. Weil er sich gern modisch kleidete? Oder war er selbst Modeschöpfer? Burjate. Ein Hinweis auf seinen Geburtsort? Auf sein Aussehen? Black. Dazu fiel ihr gar nichts ein. Italiener. Sah vielleicht einem bekannten Filmschauspieler ähnlich? Oder hatte Italienisch gelernt? Ein temperamentvoller Brünetter, aber kein Kaukasier?

Nastja wiederholte im Stillen die unverständlichen Namen, trug Schicht um Schicht mögliche Erklärungen und Assoziationen ab, angefangen von den oberflächlichsten bis hin zu völlig absurden, die keinerlei Sinn ergaben. In einem bestimmten Augenblick verspürte sie die vertraute Kälte im Bauch, aber zu kurz, um festzustellen, bei welchem Gedanken sie sich gemeldet hatte. Nach einigen Minuten wiederholte sich das, und wieder konnte Nastja den Gedanken oder besser die flüchtige Bewegung in ihrem Unterbewusstsein nicht fixieren. Sie wurde ärgerlich. Die fremde Wohnung, dieser notgedrungene Umzug, zerstörte alle ihre Pläne. Der Rücken tat ihr weh, und ihr fehlte der vertraute Ljoscha, der wusste, wie man ihr helfen konnte. Sie war unausgeschlafen, nervös, fühlte sich schlecht – und das war das Resultat. Sie war außer Stande, eine analytische Aufgabe zu lösen. Das Ärgerliche war natürlich nicht, dass sie sie nicht lösen konnte – es gab auf der Welt viele Aufgaben, die Nastja Kamenskaja nicht lösen konnte, das Ärgerliche war, dass es eine Lösung gab, das spürte sie an dem vertrauten Kribbeln im Bauch, aber zum ersten Mal im Leben vermochte sie die Lösung nicht auf die Ebene des Bewussteins zu heben und zu formulieren. Offenbar taugte sie wirklich nicht für die operative Arbeit, wenn bei körperlichem Unbehagen ihr Gehirn buchstäblich versagte. Kein Wunder, dass die Kollegen hinter ihrem Rücken spotteten und sauer waren. Im stillen Kämmerlein könnte wahrscheinlich jeder so arbeiten wie die Kamenskaja. Aber nun, da sie zum ersten Mal unter denselben Bedingungen arbeiten musste wie alle anderen, stellte sich heraus, dass sie nichts konnte. Alles war sinnlos. Alles umsonst. Sie würde die Operation versauen. Der ganze Aufwand, die ganzen Mühen vergebens.

Nastja zog die Knie an, verbarg ihr Gesicht darin und weinte. Majorin Kamenskaja saß in einem äußerst frivolen Negligé, das unverhofften »Besuchern« ihre langen Beine demonstrieren sollte, in einer fremden Küche, beweinte ihren Dienst bei der Kriminalpolizei und rüstete sich, um am nächsten Tag ihr berufliches Versagen zuzugeben. Plötzlich versiegten die Tränen abrupt. Nastja verschmierte die zerlaufene Wimperntusche im Gesicht, ging rasch ins Zimmer und starrte schweigend die an der Wand hängenden Regale an. Aufmerksam und der Reihe nach betrachtete sie alles, was dort stand: Bücher, Nippes, Fotos – der übliche Kram. Dann runzelte sie die Stirn, atmete mehrmals tief ein und scharf wieder aus, um das Händezittern und das Herzklopfen einzudämmen. Sie ging zum Telefon.

»Viktor Alexejewitsch, haben Sie meine Schlüssel? Bitten Sie jemanden, an meinen Safe zu gehen, im untersten Fach liegen die Fotos aus der Wohnung der Filatowa.«

Während sie auf den Anruf wartete, suchte sie unter den Büchern von Gordejew junior nach einem Lexikon. Sie fand keins, zu ihrem Glück aber viele Bücher zur Geschichte des Altertums. Nastja blätterte sie rasch durch und entschied sich für den ersten Band der »Geschichte Frankreichs«, schlug ihn auf und setzte sich ans Telefon. Als Mischa Dozenko anrief, stellte Nastja ihm ein paar Fragen, die er mit einem Blick auf eines der Fotos beantwortete.

Jetzt wusste sie, welcher der sechs in der Wohnung der Filatowa gewesen war. Sie war sich sicher, dass sie sich nicht irrte. Sie griff zum Telefon und rief Gordejew an.

Von der Station Trudowaja aus nahm Gordejew nicht den Kiesweg, der im Halbkreis um die Siedlung führte, sondern eine Abkürzung über einen im hohen Gras kaum sichtbaren Trampelpfad. Die Datschas hier waren berühmt, »Generalsdatschas«, auf deren weitläufigen Grundstücken sich nicht nur Gärten befanden, sondern auch kleine Wäldchen und Tennisplätze.

Viktor Alexejewitsch öffnete die Gartenpforte und blieb in Erwartung des Hausherrn respektvoll stehen. Er kannte diese Datscha gut und wusste, wenn er ohne Wissen und Erlaubnis des Besitzers auch nur drei, vier Schritte weiterlief, würde er es zunächst mit einem reinrassigen Dobermann und anschließend mit einem Notarztteam zu tun bekommen, wenn nicht gleich mit dem lieben Gott. Als Gordejew auf der Veranda einen vertrauten grauhaarigen Kopf erblickte, konnte er sich noch rechtzeitig beherrschen, nicht zu winken (das mochte der Hund auch nicht), und rief leise (ebenfalls mit Rücksicht auf das Gemüt des Dobermanns):

»Jewsej Iljitsch! Ich bin's, Gordejew!«

Der grauhaarige Mann kam gemächlich die Treppe herunter und auf seinen Gast zu.

»Sieh an, tatsächlich Gordejew. Was willst du, Gordejew? Ich hab dir doch klar und deutlich gesagt: Solange du mir nicht einen Sack Beweise gegen mich bringst, sollst du dich hier nicht mehr blicken lassen. Und, hast du sie?«

»Nein«, bekannte Gordejew.

»Dann hau ab«, sagte Jewsej Iljitsch fest und kehrte um, zurück zum Haus.

»Ich bin gekommen, um meine Schuld zu begleichen«, sagte Gordejew leise.

Jewsej Iljitsch blieb stehen und drehte sich langsam um.

»Du schuldest mir nichts, Gordejew. Ich hab gesagt: Verschwinde.«

»Sie haben einen meiner Jungs gerettet.«

»Dann ist er mir was schuldig, also soll er's mir auch zurückzahlen. Aber mit dir, Knüppelchen, hab ich nichts zu schaffen. Nie und nimmer.«

Das saloppe »Knüppelchen« aus Jewsej Iljitschs Mund traf Gordejew wie eine Ohrfeige. Dieser Spitzname war ihm vor vielen Jahren verpasst worden, aber selbst der alte Golubowitsch hatte ihn nie offen so genannt. Doch der stattliche, trotz seiner Jahre noch kräftige Profikriminelle Jewsej Iljitsch Dorman, der mehrfach vorbestraft war, seit zehn Jahren aber die wohlverdiente Ruhe des Altenteils genoss, der konnte sich das erlauben. Denn Dorman, der in jungen Jahren viele Dummheiten gemacht hatte, war seit seinem sechzigsten Lebensjahr nicht mehr mit der Justiz in Konflikt geraten, wobei nie klar geworden war, ob er gelernt hatte, das Gesetz nicht mehr zu verletzen oder das Gesetz so zu verletzen, dass er trotzdem in Ruhe leben konnte. Im vorigen Jahr hatten Gordejews Männer auf Dormans Datscha zwei bewaffnete Kriminelle verhaftet, und Dorman hatte, einem plötzlichen, unerklärlichen Impuls folgend, Jura Korotkow vor dem sicheren Tod gerettet. Gordejew, der den Einsatz leitete, hatte sich in Gedanken schon von Jura verabschiedet, überzeugt, dass er dort nicht lebend herauskommen würde. Damals hatte Dorman souverän erklärt, dass er von der kriminellen Tätigkeit der beiden Verhafteten nichts gewusst habe, der Vorwurf der Mitwisserschaft ließ sich nicht nachweisen, und sie hatten es in Anbetracht seiner Hilfe bei Juras Rettung auch nicht ernsthaft versucht.

Gordejew und Dorman kannten sich schon viele Jahre, ihr Verhältnis war kompliziert und eher ein guter Krieg als ein schlechter Frieden.

»Warten Sie, Jewsej Iljitsch«, rief Gordejew, beinahe ohne Hoffnung. »Das ist unfair.«

»So?« Dorman kam zu Gordejew zurück. »Ist ja interessant. Du bist hergekommen, um über moralische Fragen zu diskutieren?«

»Sie binden mir die Hände«, sagte Gordejew fest und sicher. Das war eine Chance, Dorman zu kriegen, in Fragen wie Ehre und Fairness war er empfindlich. »Sie wissen genau, dass der Junge, dem Sie das Leben gerettet haben, niemals etwas gegen Sie finden wird. Er ist noch jung, hat noch zu wenig Biss. Ich aber könnte etwas finden, wenn es denn etwas zu finden gibt. Aber wie kann ich das tun, wenn ich Ihnen das Leben des Jungen verdanke? Den Einsatz habe ich organisiert und geleitet, und dass er beinahe getötet worden wäre, war meine Schuld, mein Fehler, meine Unachtsamkeit. Wäre das geschehen, ich wäre meines Lebens nicht mehr froh geworden. Das haben Sie mir erspart, Sie haben mir geholfen, und darum stehe ich in Ihrer Schuld. Sie wollen nicht mit mir reden? Also kann ich niemals mit einem Sack Beweise gegen Sie hier aufkreuzen. Das würde mein Gewissen nicht zulassen. Ist vielleicht eine Macke, aber so ist es nun mal. Und was heißt das? Früher haben wir immer ehrlich gekämpft: Ihr Können gegen meins. Und jetzt? Ihre Gerissenheit gegen mein Gewissen?«

Der Monolog war überzeugend, Dorman wurde weich. Er schnipste mit den Fingern, um den Hund zu beruhigen, den Gordejew weder sah noch hörte, und führte den Gast nach einer einladenden Geste an üppigen Blumenbeeten vorbei zum Haus. Er setzte sich an den runden Tisch auf der geräumigen Veranda und sagte trocken:

»Ich habe dich nicht eingeladen, darum biete ich dir auch keinen Tee an. Schieß los.«

»In der Nacht vom zwölften auf den dreizehnten Juni wurde in Moskau eine Frau getötet, eine Mitarbeiterin der Miliz. Der Mord war als Unfall getarnt, Tod durch Stromschlag. Aber schlecht getarnt, die Fälschung fiel geradezu ins Auge. Der Mörder hat viele Spuren hinterlassen. Mehr noch, wir haben einen Zeugen, der bereit ist, ihn zu identifizieren. Aber das Wichtigste: Er ist geschwätzig geworden, dieser Mörder. Er wird alt, seine Nerven machen nicht mehr mit. Wir kennen jetzt seinen Decknamen: Gallier. Er lebt in Sankt Petersburg. Ich weiß nicht, für wen diese Information nützlich sein könnte, und ich will es auch gar nicht wissen. Aber ich bin mir sicher, dass sich Leute finden werden, die Ihnen sehr dankbar wären, wenn Sie sie warnen: Der Gallier ist am Ende, seine Umsicht und seine Professionalität lassen nach. Zum ersten Mal läuft wegen eines von ihm begangenen Mordes eine Ermittlung, und wir werden ihn suchen, bis wir ihn haben. Ich sehe nur zwei Auswege: Entweder, wir kriegen einen anderen Täter samt unerschütterlichen Beweisen geliefert, damit wäre der Gallier gerettet. Oder man liefert uns den Gallier, mit den geringsten Verlusten. Das ist alles.«

Dorman schwieg so lange, dass Gordejew mulmig zumute wurde. Schließlich löste Dorman die gefalteten Hände, auf die er das Kinn gestützt hatte, pochte auf den Tisch und biss sich auf die Unterlippe. Seine feuchten, hervorquellenden Augen glitten langsam über Gordejews Gesicht, über seine runde, wohl genährte Gestalt. Seine Lippen, selbst im Alter noch fest, bebten spöttisch.

»Na schön, Gordejew, du hast dir einen Tee verdient. Bleib sitzen, ich komme gleich wieder.«

Allein geblieben, spürte Gordejew, wie die Spannung in seinem Innern nachließ. Er hatte gar nicht geahnt, wie groß sie gewesen war.

Beim Tee lief das Gespräch leichter.

»Du tust mir Leid, Gordejew«, sagte Dorman, während er mit einem Löffel die Konfitüre in einem Kristallschälchen umrührte. »Leuten wie dir renkt das System die Arme aus, schnürt ihnen die Luft ab und verlangt von ihnen dabei noch anständige Arbeit und Ergebnisse, Erfolge. Hast du nie darüber nachgedacht, was für ein gerissener Hund sich unser Milizsystem ausgedacht hat? Er hat wahrscheinlich Millionen dafür kassiert, dieser Mistkerl, damit er sich die ganzen Regeln ausdenkt, nach denen ihr jetzt lebt. Ihr müsst doch über jeden Schritt Rechenschaft ablegen. Um mich, den landesweit bekannten Kriminellen Dorman, observieren zu lassen, musst du ein Kilo Papier mit Rapporten einreichen. Bis du die alle geschrieben hast und sie ihren Adressaten erreicht haben, bin ich längst in Australien. Welcher Idiot hat festgelegt, dass ihr alle kurze Haare haben müsst? Wenn ein Milizionär in Uniform Streife läuft, einverstanden, dann soll er ruhig kurze Haare haben. Aber wenn er Kriminalist ist, Ermittler, dann klebst du ihm damit doch ein Etikett auf: Achtung, Bürger, ich bin Bulle. Wer hat die Gehälter der Milizionäre so bemessen, dass sie sich davon kein Auto und keine Wohnung kaufen können? Das weißt du nicht? Aber ich weiß es. Das alles ist mit Absicht gemacht worden, um zu gewährleisten, dass Informationen durchsickern. Um immer im Bilde zu sein, wer was macht, wer wohin fährt, wer wen verfolgt. Um euch alle unter Kontrolle zu haben und euch rechtzeitig das Maul zu stopfen, wenn ihr eure Nase in Sachen steckt, die euch nichts angehen. Du sollst dir keine eigene Wohnung kaufen können, damit du immer schön vom guten Onkel abhängig bleibst. Du sollst nicht mit dem eigenen Wagen durch die Stadt kutschieren und Verbrecher fangen, sondern du sollst schön um einen Dienstwagen bitten, damit sie immer wissen, wohin du fährst und warum. Und erniedrigen sollst du dich dabei, damit du nicht vergisst, wer du bist. Und jetzt kommt es noch viel schlimmer.«

»Warum? Schlimmer geht's doch wohl nicht mehr.«

»Oh, mein Lieber, und ob, und ob. Den gerissenen Hund von früher hat ein neuer abgelöst, und der ist auf die Idee gekommen, den Rechtsstaat zusammen mit der Marktwirtschaft einzuführen. Das ist doch absurd, aber ihr schluckt das schweigend und duldet das. Wie werdet ihr denn jetzt arbeiten, Gordejew? Zu dieser Marktwirtschaft, zum ganz großen Geld werden dir deine Detektive weglaufen, mit den lächerlichen Milizgehältern ist doch kein Blumentopf zu gewinnen. Und wer bleibt? Wer zu dumm ist, unflexibel, faul, mit einem Wort: der Ballast. Und die, die entweder für uns arbeiten oder korrupt sind, also die, denen es auch bei euch an nichts fehlt. Na, und das junge Gemüse, das frisch vom Studium kommt und noch nichts kann; aber sobald sie was gelernt haben, gehen sie entweder in die erste Gruppe, in die Wirtschaft, oder in die dritte, zu den Korrupten. Und wenn sie nichts lernen, dann bleiben sie in der zweiten Gruppe, bei den Versagern und Sitzenbleibern. Das ist die natürliche Auslese, die euch bevorsteht, Gordejew. Und parallel zu diesen heiteren Aussichten wollt ihr den Rechtsstaat aufbauen. Die Staatsanwälte kontrollieren, überwachen, verhindern Verhaftungen. Die Anwälte stehen zur Verteidigung bereit, sobald jemand festgenommen wird. Die Richter beantragen keine Nachermittlungen mehr, sondern sprechen frei. Paradiesische Zustände! Für uns. Für euch dagegen eine Kette qualvoller Albträume. Um in diesen Paradiesgarten einzudringen, muss man was von seinem Job verstehen. Und wer wird das bei euch, wenn wir an den beschriebenen Prozess der Kräfteverteilung denken? Wenn jemand unser Land absichtlich in eine kriminelle Katastrophe führen wollte – er hätte es sich nicht besser ausdenken können. Darum tust du mir Leid. Du bist ein guter Mann, Knüppelchen, ehrlich und professionell. Diese Kombination ist selten. Sie werden dich auffressen. Wie lange hast du noch bis zur Pension?«

»Die Dienstjahre hab ich schon. Ich könnte sofort aufhören.«

»Aber du machst weiter? Na ja, Respekt. Obwohl ich natürlich ruhiger leben könnte, wenn du gehen würdest.

Soll ich dir die Wahrheit sagen, Gordejew? Ich habe Angst vor dir. Von allen Bullen, die ich in meinem Leben kennen gelernt habe, bist du der Einzige, der mich heute noch schnappen könnte. Wenn du weg bist, kann ich aufatmen. Vielleicht drehe ich ja auf meine alten Tage noch das Ding des Jahrhunderts, irgendwas ganz Großes, Schönes, Elegantes, Sensationelles. Was lachst du?« Dorman lächelte verschmitzt und tat sich Konfitüre auf. »Denkst du, der alte Jewsej ist verrückt geworden? Wer weiß, vielleicht will ich ja, dass alle sagen: Mit dem alten Dorman können wir es nicht aufnehmen. Schon gut, ist nicht ernst gemeint. Ich werde meinen Lebensabend ganz friedlich verbringen.«

»Tun Sie mir den Gefallen«, bat Gordejew ironisch.

Auf der Rückfahrt in einem alten, halbdunklen Vorortzug mit kaputten Fensterscheiben und aufgeschlitzten Sitzen dachte Gordejew über das nach, was Dorman gesagt hatte. Wenn man seiner Logik folgte, hieße das, er, Gordejew, könnte nur die Täter fangen, die man ihn fangen ließ. Aber war es nicht tatsächlich so? Es klang ungeheuerlich, war aber schwer zu widerlegen; es gab etliche Beispiele dafür. Und Gordejew dachte daran, dass er Recht gehabt hatte, als er neunzehnhundertsiebenundachtzig begann, die Abteilung auf seine Weise zu leiten. Als gerade die ersten Gespräche über den Rechtsstaat aufkamen, hatte er bereits gewusst, wohin das führen würde. Noch bevor die Idee wirklich in den Köpfen saß, würde man die Praxis daran anpassen. Die Zeit reichte nicht aus, wirkliche Professionalität herauszubilden. Dafür musste mindestens eine Generation von Lehrern herangezogen werden und die Zeit bekommen, ihre Schüler auszubilden, das aber dauerte mindestens zwanzig Jahre. Deshalb hatte er damals entschieden, wenn er nicht fünfzehn erfahrene Kriminalisten haben konnte, wollte er fünfzehn begabte Leute, deren Talente auf verschiedenen Gebieten lagen. Was zusammen einen guten Profi ergeben würde.

Oberst Gordejew hatte nichts übrig für das Wort universell. Für ihn war es keinen Pfifferling wert, alles Universelle empfand er als Betrug. Er war zutiefst überzeugt, dass nicht derjenige ein guter Chef war, bei dem alle gleich gut arbeiteten, sondern derjenige, bei dem jeder das machte, was er am besten konnte, zum Nutzen der gemeinsamen Sache. Für diese Losung war er damals beschimpft und schikaniert worden, aber Gordejew war wie ein Gummiball: Je heftiger man auf ihn einschlug, desto höher sprang er. Alle Mitarbeiter, die er persönlich ausgesucht hatte, hatten eine gute Schule und zusätzlich ein bestimmtes Talent, das der ganzen Abteilung nützte. Kolja Selujanow zum Beispiel verfügte über ein phantastisches visuelles Gedächtnis, er behielt Gesichter und Routen viele Jahre. Außerdem hatte er als Kind Städtebauer werden wollen (ja, Städtebauer, nicht Architekt), und kannte Moskau wie seine Westentasche, jeden Winkel, jeden Durchgangshof. Mischa Dozenko war, wie alle anerkannten, unersetzlich für die Arbeit mit Zeugen, besonders, wenn jemand dazu gebracht werden musste, sich an etwas zu erinnern oder das, was er glaubte gesehen zu haben, vom tatsächlich Gesehenen zu trennen. Wolodja Larzew war studierter Psychologe, die Kriminalistik hatte er sich in der Praxis angeeignet.

Durch sein eigenwilliges Vorgehen bei der Zusammenstellung seiner Abteilung lernte Gordejew, wie er es nannte, »unter den Bedingungen des Rechtsstaats zu leben«. Das bedeutete, Verbrecher zu fangen ohne die bewährten alten Methoden, zu denen unter anderem physische Gewalt gehörte sowie das Einsperren in eine Gefängniszelle, dessen einschüchternde Wirkung wohl bekannt ist. Ohne diese Methoden war die Arbeit unerhört schwer, aber dafür kamen Gordejews Männer bestens mit den Staatsanwälten und Untersuchungsführern aus, die nichts an ihnen aussetzen konnten. Gordejew wusste, dass viele ihn lächerlich fanden, dass seine Bemühungen Ärger und Unverständnis auslösten. Er wusste, dass er der rothaarige Clown in der Manege war, den man nur deshalb in Ruhe ließ, weil er seltsamerweise gute Ergebnisse erzielte und eine hohe Aufklärungsrate. Diese Haltung kränkte ihn, und er erlebte häufig Minuten tiefer Demütigung und Verzweiflung. Aber er war überzeugt, dass die Richtigkeit seiner Ideen sich eines Tages bestätigen würde. Wenn auch vielleicht erst in drei Jahren oder in fünf oder gar zehn, aber seine Jungs, seine Mitarbeiter, die er so liebevoll und sorgfältig auswählte, würden gute Arbeit leisten und nicht das Gesicht verlieren, wenn jeder Verdächtige auf Schritt und Tritt von einem Anwalt begleitet wurde. Wenn sie nur durchhielten, wenn sie nur nicht auseinander liefen, wie Dorman es prophezeite. Noch ein, zwei Jahre, und er konnte die Abteilung seinem Stellvertreter überlassen. Wenn sie nur die Geduld hatten, das Ende der jetzigen Durststrecke voll Verzweiflung und Hoffnungslosigkeit abzuwarten. Sie brauchten noch etwas Zeit zum Lernen.

Qualvoll war diese Woche auch für Jura Korotkow, der sich vergeblich bemühte, seine Emotionen mit der Realität in Einklang zu bringen. Das gelang ihm bislang schlecht. Der zehnte Juli rückte jeden Tag näher, immer schneller, doch das Feuer, das in seiner Seele tobte, ließ sich nicht löschen. Jura war bis über beide Ohren verliebt und konnte nichts dagegen tun. Dabei war Ljudmila Semjonowa nicht seine erste Affäre in den Jahren seiner Ehe, aber früher war das Ganze immer ohne diesen Nebel im Kopf abgegangen. Aus Büchern und Filmen hatte er die feste Überzeugung gewonnen, dass Liebe und Verzauberung verschiedene Dinge waren, dass die Verzauberung früher oder später verging, man musste nur Geduld haben und sich bemühen, in dieser Zeit nicht allzu viele Dummheiten zu machen. Doch in der Praxis war es gar nicht so leicht, gegen die Verzauberung anzukämpfen. Und das musste ausgerechnet jetzt passieren, da sie an einem so schwierigen Fall arbeiteten! Jura glitt alles aus den Händen.

Wenn sich Ljudmila noch irgendwie anders verhalten würde, Streit provozieren oder zumindest Missstimmungen, Unzufriedenheit demonstrieren! Aber nein. Sie war genau die Frau, von der jeder Detektiv insgeheim träumte.

»Ich war nicht immer so«, sagte sie zu Korotkow. »Als ich noch im operativen Dienst war, habe ich mir von meinem Mann allerhand anhören müssen. Dann habe ich begriffen, dass die Ehe mit einem Kriminalisten ein Beruf ist, dem bei weitem nicht jeder gewachsen ist. Eure Arbeit ist schmutzig, ja, ja, schmutzig, sie beruht auf Täuschung, Misstrauen, List und Kompromissen. Ganz zwangsläufig, denn wer geht schon mit aufgeklapptem Visier Verbrecher jagen. Aber deshalb braucht ihr ganz besondere Frauen, solche, die euch helfen, diesen ganzen Schmutz nicht mit ins Bett zu nehmen.«

Nach dem entscheidenden Gespräch zwischen Nastja und Pawlow im Restaurant observierten Gordejew und Sacharow mit vereinten Kräften die Wohnung, in der sich Nastja alias Larissa Lebedewa aufhielt, sowie Pawlow. Nastja rief gewissenhaft jeden Tag im Ministerium an und erkundigte sich mit der Stimme der Lebedewa höflich, ob Alexander Jewgenjewitsch sich ihr Angebot überlegt habe. Das hatte er nicht, dennoch traf er sich eines Abends mit einem dunkelhäutigen Brillenträger. Als Korotkow ein Foto dieser Begegnung vorgelegt wurde, erinnerte er sich, dass er den Mann auf der Beerdigung der Filatowa gesehen hatte. Ihn zu identifizieren war kein Problem, er versteckte sich nicht und verheimlichte niemandem, wer er war.

In der Nähe des Hauses, in dem sich Nastja aufhielt, wurden keine fremden Beobachter bemerkt. Als bis zum Ablauf der Woche nur noch zwei Tage blieben, ließen alle den Kopf hängen. Die Falle schien nicht zuschlagen zu wollen. Pawlow hatte keine Möglichkeit, die Adresse der Lebedewa herauszufinden, es sei denn, einer seiner Leute hätte sich nach dem Restaurant an sie gehängt. Selujanow, der für die Strecke »Restaurant – Wohnung« zuständig war, hätte seinen Kopf darauf verwettet, dass niemand die Lebedewa beschattet hatte; und in solchen Dingen war er zuverlässig. Wenn Pawlow nach dem von Gordejew entworfenen Plan vorgehen würde, müsste er dem Mörder die Erpresserin zeigen. Anders konnte der sie nicht finden. Und diese Demonstration wäre das Signal: Der Gallier ist in Moskau. Der Rest war rein technischer Natur: unter den zahlreichen Menschen, die sich in diesem Augenblick in der Nähe der »Vorführung« befanden, den Gallier herauszufinden. Doch das sah nur auf den ersten Blick einfach aus. Sie hatten keine Ahnung, wie die Kontaktaufnahme und die Bestellung eines Auftragskillers organisiert war. Niemand konnte garantieren, dass der Vollstrecker selbst Adresse und Identität des Opfers überprüfen würde und nicht spezielle Helfer, die für den Maestro die Drecksarbeit erledigten. Wenn sie es überstürzten, irrten sie sich womöglich und nahmen den Falschen fest, während der wirkliche Mörder verschwand, sich auflöste wie ein Gespenst im Morgengrauen. Und ein zweites Mal würde er sich nicht hervorlocken lassen.

Genau darauf bezog sich Gordejews Idee, die Nastja erraten hatte. Hätten sie Pawlow Larissas Adresse gesteckt, hätten sie ihm die Aufgabe erleichtert. Aber Gordejew wollte sehen, wie die Suche nach der rothaarigen Journalistin laufen würde. Ihn interessierte, ob es in diesem raffinierten System eine Arbeitsteilung gab und wer welche Arbeiten erledigte. Selbst wenn sie den Mörder nicht bekommen würden, wäre die Operation nicht umsonst gewesen, sie bekämen neue Informationen über eine kriminelle Sphäre, mit der sie nie direkt zu tun hatten. Und dieses Wissen wäre später sehr nützlich. Das sagte Gordejew natürlich nicht laut, um den Eifer seiner Männer nicht zu dämpfen und sich nicht zum Gespött seiner Feinde zu machen: Der spinnt ja, eine Aktion zu Forschungszwecken! Da lachen ja die Hühner! Aber tief im Innern wusste Gordejew, dass diese Erkenntnisaufgabe nicht weniger wichtig war, als den Gallier zu stellen. Bevor man jemandem den Krieg erklärte, musste man seinen Feind genau kennen – diese Binsenweisheit hatten viele vergessen. Es gab nur eine Person, die Gordejew verstehen konnte. Nur ihr, Nastenka, wäre die Information über das System der elitären Auftragskiller wichtiger, selbst wenn sie dabei riskierten, dass ihnen der Mörder der Filatowa entkam. Nur sie konnte so weit vorausblicken wie Oberst Gordejew selbst.

Am sechsten Tag war Pawlow noch immer nicht reif.

»Morgen rufe ich Sie zum letzten Mal an, Alexander Jewgenjewitsch, denken Sie daran. Ich habe ungern mit Menschen zu tun, die Angst haben, aber noch mehr missfallen mir Unentschlossene. Sie haben mir eine Woche gestohlen, die ich sinnvoller hätte verbringen können.«

Pawlow schwankte.

»Vielleicht kann ich Sie morgen, als Entschädigung für die verlorene Zeit, zum Essen einladen? Unabhängig davon, wie meine Entscheidung ausfällt.«

»O nein!« Larissa lachte kalt. »Das Essen findet nur statt, wenn Sie einverstanden sind. Ich habe ohnehin schon viel zu viel Zeit mit Ihnen verloren.«

»Gut.« Pawlows Stimme klang urplötzlich fest. »Gehen Sie davon aus, dass ich mich entschieden habe. Ich erwarte Sie morgen um drei vor dem Jelissejew-Laden.«

»Um fünf«, schnurrte Larissa zufrieden. »Um zwei habe ich einen Termin beim Friseur, drei schaffe ich nicht.«

»Schön, also um fünf. Bis morgen.«

Nastja legte behutsam den Hörer auf und blickte nachdenklich das Telefon an. War der Mörder etwa gekommen?

# Zehntes Kapitel

Er war tatsächlich gekommen. Und hatte vom ersten Augenblick an ein ungutes Gefühl. Diesmal lief alles anders als gewohnt. Es gab kein vorheriges Treffen, bei dem der Vorschuss übergeben und der Auftrag klar formuliert wurde. Nur eine Telefonnummer, die er an einem bestimmten Tag zu einer bestimmten Uhrzeit anrufen sollte. Der Gallier rief an. Der Mann, mit dem er sprach, hatte einen arroganten Befehlston. Adresse und Namen wisse er nicht, er könne ihm die Person nur zeigen. Der Gallier wollte protestieren: Auf solche Bedingungen könne er sich nicht einlassen. Er arbeite im Alleingang, ohne Helfer, und alles selbst zu machen sei gefährlich. Da brüllte der hochmütige Auftraggeber ihn an, er, der Gallier, liefere überhaupt keine anständige Arbeit, wegen der letzten Geschichte laufe ein Ermittlungsverfahren, die Miliz habe eine Beschreibung von ihm, und er markiere hier den großen Macker. Er solle gefälligst tun, was man ihm sage, dafür werde er bezahlt. Er müsse das Mädchen finden und aus dem Weg räumen. Und ihr unbedingt das vierte Exemplar des Manuskripts abnehmen, das er beim letzten Mal nicht gefunden habe. Er habe wohl nicht gut genug gesucht. »Oder hast du es vielleicht doch gefunden? Wie? Und willst jetzt zusammen mit dem Mädchen Geld aus mir rausholen? Ich habe das bisher noch niemandem gesagt, aber ich habe dich stark in Verdacht. Wenn du mir Bedingungen diktieren willst, dann sage ich den richtigen Leuten, dass du dir Eigenmächtigkeiten erlaubst und alle in Gefahr bringst. Außerdem arbeitest du ziemlich unsauber. Also zick nicht so rum, bügle lieber deine Fehler wieder aus.«

Diese Wendung überraschte den Gallier.

»Das muss ein Missverständnis sein«, sagte er ganz ruhig.

»Also, Folgendes«, sagte sein Gesprächspartner etwas milder, »ich werde morgen von sieben Uhr dreißig bis acht Uhr mit meinem Hund im Park vor der Metrostation ›Krasnyje Worota‹ spazieren gehen. Da wirst du mich sehen. Um fünf treffe ich mich mit ihr vor dem Jelissejew-Laden, danach gehe ich mit ihr essen. Der Rest ist dein Problem. Wenn du so weit bist, ruf mich unter derselben Nummer wieder an, dann reden wir über den Vorschuss. Das war's.«

Wut schnürte dem Gallier die Kehle zu. Er hatte sich noch nie von jemandem so anschreien, sich noch nie einen so unverschämten Ton bieten lassen. Alles brach zusammen, nun saßen sogar ganz oben schon solche Funktionärsärsche. Früher waren die Auftraggeber selbstbewusste Männer gewesen, ruhig und wortkarg, nicht solche Hysteriker. Aber die Emotionen mal beiseite gelassen, was hatte er ihm vorgeworfen? Unprofessionelle Arbeit. Diesen Vorwurf fegte der Gallier umgehend vom Tisch. Er begriff, dass er an einen Mann geraten war, der sein Leben lang Vorgesetzter gewesen war. Diese Methode, Untergebene unter Druck zu setzen, kannte er gut. Nein, der Gallier war sich sicher. Er erinnerte sich noch genau an seine Überlegungen bei der letzten Sache. Er hatte die Wohnung in der Nacht vom Freitag zum Samstag verlassen. Die Filatowa hätte erst am Montag wieder zur Arbeit gemusst, aber am Montag hätte man sie noch nicht vermisst, man hätte geglaubt, sie mache einen Tag frei, das war bei wissenschaftlichen Mitarbeitern gang und gäbe. In ihre Wohnung wäre frühestens am Dienstag jemand gekommen, und bis dahin wären alle Spuren verschwunden gewesen. Er erinnerte sich, dass er die Lüftungsfenster offen gelassen hatte. Ihr Liebhaber wäre sicher auch nicht aufgetaucht – da sie nicht ans Telefon ging, war sie wohl noch nicht zurück. Warum die Ermittlung? Es musste einen Grund dafür geben, aber er, der Gallier, trug daran keine Schuld. Vielleicht lag es am Auftraggeber? Vielleicht hatte die Miliz einen Verdacht gegen ihn, und die Tote hatte irgendwie mit ihm zu tun? Ja, vermutlich war es so. Aber warum gab er ihm dann erneut einen Auftrag, nach weniger als einem Monat? War er etwa verrückt? Einen Vollstrecker in eine Stadt zu bestellen, in der eine Ermittlung wegen eines von ihm begangenen Mordes lief, war mehr als leichtsinnig. Mehr noch, der neue Auftrag hing offenkundig mit dem alten zusammen, da es um dasselbe Manuskript ging. In der Wohnung war das Manuskript nicht gewesen, dafür konnte er sich verbürgen. Auch die Karteikarten, die er suchen sollte, waren dort nicht. Dafür aber etwas anderes …

Am Morgen fuhr der Gallier zur Metrostation »Krasnyje Worota« und entdeckte im Park auf Anhieb den Mann mit dem Bullterrier, ging aber trotzdem nicht gleich wieder. Er folgte ihm in gebührendem Abstand bis zu seinem Haus und begleitete ihn einige Minuten später zur Arbeit. Und obgleich er den Auftrag das letzte Mal von einem anderen bekommen hatte, war der Gallier sich sicher: Der eigentliche Auftraggeber war in beiden Fällen dieser gepflegte, gut gekleidete Mann, der selbstbewusst die Stufen hinauflief, seinen Dienstausweis vorwies und im Innenministerium verschwand. Das war unangenehm. Aber der schlimmste Schlag stand ihm noch bevor.

Der Gallier überlegte eine Weile und beschloss, den Notfallkontakt zu benutzen. Er hatte nicht das Recht, die Sache eigenmächtig abzubrechen und Moskau zu verlassen. Doch dass er diesen Auftrag auf keinen Fall ausführen durfte, stand für ihn fest.

Der Notfallkontakt war kompliziert, funktionierte aber schnell, und bereits nach anderthalb Stunden sprach der Gallier mit dem Mann, der ihm erlauben musste abzureisen. Aber alles lief ganz anders.

»Der Auftrag muss erledigt werden«, lautete die kühle Antwort. »Du hast zu viele Fehler gemacht, das musst du ausbügeln. Vorher rührst du dich keinen Schritt weg aus Moskau. Für schlechte Arbeit muss man zahlen. Und halt deine Zunge im Zaum. Wenn du alles sauber erledigt hast, tauchst du unter. Wenn nicht, weißt du, was dich erwartet. Das ist dein Problem.«

Sein Problem ... Da saß er nun zwischen zwei Stühlen. Einerseits ein Auftrag, der schief gehen musste. Andererseits – das System verweigerte ihm Schutz und Hilfe. Warum? Wurde er nicht mehr gebraucht? Unsinn, solche wie er wurden immer gebraucht. Solche wie ihn gab es viel zu selten, als dass man ihn einfach aus dem Weg räumen konnte. Woran also lag es? Sie glaubten, er sei am Ende, mache Fehler und werde darum von den Bullen gesucht. Woher hatten sie das? Es konnte doch nicht sein, dass sie ins selbe Horn bliesen wie dieser hysterische Auftraggeber, dass sie nach seiner Pfeife tanzten. Und wenn doch? Er arbeitete im Innenministerium, er war informiert. Also stimmte möglicherweise alles. Das hieß, dieses Schwein benutzte seine Dienste, um ihn anschließend mit Dreck zu bewerfen, anstatt zu versuchen, ihm zu helfen.

Und sie? Fast zwanzig Jahre arbeitete er schon für sie, ohne eine einzige Panne, er hatte einen tadellosen Ruf. Er hielt sich eisern an alle ihre Bedingungen: keine Familie, keine ständige Geliebte, keine engen Freunde. Kein Kontakt zu Angehörigen. Und auch keine der vielen sonstigen Einschränkungen hatte er je verletzt. Und das war nun der Dank dafür: Kaum lief mal etwas schief – hau ab, sieh zu, wie du da rauskommst. Klar, er würde sie nicht bei den Bullen verpfeifen, dann müsste er sich ja selbst stellen, und allein die Geschichte mit der Filatowa reichte für die Höchststrafe; sie war schließlich bei der Miliz gewesen. Außerdem konnte er sowieso nichts beweisen, er hatte nichts in der Hand, nur Worte.

Na schön, dachte der Gallier, dann wollen wir mal unsere Fehler ausbügeln.

Vom aufdringlichen Dröhnen der Musik und der stickigen Luft war Nastja einer Ohnmacht nahe. Komisch, dachte sie, ich merke überhaupt nicht, dass ich beobachtet werde. Dabei hört man doch immer von den bohrenden Blicken, die man im Rücken spürt, die einem die Haut versengen. Wahrscheinlich bin ich einfach noch zu unerfahren, entschied sie, oder unsensibel.

Als sie keine Kraft mehr hatte, gegen die stickige Luft anzukämpfen, nahm sie ihre Tasche, entschuldigte sich und ging zur Toilette. Pawlow erschrak im ersten Moment, er befürchtete, sie würde einfach verschwinden, aber dann sagte er sich, dass es keinen Grund zur Beunruhigung mehr gebe. Er hatte die Erpresserin an den Gallier übergeben, und dem würde sie nicht entwischen.

Auf der Toilette nahm Nastja eine Ampulle mit Salmiakgeist aus der Tasche, öffnete sie rasch, befeuchtete ein Taschentuch großzügig mit der Flüssigkeit und presste es sich auf Stirn und Schläfen. Der scharfe Geruch verbreitete sich im ganzen Raum.

Sie setzte sich auf einen Hocker und schloss die Augen. Verdammter Kreislauf! Nicht gesund, aber unbedingt Detektiv werden wollen! Sie sollte zu Hause sitzen, Nachhilfestunden geben, Sitzenbleibern Mathe oder Fremdsprachen eintrichtern. Das brachte Geld und war unstressig.

»Alles in Ordnung?«, fragte eine leise Stimme direkt neben ihrem Ohr.

Nastja öffnete die Augen und erblickte eine hübsche Brünette in einem schillernden Kleid und extravaganten Leggins – der letzte Schrei!

»Ist mit Ihnen alles in Ordnung?«, wiederholte die Brünette.

»Ein bisschen schwindlig«, murmelte Nastja.

»Brauchen Sie Hilfe?«

»Nein, danke. Salmiakgeist hilft mir. Ich bleibe noch ein bisschen sitzen, dann geht's wieder.«

Die Brünette lächelte sanft.

»Wenn du willst, gebe ich dir eine Spritze, Glukose und ein Kreislaufstimulans. Ich habe eine ganze Apotheke in der Tasche.«

»Ein andermal.«

Nastja versuchte, das Lächeln zu erwidern, aber die Lippen gehorchten ihr nicht.

»He, Mädchen«, sagte die Frau beunruhigt, »du bist ja leichenblass. So geht das nicht. Gib mir deinen Arm.«

Nastja hielt ihr folgsam den Arm hin. Mit beängstigender Klarheit ging ihr auf, dass der Gallier, wenn er sie jetzt sofort erledigen wollte, sich gar keine bessere Gelegenheit wünschen konnte. Ein bisschen Luft in die Spritze, dann in die Vene, von dort ins Herz, und Feierabend. Man würde sie auf der Frauentoilette finden, neben ihr eine Spritze mit einem Kreislaufmittel. Schlichte Nachlässigkeit, niemand war daran schuld.

Die Frau hatte inzwischen eine Einwegspritze ausgepackt und zwei Ampullen aufgezogen. In der einen Hand die Spritze, band sie mit der anderen den Arm ab und desinfizierte geschickt die Einstichstelle. Nastja schloss die Augen. Ihr war so schlecht, dass sie nicht einmal die Kraft hatte, sich zu fürchten. Was ist heute bloß mit mir los, dachte sie träge. Einen so heftigen Anfall hatte sie bisher erst einmal gehabt, damals hatte der Notarztwagen sie von der Straße aufgesammelt. Bevor die Nadel in ihre Vene eindrang, dachte sie noch: Das ist nicht der Gallier. Er braucht das Manuskript, und er weiß nicht, wo ich wohne. Oder doch? Der Kolben glitt nach unten. Die Frau beugte sich über Nastja, ihr Gesicht war ganz nah.

»Noch ein bisschen Geduld, meine Liebe«, flüsterte die Brünette, »in fünf Minuten bist du wieder wie neu.«

Sie zog die Nadel heraus, packte die Spritze ordentlich in die aufgerissene Tüte zurück, steckte auch die leeren Ampullen hinein und legte das alles in Nastjas Handtasche.

»Hörst du mich, Rotschopf? Ich habe alles in deine Handtasche gelegt. Falls dein Kavalier den Einstich bemerkt, kannst du ihm das zeigen. Du bist nämlich ziemlich lange auf dem Klo, er wird vielleicht schon nervös.«

»Danke.«

Nastja spürte deutlich, wie sie wieder zu Kräften kam. Vielleicht könnte sie sogar schon aufstehen.

»Da hatte ich aber Glück mit Ihnen. Ohne Sie wäre ich hier umgekippt«, sagte sie dankbar.

»Sie haben nicht mit mir Glück, sondern mit Ihrem Chef. Klar, Rotschopf?« Die Brünette lachte. »Also, ich gehe dann.«

Der Gallier stand auf der Straße und beobachtete durch die Glastür, wie die Frau, die den Auftraggeber begleitete, den Saal verließ und in der Damentoilette verschwand. Nach zwei, drei Minuten folgte ihr eine attraktive, auffällige Brünette, die bis dahin mit einem Mann rauchend im Foyer gestanden hatte. Der Gallier fand, der Mann hätte eine Verbrechervisage, deshalb identifizierte er die Frau im schillernden Kleid als billige Restaurantnutte.

Die Brünette kam als Erste von der Toilette, nahm die Verbrechervisage am Arm und verließ mit ihm das Restaurant. Ganz in der Nähe des Galliers blieb das Pärchen stehen. Der Bursche zog die Frau mit einer vulgären Geste an sich.

»Na, und?«

»Fehlanzeige. Da war nichts zu holen.«

»Was macht sie denn dann so lange da drin?«

»Ein Kreislaufkollaps. Sie war ganz blass, ein furchtbarer Anblick. Na ja, der Abend ist ja noch jung. In ein paar Stunden kommen scharenweise Kunden. War übrigens meine eigene Dummheit. Ich hätte mir gleich denken müssen, dass die nichts nimmt.«

»Wieso?«

»Der Typ, mit dem sie da ist, das ist Oberst Pawlow aus dem Innenministerium. Arif hat ihn mir mal gezeigt.«

»Mann, bist du blöd!« Der Bursche wurde wütend. »Wieso bist du ihr dann hinterhergelatscht? Hast du denn keine Grütze im Kopf?«

Er heißt also Pawlow. Und ist sogar Oberst. Das merken wir uns, dachte der Gallier. Und irgendein Arif. Merken wir uns auch. Was hat das Mädchen ihr wohl angeboten? Drogen? Wohl kaum, Dealer haben ihre Stammkunden. Wahrscheinlich irgendwas zur Verhütung, Präser oder Pillen.

Kaum hatte Nastja die Wohnung betreten, klingelte das Telefon. Es war Gordejew, ziemlich aufgeregt.

»Wie geht's dir, mein Kind? Bist du wieder in Ordnung?«

»Mehr oder weniger.«

Nastja ging mit dem Telefon in die Küche und zog die Tür fest zu. Sie fürchtete neugierige Ohren im Treppenhaus.

»Es hat funktioniert. Du bist verfolgt worden. Noch ist schwer zu sagen, ob er es selbst war oder ein Helfer. Jedenfalls ist er bis zur Haustür an dir drangeblieben. Läuft also alles nach Plan.«

»Gott sei Dank, dann war die Qual wenigstens nicht umsonst.«

»Jetzt Folgendes, Anastasija. Ich lasse dich heute Nacht nicht allein. Das fehlte noch, dass du per Notarztwagen abgeholt werden musst. Keine Widerrede, aber du darfst dir jemanden aussuchen. Wen soll ich dir schicken?«

»Ich brauche niemanden, Viktor Alexejewitsch. Es geht schon.«

»Hörst du schlecht, Anastasija? Ich sagte, du darfst wählen, nicht entscheiden. Entscheiden tue ich. Also, wen?«

»Die aus dem Restaurant? Sie trifft auf Anhieb die Vene.«

»Das geht nicht. Sie ist gesehen worden. Vielleicht Sacharow?«

»Bloß nicht Sacharow«, antwortete Nastja hastig, sehr hastig.

»Wie wär's mit Korotkow?«

»Nichts dagegen. Aber ich würde ihn lieber in Ruhe lassen. Er hat gerade eine leidenschaftliche, aber zeitlich begrenzte Romanze.«

Gordejew schien verärgert.

»Weißt du was, meine Liebe, spar dir deine Wohltätigkeit. Die Romanzen von unserem Tristan stehen mir schon bis sonst wo. Wie heißt es doch so schön: Man kann nicht alles Geld verdienen und nicht alle Frauen haben. Also lass den Quatsch.«

Korotkow kam, traurig, sein massiver Körper schien geschrumpft, die breiten Schultern hingen herab.

»Ist es etwa so ernst?«, fragte Nastja mitfühlend.

»Und wie. Ich weiß nicht, was ich dagegen machen soll. Es ist wie eine Krankheit.«

Nastja war für den sich häufig verliebenden Korotkow Gefährtin, Schulter zum Ausweinen und Rettungsanker in einem. Wenn ein Verhältnis unglücklich endete, zog sie Korotkow an den Ohren aus dem Depressionsloch heraus, in das er jedes Mal fiel. Nastja sah selbst, dass die Geschichte mit der Semjonowa etwas Besonderes war. Normalerweise war Korotkow auf dem Höhepunkt seiner Verliebtheit freudig erregt, seine Augen leuchteten, die Arbeit ging ihm leicht von der Hand, er wirkte regelrecht beflügelt. Diesmal jedoch war er bedrückt und niedergeschlagen, als trage er an einer schweren Last. Nastja konnte nicht genau ausmachen, welches Gefühl bei ihr überwog – Mitleid oder Neid. Sie erlebte so etwas nie, weder die Beflügelung noch die Verzweiflung. Zärtliche Zuneigung war das Äußerste, wozu sie sich fähig fühlte. Vielleicht, dachte sie, würde ihr eines Tages auch so etwas widerfahren wie Jura. War es ja auch schon, in ihrer Jugend, allerdings nur ein einziges Mal, vor zehn Jahren. Und seitdem nie wieder. Wahrscheinlich konnte ein Computer auf zwei Beinen keine leidenschaftlichen Gefühle haben. Das war wohl ihr Schicksal.

»Was macht unser Busenfreund Alexander Jewgenjewitsch?«, erkundigte sich Jura.

»Zieht die Sache in die Länge. Kein klares Ja oder Nein, lauter Umständlichkeiten. Er hat sich prinzipiell einverstanden erklärt, sich aber noch ein paar Tage ausgebeten, um das Geld zu besorgen.«

»Nach seinen Routen zu urteilen, versucht er gar nicht, es zu beschaffen. Er wird seine Probleme ja wohl kaum vom Diensttelefon aus regeln. Höchstens von zu Hause aus. Aber vermutlich hat er jemand anderen beauftragt. Die Chefallüren legt man nicht so leicht ab.«

»Gut, bis jetzt läuft demnach alles nach Plan. Warten wir also, dass der Gallier auftaucht, um sich um mich und das Manuskript zu kümmern.«

»Hast du keine Angst?«

»Doch. Und wie. Besonders seit der Spritze heute. Wo habt ihr so eine Krankenschwester aufgetrieben?«

»Dafür hat Knüppelchen gesorgt. Er kennt deine Wehwehchen.«

»Trotzdem ist es schwierig, so ins Blaue zu spielen. Nichts als Vermutungen. Erstaunlich, wie wir es schaffen, dabei ins Schwarze zu treffen. Na, unberufen.« Sie pochte auf den hölzernen Hocker.

»Nastja, darf ich dir eine indiskrete Frage stellen?«

»Nur zu.«

»Als Sacharow hier übernachtet hat ...«

»Ja?«

»Hattet ihr da was miteinander?«

»Warum willst du das wissen?«

»Knüppelchen hat gesagt, du wolltest heute Nacht auf keinen Fall Sacharow.«

»Knüppelchen ist ein alter Schwätzer und ein Klatschmaul. Setz bitte Wasser auf.«

»Also, war nun was oder nicht?« Jura zündete eine Gasflamme an.

»Nun löchere mich doch nicht. Ja. Und nein.«

»Was soll das heißen?«

»Das verstehst du nicht, du hast ein empfindsames Herz. Meins dagegen ist aus Holz. Da kannst du anklopfen, so viel du willst – es klingt immer dumpf. Ja, wir haben miteinander geschlafen. Aber das ist alles.«

»Du bist gut! Was hätte denn sonst noch sein sollen?«

»Hör auf, Korotkow. Meinst du, ich müsste mich in jeden verlieben, der aus sportlichem Ehrgeiz mal mit mir schläft?«

»Aber schließlich hat nicht nur er mit dir geschlafen, sondern auch du mit ihm. Auch aus sportlichem Ehrgeiz?«

»Ist dir das so wichtig? Für mich bitte ohne Zucker.«

»Ja. Ich versuche, dich zu ergründen. Nicht böse sein, Nastja. Red mit mir darüber, bitte.«

»Wenn das so ist, dann reden wir doch mal über dich.«

Aber dazu kamen sie nicht. Wieder rief Gordejew an.

»Anastasija, hat man dir gesagt, dass die Wohnung voller Wanzen ist?«

»Nein. Wozu?«

»Um nicht Hals über Kopf jeden festzunehmen, der über die Schwelle tritt. Vielleicht kommt erst mal nur einer kontrollieren. Verstanden?«

»Ja.«

Nastja trank seelenruhig ihren Tee aus, stellte die Tasse ab und sagte laut und deutlich:

»Danke für eure Feinfühligkeit, Kollegen. Ich verspreche, ich werde euch nicht weiter in Verlegenheit bringen.«

»Was soll das?«, fragte Korotkow erstaunt. »Drehst du jetzt durch?«

Nastja lachte.

»Sie hören uns ab. Kannst du dir das vorstellen? Sie haben Knüppelchen sofort von unserem intimen Gespräch berichtet. Und ich hab ihn einen alten Schwätzer und ein Klatschmaul genannt! Eigentlich wäre es mir lieber gewesen, er hätte mir nichts gesagt. Jetzt muss man auf jedes Wort achten.«

»Unsinn. Er hat Recht, es ist besser so.«

»Wofür? Wenn der Gallier kommt, um mich umzubringen, wird er das nicht laut kommentieren. Er wird schweigend seinen Job erledigen und wieder verschwinden.«

»Schweigen ist auch ein Signal. Halt nicht alle für Idioten.«

»Tue ich gar nicht.« Nastja schluchzte plötzlich auf. »Ich habe Angst, Jura, ich habe Todesangst. Mein Gott, wenn du wüsstest, wie sehr ich mich fürchte.«

Die Nacht verbrachten sie ohne Schlaf, sie horchten auf jedes Geräusch im Treppenhaus, zuckten jedes Mal zusammen, wenn der Lift rumpelte. Am Morgen ging Korotkow. Im Laufe des Tages klingelte niemand an der Wohnungstür, niemand erkundigte sich bei den anderen Mietern, wo Larissa Lebedewa wohnte. Nastja ging einkaufen, holte Milch und Brot und kehrte sofort wieder zurück. Gordejew hatte ihr strengstens untersagt, sich mehr als unbedingt nötig draußen aufzuhalten – wer konnte wissen, was für einen Unfall der Mörder inszenieren wollte. Die Wohnung war allseitig gesichert, aber auf der Straße konnten sie Nastjas Sicherheit nicht umfassend gewährleisten. Als Nastja vom Einkaufen zurück war, wurde Gordejew gemeldet, dass ihr niemand gefolgt war.

Weder an diesem noch am nächsten Tag tauchte jemand auf. Der Gallier zeigte kein Interesse an der Erpresserin. Die Operation drohte zu scheitern. Sie hatten wohl doch nicht ins Schwarze getroffen.

Der Gallier war clever genug herauszufinden, dass die Nummer, unter der er Pawlow angerufen hatte, weder zu seiner Wohnung noch zu seinem Büro gehörte. Er war in zwei, drei Läden in der Nähe von Pawlows Haus gegangen und hatte sich überzeugt, dass sie zu einem anderen Fernsprechamt gehörten. Mit welchen Ziffern die Nummern im Innenministerium begannen, wusste er ohnehin.

Der Gallier wählte die Nummer, erreichte einen Anrufbeantworter, sagte kurz: »Ich rufe um zweiundzwanzig Uhr fünfzehn an« und legte auf.

Der Rest war eine Frage der Technik – dem Auftraggeber auf dem Weg vom Ministerium nach Hause zu folgen und dann zu der Wohnung, in der das Telefon stand. Kein Problem für den Gallier. Pawlow schloss die Tür nicht selbst auf, sondern klingelte, und das überzeugte den Mörder davon, dass er richtig handelte. Pünktlich um zweiundzwanzig Uhr fünfzehn rief er von der nächstgelegenen Telefonzelle aus an, teilte mit, dass er bereit sei, verabredete die Vorschussübergabe und wartete, bis Pawlow gegangen war. Er sah sich aufmerksam um. Das Haus, in das er gehen wollte, stand direkt am Sadowoje-Ring, neben dem Kursker Bahnhof. Ein lauter Ort, und auch in der Wohnung dürfte es kaum ruhig sein. Umso besser.

Der Gallier stieg lautlos die Treppe hinauf. In entscheidenden Augenblicken verließ er sich nur ungern auf einen Lift: Ein Lift konnte stecken bleiben und seine Pläne vereiteln. Er blieb eine Weile vor der Tür stehen, überlegte noch einmal, dann drückte er entschlossen auf den Klingelknopf.

»Wer ist da?«, antwortete eine Stimme hinter der Tür beinahe sofort. Offenbar hatte sich der Wohnungsinhaber noch nicht schlafen gelegt.

»Ich komme von Oberst Pawlow.«

»Was wollen Sie?«

Die Stimme hatte einen leichten kaukasischen Akzent. Arif, vermutete der Gallier.

»Machen Sie bitte auf. Meine Stimme ist auf Ihrem Anrufbeantworter, das können Sie überprüfen. Ich habe um zweiundzwanzig Uhr fünfzehn mit dem Oberst telefoniert. Er hat mir Ihre Adresse gegeben und mich gebeten, mit Ihnen noch einige Details zu besprechen.«

»Warten Sie.«

Die Schritte des Hausherrn entfernten sich. Nach einer Weile klackte das Türschloss. Mit einer blitzschnellen Bewegung stieß der Gallier Arif in den Flur und schlug die Tür zu. Noch ehe Arif zu sich gekommen war, lag eine Hand des Besuchers an seinem Hals, die andere hatte mit festem Griff seine Haare am Hinterkopf gepackt.

»Bist du Arif?«

»Ja«, brachte er hervor.

»Weißt du, wer ich bin?«

»Ja.«

»Umso besser. Pack aus, schnell.«

»Was denn?«, krächzte Arif.

»Was für ein Spiel spielt dein Oberst? Noch halte ich dich nur fest, aber ich könnte dir auch wehtun. Willst du, dass ich dir wehtue?«

»Lassen Sie mich los, ich kriege doch keine Luft.«

»Wird schon gehen. Also?«

»Ich weiß nichts. Lassen Sie mich los.«

»Hör mir mal schön zu, Arif. Du weißt, wer ich bin. Darum haben wir beide zwei Möglichkeiten. Entweder du stirbst gleich auf der Stelle, oder ich erlöse dich von dem Oberst, und dafür hilfst du mir zu verschwinden. Wir fahren dorthin, wo gerade Krieg ist, du hast da bestimmt Freunde oder Verwandte. Dort findet uns garantiert keiner. Also, wirst du reden?«

»Ja, aber lassen Sie mich los.«

»Nein. Rede.«

Arif Murtasow wollte leben. Und er musste sich entscheiden, wo: im ruhigen Moskau, aber in der Nähe von Pawlow, oder im Krieg führenden Berg-Karabach, aber ohne ihn. Pawlow wurde für Arif von Tag zu Tag belastender und gefährlicher, er verlangte immer mehr Geld, und nun plante er bereits den zweiten Mord, und das gefiel Arif ganz und gar nicht. Die letzten zwei Tage hatte er viel darüber nachgedacht. Seine Sache waren Geschäfte – das war früher illegal gewesen, nun aber völlig legal –, Geschäfte, nicht Mord. Mit Mord wollte er auf keinen Fall zu tun haben.

Habgier ist eine große Sünde, dachte Arif oft. Pawlow hatte Geld sparen wollen und das Mädchen betrogen, und nun? Lauter Unannehmlichkeiten. Waren die unglückseligen Zehntausend das wirklich wert? Auch er, Arif, war dieser unverzeihlichen Sünde erlegen, als Pawlow ihm damals gesagt hatte, er brauche für die Einstellung des Strafverfahrens nichts zu zahlen, er könne das auch auf Treu und Glauben abarbeiten, die Rechnung mit Gegenleistungen begleichen – Geld sei nicht so wichtig, das könne er, wenn es sein müsse, später noch zahlen. Und wie viel hatte Pawlow schon aus ihm herausgesaugt? Genug für ein ganzes Dutzend Strafverfahren. Er kommandierte ihn herum wie einen Laufburschen.

Arif hatte eigentlich bereits eine Entscheidung getroffen, er musste nur noch den letzten Schritt tun. Er beweifelte nicht, dass sein Besucher seine Drohung wahr machen würde, aber dann käme er nicht mehr an Pawlow heran, selbst wenn er ihm jetzt alles erzählte. Arifs Tod, selbst durch einen Unfall, wäre für Pawlow ein Alarmsignal, er würde sofort Maßnahmen treffen. Das hieß, er hatte eine Chance, am Leben zu bleiben, zumindest vorerst.

Und Arif erzählte alles: Über die Dissertation, die Filatowa, über Ensk und die Karteikarten.

»Warum soll die Journalistin aus dem Weg geräumt werden?«

»Sie weiß etwas. Sie erpresst ihn mit dem Manuskript.«

»Das Manuskript ist noch kein Mordgeständnis. Was weiß sie konkret? Warum hat dein Oberst Angst vor ihr?«

»Ich weiß es nicht. Wirklich, ich weiß es nicht. Er denkt, sie weiß alles.«

»Und was denkst du? Wie gefährlich ist sie?«

»Ich schwöre, ich weiß nicht mehr! Er erzählt mir nichts. Er erteilt mir Aufträge, und ich führe sie aus. Ich bin ihm etwas schuldig.«

»Wir sind alle jemandem etwas schuldig. Er hat dich vor dem einen Knast gerettet, und dafür in einen anderen gesteckt. Für Beihilfe zum Mord gibt es mehr als für dein Scheißgold. Hab ich Recht?«

»Ja. Lassen Sie mich los.«

»Noch nicht. Du hast noch nicht alles gesagt. Was musstest du nach dem Tod der Filatowa für ihn tun?«

»Zur Beerdigung gehen, hören, was geredet wurde.«

»Was noch?«

»Informationen über die Filatowa sammeln.«

»Vor dem Mord?«

»Davor und danach, als schon die Ermittlungen liefen.«

»Wozu?«

»Er wollte sich als ihr langjähriger Geliebter ausgeben.«

»Hat das funktioniert?«

»Ja.«

»Was noch?«

»Eine Frau bei den Bullen überwachen. Für alle Fälle.«

»Was für eine Frau?«

»Anastasija Pawlowna Kamenskaja. Es heißt, sie hätte was auf dem Kasten, soll sehr clever sein. Pawlow hatte Angst vor ihr, er wollte rausfinden, ob er ihr nicht irgendwas anhängen kann.«

»Und, hat er?«

»Sie ist in Urlaub gefahren.«

»Dann hat sie wohl nichts gefunden. Wenn sie einen Verdacht gehabt hätte, wäre sie nicht weggefahren.«

»Das haben wir uns auch gedacht.«

»Aber sie kommt ja wieder. Genau rechtzeitig zum zweiten Mord. Habt ihr daran mal gedacht?«

»Nein. Da war die Erpresserin noch nicht aufgetaucht. Wir dachten, sie wäre eine ganz normale Journalistin.«

»Schön. Also, wie ist diese Kamenskaja?«

»Ganz normal, unauffällig. Sieht nach nichts aus. Keine Männergeschichten. Auf so eine ist keiner scharf.«

»Verheiratet?«

»Nein, auch nie gewesen. Keine Kinder. Lebt allein.«

»Eine tolle Braut«, spottete der Gallier. »Erzähl mir nochmal, warum Pawlow Angst vor ihr hatte.«

»Er hat seine Leute in der Petrowka, und die haben ihm erzählt, dass sie ein Unikum ist, dass sie die verwickeltsten Fälle löst.«

»Warum hat sie dann diesen nicht gelöst, wenn sie so ein Unikum ist?«

»Pawlow hat sie eingewickelt. Er war ein paar Mal bei ihr.«

Der Gallier spürte förmlich, dass da etwas nicht stimmte. Wenn die Kamenskaja wirklich so clever war, dann hätte Pawlow sie nie und nimmer einwickeln können. Dafür hätte Pawlow um einiges schlauer sein müssen als sie. Pawlow aber war dumm, zwar sehr gerissen und selbstsicher, aber dumm, davon hatte der Gallier sich überzeugen können. Also, möglicherweise gab es keine phänomenale Kamenskaja, die Geschichte war ein Ammenmärchen – aber wozu? Ganz offensichtlich verschwieg Pawlow seinem Freund Arif etwas. Aber wer hatte hier wohl wen verladen? Pawlow Arif? Oder diese Kamenskaja Pawlow selbst? Wie auch immer, der Mordfall musste abgeschlossen werden. Egal, wie. Er durfte nicht zulassen, dass er, der Gallier, gesucht wurde. Und wenn dieser Oberst Pawlow so blöd war, sich von einem Bullenweib reinlegen zu lassen, dann sollte er ruhig dafür bezahlen.

Er lockerte seinen Griff ein wenig, damit Arif den Kopf drehen konnte.

»Ich warne dich nicht extra, du weißt selbst Bescheid. Merk dir eins: Dein Oberst und du, ihr kriegt mich nicht. Aber ich erwische euch im Handumdrehen. Du weißt, ich mache keine Witze. Hat er eine Waffe?«

»Ich glaube ja.«

»Glauben genügt mir nicht. Find das raus. Ich ruf dich morgen an.«

Der Gallier verließ das Haus und ging gemächlich in Richtung Metro. Er hatte bereits einen fast fertigen Plan im Kopf. Nun musste er sich um diese Rothaarige kümmern.

Gordejew verbrachte schon die zweite Nacht in seinem Büro. Er machte sich Sorgen um Nastja, besonders nach dem Gespräch mit Korotkow. Sie hatte solche Angst, die Arme! Diese Aufgabe war eigentlich nichts für eine Frau. Aber andererseits passte sie so schön, geradezu perfekt in den Plan wie kein Mann. Gordejew lobte in Gedanken Wolodja Larzew, der in seinem psychologischen Porträt von Pawlow geraten hatte, ihn nicht unter Druck zu setzen und zur Eile zu treiben. Wenn man versuchte, jemanden im Sturm zu nehmen und ihm nur wenige Stunden zum Überlegen ließ, lief man immer Gefahr, nicht ernst genommen zu werden. Wer Druck ausübte, drohte und es eilig hatte, der war in einer schwachen Position und hatte Angst, das Opfer könnte, wenn es in Ruhe nachdachte, feststellen, dass man nichts in der Hand hatte und eigentlich gar nicht so gefährlich war. Die typische Chefmasche: Anbrüllen, Druck ausüben, beleidigen – und schon fühlte sich der andere schuldig und rechtfertigte sich, obwohl er im Grunde gar nichts Schlimmes verbrochen hatte. Bei dem erfahrenen Chef Pawlow musste diese Logik funktionieren. Und sie funktionierte. Wer gelassen und sicher auftrat, dem anderen Zeit zum Überlegen einräumte, der musste etwas Ernsthaftes gegen ihn in der Hand haben.

Gordejew spielte seinen heiklen, schwierigen Part praktisch blind. Als ihm gemeldet wurde, das Objekt habe Pawlow vom Ministerium »abgeholt«, sei ihm bis zu Arifs Haus gefolgt, bei Arif gewesen und nun unterwegs in Richtung Mir-Prospekt, wo sich die Lebedewa aufhielt, atmete er erleichtert auf. Endlich, nach zwei Tagen Unterbrechung, lief das Uhrwerk wieder. Man müsste nur noch wissen, wer er war, dieses Objekt. Der Beschreibung nach der Mörder. Und wenn nicht? Oder doch ein Mörder, aber ein anderer?

Halb eins. Nastja schlief bestimmt wieder nicht. Armes Mädchen! Wie lange musste sie wohl noch warten, bis der Gallier sie besuchen kam? Ihre Nerven waren bis zum Äußersten gespannt.

Gordejew nahm Kontakt auf zu den Männern, die das Objekt observierten.

»Sitzt auf dem Fensterbrett im Haus gegenüber.«

»Will er dort etwa übernachten?«

»Das weiß ich nicht, euer Wohlgeboren. Soll ich ihn fragen gehen?«

»Geh hin und hilf ihm. Er soll sich ein bisschen Schlaf gönnen. Die Jungs müssen sich auch mal ausruhen.«

Der Gallier saß auf dem Fensterbrett im Treppenhaus, gegenüber dem Hauseingang, in dem vor zwei Tagen die Lebedewa verschwunden war. Er überlegte, wie er die Wohnungsnummer erfahren könnte. Früher hatte er sich um solche Dinge nicht kümmern müssen, die Informationen waren immer vollständig gewesen. Schließlich sollte nichts und niemand ihn mit dem Unfallopfer in Verbindung bringen. Sie durften nicht zusammen gesehen werden, und schon gar nicht durfte er in Erscheinung treten und Erkundigungen einziehen. Das war ein unumstößliches Prinzip.

Doch diesmal war er gezwungen, anders zu arbeiten. Allerdings war auch seine eigene Situation diesmal eine andere. Wenn alles so lief, wie er es plante, dann konnte er ruhig gesehen werden, sie würden ihn hinterher sowieso nicht finden.

Er hörte einen Automotor. Ein Wagen fuhr durch die Toreinfahrt und bremste vor dem Hauseingang der Rothaarigen. Aus dem Auto stieg ein Mann, machte ein paar unsichere Schritte auf die Haustür zu, hielt sich an der Wand fest und blieb stehen. Er war offensichtlich ziemlich betrunken. Der Wagen fuhr weg, und der Passagier wollte nun wohl doch nicht mehr nach Hause; er schwankte zu der Bank vor dem Eingang und setzte sich, die Hände an den Kopf gepresst.

Der Gallier sprang vom Fensterbrett und lief die Treppe hinunter.

»Was ist los, mein Freund, ist dir schlecht?«

Er bemühte sich, möglichst freundlich und teilnahmsvoll zu klingen. Der Betrunkene nickte.

»Soll ich dich begleiten?«

»Nicht nötig. Ich geh nicht hoch. Sie brüllt bloß wieder rum, die blöde Kuh, weckt das ganze Haus auf.«

»Willst du bis morgen früh hier sitzen bleiben?«

»Wieso bis morgen früh? Nur eine Weile, zum Ausnüchtern, damit ich nicht mehr schwanke, dann geh ich hoch. Auf den Geruch reagiert sie nicht, aber wenn sie sieht, dass ich schwanke, dann wird sie wild.«

»Deine Frau oder was?«

»Na ja. Das rothaarige Biest. Ich hasse sie!«

»Moment mal, deine Frau, ist das die Hübsche mit den roten Haaren und den langen Beinen? Und die schreit dich an?«

»Nee, die mit den Beinen, das ist Larissa aus Wohnung achtundvierzig. Meine sieht aus wie ein Scheuerlappen. Was denn, Junge«, der Betrunkene sah den Gallier misstrauisch an, »du kennst Larissa nicht? Bist wohl nicht von hier, oder?«

»Doch, wieso? Ich wohne da drüben. Bin erst vor kurzem hergezogen.«

»Und du kennst Larissa nicht?«, lamentierte der Betrunkene weiter. »Die kennt doch jeder Mann, der hier wohnt. Sie hatte einen schicken Wagen, einen ausländischen. Den hat sie einmal in der Woche mit ihren manikürten Händen selber gewaschen. Kannst du dir das vorstellen? Ein Weib, das den Wagen wäscht. Eine Traumfrau.«

»Und ihr Mann? Der hat ihr nicht dabei geholfen?«, fragte der Gallier möglichst gleichgültig.

»Ach, von dem ist sie schon lange geschieden. Das Auto hat sie sich erst nach der Scheidung gekauft. Und dann, im Frühling, da war der Wagen futsch. Nun wäscht sie ihn nicht mehr.«

»Geklaut oder was?«

»Zu Klump gefahren. Typisch Frau eben, da kann man nichts machen. Nun sitzt sie da, ohne Mann und ohne Auto. Du, guck mal her, ich lauf mal ein paar Schritte.«

Der Mann stand auf und ging unsicher zur Haustür.

»Und?«

»Na ja.«

»Na schön, dann setz ich mich noch ein bisschen. Aber was treibst du dich eigentlich hier rum?«

»Ich hab eine Bekannte zur Metro gebracht, und auf dem Rückweg hab ich dich gesehen. Na, ich geh dann, gute Nacht.«

»Mach's gut.« Der Betrunkene nickte ihm zum Abschied zu und fiel dabei fast von der Bank.

Der Gallier kehrte auf sein Fensterbrett zurück. Im Treppenhaus brannte kein Licht, und er konnte den Mann auf der Bank gut sehen. Nach etwa zwanzig Minuten stand der auf, lief ein Stück auf und ab, überzeugte sich, dass er sicher auf den Beinen stand, und verschwand im Haus. Nach weiteren zehn Minuten verließ der Gallier das Haus und lief in Richtung Rigaer Bahnhof, hielt ein Schwarztaxi an und fuhr in die Wohnung, in der er übernachtete.

Die Männer, die die Wohnung absicherten, in der sich Nastja befand, durften sich ablösen lassen und ausruhen.

Gordejew entspannte seine Rückenmuskeln und versank im Sessel. Nachts war es schön, nicht so heiß. Man müsste am Tag schlafen können und nachts arbeiten! Er rief Nastja an.

»Schlaf ein bisschen, Kind. Dein Verehrer ist auch schlafen gegangen.«

»Ich kann nicht. Ich zittere am ganzen Leib.«

»Nicht doch, Nastenka, nicht doch. Die Jungs sitzen in der Nachbarwohnung, die verpassen ihn nicht.«

»Und wenn doch?«

Ja, dachte Viktor Alexejewitsch, das ist bei uns geradezu krankhaft: sich bei niemandem sicher zu sein, niemandem vollkommen zu vertrauen. Trotzdem – wer war das Objekt? Der Mörder oder ein anderer? Wer würde kommen, um mit der Erpresserin Lebedewa abzurechnen?

Nastja legte sich hin. Die langen schlaflosen Nächte machten sich bemerkbar, und sie sank in einen schweren, fieberartigen Halbschlaf. Sie träumte, sie stehe auf einem hohen, vollkommen glatten Felsen, von dem sie nicht hinunterklettern konnte. Auswegloses Entsetzen erfasst sie. Ich werde abstürzen, denkt sie, es gibt keinen Ausweg. Die Felswände sind alle steil und glatt, man kann sich nirgends festhalten. Ich werde sterben, das ist das Ende. Als Angst und Verzweiflung ihren Höhepunkt erreichen und unerträglich werden, kommt ihr der rettende Gedanke: Ich bin doch irgendwie hier hochgekommen, also muss es irgendwo einen Weg geben, ich muss ihn nur finden. Freude und Erleichterung waren so intensiv, dass Nastja erwachte und auf die

Uhr sah: Sie hatte acht Minuten geschlafen. Sie schloss die Augen.

Im großen Zimmer sitzt Oberst Gordejew am Tisch und schreibt konzentriert. Komischerweise in Uniform, mit Schulterstücken. In der ganzen Wohnung verteilt wartet das Festnahmekommando, Nastja versucht vergeblich, die Männer zu zählen. Vor dem Haus hält ein LKW, aus der Fahrerkabine steigt eine Frau mit hellem Haar, in einem hellblauen Mantel. Das ist doch eine Frau, denkt Nastja, das kann nicht der Gallier sein. Die Blondine hebt den Kopf, ihre Blicke treffen sich. Sie hat ein sympathisches, nicht mehr junges, fein geschnittenes Gesicht. Mein Gott, durchfährt es Nastja, das ist doch mein Tod, gleich kommt sie in die Wohnung, und ich sterbe. Die Frau geht ins Haus. Nastja meint, deutlich ihre Schritte auf der Treppe zu hören. »Viktor Alexejewitsch«, schreit sie. »Ich werde gleich sterben! Tun Sie doch etwas, retten Sie mich!« Aber Gordejew hebt nicht einmal den Kopf von seinen Papieren. Die Frau im blauen Mantel ist bereits vor der Wohnung. Nastja klammert sich an den Ärmel von Gordejews Uniformjacke. »Helfen Sie mir doch! Lassen Sie sie nicht hier rein!« Gordejew reißt sich unwillig und irgendwie angewidert los und entfernt sich. Die Männer des Festnahmekommandos treten schweigend beiseite, um die blonde Frau durchzulassen. Sie sieht Nastja streng an. »Na, guten Tag, meine Schöne«, sagt sie leise. »Das ist ein Irrtum!«, will Nastja schreien, »Sie wollen gar nicht zu mir, ich bin überhaupt nicht schön, das weiß jeder. Das ist ein Irrtum!« Sie spürt, wie sie rückwärts geschleudert wird, ins Dunkel. Ich bin tot, denkt Nastja, und mit diesem Gedanken wacht sie auf.

Nastja nahm Träume sehr ernst. Träume waren Produkte der Gehirntätigkeit, fand sie, nichts träumte man ohne Grund. Tod im Traum war ein Anzeichen für eine Herzschwäche oder für einen leichten Anfall, den man im

Traum gehabt hatte. Sie sollte einen Tee trinken, möglichst stark und mit Zucker.

Sie kroch aus dem Bett und ging in die Küche. Die Finger gehorchten ihr kaum, in den Fingerspitzen verspürte sie ein Stechen – ein sicheres Anzeichen für einen Schwächeanfall. Na schön, das war der Tod, aber was bedeutete der Rest? Hatte sie wirklich kein Vertrauen in ihre Kameraden? War sie sich ihrer wirklich so wenig sicher? Und traute sie tief im Innern Knüppelchen wirklich zu, dass er sie in einem schwierigen Augenblick im Stich ließ?

Das liegt wahrscheinlich daran, dass es das erste Mal ist, beruhigte sich Nastja. Ich habe einfach noch nie am eigenen Leib erfahren, wie gründlich und zuverlässig solche Operationen vorbereitet werden. Doch hartnäckig schlich sich eine ganz andere Erklärung in ihr Bewusstsein. Sie hatte in den letzten Jahren viele verschiedene Operationen analysiert, erfolgreiche und gescheiterte, hatte so oft die Fehler und Schwachstellen finden müssen, dass sie nur zu gut wusste, wie häufig es Pannen gab, Schlampereien, Nachlässigkeiten, wie oft jemand irgendetwas vergaß und andere gefährdete. Wahrlich: Viel Wissen macht Kopfweh, dachte sie.

Wolodja Larzew dachte zufrieden, dass der Gallier – oder wer immer er war, ihr »Objekt« – ihnen faktisch die Schmutzarbeit abgenommen hatte.

»Ich will Sie zu nichts zwingen«, sagte er ruhig. »Sie haben die Wahl. Wenn Sie nicht auf unserer Seite sind, hat das für Sie keine negativen Konsequenzen. Überlegen Sie es sich.«

Sein Gesprächspartner trommelte nervös mit den Fingerspitzen auf seinem Knie.

»Ich glaube, Sie machen mir etwas vor. Kann ich denn nicht wegen Beihilfe belangt werden?«

»Doch, das werden Sie natürlich. Wenn ich sage, es hat

für Sie keine negativen Konsequenzen, dann meine ich, eine Verweigerung der Zusammenarbeit wirkt sich nicht auf Ihr Strafmaß aus.«

»Und eine Einwilligung?«

»Die schon.«

»Was soll ich tun?«

»Nichts. Tun Sie nichts, das genügt schon.«

»Sie meinen, ich soll schweigen über das, was heute geschehen ist?«

»Sie haben mich richtig verstanden. Tun Sie, als wäre nichts passiert. Verstehen Sie, Sie sitzen nicht nur zwischen zwei Stühlen, sondern sogar zwischen dreien. Einerseits die Organisation, andererseits Ihr Freund und drittens wir. Die einzige Chance, sich nicht wehzutun, besteht darin, sich nicht zu rühren.«

»Sie haben Recht. Und wenn man mich um irgendetwas bittet?«

»Sagen Sie es zu. Aber tun Sie nichts, ohne mich vorher anzurufen. Einverstanden? Das Ganze wird nicht lange dauern, maximal drei Tage. Halten Sie drei Tage durch?«

»Ich werd's versuchen.« Der Gesprächspartner seufzte. »Nicht gerade lustig: dasitzen und warten, bis sie dich vor Gericht stellen, noch dazu mit so einem Paragraphen.«

»Sie müssen zugeben, das ist immer noch besser, als darauf zu warten, umgebracht zu werden«, entgegnete Larzew nüchtern.

# Elftes Kapitel

Am Morgen geriet das Uhrwerk wieder ins Stocken. Das dachten zumindest Korotkow und Selujanow, als sie erfuhren, welche Routen das Objekt nahm. Gordejew hörte sie an und sagte kurz:

»Ich muss darüber nachdenken. Bleibt in Reichweite.«

Gegen ein Uhr mittags meldeten die Männer, die das Objekt observierten, sie hätten ihn verloren. Die Gruppe, die die Wohnung auf dem Mir-Prospekt sicherte, wurde sofort in Alarmbereitschaft versetzt. Die Spannung wuchs. Das Objekt tauchte nicht in der Nähe des Hauses auf.

Gordejew saß wütend und mit hochrotem Kopf in seinem Büro. Er sah die Situation außer Kontrolle geraten.

»Ich verstehe trotzdem nicht, warum wir die Telefonate aus der Wohnung von Murtasow nicht abhören können«, sagte Gordejews Stellvertreter Oberstleutnant Sherechow unwillig. »Ich bin mir sicher, der Staatsanwalt würde das genehmigen.«

»Zu spät, Pascha. Und zu gefährlich. Hat das Leben dich denn nichts gelehrt? Je höher angebunden die kriminelle Organisation, desto mehr Informationen sickern durch. Das Risiko ist zu groß.«

»Aber so werden wir nichts erreichen. Das dürfen wir nicht, das ist zu gefährlich – ist dir wenigstens klar, wohin das führt? Du köderst den Mörder mit einem unerfahrenen Mädchen und willst ihn mit bloßen Händen fangen. Was ist los mit dir, Viktor? Was denkst du dir? Mit Pawlow müsste sich das Ministerium für Staatssicherheit befassen, nicht wir beide.«

»Ich scheiße auf Pawlow!«, explodierte Gordejew. »Ich

suche einen Mörder. Pawlow interessiert mich nicht. Knöpfchen drücken kann jeder Idiot.«

»Was für Knöpfchen?«, fragte Sherechow verständnislos.

Gordejew sprang auf und tigerte durchs Büro, wobei er gereizt im Wege stehende Stühle beiseite stieß.

»Versteh doch, Pascha, wir haben es mit einem komplizierten, straff organisierten System zu tun, über das wir nichts wissen. Stell dir einen Computer vor mit einem ganzen Netz von Nutzern. Pawlow, Rudnik, Iwanow–Petrow–Sidorow – jeder von ihnen kann, wenn er dazu gehört, einen Knopf drücken. Die Maschine summt und rattert, auf dem Monitor erscheint ein Wort. Diese Nutzer interessieren mich nicht, über die weiß ich Bescheid. Mich interessiert, was im Innern der Maschine vor sich geht, wenn sie summt und rattert. Du hast Recht, das Mädchen ist unerfahren, aber sie hat Köpfchen, und sie kann Dinge, die wir beide nicht können. Sie wird diese Maschine in ihre Einzelteile zerlegen.«

»Wenn sie am Leben bleibt«, sagte Sherechow leise, ohne den Oberst anzusehen.

»Hör auf!« Gordejews Stimme kippte zu einem Kreischen. »Ich habe nicht weniger Angst um sie als du. Schlimmstenfalls lassen wir den Mörder entkommen. Zum Teufel mit ihm, wir haben sowieso zu wenig Beweise.«

Sherechow arbeitete schon seit Jahren mit Gordejew zusammen, sie bildeten eine Art ausgeglichenes System von Gegengewichten. Der schroffe, draufgängerische Gordejew, der vor nichts Angst hatte, stürmte Hals über Kopf in nur für ihn erkennbare Fernen. Der pedantische, konservative Pascha Sherechow spielte, obgleich jünger als Gordejew, die Rolle des weisen Großvaters, der ein wachsames Auge auf den wilden Enkel hat, damit der nicht in den Teich fällt, über Zäune klettert und oder mit Streichhölzern spielt. Im Wesentlichen waren sie Gleichgesinnte, aber in den Methoden differierten sie immer.

»Wozu dann das alles?«, bohrte Sherechow weiter. »Pawlow interessiert dich nicht, den Mörder würdest du auch laufen lassen. Die ganze Anstrengung, die ganze Aufregung nur für eine Information, die du vielleicht bekommst, vielleicht aber auch nicht? Ich erkenne dich nicht wieder, Viktor.«

»Und ich erkenne dich nicht wieder«, sagte Gordejew, bereits ruhiger. »Du siehst doch genauso gut wie ich, wohin wir alle gehen. Die Zeit der Kriminalität, an die wir gewöhnt waren und mit der wir umgehen konnten, ist vorbei. Sie hatte ihre Gesetze, ihre Spielregeln, aber das alles gibt es nicht mehr. Das Land verändert sich, Politik und Wirtschaft verändern sich, und damit verändert sich auch die Kriminalität. Es sind ganz andere Kriminelle, und wir sind außer Stande, sie aufzuspüren, sie zu überführen. Und hier haben wir mal eine Chance, wenigstens irgendetwas zu lernen. Denk endlich um, ring dich zu der Erkenntnis durch, dass es in unserer Arbeit Situationen geben kann, wo das gewonnene Wissen wichtiger ist als das Ergebnis. Vielleicht mitunter zum Nachteil für heute, dafür aber nützlich für morgen. Vielleicht bleibt heute ein Mord unaufgeklärt. Aber haben wir nicht viele solcher Fälle? Dafür sind wir für die Auftragsmorde von morgen gut gerüstet.«

»Für solche Gedanken werden sie dir den Kopf abreißen, Viktor. Das ist doch unerhört – bewusst in Kauf zu nehmen, dass ein Verbrechen unaufgeklärt bleibt, noch dazu die Ermordung eines Offiziers der Miliz.«

»Sollen sie mir ruhig den Kopf abreißen.« Gordejew winkte ab. »Ich habe zweiunddreißig Jahre gedient, dann gehe ich eben in Pension. Für mein jetziges Gehalt bekomme ich sowieso höchstens zwei Paar Schuhe für meine Frau. Ich werde mich nicht an meinen Sessel klammern. Ihr aber werdet mir noch viele Jahre dankbar sein, wenn mein Plan aufgeht.«

»Der General weiß natürlich nichts von deinem napoleonischen Feldzug?«

»Natürlich nicht. Pawlow hat irgendeinen Draht zu ihm.«

»Wie kommst du darauf?«

»Er hat über den General versucht herauszufinden, ob die Kamenskaja im Fall Filatowa irgendetwas ausgegraben hat.«

»Aber warum? Wieso ausgerechnet die Kamenskaja?«

Gordejew lächelte zufrieden. Siehst du, Pascha, dachte er, das ist der Beweis, dass es kein Fehler von mir war, das völlig unbekannte Mädchen aus dem Kreisdezernat zu holen. Und wie hast du dich damals dagegen gesträubt!

»Darum«, sagte er gewichtig und gemessen, »du hast mir damals nicht geglaubt, als ich gesagt habe, aus ihr kann etwas werden. Und warst damit im Unrecht. Und ich hatte Recht. Ja, sie kann vieles nicht. Ja, sie hat in manchen Dingen keine Erfahrung. Aber ein Ruf ist auch eine Waffe, und keine unwichtige. Weißt du, Pascha«, setzte Gordejew hinzu und blieb hinter seinem Stellvertreter stehen, »ich habe das, ehrlich gesagt, selbst nicht gewusst. Erst als der General mich zu sich bestellt und mich angebrüllt hat, dass Nastja meine Geliebte sei, da wusste ich, dass es demjenigen, der ihn gegen mich aufgehetzt hat, in erster Linie um die Kamenskaja ging. Also muss irgendjemand ihm gesagt haben, dass sie die einzige reale Gefahr ist. Im ersten Augenblick war ich natürlich gekränkt. Wir anderen zählten also alle nicht? Ich bin seit dreißig Jahren Ermittler, und vor mir hat der Verbrecher keine Angst, sie dagegen ist erst seit ein paar Jahren dabei und hat schon so einen Ruf. Da habe ich begriffen, Pascha, dass das andere Verbrecher sind. Darum haben sie keine Angst vor denen, die aus der alten Schule kommen, sie wissen, dass die eine andere Logik haben, eine andere Denkweise. Wenn du so willst, andere Gewohnheiten. Anastasija dagegen, die ist etwas Besonderes. Sie denkt um die Ecke. Und das bedeutet, dass ich Recht habe.«

»Na schön, sagen wir, du hast Recht«, lenkte Sherechow ein. »Und du bist so kühn, dass du vor nichts Angst hast. Aber erklär mir doch mal in Gottes Namen, gibt es denn keinen anderen Weg zu überprüfen, ob der, den wir überwachen, der Mörder der Filatowa ist? Müssen wir unbedingt warten, bis er hingeht, um Nastja umzubringen? Verdammt«, setzte er ärgerlich hinzu, »man mag es gar nicht aussprechen.«

Gordejew seufzte, setzte sich an den Tisch und rieb sich Stirn und Glatze.

»Ich weiß es nicht, Pascha. Mir fällt nichts anderes ein. Das heißt, Wege gibt es viele, aber ich habe Angst, ihn aufzustören. Ich bin mir hundertprozentig sicher, dass er keine Waffe bei sich hat und dass seine Papiere vollkommen in Ordnung sind. Eine fingierte Razzia brächte also nichts. Ihn gesetzwidrig festnehmen will ich nicht. Du kennst meine Prinzipien, und die werfe ich auch wegen eines Auftragskillers nicht über Bord. Und wenn er gar nicht der Mörder ist, sondern nur jemand, der in seinem Auftrag die Hilfsarbeiten erledigt, dann scheitert unser ganzer Plan. Wir haben Indizien, mit denen wir überprüfen können, ob er der Mann ist, der in der Wohnung der Filatowa war. Na und? Wann war er denn dort? Wie wollen wir beweisen, dass er zum Zeitpunkt des Mordes dort war und nicht eine Stunde oder einen Tag davor? Wir haben einen Anhaltspunkt für ein Gespräch mit ihm, Pascha, mehr nicht. Gründe für eine Festnahme oder gar eine Verhaftung dagegen – null.«

»Und was willst du erreichen? Willst du abwarten, bis er sich anschickt, Nastja zu töten, und ihn dann auf frischer Tat stellen? Bist du noch bei Trost?«

»Pascha, ich warte darauf, dass er mir die Beweise liefert. Eigenhändig.«

»Und wenn er das nicht tut?«

»Dann gebe ich zu, dass du Recht hattest. Dann überlasse ich dir die Abteilung und gehe in Schimpf und Schande.«

Am selben Tag erhielt Larzew früh morgens einen Anruf.

»Er will, dass ich ihn begleite.«

»Wann?«

»Wir treffen uns in einer Stunde.«

»Hat er erklärt, warum? Sie haben ihm doch die Adresse gegeben.«

»Er will, dass ich ihn selbst vorstelle. Sozusagen: Der gehört zu uns, kommt nicht von der Straße.«

»Gut, fahren Sie hin. Aber halten Sie sich zurück. Und behindern Sie ihn nicht, lassen Sie ihn alles tun, was er für nötig hält. Sie können ihm sogar helfen.«

Als die Observierenden ihr Objekt verloren hatten, verhörte Larzew im Auftrag des Untersuchungsführers vier Verhaftete in der U-Haft. Den Fall bearbeitete Konstantin Olschanski, der Larzew gründlich instruiert hatte. Sie arbeiteten gern zusammen; Larzew war wohl der einzige von Gordejews Mitarbeitern, dem Olschanski nicht nur Sympathie entgegenbrachte, sondern auch großes professionelles Vertrauen. Der hartnäckige, pedantische und strenge Olschanski hatte den Ruf eines Mannes, der seine Fälle bis ins Detail kennt, doch die meisten Kriminalisten und vor allem die Sachverständigen hatten ungern mit ihm zu tun. Er argwöhnte ständig, sie würden etwas übersehen, bei der Untersuchung des Tatorts etwas vergessen; er war absolut unerträglich, scheuchte und kommandierte alle herum wie ein Gutsherr sein Gesinde. Und obwohl alle wussten, dass er Recht hatte, verübelten ihm viele seine schroffe Direktheit, die mitunter an Unverschämtheit grenzte. Nur mit Larzew sprach er nicht nur höflich, sondern regelrecht sanft, weil er im Stillen anerkannte, das dieser Vernehmungen viel besser und effektiver führte als er selbst.

Larzew, der ebenso wie Gordejew die Nacht in der Petrowka verbracht hatte und um acht Uhr morgens sein Büro verließ, wollte dem Oberst von dem Anruf berichten, doch als er die Tür aufmachte, sah er Gordejew in seinem Sessel schlafen, den Kopf in den Nacken gelegt, den Hemdkragen aufgeknöpft, die Krawatte verrutscht. Larzew mochte den Chef nicht wecken und beschloss, ihn später anzurufen, aus dem Gefängnis.

In den kurzen Pausen zwischen den Verhören konnte er Gordejew nicht erreichen: Zweimal war besetzt, einmal nahm niemand ab. Eigentlich war der Anruf auch gar nicht so dringend, er wusste, dass das Objekt beschattet wurde und er Gordejew nichts Neues mitteilen würde. Bis auf ein Detail. Aber das konnte warten, das hatte keine Eile. Hauptsache, er selbst hatte alles getan, was er in dieser Situation für richtig und notwendig erachtete. Als er das Untersuchungsgefängnis verließ, unternahm er noch einen Versuch, Gordejew zu erreichen, aber wieder vergeblich. Dann rief Larzew zu Hause an. Die zehnjährige Nadjuscha nahm ab.

»Papa!« Sie schluchzte. »Komm schnell her. Sie haben Mama weggebracht.«

»Wie weggebracht?«, fragte er fassungslos. »Es ist doch noch viel zu früh.«

Larzews Frau war im neunten Monat schwanger.

»Sie haben sie weggebracht«, schluchzte seine Tochter. »Ihr ist schlecht geworden.«

Larzew stürmte nach Hause, ohne auf den Weg zu achten. Mehrere Male wäre er beinahe unter ein Auto geraten, als er, in der Hoffnung, ein Taxi zu bekommen, auf die Straße lief. Natascha und er wollten unbedingt ein zweites Kind. Nach Nadjuscha war dies die dritte Schwangerschaft. Beim ersten Mal hatte sie die Masern bekommen und eine Fehlgeburt gehabt. Beim zweiten Mal war das Kind tot zur Welt gekommen. Larzew hatte Mitleid mit seiner Frau und versuchte sie und auch sich selbst zu überreden, das Vorhaben aufzugeben, aber Natascha blieb stur. »Ich lasse mich nicht davon abbringen«, sagte sie. Auch diesmal war nicht alles glatt verlaufen, aber sie hatten Hoffnung, und inzwischen war sie immerhin schon im neunten Monat. Und nun auf einmal so etwas! Die arme Nadjuscha, sie war jetzt ganz allein zu Hause, weinte, hatte Angst.

Larzew stürzte in die Wohnung, packte seine tränenüberströmte Tochter und rannte ins Krankenhaus.

»Ich will Ihnen keine falschen Hoffnungen machen«, sagte der Arzt zu ihm. »Die Lage ist sehr ernst. Es ist nicht auszuschließen, dass wir uns entscheiden müssen: für die Mutter oder für das Kind.«

Erschüttert, das zitternde Mädchen an sich gepresst, erstarrte Wolodja Larzew auf einer Bank im Flur. Den Anruf bei Gordejew vergaß er völlig.

Gegen zehn tauchte das Objekt, das für einen ganzen Tag verschwunden gewesen war, auf dem Mir-Prospekt auf.

»Er ist losgegangen«, wurde Gordejew gemeldet.

Der segnete Nastja in Gedanken und eilte die langen Flure der Petrowka entlang und hinunter, zum Wagen.

Als es an der Tür klingelte, kam Nastja gleichsam zu sich. Das innere Zittern hörte auf, die eiskalten Hände wurden augenblicklich heiß. Mit festen Schritten ging sie zur Tür.

»Wer ist da?«

»Larissa?«, fragte ein angenehmer Bariton. »Machen Sie bitte auf. Ich komme von Alexander Jewgenjewitsch.«

Nastja schloss auf und ließ den Besucher ein. Vor ihr stand ein Mann, etwas größer als sie, mit einem schüchternen Gesicht und einem charmanten Lächeln. Er sah aus wie ein ordentlicher Buchhalter. Über der Schulter trug er eine dunkelblaue Männertasche mit einem langen Riemen.

»Ich erwarte niemanden von Alexander Jewgenjewitsch«, sagte sie unwillig. »Wir wollten morgen telefonieren. Wieso die Eile?«

»Wo kann ich mir mal die Hände waschen?«, fragte der Gallier, der ihre Worte ignorierte. »Ihr Treppengeländer ist sehr schmutzig.«

»Hier entlang«, sagte Nastja kühl und führte ihn zum Bad.

Im Bad drehte er blitzschnell beide Wasserhähne voll auf, wandte sich jäh um, packte Nastjas Handgelenk, und im nächsten Augenblick stand Nastja mit dem Rücken ans Waschbecken gepresst; rechts von ihr die Wanne, links die Waschmaschine, vor ihr der Mörder.

Der Gallier hielt mit der Rechten ihre Hand fest, mit der Linken ihre Schulter, und näherte seine Lippen ihrem Ohr.

»Hallo, guten Tag, meine Schöne«, sagte er leise.

Wie in einem Albtraum, dachte Nastja, und ohne jede Hoffnung, aufzuwachen.

»Warum flüstern?«, fragte sie laut.

Die Finger pressten ihr Handgelenk fester, vor Schmerz traten ihr Tränen in die Augen.

»Weil du zu klug bist, um blöd zu sein«, erwiderte der Gallier, ohne die Stimme zu heben. »Wenn du für die Bullen arbeitest, ist deine Wohnung vielleicht voller Wanzen. Und wenn du wirklich Journalistin bist und eine richtige Erpresserin, dann hast du immer ein Diktiergerät parat, um Interessantes aufzunehmen. Stimmt doch, oder?«

»Stimmt. Und weiter?« Nastja gab sich Mühe, ihre Stimme herausfordernd klingen zu lassen.

»Darum werden wir beide uns hier unterhalten.«

Gordejew wischte sich die vor Anspannung schweißnassen Hände an der Hose ab.

»Nun, was tut sich dort?«, fragte er ungeduldig.

»Im Bad läuft Wasser. Man hört nur, dass es zwei Stimmen sind, die Worte sind nicht zu verstehen.«

»Sind die Jungs bereit?«

»Ja.«

»Ihr wartet auf mein Kommando.«

»Na schön, dann lass uns reden.« Sie wechselte mühelos zum Du. »Hat dich wirklich Pawlow geschickt?«

»Wer denn sonst?«

»Woher soll ich das wissen? Vielleicht bist du von der Miliz. Vielleicht hat unser braver Oberst ja gar keinen Dreck am Stecken und hat mich angezeigt.«

»Was für Dreck hat er denn am Stecken? Erzähl mal.«

»Du kannst mich mal!«, flüsterte Nastja wütend und setzte lauter hinzu: »Dauernd versucht ihr, alles umsonst zu kriegen. Merk dir, du fixer Bursche, ich mache den Mund nur für Geld auf. Sag schnell, warum du hier bist, ich hab keine Lust, hier länger rumzustehen. Aber erst mal beweise mir, dass du nicht von der Miliz bist. Dann reden wir weiter.«

»Und wenn ich von der Miliz bin, was machst du dann?«

»Gar nichts. Aber dann kommen wir nicht ins Gespräch. Dann schreibe ich morgen eine Meldung an deinen Chef, dass du dich als Angehöriger der Miliz vorgestellt hast, in meine Wohnung eingedrungen bist und versucht hast, mich zu vergewaltigen. Oder zu berauben. Das weiß ich noch nicht genau. Bis du das widerlegt hast, bist du alt und grau.«

»Du willst mich erpressen?«

»Was sonst? Ich kann nichts anderes.«

»Okay, Schluss jetzt mit den Mätzchen. Pawlow hat das Geld, aber er traut dir nicht. Darum fahren wir beide morgen zu ihm. Du lieferst ihm das Manuskript und die Information, er gibt dir hundertvierzigtausend, und ihr seid quitt.«

»Und was sollst du dabei? Das Geld zählen? Als ehrenamtlicher Kassierer?«, prustete Nastja.

»Lach nur«, sagte der Gallier drohend und presste erneut ihre Hand. »Das wird dir noch vergehen. Ich bleibe bis morgen früh hier. Bis dahin muss ich mich überzeugen, dass man dir trauen kann.«

»Alles Lüge«, sagte sie plötzlich laut. »Davon kannst du dich nicht überzeugen.«

»Leise!«

»Davon kannst du dich nicht überzeugen«, sagte Nastja mit gesenkter Stimme. »Man muss ein Vollidiot sein, um deshalb herzukommen. Sag, was willst du hier?«

»Dich töten.«

»Es sind keine Stimmen mehr zu hören«, rief Leutnant Schestak besorgt per Funk. »Nur Wasserrauschen.«

»Fertig machen«, kommandierte Gordejew. Am liebsten wäre er aus dem Auto gesprungen und vorausgelaufen.

In der Wohnung neunundvierzig wurde lautlos die Tür geöffnet. Zwei weitere Männer postierten sich auf dem Treppenabsatz.

Die Frau erschlaffte in den Armen des Galliers. Ihr Gesicht spiegelte echte Angst.

»Warum?«, flüsterte sie kaum hörbar.

»Darum. Du hast dich in ein fremdes Spiel eingemischt. Ich wurde engagiert, um dich umzubringen. Ich habe persönlich nichts gegen dich. Wenn du ein kluges Mädchen bist, bleibst du am Leben. Klar?«

»Mir ist schlecht«, stöhnte sie; die Lippen gehorchten ihr kaum. »Ich muss mich hinsetzen.«

Der Gallier trat beiseite und setzte sie auf den Wannenrand, wobei er sie weiter festhielt.

»Jetzt hör zu«, sagte er. »Ich hab mit Pawlow eine eigene Rechnung offen. Ich brauche dieses Manuskript, aber ich kann im Moment nicht zahlen, ich habe das Geld nicht. Du kommst morgen mit, ich kassiere das Geld für deine Ermordung, und davon bezahle ich dich. Wenn du brav auf mich hörst, passiert dir nichts.«

Nastja nickte schweigend.

»Wir werden jetzt hier rausgehen und uns verhalten wie vernünftige Menschen. Halt deine Zunge im Zaum. Ein unvorsichtiges Wort, und ich könnte vermuten, dass die Wohnung von den Bullen abgehört wird. Ich bin nämlich äußerst misstrauisch, musst du wissen, und verstehe keinen Spaß. Du bist tot, lange bevor deine Freunde hier sind, selbst wenn sie in der Nachbarwohnung sitzen. Na, sag schon, sitzen sie da auf der Lauer?«

»Ich höre eine Stimme«, meldete Schestak. »Aber nur eine, den Mann. Sie sind noch im Bad.«

»Keine anderen Geräusche? Ein Kampf?«

»Nein, nichts zu hören.«

»Wir warten noch dreißig Sekunden. Wenn sie in dreißig Sekunden nichts sagt, fangen wir an.«

Der Kommandeur der Einsatzgruppe blickte auf den Sekundenzeiger.

Nastja hatte das Gefühl, als arbeite die Analysemaschine in ihrem Kopf ohrenbetäubend laut. Sie musste unverzüglich etwas sagen, egal was, irgendeinen Blödsinn, nur, um Laut zu geben. Sonst würden sie die Wohnung stürmen und alles verderben. Sie durften den Gallier auf keinen Fall schon jetzt festnehmen, bevor sie wusste, was er vorhatte. Irgendein raffiniertes Spiel mit Pawlow. Was hatte er gefragt? Ob in der Nachbarwohnung jemand auf der Lauer lag?

»Na klar. In zwei Wohnungen je zehn Leute und nochmal an die hundert im Treppenhaus. Und hier drin in jedem Schrank. Na los, such doch.«

»Spaßvogel«, zischte der Gallier und drehte die Wasserhähne zu. »Komm raus hier, sonst krepierst du mir noch. Ich brauche dich lebendig.«

Der Kommandeur der Einsatzgruppe sah auf die Uhr. Fünfundzwanzig Sekunden waren vergangen. Er gab ein Handzeichen, und augenblicklich standen drei Männer vor der Wohnung achtundvierzig. Einer von ihnen hatte einen Schlüssel in der Hand.

Im Auto, in dem Gordejew, Korotkow und Dozenko saßen, ertönte Schestaks Stimme:

»Die Frau hat etwas gesagt. Das Wasser wurde abgedreht.«

Gordejew warf einen Blick auf den Sekundenzeiger. Neunundzwanzig Sekunden.

»Abbrechen!«, brüllte er.

Der Gallier, der noch immer Nastjas Hand festhielt, führte sie in die Küche und wies mit einem Kopfnicken auf das kleine Sofa in der Ecke.

»Setz dich da hin. Werd ich dich eben ein bisschen bedienen. Hast du schon gegessen?«

»Noch nicht. Ich wollte gerade, aber du hast mich unterbrochen.«

»Dann lass uns was essen.«

Mit Hausherrengeste öffnete er den Kühlschrank und hockte sich davor. Er holte Eier, Milch und zwei Konservendosen ohne Etikett heraus.

»Was ist das?«, fragte er und drehte die Dosen hin und her.

»Fisch, ich glaube, Sprotten in Tomatensoße. Du findest dich ja schnell zurecht«, sagte Nastja böse.

»Hör zu«, der Gallier drehte sich zu ihr um, »wir beide haben noch die ganze Nacht vor uns. Also lass uns lieber Freunde sein. Isst du auch ein Omelett? Bleib sitzen, das mache ich selbst.«

»Hör schon auf, hab dich nicht so.«

Nastja wollte aufstehen. Sie weigerte sich entschieden, den Gedanken an ihren bevorstehenden Tod ernsthaft an sich heranzulassen.

»Ich hab gesagt, du sollst sitzen bleiben«, sagte der Gallier, und seine Stimme klang stahlhart. »Und leg die Hände so hin, dass ich sie sehen kann. Nochmal sage ich das nicht.«

»Ach, was soll's«, seufzte Nastja und rollte sich auf dem Sofa zusammen. »Lass ich mich eben einmal im Leben von einem Mann bekochen – auch ganz nett. An die Arbeit, Chefkoch!«

Der Wagen fuhr in den Nachbarhof. Drei Männer sprangen heraus und rannten zu dem neben dem Torbogen parkenden Kleinbus.

»Was tut sich?«, fragte Gordejew keuchend.

»Sie wollen essen. Er verdächtigt sie. Sie muss auf dem Sofa in der Ecke sitzen und darf nicht aufstehen. Er will bis morgen früh dableiben.«

»Weiß der Teufel, was das soll«, sagte Gordejew nachdenklich. »Was mag er vorhaben? Übrigens«, er wandte sich an Korotkow, »wo ist Larzew?«

»Heute früh war er im Untersuchungsgefängnis«, sagte Jura achselzuckend. »Danach ist er nicht wieder aufgetaucht.«

»Such ihn. Vielleicht kann er uns was erklären.«

Korotkow setzte sich ans Funktelefon.

Wolodja Larzew saß reglos im langen Krankenhausflur und wagte nicht, sich zu rühren, um die auf seinen Knien eingeschlafene Tochter nicht zu wecken. Ihm war elend zumute. Natascha lag auf der Intensivstation, und nach den Gesichtern der Ärzte zu urteilen, die von dort kamen, stand es schlimm.

Nastja aß mit Appetit das Omelett, obwohl sie nicht hungrig war. Ihre Lust am Experiment war erwacht. Wann wurde man schon mal von einem Mörder bekocht?

»Schmeckt gut!«, lobte sie ganz aufrichtig. »Du bist bestimmt Junggeselle, oder?«

»Und du bist bestimmt sehr neugierig«, antwortete der Gallier im gleichen Tonfall.

»Natürlich.« Sie lachte. »Wenn ich nicht neugierig wäre, hätte ich kein Geld.«

»Na, allzu viel Geld scheinst du nicht zu haben, sonst hättest du dir längst ein neues Auto gekauft. Oder?«, stichelte der Gallier.

Volltreffer, dachte Nastja. Sie legte langsam die Gabel beiseite und kniff die Augen zusammen.

»Du bist also doch ein Bulle. Jetzt hab ich dich erwischt.«

»Wieso?«, fragte der Gallier aufrichtig erstaunt.

»Pawlow kann von meiner Autogeschichte nichts wissen. Aber die Miliz weiß davon. Und wie du an meine Adresse gekommen bist, ist mir auch noch unklar. Wie hast du mich gefunden? Von Pawlow hast du die Adresse nicht, oder?«

»Woher willst du das wissen? Er arbeitet im Innenministerium, für den ist es ein Klacks, deine Adresse rauszufinden.«

»Erzähl keine Märchen.« Sie schürzte verächtlich die Lippen. »Ich bin hier nicht gemeldet. Nur mein Exmann, und der heißt anders als ich. Ich werde bis an mein Lebensende stolz darauf sein, dass ein Milizhauptmann für mich ein Omelett gemacht hat. Oder bist du schon Major? Zeig mir mal deinen Ausweis, ich will sehen, wie du in Uniform aussiehst.«

»Und du, heißt du wirklich Larissa?«, parierte der Gallier. »Zeig mir mal deinen Ausweis.«

»Du verbietest mir ja das Aufstehen«, spottete sie. »Hol meine Handtasche aus dem Flur.«

Ohne den Blick von der Frau zu wenden, ging der Gallier langsam in den Flur und kam mit der Tasche zurück. Nastja streckte die Hand aus, aber er zog selbst den Reißverschluss auf und schüttete den Inhalt auf den Küchentisch.

»Unverschämtheit!«, empörte sie sich.

Der Gallier ignorierte sie und schlug den Ausweis auf. Nastja war vollkommen gelassen, sie wusste, dass Jura Korotkow gute Arbeit geleistet hatte. Und den Inhalt der Tasche überprüfte sie mehrmals am Tag, da dürfte nichts Verdächtiges zu finden sein.

»Na, hast du dich überzeugt, Kontrolleur?«, fragte sie spöttisch. »Jetzt spül das Geschirr und koch der Dame einen Kaffee. Und zeig mir deine Papiere, der Fairness halber.«

»Vergiss es«, knurrte der Gallier und sammelte die über den Tisch verstreuten Utensilien wieder in die Tasche.

»Aber einen Vornamen wirst du doch haben? Ich muss mich schließlich die ganze Nacht mit dir unterhalten.«

»Klar hab ich einen. Such dir einen aus, der dir gefällt. Wassja oder Petja, ganz egal.«

»Mir gefällt der ausgefallene Name Emmanuel. Darf ich dich Emmanuel nennen?«

»Nenn mich, wie du willst. Welcher Schwamm ist zum Abwaschen?«

Der Gallier räumte Teller und Gabeln in die Spüle und band sich ganz selbstverständlich die Schürze um, die am Haken hing.

»Nein, mein kleiner Hausmann, Emmanuel passt nicht zu dir. Lieber was Schlichteres. Ich hab's! Michrjutka. Okay?«

»Was tut sie da?«, sagte Korotkow entsetzt. »Warum reizt sie ihn? Sie wird ihn zur Weißglut treiben, und dann tötet er sie aus lauter Wut. Ausgerechnet einen Auftragskiller verspotten! Ist sie verrückt?«

»Das Schlimme ist, dass wir gar nicht wissen, ob er der Mörder ist oder nicht. Hoffen wir, dass sie es uns wissen lässt. Hast du Larzew gefunden?«

»Er ist nirgends – weder zu Hause noch im Büro.«

»Hast du bei seinen Eltern angerufen?«

»Hab ich. Sie wissen nichts.«

»Und seine Schwiegereltern?«

»Seine Frau ist aus Kuibyschew. Ihre Eltern leben dort.«

»Wo treibt er sich bloß rum? Schlamperei!«

Der Gallier goss den dampfenden Kaffee ein.

Er überlegte, dass das Leben, wenn man mal alles vergaß, erstaunlich angenehm sein konnte. Eine saubere, gemütliche Küche, eine schöne Frau in einem eleganten Negligé, ein starker, heißer Kaffee, ein entspanntes Gespräch – die reinste Familienidylle! Warum gab es in seinem Leben keinen solchen Ort?

»Genug Zucker?«, fragte er, als Nastja einen Schluck nahm.

»Genau richtig, danke. Gib mir bitte die Zigaretten rüber.«

Der Gallier reichte ihr die Schachtel und das Feuerzeug und rückte ihr den Aschenbecher hin. Unwillkürlich bewunderte er ihre langen, tadellos manikürten Finger, als sie eine Zigarette herausnahm.

»Und du, rauchst du nicht?«, fragte sie, nachdem sie einen tiefen Zug gemacht hatte.

»Nein. Hab ich noch nie. Und warum vergiftest du dich, wenn du Herzprobleme hast?«

»Ach, was soll's.«

Nastja malte mit der Zigarette ein verschnörkeltes Zeichen in die Luft.

»Wer interessiert sich schon für meine Gesundheit. Mich braucht doch sowieso niemand. Ich habe keinen Mann, keine Kinder. Meine Eltern leben weit weg, die haben mich vielleicht längst vergessen. Was erwartet mich denn? Ein einsames Ende im Altenheim. Eine schöne Aussicht. Lieber gar nicht erst so alt werden.«

Der Gallier begriff, dass sie diesmal nicht scherzte. In ihren Augen stand echter Schmerz.

»Du könntest wieder heiraten. Du bist klug, schön und reich. Warum gibst du dich schon auf?«

»Heiraten?« Sie schnippte die Asche ab. »O nein! Ich bin das Alleinsein gewöhnt. Wenn man sich nur auf sich selbst verlässt, lebt man irgendwie ruhiger. In diesem beschissenen Leben kann man niemandem trauen, nur sich selber. Stimmt doch, oder?«

»Wahrscheinlich«, stimmte der Gallier ihr zu.

»Na siehst du«, sagte sie zufrieden. »Du bist genauso ein einsamer Wolf wie ich. Weil du weißt, dass das sicherer ist.«

Der Gallier schwieg. Nach dem Stress der letzten Tage wollte er sich gern wenigstens für eine Weile entspannen. Einfach in der warmen Küche sitzen, mit dieser rothaarigen Larissa über Gott und die Welt reden, ohne Hast, freundlich und intim.

»Das ist der Mörder«, sagte Gordejew entschieden. »Was meint ihr?«

»Ich bin dafür, ihn festzunehmen, bevor es zu spät ist«, äußerte Dozenko.

»Ich finde, sie sollten sich noch ein bisschen unterhalten«, widersprach Korotkow. »Die Atmosphäre ist durchaus friedlich. Vielleicht erfahren wir ja etwas Interessantes.«

»Aber sie ist doch da ganz allein mit einem Mörder!«, rief Dozenko erregt. »Wie könnt ihr so ruhig sein?«

»Und er ist dort ganz allein mit Anastasija. Sagt dir das gar nichts? Wir warten«, resümierte der Oberst.

Sie tranken bereits die zweite Tasse Kaffee. Nastja wechselte die Pose und rieb sich ihr vom langen Sitzen eingeschlafenes Bein. Schon über eine Stunde plauderten sie ruhig und freundschaftlich über nichts, erörterten die Vor- und Nachteile von Automarken, Kognaksorten und Urlaubsorten am Meer. Nastja betrachtete das Gesicht ihres Gegenübers und staunte, wie normal es aussah, auf ganz eigene Art sogar anziehend. Wer hatte von den leeren, kalten Augen eines Mörders gesprochen? Alles Quatsch, dachte sie. Ein ganz normaler Mann, mit ganz normalen Augen und einem angenehmen Lächeln. Er ist ruhig und ernst, als täte er seine Arbeit. Na ja, tut er im Grunde ja auch. Es ist Zeit, entschied sie. Tauschen wir das Zuckerbrot gegen die Peitsche. Er hat sich lange genug entspannt.

»Hör mal, Michrjutka, du stinkst nach Köter. Wäschst du dich etwa nicht?«

Der Wechsel von Freundlichkeit zum unverhüllten Angriff kam so abrupt, dass der Gallier zusammenzuckte und rot wurde.

»Geh dich doch duschen«, schlug Nastja vor.

»Und was machst du derweil? Die Miliz anrufen? Oder meine Tasche durchwühlen? Du hältst mich wohl für extrem blöd«, sagte er böse.

»Wenn du willst, komme ich eben mit. Passe auf, dass du nicht ertrinkst. Was guckst du so? Meinst du, ich hätte noch nie einen nackten Mann gesehen? Na los, komm«, sie stand vom Sofa auf, »ab ins Bad. Du musst dich doch selber ekeln.«

Nastja verfolgte ein zweifaches Ziel. Zum einen wollte sie ihn demütigen und zwingen, sich zu rechtfertigen. Und außerdem wollte sie über etwas sprechen, was sie in der Küche nicht erwähnen durfte, um den Gallier nicht misstrauisch zu machen.

Der Gallier stand widerwillig auf, ließ die Hausherrin vorgehen und folgte ihr ins Bad. Er zog sich bis auf den

Slip aus, legte Jeans und Hemd ordentlich auf die Waschmaschine und blieb unschlüssig stehen.

»Dreh dich um.«

»Das hättest du wohl gern! Damit du mir von hinten eins überziehst? Ein ganz Schlauer.«

»Ich habe doch gesagt, ich brauche dich lebendig.«

»Du kannst mir viel erzählen. Du traust mir ja auch nicht, warum sollte ich dir trauen?«

Sie drehte das Wasser auf. Na los, mach schon, trieb Nastja ihn in Gedanken an, ein nackter Mann ist ein schlechter Kämpfer, er kann seine Würde nicht wahren.

»Nun steig schon in die Wanne«, sagte sie ärgerlich, »tu nicht so keusch. Zieh einfach den Vorhang zu, und gut.«

»Wozu hat sie ihn ins Bad geschleppt?«, fragte Korotkow unzufrieden. »Man hört ja nichts.«

»Genau darum«, antwortete Gordejew geheimnisvoll, denn er durchschaute Nastjas Manöver. »Wenn sie aus dem Bad kommen, dann bitte äußerste Aufmerksamkeit. Sie wird möglicherweise versuchen, uns etwas mitzuteilen. Offenkundig argwöhnt er, dass wir sie belauschen. Er sagt nichts, was ihn belasten könnte, er ist sehr vorsichtig.«

Der Gallier genoss das warme Wasser, das über seinen Körper floss. Sie ist gar nicht so übel, dachte er, schade, dass ich sie umbringen muss. Zwei einsame Wölfe. Aus ihnen hätte was werden können.

»Und, Michrjutka?«, vernahm er ihre Stimme hinter dem undurchsichtigen Plastikvorhang. »Schön, oder?«

»Ja«, sagte er, ohne sein Behagen zu verhehlen.

»Und du wolltest erst nicht.« Sie lachte leise. »Hör mal, kann ich dich was fragen?«

Der Gallier wurde misstrauisch; er drehte für alle Fälle den Wasserhahn stärker auf, damit das Rauschen lauter wurde. Aber Larissa hatte ihre Lektion offenbar gut gelernt, denn sie schob den Vorhang beiseite und rückte ganz dicht an ihn heran.

»Hast du auch Irina ...?«

Der Gallier tat, als habe er nicht verstanden.

»Welche Irina?«

»Filatowa. Sie war meine Freundin. Sie wurde wegen dieses Manuskripts umgebracht.«

»Noch nie gehört.«

»Wenn du es nicht warst, wer dann?«

»Ich sage doch: noch nie gehört. Ich kenne keine Filatowa.«

»Ehrlich?«

»Wie kommst du darauf, dass ich sie kenne?«

»Dieses Exemplar des Manuskripts hat Irina mir gegeben.«

»Du bist ja gerissen! Du willst Pawlow hundertvierzig Riesen abknöpfen, um ihm das zu sagen? Für diese Information würde ich dir keine Kopeke geben.«

»Du nicht, aber Pawlow schon. Er würde sogar noch mehr dafür zahlen. Und wozu brauchst du das Manuskript?«

»Ich will mit Alexander Jewgenjewitsch von Mann zu Mann reden. Er gefällt mir nicht. Sieht so aus, als hätte er deine Freundin umgebracht.«

»Woher weißt du das?«

»Ich weiß es eben. Schluss, geh jetzt, Ende der Diskussion.«

Nastja ging folgsam zur Tür. Der Gallier drehte das Wasser ab und langte nach einem Handtuch. Nach dem Duschen fühlte er sich wesentlich besser. Natürlich hätte er ihr den Mord an der Filatowa gestehen können; sie hatte sowieso nicht mehr lange – morgen um diese Zeit war sie tot. Dafür hätte sie jetzt richtig Angst vor ihm und würde ihn nicht mehr mit ihren giftigen Sticheleien nerven. Aber der Gallier war überzeugt, dass er nichts gestehen durfte.

»Zieh den Bademantel an«, schlug Nastja ihm vor, als sie sah, dass er sich wieder anziehen wollte. »Das Hemd kannst du waschen, mein Häuslicher, das ist morgen früh trocken.«

»Nicht nötig«, erwiderte er wütend. Das fehlte noch: vor ihren Augen Wäsche waschen. Dazu müsste er die Taschen leeren, und dann würde sie sehen ... Obwohl, sie würde sich vielleicht gar nichts dabei denken.

Aber er zog doch den Bademantel an; es widerstrebte ihm, das durchgeschwitzte Hemd über den sauberen Körper zu ziehen.

»Gehen wir ins Zimmer, wir haben lange genug in der Küche rumgesessen«, kommandierte er.

»Und wie lange werden wir noch so rumsitzen?«, fragte Nastja.

»Willst du schlafen? Leg dich hin, ich weck dich, wenn's so weit ist.«

»Sonst noch was? Du hältst mich wohl für blöd – ich geh doch nicht schlafen, wenn ein fremder Mann in meiner Wohnung ist. Vielleicht bist du ja gar kein Bulle, sondern ein ganz gewöhnlicher Dieb.«

»Ich bin kein Bulle, wie oft soll ich dir das noch sagen!«, explodierte der Gallier.

»Dann beweis es mir«, verlangte sie ungerührt.

»Wie denn? Ich weiß nicht, wie ich dir das beweisen soll! Mach einen Vorschlag, ich bin mit allem einverstanden.«

»Jetzt hat sie ihn so weit«, kommentierte Gordejew zufrieden. »Mal sehen, wie er sich da rauswindet.«

»Viktor Alexejewitsch, verstehen Sie, was sie da macht?«, fragte Dozenko besorgt.

»Was sie da macht, das nennt man ›wissenschaftliches Herumstochern‹«, sagte Korotkow und lachte. »Sie probiert verschiedene Varianten aus, improvisiert aus dem Stegreif, um herauszufinden, warum er sie nicht tötet.«

»Verdammt nochmal, wo steckt Larzew?«, tobte Gordejew. »Der hätte jetzt hier zu sein. Michail, telefonier in den Krankenhäusern rum. Vielleicht ist ihm was passiert.«

»Kommen Sie herein, nehmen Sie von ihr Abschied«, flüsterte der Arzt, um Nadjuscha nicht zu wecken.

Larzew legte das Mädchen behutsam auf die Bank und ging steifbeinig in das Krankenzimmer. Natascha war mager wie ein kleines Mädchen, der dicke Bauch, an den er sich schon gewöhnt hatte, war weg. Wie sollte er von ihr Abschied nehmen? Wolodja hatte keine Ahnung, was von ihm erwartet wurde. Sie küssen? Er hatte noch nie im Krankenhaus von einem Angehörigen Abschied genommen. Hilflos nahm er die Hand seiner Frau, streichelte ihre Finger. Wie ist das möglich, dachte er, sie ist doch noch da, ich sehe sie doch, ich berühre sie, mir scheint, sie kann mich sogar hören. Und zugleich ist sie nicht mehr da. Sie ist noch warm. Und doch schon tot. Sein Verstand konnte es nicht fassen.

Erst auf der Bank kam er wieder zu sich, neben seiner schlafenden Tochter. Soll sie nur schlafen, dachte er. Sie wird es noch früh genug erfahren, noch früh genug weinen. Er lehnte sich an die kühle, mit Ölfarbe gestrichene Krankenhauswand und schloss die Augen. Später, später, alles später.

Was Nastja Kamenskaja mit dem Gallier tat, nannte man »das Pendel in Schwung bringen«. Leichte Scherze, dann ein ruhiges, unverbindliches Gespräch, dann gröbere Scherze, provozierendere, auf die ein vertrauliches Gespräch folgte, und so weiter, immer weitere Steigerungen. Jetzt musste sie die Phase des Scherzens mit einer beleidigenden Provokation beenden, um anschließend zu einem ernsthaften Gespräch zu wechseln. Sie konzentrierte sich.

»Es gibt eine Möglichkeit zu beweisen, dass du kein Bulle

bist. Damit könnten wir zwei Fliegen mit einer Klappe schlagen, du könntest dich nämlich zugleich davon überzeugen, dass meine Wohnung nicht abgehört wird. Was hältst du davon?«

»Klingt gut. Lass hören.«

Nastja ging auf ihn zu, blieb vor ihm stehen, als müsse sie sich sammeln, und schlug dann blitzschnell den Bademantel des Mörders auseinander. Gierig und ausgiebig musterte sie seinen hageren, muskulösen Körper, der keinerlei Tätowierungen aufwies. Sie hatte erfahren, was sie wissen wollte.

»Also, was ist, mein Häuslicher? Im Kochen und Wäschewaschen bist du fit, und wie sieht's mit dem Rest aus? Ihr Bullen dürft ja nicht mit Verdächtigen schlafen, das kann euch die Schulterstücke kosten. Also beweise mir, dass dich wirklich Pawlow geschickt hat und nicht jemand von der Petrowka«, sagte sie langsam.

»Wofür hältst du mich, für eine Maschine?« Der Gallier war empört. »Vielleicht habe ich keine Lust. Oder vielleicht gefällst du mir ja nicht? Und überhaupt, ich bin müde.«

»Du bist also nicht nur Bulle, sondern auch noch impotent.« Nastja nickte nachdenklich, als betrachte sie ein seltsames Präparat unterm Mikroskop. »Na klar, euer Job ist schwer und nervenaufreibend. Schade. Wir hätten alle Missverständnisse ausräumen können. Müssen wir uns also was Neues ausdenken, wenn du nun mal nicht gelernt hast, deine sexuellen Fähigkeiten zum Wohl der Heimat und unserer gemeinsamen Sache einzusetzen.«

Sie setzte sich aufs Fensterbrett, seitlich zum Gallier, zündete sich eine Zigarette an und blies den Rauch aus dem Lüftungsfenster. Sie schwieg, während sie im Stillen bis hundert zählte.

»Sag mal, hast du Angst vorm Tod?«, fragte sie leise.

»Ein Larzew liegt in keinem Krankenhaus«, meldete Dozenko. »Aber eine Larzewa, Natascha Konstantinowna, sechsunddreißig Jahre alt, um vierzehn Uhr mit dem Notarztwagen von der Olchowskaja-Straße eingeliefert.«

»Seine Frau.« Gordejew hob den Kopf. »Was ist mit ihr?«

»Sie ist vor einer halben Stunde gestorben. Das Kind auch.«

»Mein Gott!«, stöhnte Gordejew. »Das ist ja furchtbar. Furchtbar ... Wahrscheinlich hat er die ganze Zeit im Krankenhaus gesessen, während wir nach ihm gesucht haben.«

Gordejews Gedanken kreisten gleichzeitig darum, wie man Wolodja Larzew helfen könnte, der mit einem Schlag seine Frau und sein ungeborenes Kind verloren hatte, und darum, was sie mit dem Gallier machen sollten, dem Auftragskiller, der sich nur rund zweihundert Meter von ihnen entfernt aufhielt.

# Zwölftes Kapitel

Vor dem Tod hatte der Gallier keine Angst. Er hatte ihn oft genug gesehen, ihn vielen Menschen selbst gebracht. Von seinen Händen war der Tod weder Furcht einflößend noch qualvoll. Er wollte gern glauben, dass auch sein eigenes Ende schnell und leicht kommen würde. Überhaupt konnte man nur etwas fürchten, das nicht allen widerfährt. Aber wenn es unausweichlich war, wenn jeder Mensch sterben musste, was hatte es dann für einen Sinn, sich davor zu fürchten? Ob man sich fürchtete oder nicht, das Ende war für alle gleich. Und er hatte nicht so viel Freude am Leben, dass er den Verlust bedauern würde.

Als er, ein abgebrochener Medizinstudent, damals seinem Paten begegnet war, glaubte er, jung und dumm, das Leben in einer kriminellen Organisation sei ein einziges Fest. Von dem vielen Geld, das man für ein, zwei Aufträge im Jahr bekam, konnte man sich ein ziemlich luxuriöses Leben leisten: Sommerurlaub am Meer, die teuersten Nutten, den besten Kognak. Aber im Laufe der Jahre stellte sich heraus, dass man sich, wenn man weitere Aufträge bekommen wollte, still, unauffällig und umsichtig verhalten musste. Der Preis für das große Geld war die Einsamkeit. Der Gallier wusste: Wenn er starb, würde niemand trauern. Niemand würde bemerken, dass er nicht mehr lebte. Sollte man so einem Leben etwa nachweinen? Auch vor dem Gefängnis hatte der Gallier keine Angst. Er hatte immer eine rettende Tablette bei sich, um sofort zu sterben, ohne erst Untersuchung und Gericht abzuwarten.

Doch Nastjas Frage verwirrte ihn. Warum sollte er das mit einem völlig unbekannten Menschen erörtern? Andererseits war er froh, dass sie von dem schlüpfrigen, unangenehmen Thema abgelassen hatte und ihn nicht mehr reizte. Nein, mit ihr schlafen wollte er nicht, jedenfalls nicht jetzt.

Draußen wurde es langsam hell. Der Gallier saß in einem Sessel, Nastja neben ihm auf dem Fußboden. Der Mörder und sein künftiges Opfer sprachen halblaut über den Tod.

»Sterben ist nicht schlimm, wenn es nicht wehtut«, sagte sie, als habe sie seine Gedanken belauscht. »Vielleicht stimmt ja alles, was in den Büchern steht? Das Leben nach dem Tod ist bestimmt besser als das Leben jetzt. Was meinst du?«

»Keine Ahnung. Solche Bücher hab ich nicht gelesen.«

»Ob Pawlow wohl Angst hat vorm Sterben?«

»Solche Leute haben immer Angst. Sonst hätte er sich längst erschossen, anstatt solchen Aufwand zu treiben. Aber er schiebt es immer wieder auf, hofft immer noch auf irgendwas. Das hat er nun davon.«

»Na und!« Nastja schüttelte den Kopf. »Er zahlt die hundertvierzigtausend, und dann hat er seine Ruhe. Warum sollte er sich erschießen? Das ist das letzte Exemplar, mehr gibt es nicht, so viel ist sicher. Also kann ihm keiner mehr was.«

»Du musst es ja wissen!«

»Weißt du denn mehr?«, fragte sie ungläubig.

Der Gallier schwieg und verfluchte sich im Stillen für seine Unbeherrschtheit. Wie konnte er sich so gehen lassen? Gut, dass sie offenbar nichts bemerkt hatte. Er versuchte, von dem gefährlichen Thema abzulenken.

»Wie lange brauchst du, bis du fertig bist zum Aufbruch?«

»Was denn, ist es schon so weit?« Nastja zuckte zusammen.

»Nein, noch nicht, beruhige dich. Ich muss nur die Zeit planen.«

»Fahren wir weit?«

»Das geht dich nichts an. Ich hab dich was gefragt«, sagte der Gallier kalt.

»Und ich will darauf antworten. Kommt darauf an, wohin wir fahren. Ich muss wissen, was ich anziehen soll. Hose und Sportschuhe, das geht schnell, aber wenn wir an einen anständigen Ort wollen, dann brauche ich länger. Schminken, dies und jenes, so neun bis fünfzehn Sachen. Du verstehst schon.«

»Wir treffen uns mit Pawlow. Geh mal davon aus.«

Der Gallier ließ sich nicht so leicht aus der Reserve locken.

»Na, dann etwa fünfundvierzig, fünfzig Minuten.«

»Nein, wie präzise«, spottete er. »Meiner Meinung nach haben Frauen überhaupt kein Zeitgefühl, deshalb kommen sie immer zu spät.«

»Ach ja, Michrjutka, du bist ja ein großer Frauenkenner. Das sieht man. Impotente sind natürlich die besten Experten.«

Ich Idiot! Selber schuld. Bei der muss man aufpassen wie ein Luchs. Ein unvorsichtiges Wort, und sie kippt dir einen ganzen Kübel Scheiße über den Kopf, dachte der Gallier.

»Was hat sie gesagt?« Gordejew stutzte. »Schminken, dies und jenes, und wie weiter?«

»Fünf bis zehn Sachen«, sagte Schestak.

»Nein, irgendwie anders. Ich bin sofort drüber gestolpert.«

»Neun bis fünfzehn Sachen«, sagte Mischa Dozenko.

»Was kann sie damit meinen?«, fragte Gordejew. »So redet sie sonst nie. Das hat etwas zu bedeuten. Alle nachdenken, schnell!«

Alles sinnlos, dachte Nastja. Sie werden es nicht verstehen. Aber etwas Besseres ist mir nicht eingefallen. Der Gallier ist zu klug, als dass ich die Information auf andere Weise hätte übermitteln können. Jetzt kann ich nur hoffen. Wenn ich wenigstens wüsste, wer von unseren Leuten jetzt mithört. Dann könnte ich mich besser orientieren.

»Ich habe Hunger«, verkündete sie launisch. »Gehen wir in die Küche. Aber das Essen machst du. Du kannst das besser, Michrjutka.«

»Neun, fünfzehn, neun, fünfzehn«, wiederholte Korotkow, der auf der hinteren Bank des Kleinbusses stumpfsinnig saß. »Eine Adresse: Haus neun, Wohnung fünfzehn. Oder umgekehrt: Haus fünfzehn, Wohnung neun. Eine Autonummer: null, neun, fünfzehn. Oder fünfzehn, null, neun. Was noch?«

»Vielleicht die Abfahrtszeit eines Zuges?«, schlug Dozenko vor.

»Ruf an, erkundige dich«, ordnete der Chef an.

»Es könnte auch eine Telefonnummer sein, die mit neunhundertfünfzehn oder hundertneunundfünfzig beginnt«, sagte Korotkow.

»Hundertneunundfünfzig, das ist der Leningrader Prospekt. Und neunhundertfünfzehn? Welches Amt ist das?«

»Kläre ich gleich«, antwortete Korotkow.

Doch keine ihrer Vermutungen kam auch nur annähernd dem nahe, was Nastja ihnen mitteilen wollte.

»Was hältst du davon, wenn ich uns Fleisch brate?«, fragte der Gallier höflich und nahm ein Stück Schweinefleisch aus dem Tiefkühlfach. »In der Mikrowelle taut das schnell auf.«

Er hatte beschlossen, in der verbleibenden Zeit nicht mehr auf ihre Sticheleien einzugehen, die Regeln des guten Tons und totale Gelassenheit zu wahren. Selbst wenn sie ihn offen provozieren sollte, würde er nicht darauf reagieren. Aber Larissa schien sich ausgetobt zu haben. Sie war still, als spüre sie den nahen Tod. Wieder empfand der Gallier so etwas wie Mitleid mit ihr.

»Gut, bitte«, antwortete sie ungewöhnlich sanft. »Kriege ich wenigstens noch eine anständige Henkersmahlzeit.«

Erst einige Minuten später merkte der Gallier, dass er erneut einen Fehler gemacht hatte. Nun war es zu spät, ihn zu korrigieren. War er wirklich langsam am Ende? Zwei Fehler in der letzten Stunde. Erst bei dem Gespräch über Pawlow, und nun, als sie von ›Henkersmahlzeit‹ gesprochen hatte. Er Idiot hatte dazu geschwiegen, statt erstaunt zu fragen: Wieso Henkersmahlzeit? Er hatte geschwiegen, weil es stimmte. Er musste versuchen, sie von diesem Gedanken abzulenken.

»Hör mal, hast du ein Hobby?«, fragte er sie, als er den Zeitschalter der Mikrowelle einstellte.

»Ja. Einen Beweis für den Fermatschen Satz suchen«, antwortete sie ernst.

»Du mit deinen dauernden Witzeleien.« Der Gallier verzog unwillig das Gesicht.

»Nein, wieso denn, das ist kein Witz. Wer einen Beweis für den Fermatschen Satz findet, der bekommt den berühmten Wolfskehl-Preis. Dem sind Weltruhm und ewiges Ansehen sicher. Dann macht einem der Tod nichts aus.«

»Wieso redest du dauernd vom Tod? Sieh mal: Die Sonne geht auf, der Himmel ist blau, die Vögel singen. Das Leben ist schön, Mylady! Sie bekommen Ihr Geld, sparen auf ein neues Auto und fahren in Urlaub.«

»Und du?« Sie sah den Gallier durchdringend an. »Was machst du, wenn du dein Geld bekommen hast?«

»Was soll das mit dem Fermatschen Satz?«, fragte Mischa Dozenko verständnislos.

Gordejew schlug sich mit der Faust aufs Knie.

»Wir Idioten! Wir sind alle Idioten! Wer hat die Nummer von Tschistjakow?«

»Viktor Alexejewitsch, es ist fünf Uhr früh.«

»Scheißegal! Ruf ihn sofort an! Na los, ruf an, sag ich!«

Als Gordejew sah, wie Dozenko zögerte, stürzte er selbst zum Telefon.

»Gib mir die Nummer, ich rede selbst mit ihm.«

»Wie ist das Fleisch? Gut durchgebraten?«

»Durchaus. Du würdest einen guten Koch abgeben, Michrjutka. Bleib bei mir, ja? Ich stell dich als Haushaltshilfe ein. Das Einkommen ist nicht üppig, aber stabil. Und vor allem – ganz legal.«

»Iss auf, und dann machen wir uns fertig«, sagte der Gallier sachlich.

Nastja registrierte, dass er auf ihre Provokationen nicht mehr einging. Was bedeutete das? Die Konzentration vor dem Sprung ins Wasser? Oder ahnte er etwas? Sie musste sofort ihre Taktik ändern. Das mit dem Fermatschen Satz war natürlich ein bisschen dick aufgetragen gewesen. Aber notwendig. Oder würden sie es nun noch immer nicht rauskriegen?

»Gehen Sie bitte nicht weg«, bat Gordejew. »Vielleicht muss ich Sie noch einmal anrufen.«

Korotkow und Dozenko sahen ihren Chef wortlos an.

»Er sagt, die Zahlen könnten etwa Folgendes bedeuten: Eine völlig andere Regel, mit einer eigenen Formel.«

»Aber warum?«, riefen beide gleichzeitig.

»Das ist umständlich zu erklären. Kurz, wenn wir alles richtig verstanden haben, will sie uns damit sagen, dass der Gallier nach einem anderen Schema vorgeht. Er will sie nicht in der Wohnung töten, wie wir vermutet haben, sondern woanders. Dort wird auch Pawlow getötet, durch einen fingierten Selbstmord. Am Tatort wird er Beweise für Pawlows Beteiligung an beiden Morden hinterlassen. Was tut sich in der Wohnung?«

»Sie wollen aufbrechen.«

»Ganz schön clever, das Schwein! Um diese Zeit sind die Straßen wie leer gefegt, der Prospekt ist schnurgerade, nach allen Seiten freie Sicht. Sie werden uns entwischen! Verdammt, wo will er sie hinbringen? Am wahrscheinlichsten sind zwei Varianten: Die Wohnung von Murtasow und Pawlows Datscha. Was meint ihr?«

Als Nastja aus dem Vorortzug ausstieg, konnte sie auf dem Bahnsteig niemanden von ihren Leuten entdecken. Sie haben uns verloren, dachte sie entmutigt. Sie haben mich nicht verstanden. Es hat nicht sollen sein.

An der Kasse standen zwei Männer und stritten sich erbittert.

»Mein Lebtag hat eine Karte bis Moskau und zurück zwei achtzig gekostet! Ich fahre die Strecke seit zehn Jahren!«, tobte der Ältere.

»Am ersten Juli wurden die Preise erhöht! Auf das Zweikommasiebenfache! Da hängt die Mitteilung, können Sie nicht lesen, oder was?«, rief ein junger Bursche in Shorts und T-Shirt.

»Na eben, auf das Zweikommasiebenfache. Warum hat sie mir dann sieben sechsundfünfzig abgeknöpft?« Der erste Mann wollte nicht aufgeben.

Nastja teilte im Kopf mechanisch den neuen Preis durch den alten: Genau zwei Komma sieben. Dieser Streithammel rennt eine offene Tür ein, dachte sie und musste lächeln.

»Sie können sich noch immer nicht an die steigenden Preise gewöhnen«, sagte sie und verstummte. Auf einmal fühlte sie sich leicht und ruhig. Sie wusste jetzt, was sie zu tun hatte. Sie musste nach einer verschlossenen Tür suchen.

Lange liefen sie an einem Birkenwäldchen entlang, passierten die Siedlung, bis sie schließlich zu den Datschas kamen. Der Gallier führte sie zielstrebig durch eine Gartenpforte und steuerte auf ein solides einstöckiges Holzhaus zu. Auf dem weitläufigen Grundstück befanden sich außer dem Haus noch eine aus Ziegeln gemauerte Garage und ein Schuppen mit einem Blechdach und einer Eisentür.

Vom Nachbargrundstück kam ein verlottert aussehender Mann mit einem großen Schäferhund auf sie zu. Er zog ein Bein leicht nach. Sein Gesicht mit dem Zweitagebart wirkte müde und versoffen. Der Hund passte zu ihm: ungepflegt, schmutzig, mit kahlen Stellen an der Flanke.

»Guten Morgen«, grüßte der Gallier höflich.

»Grüß dich«, brummte der Mann. »Hast du dir eine Puppe mitgebracht? Oder ist die für den Hausherrn?« Er zwinkerte anzüglich und hustete heiser.

»Alexander Jewgenjewitsch hat gesagt, wir sollen früh hier sein. Schließ auf, wir warten hier auf ihn«, sagte der Gallier in festem Ton.

»Mach ich, klar doch, wenn der Hausherr es gesagt hat.« Der Mann nickte zustimmend.

Der Hund blieb stehen, knurrte und bleckte die Zähne.

»Na, na, ganz ruhig«, beruhigte ihn der Wächter. »Erkennst du deine Leute nicht mehr? Er war doch gestern schon mal hier.«

Ein merkwürdiger Hund, dachte Nastja. Er sieht alt und krank aus, aber Augen und Zähne sind jung. Außerdem ist er reinrassig, auch wenn er mehr Dreck auf dem Leib hat als Fell.

Sie warf einen prüfenden Blick über das Grundstück – man konnte sich nirgends verstecken, die Nachbardatschas waren weit entfernt, alle Zugänge waren einzusehen. Wo waren sie? Etwa im Haus? In diesem Fall würde der Gallier, sobald er etwas Verdächtiges spürte, auch nur das leiseste Geräusch hörte, sie als Geisel nehmen. Deshalb durfte er sie keinen Schritt von seiner Seite weichen lassen.

Was hatte er gesagt, dieser verlotterte Wächter? Dass der Gallier gestern schon mal hier war. Also hatte sie richtig vermutet. Er war hier gewesen, um alles zu erkunden, um das Arrangement zu planen. Pawlows Leiche, die Leiche der Erpresserin, und daneben die Beweise. Pawlow hatte die Erpresserin getötet und dann, als er begriffen hatte, was er da angerichtet, dass er einen zweiten Mord begangen hatte, sich selbst getötet. Aber was hatte er mit dem Wächter vor? Das war doch ein Zeuge. Wahrscheinlich wird er mich töten, so tun, als ginge er wieder, sich von ihm verabschieden und dann heimlich zurückkommen. Nicht umsonst hat er sich gestern hier umgesehen, alle Wege und Schleichwege erkundet. Irgendwo musste eine verschlossene Tür sein. Wo?

Der Wächter setzte sich auf eine Bank und kramte Schlüssel heraus.

»Hier, nimm.« Er reichte dem Gallier ein Schlüsselbund. »Schließ selber auf. Mit fällt das Treppensteigen schwer.«

»Komm.« Der Gallier nickte Nastja zu.

Ich darf nicht ins Haus gehen. Auf keinen Fall. Wenn sie dort sitzen, könnte ich sie stören. Entweder er packt mich und nimmt mich als Geisel, oder ich stehe mitten in der Schusslinie. Was mache ich bloß? Nastja überlegte fieberhaft. Wie kann ich draußen bleiben, ohne seinen Verdacht zu erregen? Und wo ist die verschlossene Tür? Wo nur?

Nastja vernahm links von sich drohendes Knurren. Der Hund war dicht neben ihr und wirkte nicht gerade freundlich. Nastja blickte mechanisch nach rechts, auf der Suche nach einem Fluchtweg vor dem feindlich gesonnenen Tier. Sie hatte eigentlich keine Angst vor Hunden und fand mit ihnen immer eine gemeinsame Sprache. Aber dieser Hund flößte ihr kein Vertrauen ein.

Sie rückte vorsichtig ein Stück nach rechts und sah sich erneut um. Etwa zweihundert Meter entfernt erspähte sie die grüne Eisentür des Schuppens, an der ein gewaltiges Vorhängeschloss hing.

»Nehmen Sie den Hund weg«, sagte sie unwillig.

»Keine Angst, der tut nichts, der ist lieb«, antwortete der Wächter und sah Nastja irgendwie seltsam an.

Der Hund knurrte lauter. Nastja sah hilflos zum Gallier, der mit dem Rücken zu ihr auf der Treppe stand und die Tür aufschloss.

»Nun nehmen Sie doch endlich den Hund weg«, sagte sie, bereits nervöser.

Der Gallier drehte sich neugierig um. Sein Gesicht spiegelte unverhohlene Schadenfreude.

»Nur keine Angst, er beißt nicht. Du gefällst ihm bloß nicht, solche gemeinen Luder wie dich wittert er auf einen Kilometer«, höhnte er.

Der Hundehalter beobachtete sie gleichmütig, ohne das geringste Mitgefühl für Nastjas Lage.

Nastja machte noch einen Schritt nach rechts, und der Hund folgte ihr sofort.

»Komm ins Haus«, forderte der Gallier sie auf.

»Ich kann nicht, ich hab Angst vor ihm«, jammerte Nastja und bewegte sich weiter nach rechts, in Richtung Schuppen. Der Hund, der dicht an ihr dranblieb, begann plötzlich laut und wütend zu bellen.

»He, Mann«, sagte der Gallier auf einmal böse, »pfeif deinen Köter zurück. Schluss jetzt mit den Faxen.«

Bis zum Schuppen waren es nur noch wenige Schritte. Nastja stürzte Hals über Kopf zur Eisentür, rammte die Schulter mir voller Wucht dagegen und fiel ins Dunkel ...

Der Rest ging schnell, still und routiniert vor sich. Die Operation, an der sie über zwei Wochen gearbeitet hatten, wurde binnen weniger Minuten und ohne einen einzigen Schuss beendet.

Nastja kam zu sich, als ein heißer Atem ihr ins Gesicht schlug. Sie streckte die Hand aus, ertastete eine Hundeflanke, und eine raue Zunge leckte ihre Wange. Sie richtete sich mühsam auf. Die Schulter, mit der sie gegen die Eisentür angerannt war, tat unerträglich weh. Dumme Kuh, beschimpfte sie sich, hättest dir doch denken können, dass ein leichter Stoß genügt. Beim Fallen hatte sie sich das Knie aufgeschlagen und sich außerdem einen Absatz abgebrochen.

Nastja sah vorsichtig hinaus. Der Gallier wurde in Handschellen ins Auto gesetzt. Wie lange lag sie schon in diesem Schuppen? Sie ging hinaus und setzte sich auf die Erde, betrachtete wehmütig den kaputten Schuh und das blutende Knie. Außerdem schien sie sich auch noch den Kopf gestoßen zu haben.

»Na, sichten Sie Ihre Blessuren?«, fragte eine spöttische Stimme neben ihr.

Sie hob den Kopf und erblickte den humpelnden Wächter. Nastja lächelte gequält.

»Ein braves Tier, Ihr Hund. Er war ungezogen, aber er hat sich dafür entschuldigt.«

»Er war nicht ungezogen«, erwiderte der Wächter irgendwie sehr ernst. »Er hört aufs Wort. Wir beide verstehen uns perfekt.«

Nastja riss die Augen auf.

»Sie meinen ... Natürlich, da hätte ich auch selber drauf kommen können.«

Mit gespielter Wut schleuderte sie den Schuh auf den Boden, wollte lachen und weinte auf einmal hemmungslos. Ein klassischer hysterischer Anfall, den nach langer Anspannung der kleinste emotionale Anstoß auslösen kann. Tränen liefen ihr über das Gesicht, ihre Schultern bebten, sie schluchzte, umschlang den Hals des »Wächters« und presste ihr Gesicht an seine Brust.

»Na, na, beruhige dich, beruhige dich«, redete er sanft auf Nastja ein und streichelte ihr den Rücken. »Es ist alles vorbei, es ist alles gut. Du hast dich prima gehalten. Na komm, meine Gute, hör auf zu weinen, sieh mal, da kommt dein Chef. Komm, meine Gute, wisch dir die Tränen ab.«

»Du solltest Kinder hüten«, hörte Nastja Gordejew müde sagen. »Wo hast du so gut gelernt, Mädchen zu trösten?«

»Ich habe mein Leben lang mit Hunden zu tun, Viktor Alexejewitsch. Manchmal muss man ein Tier beruhigen, und da muss man sich eben was einfallen lassen. Auf manchen Hund habe ich schon eine geschlagene Stunde einreden müssen.«

Nastja schniefte und riss sich von der behaglichen breiten Brust los. Gordejew stieß einen Pfiff aus.

»Na, du siehst ja gut aus, Anastasija! Hast du einen Spiegel? Wo ist deine Handtasche?«

»Bestimmt noch im Schuppen.«

»Kyrill, hol bitte die Handtasche«, bat der »Wächter« leise.

Gemächlich kam der Hund aus dem Schuppen, die Handtasche akkurat im Maul.

»Einen komischen Namen hat dein Hund«, sagte der Oberst. »Ist doch eigentlich unüblich, ihnen Menschennamen zu geben.«

»Der Name in seinem Stammbaum, da braucht man eine Woche, um den auszusprechen.« Der Wächter winkte ab.

»Übrigens, Anastasija, macht euch bekannt, das ist Andrej Tschernyschew, ein Busenfreund und Kollege von unserem Larzew, aus der Gebietsverwaltung.«

»Sehr angenehm«, murmelte Nastja, öffnete die Puderdose und sah in den Spiegel. »Mein Gott, ich sehe ja aus!«

Auf ihrem Gesicht lag eine dekorative Mischung aus Staub, Schmutz und verlaufenem Make-up, besonders dort, wo die Hundezunge drübergefahren war. Sie verband ihr Knie mit einem Taschentuch, zog den unversehrten Schuh aus und wollte aufstehen.

»Andrej, fahr sie nach Hause«, ordnete Gordejew an.

»Und Sie?«

»Ich warte auf Alexander Jewgenjewitsch. Ist doch unschön sonst: Da kommt der Mann extra her mit so viel Geld, und dann ist keiner da.«

Nastja war wieder ganz die Alte.

»Hat er viel Geld dabei? Nur interessehalber – wie viel kostet es, mich umzubringen?«

»Deine Neugier ist ungesund, Anastasija. Sag mir lieber: Warum hast du den Gallier dazu gebracht, sich zu duschen?«

»Ich wollte, dass er sich auszieht. Er hat die Sachen auf die Waschmaschine gelegt, und ich hab meine Ellbogen darauf gestützt. Der Duschvorhang von Ihrem Sohn ist doch undurchsichtig. Ich hab allerdings nur die Hemdtaschen kontrollieren können. Gut, dass die Hausapotheke direkt auf der Waschmaschine steht. Aber die Hände haben mir gezittert, als würde ich Hühner klauen.«

»Schlecht. Ein unkluges Risiko, er hätte dich erwischen können. Aber beim ersten Mal verzeih ich dir das noch.«

»Haben Sie eine Waffe bei ihm gefunden?«

»Er trug ein ganz raffiniertes Ding bei sich. Einen Mini-Elektroschocker, so groß wie eine Taschenlampe. Davon verliert man für fünfzehn, zwanzig Minuten das Bewusstsein, genug Zeit, um zu inszenieren, was immer man will.«

»Damit hat er also die Filatowa an der Tür empfangen«, sagte Nastja nachdenklich. »Und mich wollte er bestimmt auch damit ... Trotzdem, Viktor Alexejewitsch, wie viel kostet es, mich umzubringen?«

»Einen Menschen zu töten kostet ungefähr so viel wie ein ordentliches Auto. Also rechne es dir aus, die Inflation inbegriffen.«

»Ein einheimisches Auto oder ein ausländisches?«

»Ausländisch natürlich. Das sind erstklassige Auftragsmörder. Einfache Killer sind billiger.«

»So was«, sie schüttelte den Kopf, »ein ganzes Auto. Und das mit Hinkefuß. Andrej, behandeln Sie mich wie eine wertvolle Fracht.«

Auf den Arm des unrasierten »Wächters« gestützt, humpelte sie zum Wagen.

Nastjas Geduld reichte gerade so lange, bis Andrej auf die Chaussee eingebogen war, dann hielt sie es nicht mehr aus.

»Wollen Sie mir nicht ein bisschen was erzählen?«, fragte sie.

»Sie fragen – ich antworte«, scherzte Andrej. »Aber sagen wir doch ›du‹.«

»Wann bist du hier aufgetaucht?«

»Gestern früh, sobald Larzew erfahren hatte, dass sie zur Datscha wollen.«

»Wer – sie?«

»Der Mörder und Murtasow.«

»Woher wusste er das?«

»Von Murtasow. Der Gallier hatte ihn so in die Mangel genommen, dass er noch gezittert hat, Larzew musste diesen Murtasow praktisch nicht einmal überreden. Den echten Wächter haben wir gebeten, für eine Weile zu verschwinden. Der Gallier hat sich alles angesehen, ist im Haus rumgelaufen, hat Fenster und Türen überprüft. Er ist ein umsichtiger Mann, die Beweise für die Mittäterschaft hat er gestern schon hier hinterlegt. Er konnte ja nicht wissen, wie die Sache bei dir zu Hause ausgehen würde, womöglich hätte er dich nicht lebend herbringen können. Dann hätte er den zuständigen Stellen mitgeteilt, dass Pawlow in seiner Datscha etwas versteckt hat.«

»Wusste Gordejew davon?«

»Das ist es ja, er wusste es nicht, wie sich herausstellte. Als ich gestern Larzew anrufen wollte, war er nirgends zu erreichen. Und ich hatte nur zu ihm Kontakt. Du weißt ja, wie das bei uns ist. Vielleicht wollte Wolodja nicht, dass sein Chef über alles Bescheid wusste? Er hat jedenfalls nicht gesagt, dass ich mich im Fall des Falles an Gordejew wenden solle.«

»Und was hat der Gallier in der Datscha versteckt?«

»Ein Notizbuch und zwei lose Seiten. Offenbar aus der Wohnung der Filatowa – das sagt jedenfalls Gordejew. Das Notizbuch enthält Aufzeichnungen zu einer Dienstreise nach Krasnodar im Juni.«

»Und die Seiten? Was stand da drauf?«

»Namenslisten. Auf dem einen vierundneunzig, auf dem anderen zweiundneunzig.«

»Jetzt ist mir alles klar. Und was war dann?«

»Dann sind im Morgengrauen die Jungs angerückt und haben den Bügel an der Schuppentür durchgesägt. Sah aus wie ein solides Schloss, doch in Wirklichkeit ging die Tür ganz leicht auf. Aber ich hab geahnt, dass du diese Tür nicht bemerken würdest.«

»Stimmt. Ich wusste, dass irgendwo eine verschlossene Tür sein musste, aber ich dachte an eine Art Hintereingang oder Kammer. Jedenfalls etwas im Haus. Auf den Schuppen bin ich nicht gekommen, dieses Schloss hat mich in die Irre geführt.«

»Das war auch so gedacht, um den Gallier zu täuschen. Wir mussten dich von ihm trennen. Die Jungs haben gesagt, in der Wohnung ist er keinen Schritt von dir gewichen, darum haben wir befürchtet, das würde hier auch so sein. Ich musste Kyrill ein Kommando geben, damit er dich darauf brachte. Hattest du Angst?«

»Nicht vor Kyrill.« Nastja lachte. »Ich mag Hunde, sie tun mir nie etwas. Ich hatte Angst, er könnte die Lust verlieren, mich zu terrorisieren und dann hätte ich keinen Vorwand mehr gehabt, in die nötige Richtung zu gehen. Ich wusste ja nicht, dass er das mit Absicht macht.«

»Aber du bist Klasse, du hast Köpfchen«, lobte Andrej.

»Ich geb mir Mühe.«

»Kyrill war mächtig sauer auf mich, als ich ihm die Flanke rasiert habe und ihn obendrein gezwungen, sich im Dreck zu wälzen, ohne dass er anschließend im Fluss baden durfte. Er hat sich beleidigt unter der Bank verkrochen und mich nicht mehr angesehen. Aber als ich mich dann in den ungewaschenen Wächter verwandelt hatte, hat er mir verziehen. Mein kluger Junge«, setzte er zärtlich hinzu. »Hörst du, Kyrill, ich lobe dich.«

Von der Rückbank kam wohlwollendes Knurren.

»Ich bin erst vor kurzem in den Fall eingestiegen«, sagte Andrej. »Vielleicht erklärst du mir, was die Beweise bedeuten?«

»Verstehst du, die Filatowa kam spät in der Nacht von einer Dienstreise zurück, und zwei Stunden später wurde sie in ihrer Wohnung ermordet aufgefunden, und sie hatte kein Notizbuch bei sich. Folglich konnte das nur derjenige haben, der sie in diesen zwei Stunden gesehen hatte, also ihr Mörder. Wer das Notizbuch hatte, der war der Täter. Offenbar hat sich der Gallier immer so abgesichert, indem er vom Tatort irgendetwas mitnahm, um, wenn etwas schief lief, jemandem ein Indiz unterschieben und den Verdacht auf einen anderen lenken zu können. Aber das mit den Blättern ist eine andere Geschichte. Diese Namen wurden von Karteikarten abgeschrieben, in einem regionalen Informationszentrum. Dass in einer Liste zwei Namen fehlen, bedeutet, dass zwei Karteikarten entfernt wurden. Das war es, was Pawlow so fürchtete und weshalb die Filatowa sterben musste. Ich glaube, einen der beiden Namen kenne ich. Aber der zweite interessiert mich mehr. Das muss ein ziemlich dicker Fisch sein.«

Der Wagen näherte sich Nastjas Haus, und sie erblickte auf der Bank davor einen vertrauten Wuschelkopf. Sie verabschiedete sich herzlich von Andrej, zauste Kyrill freundschaftlich am Nacken, zog ihre ungleichen Schuhe an und humpelte Ljoscha entgegen.

»Danke, mein Lieber«, sagte sie leise und umarmte ihn fest.

Sie wollte nur eins: sich den Schmutz, den Schweiß, die Müdigkeit, die Anspannung abwaschen und vor allem endlich die widerwärtige Rolle der Erpresserin Larissa Lebedewa loswerden. Wie schön, die unauffällige, faule, normale Nastja Kamenskaja zu sein, bequeme Schuhe und die gewohnte Kleidung zu tragen und die freien Tage mit dem ruhigen, zuverlässigen Ljoscha Tschistjakow zu verbringen, dem Mathematiker, der ihr das Leben gerettet hatte.

Als sie ihre Haut geschrubbt hatte, bis sie quietschte, und ihr Haar wieder hell war, ging Nastja in die Küche, wo Ljoscha nach gewohntem Ritual ordentlich den Tisch deckte.

»Setz dich, Nastja, es ist schon alles fertig. Ich erkläre den heutigen Tag zum Feiertag zu Ehren deiner Feuertaufe«, sagte er feierlich.

Sie presste die Wange an seine Schulter.

»Mein Sonnenschein«, sagte sie zärtlich, über sich selbst erstaunt, »mein Allerliebster, du bist der Beste auf der Welt. Ich würde dich gegen niemanden eintauschen.«

»Wer will dich denn schon haben, so faul und unhäuslich, wie du bist«, spöttelte Ljoscha, bemüht, seine Rührung zu verbergen.

Während Nastja zu Hause wieder zu sich kam und in den Wellen der Fürsorge badete, die Ljoscha ihr angedeihen ließ, lief in der Petrowka die Arbeit auf Hochtouren. Nach der Verhaftung des Galliers mit den Beweisen in der Hand wurden Pawlow, Rudnik und Murtasow intensiv vernommen. Nun konnten sie die Sache mit den Namen klären und auch, wer außer Anton noch eine Liste angefertigt hatte, zwei Monate später, als Mitglied einer Inspektionsgruppe in Ensk. Der Fall entwickelte sich mit atemberaubender Geschwindigkeit, sie hatten viel zu wenig Leute, aber Gordejew wollte Nastja etwas Ruhe lassen, wenigstens bis zum nächsten Tag. Zwei Männer hatte er zu Larzew geschickt:

Er brauchte Hilfe bei der Organisation der Beerdigung seiner Frau und der Totenfeier.

Den Gallier verhörte Gordejew selbst. Bereits bei dessen Verhaftung hatte er begriffen, dass dieser Mann mit Würde verlieren konnte. Er hatte keinen Widerstand geleistet, keine Wut oder Entrüstung geheuchelt, sondern beharrlich immer nur wiederholt: Ein Bekannter habe ihn um Hilfe gebeten bei einer delikaten Angelegenheit. Eine gewisse Journalistin mit dunkler Vergangenheit habe angefangen, einen angesehenen Mann zu erpressen, und dieser Mann wollte, dass bei der Geldübergabe eine dritte, vertraute Person zugegen war. Außerdem habe er ihn gebeten, sich die Journalistin näher anzusehen, um herauszufinden, ob sie nicht bluffte und ob man ihr trauen konnte. Das sei alles, nichts Kriminelles. Er sei nicht gewaltsam in ihre Wohnung eingedrungen, sie habe ihm selbst geöffnet und ihn eingelassen und sei am Morgen freiwillig mit ihm gefahren.

Die Tatsache, dass die Datscha ein Hinterhalt war, bewies dem Gallier, dass die Wohnung, in der er die Nacht verbracht hatte, natürlich abgehört worden war. Aber alles, was er dort gesagt hatte, musste seiner Meinung nach in seine Version passen. Natürlich bis auf das, worüber sie bei rauschendem Wasser gesprochen hatten. Larissas Rolle war ihm noch immer unklar. Er hätte schwören können, dass sie ihn nicht provoziert, dass sie nicht versucht hatte, laut irgendetwas Unerlaubtes zu sagen, ihm heimtückische Fragen zu stellen. Sie hatte sich verhalten wie jemand, der sich mühelos an eine Situation anpasst, sein Geld bekommen und überflüssige Unannehmlichkeiten vermeiden will. Aber andererseits konnte die Wohnung nicht ohne ihr Wissen abgehört worden sein. Also hatte sie doch irgendwie mit der Miliz zu tun.

Der Gallier machte ruhig und ausführlich seine Aussagen und hielt sich dabei streng an seine Linie. Er wusste genau, dass er das Notizbuch und die Blätter aus der Wohnung der Filatowa nur mit Handschuhen angefasst hatte, es dürften keine Fingerabdrücke von ihm darauf sein, es sei denn, er war nachlässig gewesen. Die Papiere hatte man nicht bei ihm gefunden, sondern in Pawlows Datscha. Hier hatte er also die Chance, sich herauszuwinden. Allerdings hatte man von ihm Proben für DNA-Tests genommen, aber solange die Ergebnisse nicht da waren, konnte er noch pokern.

Der Gallier wusste genau, dass er, egal, was er aussagte, ohnehin höchstens noch bis zum Abschluss der Ermittlungen am Leben bleiben würde, dann würden SIE ihn sowieso kriegen. Aber er hatte nicht vor, noch so lange zu leben. Bei der Durchsuchung hatte man ihm alles abgenommen, was er in den Taschen hatte, auch die rettende salatgrüne Tablette. Aber er würde einen Weg finden, sie zurückzubekommen. Das war schließlich nicht allzu schwierig. Die Tüte mit den beschlagnahmten Dingen lag hier auf Gordejews Tisch.

Gordejew selbst überstürzte den Lauf der Ereignisse nicht. Er befragte den Festgenommenen ausführlich zu Pawlow, dazu, womit er denn erpresst worden war. Er schien die Version des Galliers vollkommen zu akzeptieren, jedenfalls gingen seine Fragen nie über deren Rahmen hinaus.

Schließlich entschied der Gallier, dass es an der Zeit war.

»Ich hätte eine Bitte an Sie, wenn Sie gestatten«, wandte er sich an den Oberst.

»Bitte«, antwortete Gordejew bereitwillig.

»Bei der Durchsuchung wurde mein Medikament beschlagnahmt, ich würde es gern nehmen, ich habe starke Magenschmerzen. Darf ich?«

»Ja doch, selbstverständlich«, beeilte sich der Oberst zu versichern und öffnete die Tüte. »Das hier?«

Er holte eine salatgrüne Pille heraus, goss Wasser in ein Glas und reichte beides dem Gallier.

»Soll ich vielleicht einen Arzt rufen?«, fragte er fürsorglich.

Der Gallier lächelte, schüttelte den Kopf, steckte die Tablette in den Mund und schluckte sie mit Wasser hinunter.

Als Jura Korotkow und Kolja Selujanow mit ihrer Arbeit fertig waren, beschlossen sie, vor dem Nachhausegehen noch einen Kaffee zu trinken.

»Hol welchen von Nastja, in ihrem Schreibtisch steht eine ganze Büchse«, sagte Korotkow und hielt seinem Kollegen den Schlüssel zu Nastjas Büro hin.

»Sie bringt mich um.« Selujanow schüttelte zweifelnd den Kopf.

»Nicht, wenn du's ihr beichtest. Mach schon, geh.« Korotkow lachte.

Als sie den Kaffee zur Hälfte ausgetrunken hatten, fragte Selujanow:

»Was sollte das mit den Zahlen eigentlich? Ich hab das nicht begriffen.«

»Das hätte niemand begriffen, wenn sie das mit dem Fermatschen Satz nicht gesagt hätte. Da ist Knüppelchen darauf gekommen, Ljoscha Tschistjakow anzurufen. Als er und Nastja noch zusammen zur Schule gingen, war das so eine Übung, die sie gern machten: Die Formel für eine Primzahl zu finden. Das ist so was Ähnliches wie bei uns der Versuch, fünfhundert von fünfhundert Ringen zu schießen. Im Prinzip geht das wahrscheinlich, aber praktisch hat es noch niemand geschafft. Und da hat Nastja vorgeschlagen: Versuchen wir doch erst mal, die Formel für eine ungerade Nichtprimzahl zu finden, und dann gehen wir den umgekehrten Weg. Du, sagt sie, nimmst die neun, ich die fünfzehn. Sie haben gerechnet und gerechnet, dann sind sie ins Kino gegangen, in einen französischen Krimi, und darin war die Situation ähnlich wie in unserem Fall: Der Täter wollte jemandem ein Indiz unterschieben und einen Selbstmord vortäuschen. Auf einmal sagt Nastja: Es reicht, alles klar, der Rest ist nicht mehr spannend, komm, wir gehen, suchen wir lieber weiter nach der Formel für neun und fünfzehn. Das war die Geschichte. Und ich Idiot hab in diesen Zahlen alles Mögliche vermutet: eine Adresse, eine Autonummer, eine Telefonnummer. Übrigens haben wir Ljoscha auch die Szene vor der Kasse auf dem Bahnsteig zu verdanken. Weißt du, wenn Menschen so lange zusammen sind, dann entwickeln sie ihre eigene Sprache, die ein Fremder nicht immer versteht. Kurz gesagt, diese Worte vor der Kasse sollten bedeuten: Renn keine offene Tür ein. Nastja ist ja ein schlaues Mädchen, sie hat sie richtig übersetzt: Geh nicht durch die Tür, die offen ist, sondern such nach einer, die verschlossen ist.«

»Wahnsinn!« Kolja seufzte begeistert. »Manchmal kann einem angst und bange werden, wenn man sich vorstellt, an was für einem seidenen Faden unsere ganze Arbeit oft hängt. Wenn nun Tschistjakow nicht zu Hause gewesen wäre? Was dann?«

»Sagen wir, wir haben Glück gehabt. Und überleg mal, wie oft der Gallier Glück hatte. Hätte er auch diesmal gehabt. Wären nicht verschiedene Umstände zusammengetroffen, hätte es keine Ermittlungen im Fall Filatowa gegeben.«

Der Gallier saß reglos vor Gordejew und versuchte, sich zu konzentrieren. Er verstand nicht, was los war. Man hatte ihm doch gesagt, der Tod würde rasch und schmerzlos eintreten. Wie war das möglich?

Auch Gordejew schwieg; aufmerksam beobachtete er den festgenommenen Mörder.

»Stimmt etwas nicht?«, fragte er schließlich. »Wenn Sie wirklich Magenschmerzen haben, müsste die Tablette Ihnen eigentlich helfen. Es ist Tempalgin, ein sehr gutes Schmerzmittel.«

»Tempalgin?«, fragte der Gallier irritiert. »Wieso Tempalgin?«

»Hören Sie, ich kann Ihnen doch nicht gestatten, hier in meinem Büro zu sterben«, sagte Gordejew hart. Seine Fürsorglichkeit war wie weggeblasen. »Die Tablette wurde heute Nacht ausgetauscht. Halten Sie uns etwa für total unfähig? Auch Ihren Plan haben wir da erfahren.«

»Larissa?«, fragte der Gallier tonlos.

»Natürlich.« Gordejew nickte. »Sie hat sie ausgehorcht wie einen kleinen Jungen und eine Möglichkeit gefunden, uns über Ihre Pläne zu informieren.«

»Gratuliere.« Der Gallier grinste schief. »Die Professionalität unserer Miliz wächst vor den Augen des erstaunten Publikums.«

»Lassen Sie das, ich bitte Sie. Wir wollen uns doch nicht gegenseitig beleidigen. Ich erzähle Ihnen ja auch nicht, wie sehr Ihre Professionalität nachgelassen hat und wie viele Fehler und Dummheiten Sie gemacht haben. Und noch mehr Fehler hat Ihre Organisation gemacht, aber mit Ihrer Hilfe. Wir haben Sie gezwungen, unter für Sie ungewohnten Bedingungen zu arbeiten, haben Sie veranlasst, Dinge zu tun, die Sie früher nicht getan haben und die Sie nicht beherrschen. Darum sitzen Sie nun hier statt im Flugzeug nach Baku.«

»Murtasow?«

»Selbstverständlich. Hat man Ihnen nicht beigebracht, dass man Geschäftsleute nicht mit solchen Methoden einschüchtern darf? Sie haben doch genau deshalb solchen Erfolg im Geschäft, weil sie eine normale Psyche und einen nüchternen Verstand haben. Sie können sehr gut rechnen, und nicht nur mit Geld. Sie dagegen können nicht mit Menschen verhandeln, das ist nicht Ihr Metier. Ihr Beruf ist es, Leuten das Leben zu nehmen, mit denen sich Ihre Kollegen, die wissen, wie man so etwas macht, nicht einigen konnten. Es gibt keine Alleskönner. Selbst ein promovierter Techniker ist manchmal unfähig, zu Hause einen Wasserhahn zu reparieren. Und Sie sind dermaßen unprofessionell vorgegangen, dass selbst eine Frau spielend mit Ihnen fertig geworden ist.«

Das war der letzte Tropfen. Der Gallier gab auf.

»Weißt du, wovor ich am meisten Angst hatte?«, sagte Gordejew am nächsten Tag zu Nastja. »Ich hatte Angst, du hättest dich mit dem Decknamen geirrt, und bei der Filatowa war gar nicht der Gallier. Dann wäre der ganze Plan für die Katz gewesen. Wir hätten nichts erreicht. Ich hätte den Mörder nicht bei seinen Auftraggebern anschwärzen können, und darauf beruhte ja alles. Na los, gib zu, Nastja, war das ein Zufallstreffer?«

»Beinahe.« Nastja lächelte. »Seine Liebe zur Geschichte ist ihm zum Verhängnis geworden. Hier, sehen Sie.«

Sie legte ihrem Chef ein Foto hin, das ein Regal mit Büchern und Nippes zeigte.

»Mir hat dieses Foto von Anfang an nicht gefallen, aber ich begriff nicht gleich, was daran nicht stimmte. Ich habe es mir immer wieder angesehen, aber mir fiel nichts ein. Doch als Sie mich aufforderten, mir Gedanken zu machen über die Decknamen, da kam der Mechanismus in meinem Kopf in Gang. Diese Glasfigürchen, das sind die Tierkreiszeichen nach dem asiatischen Kalender. Tiger, Affe, Hahn, Schaf und so weiter. Ich war nie bei der Filatowa, aber Subow hat viele Fotos gemacht, und darauf war zu erkennen, dass alle Dinge und Bücher in perfekter Ordnung standen. Besonders sah man das bei mehrbändigen Werkausgaben. Bei der Anordnung der Figuren dagegen gibt es eine gewisse, na ja, eine Unregelmäßigkeit. Sie stehen alle in der Reihenfolge da, wie sie im Kalender aufeinander folgen. Alle, bis auf diese beiden: Schlange und Widder. Sie stehen nebeneinander, im spitzen Winkel, obwohl sie im Kalender nicht zusammengehören. Bei den gallischen Stämmen gab es eine Gottheit: Eine Schlange mit Widderkopf. Der Mörder hat viel Zeit in der Wohnung verbracht, offenbar hat er sich gelangweilt, und da hat er mal ausprobiert, wie eine Schlange aussieht, wenn man ihr einen Widderkopf aufsetzt. Der Reihenfolge der Figuren hat er keine Bedeutung beigemessen, darum hat er sie nicht wieder an ihren Platz zurückgestellt. Oder er hat es vergessen oder wurde abgelenkt.«

»Allerhand.« Gordejew schüttelte den Kopf. »Und aus dieser Nichtigkeit hast du deinen Schluss gezogen? Gut, dass ich das erst jetzt erfahre. Als du angerufen hast, klang deine Stimme so selbstsicher, dass ich keinen Zweifel hatte: Du hast überzeugende Anhaltspunkte dafür.«

»Aber der Schluss war doch richtig«, wandte Nastja ein.

»Mal sehen.« Gordejew lachte spöttisch. »Wir fragen den Gallier, was er dazu sagt.«

Den ganzen Nachmittag vernahm der Oberst erneut den Festgenommenen. Als er weggebracht worden war, schaute Gordejew in Nastjas Büro vorbei.

»Nastja, ich schulde dir eine Flasche. Aber was bin ich erst für ein Prachtkerl, ein ganz schlauer Bursche!«, sagte er, über das ganze runde Gesicht strahlend. »Dass ich in dir Rotznase damals den genialen Detektiv erkannt habe!«

»Was ist denn los?«

»Ich bin immer direkt, Anastasija, ohne jede Arglist. Ich hab den Gallier einfach nach den Figuren und dem gallischen Gott gefragt.«

»Und?«

»Stell dir vor, er hat es bestätigt. Du hattest Recht. Obwohl ich das noch immer kaum glauben kann. Übrigens, hat Lesnikow sich gemeldet?«, wechselte Gordejew abrupt das Thema. »In den letzten Tagen habe ich den Fall Schumilin ganz aus den Augen verloren.«

»Das läuft alles, Viktor Alexejewitsch. Kowaljow ist

nicht nur selbst ausgestiegen, er hält auch Winogradow dazu an. Olschanski und Lesnikow haben also alle Hände voll zu tun.«

»Na, Gott sei Dank.« Gordejew atmete auf.

Mischa Dozenko und Jura Korotkow steckten bis über die Ohren in Schreibkram; sie arbeiteten am Bericht über die Operation. Eine Frage ließ Mischa keine Ruhe, und er entschloss sich, sie zu stellen.

»Jura, was wäre passiert, wenn der Gallier auf Nastjas Vorschlag eingegangen wäre?«

»Auf welchen Vorschlag?« Jura hob den Kopf.

»Na, mit ihr zu schlafen, um ihr zu beweisen, dass er nicht bei der Miliz ist. Hätte sie wirklich ...« Mischa verstummte. Oberleutnant Dozenko war wirklich noch sehr jung.

»Weißt du, bei unserer Arbeit erleben wir viele freudige Momente. Aber um dorthin zu gelangen, müssen wir uns mitunter erst mal im Dreck wälzen«, antwortete Korotkow ausweichend.

Zärtlich dachte er an Ljudmila Semjonowa. Bis zum zehnten Juli blieben ihnen noch vier Tage.

Alexandra Marinina

**Auf fremdem Terrain**

Anastasijas erster Fall

Aus dem Russischen von Felix Eder und Thomas Wiedling

Band 14313

Eigentlich wollte Anastasija Kamenskaja, die erfolgreiche Moskauer Kriminalistin, im Sanatorium ihr verschlepptes Rückenleiden auskurieren und Ordnung in ihr verworrenes Gefühlsleben bringen. Doch in dem trügerischen Idyll der Kleinstadt, fernab der russischen Metropole, gehen seltsame Dinge vor sich ...

»Alexandra Marinina gesellt sich zu
Donna Leon und Ingrid Noll.«
*ZDF-aspekte*

Fischer Taschenbuch Verlag

fi 14313 / 1